Lord James

Catherine Hermary-Vieille

Lord James

ROMAN

ÉDITIONS FRANCE LOISIRS

Édition du Club France Loisirs,
avec l'autorisation des Éditions Albin Michel.

Éditions France Loisirs,
123, boulevard de Grenelle, Paris.
www.franceloisirs.com

ISBN : 2-7441-9551-0
© Éditions Albin Michel, 2006

*À sir Alastair et lady Buchan-Hepburn
qui m'on offert si spontanément attention
et bienveillance dans la rédaction de ce livre.
Avec l'expression de mon profond respect
et de ma fidèle amitié.*

*Et à la mémoire de James Hepburn,
comte de Bothwell.*

« Sans hésiter, je donnerais l'Écosse,
la France et l'Angleterre pour vous suivre
au bout du monde dans un jupon blanc. »

Marie Stuart à James Hepburn.

1

Pour réprimer tout possible accès de violence, huit hommes escortent lord James jusqu'à la forteresse de Dragsholm. L'air vif, le soleil, la lumière saoulent le prisonnier. Privé d'exercice physique depuis six années, il peine pour traverser le pont enjambant les douves et marcher jusqu'à la tour qui se découpe comme un roc sur le ciel bleu. À quelques pas, la mer a un éclat doux. Emportés par les courants du vent, des oiseaux planent au-dessus des barques de pêcheurs aux couleurs gaies.

Dans l'étroit escalier en spirale, James s'arrête pour souffler, l'esprit vide de toute pensée. Seule la phrase prononcée par le gouverneur de sa nouvelle prison venu le recevoir reste claire : « Conduisez le comte dans la chambre aux faisans. » Désormais, il sait assez de danois pour comprendre l'essentiel des conversations et dans sa mémoire défaillante les mots l'ont frappé. Ils évoquent une période qui lui semble ensevelie dans la nuit du temps, une époque où il était un être libre, un homme.

Soudain, James se trouve devant une porte dont il ne remarque que l'impressionnante serrure. Où en a-t-il vu de semblables, à quels moments de sa vie ? À la forteresse d'Édimbourg ! Il serre les dents. À nouveau il tentera de s'évader.

On le pousse à l'intérieur d'une pièce carrée aux étroites fenêtres qui laissent pénétrer une chiche lumière. Il découvre un lit, une table, une chaise, des murs, un sol nu, une cheminée. L'air sent le moisi, l'iode, les déjections des rôdeurs.

— Milord Bothwell est chez lui ! tonitrue un des soldats.

James Hepburn..., comte de Bothwell..., duc des Orcades, seigneur des Shetland, mari de la reine d'Écosse. Les mots martèlent son cerveau, soufflent la violence, la folie. Il doit les refouler pour survivre. Oublier.

James entend la clef tourner dans la serrure. Il est seul, privé de son dernier serviteur resté à Malmö. Il lui a donné ses vieilles mules de velours et le jeune Danois a baisé ses mains.

— Dieu vous protège, milord.

Mais Dieu se désintéresse de lui.

À petits pas, James fait le tour de la chambre. Une des fenêtres donne sur une rangée de maisonnettes en planches qui obstrue la vue des douves et de l'enceinte. Sur la gauche, il peut apercevoir un pan de mer et à droite des sapins qui poussent çà et là sur une herbe courte et drue. Le foyer de la cheminée est vide et sent la suie. Des mouches desséchées par l'hiver sont venues mourir sur le manteau. Entre le pouce et l'index, James en saisit une qu'il contemple longuement. La mort. Est-ce elle qui finalement le délivrera ?

Il reprend sa marche, examine les murs et s'arrête net. À mi-hauteur, presque effacés par le temps, il discerne des oiseaux peints sur la pierre, l'éclat roux d'une gorge, un œil rond au regard fixe et perçant. Les battements de son cœur s'accélèrent. Il a froid. Clairement sa mémoire lui restitue l'image d'un faisan, et derrière lui s'étendent des landes, la longue ondulation des collines, le cours paisible de la Tyne devant ses châteaux de Hailes et de Crichton. James ferme les yeux et retrouve le visage de sa mère, de sa sœur Janet, celui de Marie aussi dont il a baisé les lèvres à Carberry devant l'armée des traîtres avant de la laisser derrière lui. Désormais, il ne peut rien pour elle et elle ne peut compter sur personne d'autre pour lui porter secours. Violemment, un de ses poings cogne le mur, réveillant la vieille douleur de la blessure infligée par l'épée de Jack Eliott, mais plus cruelle encore, insupportable est la souffrance de ne point pouvoir se venger. Pire que la prison, la mort lente, ses hallucinations, c'est son impuissance à avoir raison de ses ennemis. Certes, Moray, le demi-frère de Marie, et Lennox, le père de Darnley son second époux, ont été assassinés, John Knox est mort, mais demeurent vivants et puissants d'autres traîtres. À nouveau, James écrase ses poings sur les murs. Depuis combien de temps hurle-t-il sa rage ? Une clef tourne dans la serrure.

13

— Milord, dit une voix dure, si vous vous comportez en fou, vous serez traité comme tel. À la moindre violence, je vous ferai mener au trou.

James n'entend rien, ne voit rien. Lentement s'effacent de sa mémoire le visage de Marie, son sourire radieux de femme heureuse.

2

Écosse, mars 1546

— Fils de traître !

L'injure frappa le jeune garçon en pleine face. Échappant au curé qui lui enseignait des rudiments de latin, d'anglais, d'orthographe et de grammaire, James était sorti du château pour tirer des oiseaux à la fronde. Un vent froid couchait les herbes sèches, faisait mousser la Tyne autour des rochers qui obstruaient sa course. D'un gris uniforme, le ciel contournait les collines, se perdait dans le lointain, là où commençait la région des Marches séparant l'Écosse de l'Angleterre, les Borders, avec leur poésie sauvage, la violence des Reivers[1] dont aucun lieute-

---

1. Reivers : mot écossais désignant les pillards qui sévissaient dans la zone frontalière, les Borders. Voleurs, extorqueurs de fonds, rançonneurs, ces Borderers étaient aussi des aventuriers, des hommes durs attachés à ce mode de vie, source d'une extrême liberté.

nant royal, aucune autorité n'avait pu avoir eu raison.

— Fils de traître ! répéta l'adolescent.

À deux pas de James, plus jeune et plus petit que lui, il observait comment allait réagir l'héritier des comtes de Bothwell.

— Bâtard ! lâcha-t-il enfin.

James fonça. Même si son père ne lui inspirait que mépris, jamais il ne laisserait salir son nom. Agrippés l'un à l'autre, les deux garçons roulèrent sur le sol. Au hasard, James frappait son adversaire des pieds et des poings. Il sentit qu'on lui tirait les cheveux, puis reçut en plein visage un coup violent. Sur ses lèvres, il goûta la saveur fade du sang.

Debout, le visage tuméfié, Bob Amstrong éclata de rire.

— Tu te défends bien, Hepburn, mais tu n'empêcheras personne ici de penser que le comte de Bothwell est un lâche.

Mandé de toute urgence à Hailes, le chirurgien avait appliqué une décoction d'herbes et de graisse de mouton sur le nez de son jeune patient.

— Ne dites rien à ma mère, supplia James.

Depuis son divorce, Agnes Hepburn vivait avec sa fille Janet à Morham, non loin d'Édimbourg. Séparé d'elles à huit ans, le jeune garçon était resté entre Hailes et Crichton auprès d'un père occupé la plupart du temps à faire le joli cœur à la cour de la régente Marie de Guise quand il ne complotait pas pour la trahir.

— Elle le verra bien, par Dieu ! Je crains que ton nez ne reste bosselé jusqu'à la fin de tes jours.

Puis, comme James restait muet, le chirurgien le rassura :

— Mais, ne t'inquiète pas, les femmes aiment voir sur le visage des hommes les marques de leur courage. On dit que François de Guise, l'oncle de notre petite reine Marie Stuart, a la joue fendue. Les belles pourtant se disputent ses faveurs.

Dans la vaste cuisine, seule pièce à Hailes où il faisait chaud, étaient rassemblés autour de James les domestiques, l'intendant, le vieux curé venu tancer son élève.

— Nez cassé ou pas, vous plairez aux filles, master James, renchérit la cuisinière.

Le jeune garçon s'en moquait, mais il souffrait à l'idée de faire pleurer sa mère. Depuis leur séparation, il n'avait cessé de se rebeller contre son père et son précepteur, de se battre avec les garçons du voisinage et, à Morham, Agnes Hepburn s'alarmait. De temps à autre, quand Patrick, son ancien mari, la réclamait, elle envoyait Janet à Hailes, mais la fillette qui nourrissait pour son frère une admiration sans bornes lui revenait vindicative et indocile. Un jour ou l'autre, il faudrait éloigner James afin qu'il se discipline, s'instruise, mérite le titre et les dignités dont il hériterait à la mort de son père.

— Quelles nouvelles ? interrogea le vieux prêtre.

Le chirurgien qui dispensait ses soins de Peeble à Haddington rapportait des informations qu'il aimait distiller goutte à goutte pour mieux jouir de son importance.

En vue du prochain souper, une demi-douzaine de poulets et un quartier de mouton rôtissaient sur une broche ; dans un chaudron, la soupe frémissait. Le chirurgien pensa qu'en s'attardant un peu à raconter ses histoires, il serait peut-être invité à passer la nuit au château.

— Rien de bon, prononça-t-il d'un ton morose. La violence fait rage sur nos Borders, les Anglais multiplient les exactions, pillent, incendient, volent le bétail et cependant ils trouvent des alliés parmi les nôtres.

La cuisinière se signa.

— Dieu leur pardonne !

Le curé, qui allait mentionner combien les nobles étaient prompts à trahir, préféra garder le silence. Maître de ce château, le comte de Bothwell n'avait-il point autrefois cherché la faveur des Anglais ? On le disait maintenant attaché à la régente Marie de Guise, mais ses difficultés financières pouvaient à nouveau lui faire tendre une oreille complaisante au chant des sirènes.

— Les Douglas nous sont revenus, se réjouit l'ecclésiastique. Après des années passées au service du roi d'Angleterre, ils se battent désormais contre lui.

17

— Les Anglais ont ravagé leurs terres écossaises, nota l'intendant d'un ton sec. Et la fille d'Archibald Douglas n'a-t-elle pas épousé ce traître de Matthew Lennox avec la bénédiction d'Henry VIII ?

— Margaret Douglas est la propre nièce du roi d'Angleterre, remarqua le curé, la fille de sa sœur aînée Margaret, feu notre reine, une bonne catholique.

L'intendant fronça les sourcils. Depuis peu, il avait rejoint les rangs des chrétiens qui rejetaient les idolâtries papistes et se rendait en secret aux prêches des calvinistes. L'arrestation du meilleur d'entre eux, George Wishart, l'avait d'autant plus révolté que le comte de Bothwell lui-même avait trompé la confiance du saint homme pour le livrer à ce chien de cardinal Beaton dans son château de Saint Andrews.

— Le diable se saisisse des menteurs ! soupira la cuisinière. Mais le passé est le passé et c'est à notre petite reine que nous devons penser aujourd'hui. En dépit de son insistance, le roi d'Angleterre ne l'a point obtenue pour son fils, le prince de Galles, et ne l'aura jamais.

— La régente enverra tôt ou tard Marie en France pour la mettre sous la protection des Valois et des Guise, affirma le curé.

L'intendant haussa les épaules. En Angleterre, leur reine serait devenue une protestante convaincue. Qu'auraient à faire les Écossais d'une marionnette actionnée par Rome ?

La nuit était noire. Hormis le crépitement du

feu, on entendait quelques aboiements, le meuglement des bestiaux rentrés à l'étable édifiée contre le château. Toujours assis sur la table de cuisine où on l'avait installé pour le soigner, James, sourd à la conversation générale, réunissait des pensées hostiles à son père. Pourquoi avait-il abandonné sa famille, pourquoi la ruinait-il par ses extravagances, pourquoi avait-il trahi George Wishart ? À plusieurs reprises, il était allé écouter le vieil homme. Sa douceur, sa conviction, la profondeur de sa foi l'avaient touché. Lors de son dernier prêche, Wishart l'avait béni en posant les mains sur sa tête. « Dieu vous garde, master James, avait-il murmuré, qu'il vous donne la force et le courage de lui rester fidèle. Abandonner ceux à qui l'on doit foi et obéissance est pire que la mort. »

Depuis l'été précédent, son père lui avait interdit de passer les collines de Lammermoor et les longues chevauchées dans les landes des Borders lui manquaient. Trop jeune pour se battre contre les Anglais, il avait cependant assez de maturité pour haïr leur violence.

La voix de son précepteur le fit sursauter.

— Et maintenant, tonitruait-il, ce jeune homme va me suivre et copier cent fois : « Je ne me battrai plus comme un sauvage. » Et avec un Amstrong de surcroît, soupira-t-il, tous ou presque des gibiers de potence !

Quelques mois plus tôt, il avait aidé un vieux domestique du comte à s'installer près de Liddesdale. Ne voyant aucune église, il s'était étonné. « Nous n'avons pas de curé ici, lui avait-on rétorqué, seulement des Amstrong et des Eliott. »

La sérénité exprimée par George Wishart frappait la foule venue assister au supplice du prédicateur dans la cour du château de Saint Andrews. Le vent soufflait du nord, soulevant les dernières feuilles mortes noircies par l'hiver et les incessantes pluies. Sur le chemin de ronde se pressaient des gardes, une multitude de serviteurs de l'archevêque, quelques-unes de ses anciennes maîtresses assez chanceuses pour avoir obtenu la faveur d'occuper un siège garni d'un coussin de velours. Se repaître des souffrances d'autrui la rebutant, la présente favorite du prélat, Marion Ogilvy, s'était fait excuser. D'un moment à l'autre, on attendait le cardinal.

Enroulé dans un long manteau noir, le condamné avait les mains liées. Les yeux mi-clos, immobile, il priait à voix basse, indifférent à la multitude, aux tapisseries et pièces de soie brodées de couleurs vives qui décoraient les fenêtres du château donnant sur la cour au milieu de laquelle se dressait le bûcher.

Soudain, on entendit des roulements de tambour, le son clair des trompettes. Beaton apparut dans la galerie et d'un pas majestueux se dirigea vers son fauteuil abrité par un dais de velours pourpre. Le cardinal était satisfait, un hérétique au charisme dangereux allait être éliminé pour le plus grand bien de la communauté catholique. Déjà Wishart avait semé le trouble dans le sud du pays : par sa voix, le diable s'exprimait avec une acide douceur, une fausse sincérité. L'homme responsable de lui-même face à Dieu ? Quelle exécrable prétention ! Seul un orgueil démesuré pouvait suggérer une telle sottise.

Ces prêcheurs étaient des épines plantées dans le flanc de Beaton. Afin d'avoir l'esprit libre pour se battre aux côtés de la régente, Marie de Guise, et sauver la monarchie écossaise des griffes anglaises, il devait les en arracher. L'argent était rare, les traîtres nombreux. Sur qui pouvait-il compter ? Gordon, comte de Huntley, au nord ; Atholl, Fleming, les Kerr et Maxwell sur les Borders, et encore... L'or anglais venait à bout du dévouement le plus ardent, de l'honneur le plus chatouilleux. Des hommes comme George Wishart ou John Knox, un autre illuminé, sapaient l'autorité catholique et par là même celle du gouvernement. Il ne devait éprouver pour eux aucune compassion.

— Qu'on lise l'acte d'accusation, ordonna-t-il d'une voix forte.

La liste des crimes imputés à Wishart impressionna l'assistance : hérésie, schisme, sacrilège, incitation à se rebeller contre l'autorité civile et religieuse, abus de la confiance d'autrui. Wishart ne bronchait pas. Les mots « renégat », « traître », « envoûteur » semblaient ne point l'atteindre. Droit, face au vent glacial, il paraissait impatient de partir pour son grand voyage aussitôt le silence revenu. Un court moment, son regard croisa celui de l'archevêque. « Que Dieu lui pardonne », pensa le condamné. Il était prêt à mourir.

Portant des bourses de cuir et vêtus de longues capes de drap noir, les deux bourreaux avancèrent vers le condamné. Pour hâter la fin du supplicié, le cardinal avait autorisé que l'on plaçât sous ses aisselles de la poudre à canon qui, en explosant sous l'effet des flammes, déchiquetterait son corps. Sans se hâter, les exécuteurs accomplirent leur besogne. Une fois les sacs en place, les bras de Wishart furent ligotés soigneusement des épaules aux poignets. Le vent soulevait la barbe grise, dérangeait les cheveux plats et raides.

Distraitement, Beaton jouait avec ses bagues. Le matin même, il avait encore reçu des menaces de mort. La plupart de ces intimidations venaient des agents d'Henry VIII qui lui étaient bien connus : Marishal, Cassilis, Kirkaldy de Grange, Leslie, une bande de traîtres et d'ambitieux fauteurs de troubles. Quant à lui, il avait l'appui des Français et leur or lui avait permis de s'acheter des alliés comme les comtes d'Argyll et de Bothwell, qui lui avait livré Wishart. Bothwell, « le beau comte », comme on le nommait à cause de la finesse de ses traits et des harmonieuses proportions de son corps, était depuis longtemps à vendre au plus offrant. Récemment, il avait remporté la mise, mais pour combien de temps ?

Le condamné était lié au poteau et on allait dans un instant mettre le feu aux fagots imprégnés de résine. Des gardes en armure pointaient leurs armes vers la foule, prêts à mater toute sédition fomentée par les hérétiques venus nombreux à Saint Andrews assister leur pasteur. Mais dans l'assistance nul ne bronchait.

Les flammes étaient déjà hautes et du supplicié on ne voyait plus que les épaules et le visage. Sa voix forte et impérieuse s'éleva soudain. Chacun retint son souffle. Au milieu du brasier, la poudre attachée à son corps prête à sauter à tout instant, Wishart regarda Beaton droit dans les yeux.

— Celui qui se complaît à mon supplice sera bientôt pendu là où il se tient présentement.

À cet instant, on entendit une explosion, un cri d'agonie, puis rien que le crépitement des flammes, le sifflement du vent, le cri lugubre des mouettes qui tournoyaient au-dessus du donjon.

James repoussa la page sur laquelle il copiait une déclinaison latine.

— Je hais le cardinal Beaton, déclara-t-il d'une voix blanche. J'espère que le diable l'attend en enfer.

Pétrifié, le précepteur du jeune garçon garda un instant le silence. Était-il possible que la perversion calviniste ait pénétré dans ce château pour troubler ainsi l'esprit de son élève ?

— Ne blasphémez pas, James ! tonna-t-il.

L'émotion l'étouffait. Le soir même, il écrirait

au comte de Bothwell pour l'informer des propos scandaleux tenus par son fils.

— Est-il chrétien celui qui brûle vif son frère ?

— Wishart n'avait plus de frères, rétorqua le curé d'une voix tremblante, plus d'amis. Ses hérésies l'avaient coupé de la communauté chrétienne.

Le regard dur de James le stupéfia. D'ordinaire courtois et soucieux de ne pas déplaire, le jeune garçon se tenait devant lui, une lueur vindicative dans ses yeux sombres.

— Pour avoir livré un innocent au cardinal Beaton, je méprise mon père.

— Taisez-vous, intima le vieux prêtre, ou je vous ferai fouetter.

Il devait sévir, éloigner peut-être son élève d'une région devenue par trop violente et contestataire. Il était regrettable que si jeune, James ait été exposé aux tueries des frontières, aux exactions des pilleurs et mécréants qui n'avaient pas hésité à brûler les abbayes de Melrose, Kelso et Jedburgh. Et, même s'il réprouvait les propos du fils sur son père, il devait reconnaître que le comte de Bothwell ne donnait pas le meilleur des exemples. Les dépenses extravagantes occasionnées par sa vanité, sa sensualité l'avaient fait se compromettre avec l'Angleterre, bannir d'Écosse à deux reprises. Seule à Morham, la vertueuse lady Agnes élevait Janet du mieux qu'elle pouvait, soucieuse de transformer une sauvageonne en demoiselle. Les Hepburn étaient orgueilleux, entêtés, récalcitrants à se soumettre, et James, il le craignait, n'échapperait pas à cette malédiction. Mais le jeune garçon était loyal, courageux et son orgueil le poussait davantage à compter sur lui-même qu'en la complaisance d'autrui. Loin de Hailes et de Crichton, il lui manquerait.

James gardait la tête haute, son regard le défiait.

— Allez dans votre chambre, soupira le vieux prêtre, et lisez quelques passages de l'Évangile. Je vous ferai chercher pour le souper.

La réponse du comte de Bothwell à la lettre du précepteur arriva trois jours plus tard. James allait partir aussitôt chez son grand-oncle Hepburn, évêque de Moray, qui résidait à Spynie, une petite ville proche d'Elgin sur la côte nord du comté de Moray. « Érudit, d'un caractère aimable, mon parent donnera à James les bases d'une bonne éducation. À l'aube de l'adolescence, James trouvera à Spynie une atmosphère familiale, une autorité que je ne suis pas en mesure d'exercer », écrivait le comte.

— Dieu du ciel ! soupira le vieux prêtre en achevant la lecture de la lettre.

Il était bouleversé. Certes, l'évêque avait la réputation d'être érudit et jovial, mais ne collectionnait-il pas les maîtresses, n'avait-il pas engendré six bâtards ? Confier un jeune garçon à un homme aussi licencieux était une folie. Il allait oser écrire à nouveau au comte pour le mettre en garde. Comme tous ses ancêtres, son élève avait un tempérament sensuel qu'il fallait discipliner avec rigueur. Quel exemple aurait-il sous les yeux à Spynie ?

3

Rebelle à la décision de son père de l'éloigner des terres familiales, James avait dû finalement se soumettre. Une dernière fois, il avait enfourché son cheval, une bête de courte taille au poil épais, et avait galopé jusqu'à Crichton en traversant les collines de Lammermoor. En taches mouvantes, la lumière printanière coulait le long des pentes, ruisselait sur l'herbe rase et dure, les mousses encore jaunies par l'hiver. Des oiseaux migrateurs traversaient un ciel où s'étiraient de fins nuages. Çà et là, de la fumée montait du trou aménagé au milieu des toits des cahutes où logeaient les paysans. Chaque sentier que suivaient les moutons et le gros bétail était familier au jeune garçon. Avec ivresse, il humait l'odeur de la terre, des fleurs sauvages, des fientes d'animaux. Là, il se sentait libre, heureux, dépouillé de ses rancœurs et frustrations.

À l'horizon, la masse du château construit sur une colline se dessinait. Crichton était la résidence favorite de son père. Plus grande, mieux aménagée que Hailes, la vaste bâtisse dominait la vallée de la Tyne, ses méandres, ses marécages, où la faune nocturne crissait, croassait, bruissait durant les nuits d'été. À Crichton, lord Patrick avait disposé les objets ramenés de son premier exil en Italie, verres opalescents, têtes de dieux ou de déesses, verres d'albâtre, de terre cuite, où des traces de peintures suggéraient des processions et des danses.

L'adieu à Crichton avait été oppressant. Quand reverrait-il la poterne d'entrée, la vaste cour intérieure longée par la cuisine, les deux celliers, le puits, l'immense salle de réception où, enfants, Janet et lui aimaient courir à perdre haleine ? De petits escaliers à vis surgissaient çà et là, qui menaient vers des pièces plus intimes, des galeries de bois courant le long des murailles, des postes d'observation troués de meurtrières. À la tombée de la nuit, James avait regagné Hailes. Ses bagages étaient prêts. Il partirait le lendemain au lever du soleil.

Quelques jours après l'arrivée du jeune Hepburn dans le comté de Moray, l'évêché fut sens dessus dessous. On venait d'apprendre que le cardinal Beaton s'était fait poignarder à Saint Andrews en pleine nuit. Tandis que sa concubine s'enfuyait à moitié nue, le corps sanglant du prélat avait été traîné à une des fenêtres surplombant la galerie extérieure et pendu par un pied, comme un porc tout juste saigné. Puis le château avait été évacué et les meurtriers, James Kirkaldy de Grange et son fils, Norman Leslie, les comtes Marishal, Cassilis et James Melville, tous amis de l'Angleterre, l'avaient occupé. Un prédicateur qui devenait fort populaire, John Knox, fervent disciple de Calvin, répandait avec enthousiasme la bonne nouvelle parmi ses ouailles. En même temps, le comte de Lennox, marié à la nièce d'Henry VIII, s'emparait de la forteresse de Dumbarton, une place stratégique sur la côte ouest à l'embouchure de la Levern.

— Le cardinal Beaton était un bon prélat, un grand homme d'État, soupira l'évêque de Moray. Que d'épreuves pour notre pauvre pays ! Le régent, lord Hamilton, pourra-t-il remplacer un serviteur aussi zélé ?

— On disait que la reine douairière avait pour le cardinal une affection très spéciale, insinua William, le plus âgé des bâtards de l'évêque, un garçon vigoureux d'une vingtaine d'années.

Le prélat haussa les épaules. Depuis longtemps il avait pris le parti d'ignorer racontars et calomnies.

Sans mot dire, James écoutait. Sans approuver son meurtre, il se réjouissait que Beaton ait payé son crime. Comment des êtres aussi corrompus pouvaient-ils juger des hommes comme Wishart ? Avec philosophie, son grand-oncle expliquait la menace que représentait le calvinisme pour l'Écosse non seulement vis-à-vis de la foi catholique mais aussi de l'ordre social. Si certains nobles n'obéissaient plus au régent, l'avenir était sans espoir. Leur reine, la petite Marie Stuart, n'avait pas quatre ans, une guerre civile pouvait la mettre en grand danger.

Un beau soleil printanier pénétrait dans la salle où, entouré de ses chapelains, de trois de ses bâtards, de James et des précepteurs, l'évêque prenait ses repas. À ses enfants comme à son petit-neveu, il voulait donner les bases d'une excellente éducation. Parce qu'il était l'héritier des comtes de Bothwell, le rejeton d'une famille comptant parmi les plus nobles d'Écosse, James se rendrait à Paris dès qu'il aurait atteint l'âge de seize ans afin de parachever ses connaissances et acquérir les incomparables manières des aristocrates français. James, il l'avait tout de suite compris, était doué d'une intelligence vive alliée à une forte volonté. Mais il était susceptible, orgueilleux, parfois inconséquent. Arrivé à Spynie, l'enfant avait observé d'emblée une certaine retenue vis-à-vis de ses cousins qui à plusieurs reprises s'étaient plaints d'être méprisés par le nouveau venu, un garçon dont le père se déconsidérait, et qui se prenait néanmoins pour le nombril du monde. L'évêque avait apaisé les uns, sermonné l'autre. Il voulait que les Hepburn restent unis. Seule la solidarité entre les membres d'un même clan pouvait garantir l'avenir dans les temps difficiles que traversait le pays.

Tous les matins, les garçons étudiaient ;

l'après-midi, ils montaient à cheval, s'entraî-
naient aux armes, se divertissaient aussi en
jouant au tennis, au golf, en tirant à l'arc. Déjà
bon cavalier, James distançait ses cousins. Il
aimait retrouver la solitude dont il jouissait
autour de Hailes et de Crichton. Son pays, sa
mère, sa sœur lui manquaient, mais il savait
cacher sa peine, son désarroi, garder un visage
neutre où ses bâtards de cousins ne pouvaient
rien déchiffrer. Les rivages de la mer l'attiraient.
Entre Brandenburgh et Kingston, des herbages
longeaient la plage en une ligne qui paraissait
sans fin. Des moutons y paissaient qui s'écar-
taient pour laisser passer son cheval. Des chiens
au poil ras aboyaient. Seul, face au vent, il laissait libre cours à son imagination. Adulte, il
serait tout ce que son père n'était pas, porterait
haut le nom des Hepburn. Des bribes de conversations lui revenaient en mémoire et lui faisaient
serrer les dents, éperonner rageusement son cheval : Marie de Guise, la reine mère, comme le
régent Hamilton, ne pouvait s'appuyer sur quiconque. Chaque noble était un traître potentiel
et James ne savait pas s'il haïssait plus les
Anglais qui achetaient ou les Écossais qui étaient
à vendre.

Sur la plage, il lançait son cheval au grand
galop. L'air salé le grisait et il se sentait plus
fort, protégé des émotions qui trop souvent le
submergeaient. À la nuit tombante, il rentrait
mouillé de sueur et d'écume, fourbu. Son grand-
oncle ne lui posait pas de questions, il l'aimait

assurément sans le lui dire et James lui rendait son affection. Cadet de la famille, son grand-oncle avait reçu un évêché sans éprouver la moindre vocation religieuse et se débrouillait comme il le pouvait entre sa foi et sa sensualité.

Avant les leçons, les occupants du château au grand complet écoutaient la messe célébrée par l'évêque. James récitait les prières, esquissait les gestes rituels, mais il savait que son cœur n'appartenait plus à l'Église catholique.

Dans ses lettres à sa sœur, le jeune garçon dévoilait ses convictions. Il revoyait sa silhouette gracile, ses longs cheveux auburn coiffés à la diable, sa frimousse où brillaient de grands yeux volontaires. La fillette donnait du fil à retordre à leur mère qui parfois suppliait James de la chapitrer. Mais le jeune garçon ne pouvait tracer les mots sévères que l'on attendait de lui. Janet était un elfe, une fée qui épouserait un prince et vivrait dans une tour au milieu des landes. Toujours il la protégerait.

À la fin de l'année, on apprit que les occupants du château de Saint Andrews, « les Castillans », comme chacun les nommait, avaient proposé au régent de se rendre contre une promesse de pardon. Hamilton avait refusé. La situation semblait sans issue car nulle faction n'était assez organisée et armée pour monter à l'assaut de la forteresse. Il faudrait que les Anglais viennent s'en mêler, à moins que les Français ne les prennent de vitesse. Souvent l'évêque évoquait la possibilité du débarquement d'une armée envoyée par François Ier au secours de l'Écosse, sa vieille alliée. De surcroît, Henry VIII était au plus mal. S'il venait à mourir, son fils Edward âgé de dix ans lui succéderait et ses oncles Seymour s'empareraient du pouvoir. Poursuivraient-ils vis-à-vis de l'Écosse la politique agressive du vieux lion ? Leur protestantisme vigoureux risquait de déstabiliser un peu plus leur voisin du nord en encourageant les séditions contre la reine mère et ses alliés français. Ces nouvelles troublantes perturbaient le joyeux évêque et les fêtes de Noël ne furent point aussi gaies qu'à l'accoutumée. James, qui avait espéré pouvoir rejoindre sa mère et sa sœur à Morham, fut consigné à Spynie. Un hiver pluvieux les ayant transformées en bourbiers, les routes n'étaient pas praticables. « L'été prochain, tu pourras regagner le Lothian », lui avait promis son oncle.

Le débarquement à Leith de soldats français à la fin du printemps rendit la situation politique plus périlleuse encore. Henry VIII était mort, suivi dans la tombe quelques mois plus tard par François Ier, mais leurs successeurs se montraient plus belliqueux encore. Les Guise avaient sur le nouveau roi de France Henri II une grande influence et souhaitaient voler au secours de leur sœur. Les Français s'emparèrent du château de Saint Andrews, déportèrent en France les gentilshommes qui l'occupaient et expédièrent aux galères le prêcheur John

Knox qui avait rejoint les séditieux. Le calme semblait être revenu.

— J'ai une triste nouvelle à t'annoncer, mon fils.

L'évêque ne savait quels mots employer pour ne point trop heurter l'adolescent. Blême, James écoutait. Il pensait à sa mère, à Janet, à ses amis de Hailes et de Crichton. L'agitation réapparue dans le pays interdisait tout voyage et il était resté à Spynie la mort dans l'âme.

— Il s'agit de ton père.

Patrick Hepburn avala sa salive.

— Il est à nouveau emprisonné.

Le jeune garçon sentit monter en lui une vieille colère.

— Pour quelle raison ?

— On a intercepté ses lettres expédiées au gouverneur de Berwick.

— Pour quémander de l'argent anglais ?

— Je ne sais pas, mon enfant.

La détresse qu'il voyait sur le visage de son petit-neveu le peinait. Avec les mois, il s'était beaucoup attaché au jeune garçon. Enthousiaste pour ce qui lui plaisait, mathématiques, français, histoire ancienne, art de dresser les chevaux, il restait réfractaire à l'éducation religieuse, mais le bon évêque ne le harcelait pas. S'accordant à lui-même de grandes libertés, il ne se sentait pas le droit de sermonner les autres. Les femmes étaient son talon d'Achille, il ne pouvait voir une jolie silhouette, un agréable visage sans espérer séduire et posséder. Cette année encore, en dépit de toutes les précautions qu'il prenait, un nouvel enfant était venu au monde. Lorsque James deviendrait un homme, il le mettrait en garde. Sans avoir la beauté de son père, il attirerait certainement les femmes. Un homme aux lèvres sensuelles, au nez bosselé, au regard parfois charmeur, parfois dur, presque brutal, ne pouvait que séduire et l'évêque savait que, comme tous les Hepburn, il ne s'en priverait point.

— Ne me parlez plus de mon père, demanda James d'un ton froid.

— Tu lui dois respect et obéissance.

— Obéissance, certes.

— Un fils ne juge pas son père, insista l'évêque. Sache, mon enfant, que nul en Écosse aujourd'hui n'est à l'abri de la critique. Pour survivre, chacun doit apprendre à nager en eaux troubles. Nous avons d'un côté les protestants proanglais, de l'autre les catholiques qui se rallient à la France...

— Les Écossais ont un gouvernement, coupa James, c'est à celui-ci qu'ils doivent obéir.

— Hamilton est un faible, soupira l'évêque. Les partisans de la reine mère sont incapables de s'entendre entre eux, les traîtres abondent et les honnêtes gens restent prudents. Sous peu, l'armée anglaise va contre-attaquer les Français. Comment les arrêterons-nous ?

— En nous battant.

34

L'évêque ne put réprimer un sourire. À onze ans, James se voyait déjà en redresseur de torts. La vie, hélas, lui apprendrait à mettre de l'eau dans son vin.

Le 10 septembre, l'armée écossaise fut écrasée par les Anglais à Pinkie, entre la mer et l'Esk. On parlait de cinq mille morts et de quinze cents prisonniers.

Devenu duc de Somerset, l'aîné des Seymour occupait les garnisons clés du pays. Aucune cohésion n'existait plus chez les Écossais, il semblait que la société tout entière se disloquait. Selon les exigences de Calvin, les livres de prières, l'Ancien et le Nouveau Testament circulaient désormais en langue anglaise. Les Anglais clamaient qu'ils n'avaient pas envahi l'Écosse en ennemis mais en libérateurs.

Spynie et sa région restaient calmes. James avait fêté ses douze ans. Pour gagner un peu d'argent, il avait acheté des chevaux rétifs ou paresseux et, après les avoir dressés, les avait revendus avec un appréciable profit. Peu à peu, il s'habituait à la solitude. Entre les charges de son évêché et ses maîtresses, son grand-oncle n'avait guère de temps à offrir. Ses cousins le jalousaient et ne manquaient pas une occasion de le maltraiter. Enfant légitime, il serait à la mort de son père comte de Bothwell, grand amiral d'Écosse, seigneur de Hailes et de Crichton, ferait partie de la Cour, alors que, bâtards, sans fortune, eux mèneraient une existence dépourvue d'éclat dans le comté de Moray.

4

Pris par surprise, le valet lâche le plateau sur lequel sont posés un bol de soupe, un morceau de bœuf bouilli, un couple de harengs fumés et une miche de pain. Il n'a ni vu ni entendu le prisonnier se ruer sur lui.

Depuis le lever du jour, James s'est acharné sur les barreaux d'une des fenêtres. Ses ongles, ses mains saignent, et les plaies qu'il s'est faites la veille en tapant sur les murs à coups de poing se sont rouvertes. La nuit, d'insupportables images ont hanté son esprit, aiguës, déchirantes, meurtrières : le visage de Marie couvert de poussière et de larmes à Carberry Hill, celui de Moray, le demi-frère bâtard de la reine, qu'il aurait voulu écraser avec ses talons comme une vipère, le sourire radieux de sa sœur Janet le jour de son mariage. Aujourd'hui, Marie est prisonnière en Angleterre, Moray a été assassiné, Janet est remariée. Il veut remonter le temps, sortir de cette prison, être libre...

Sous les poings de James, les lèvres du Danois éclatent. Roulé en boule sur le sol, poussant des

36

hurlements stridents, il tente d'éviter les coups de pied qui lui meurtrissent les côtes. Trois gardes surgissent soudain. James sent le canon d'un pistolet sur sa tempe, des bras qui le maîtrisent brutalement. Il est à bout de souffle. On lui tord les poignets, lui lie les mains. Où est-il, pourquoi le brutalise-t-on ?

En face de lui, le gouverneur de Dragsholm, Francis Lauridson, éructe des mots rageurs. Qu'ils soient ducs ou valets, les fous furieux, il sait les mater. De Malmö, on lui a laissé le libre choix de décider comment soumettre son prisonnier. Et sa décision est prise : le trou, le cachot. Rien de tel que l'obscurité, le silence pour dompter un animal sauvage.

On traîne James dans l'escalier de la tour jusqu'au rez-de-chaussée. Pour le faire avancer plus vite, les gardes lui lancent des coups de pied, le frappent dans le dos. Ses pensées se brouillent. Que lui veut-on, où l'amène-t-on ? La crise de fureur passée, il se sent affreusement las.

La trappe ouverte révèle une échelle, un trou sombre qui exhale une écœurante odeur de moisi. Ses liens coupés, James descend à pas comptés les barreaux, un garde le précède, un autre le suit ; le gouverneur et le reste des hommes l'observent d'en haut. Puis il se sent poussé, il tombe à genoux, entend que l'on retire l'échelle et condamne l'ouverture. Un minuscule rai de lumière pénètre à travers les barreaux de la trappe. James peut distinguer une paillasse, un seau en fer.

Combien de temps est-il resté roulé en boule sur la misérable couche ? Une anxiété atroce le torture. On va le laisser périr dans ce trou, jamais plus il ne reverra la lumière, n'entendra de voix humaines. Il connaît bien ces cachots souterrains, il y en a à Crichton, à Dumbar, à l'Hermitage. On y jette les malfaiteurs dangereux en attendant qu'ils soient jugés. Mais, depuis six ans qu'il est le prisonnier du roi du Danemark, nul procès ne lui a été intenté, aucun magistrat ne l'a entendu. De France, ni le roi Charles IX, ni les Guise n'ont répondu à ses appels. Ceux de ses amis qui n'ont pas été exécutés se terrent. Au fond du cachot, il entend une planche glisser.

— Votre repas, milord, lance une voix moqueuse.

Il saute sur ses pieds. Existe-il une porte par laquelle il puisse s'évader ?

À tâtons, il parvient au mur. Sur une planchette fixée devant une ouverture, on a posé une cruche d'eau, un pain rond, une tranche de fromage. James se souvient que les cachots souterrains sont souvent couplés. Comme un chien enragé, on le nourrit depuis la cellule voisine.

Aucune lumière ne filtre à travers la trappe. Il a la bouche sèche, une sueur glacée coule le long de son dos, humecte ses paumes. Quand il veut boire, il est incapable de retrouver la cruche et se recouche. Une rumeur le réveille. Une troupe de cavaliers approche, ses amis des Borders, patrouilleurs et Reivers unis pour le sauver ? Il les voit qui approchent lancés au grand galop. Les sabots des chevaux martèlent la terre dure, l'eau des ruisseaux gicle en gouttes irisées sur leur passage. Il reconnaît Johnnie et Bob, Will et Tom, les Maxwell, les Nixon, les Amstrong, les Eliott, les Crozier. La fièvre, l'excitation le font trembler. Le trouveront-ils dans la nuit ? Il appelle, mais les cavaliers poursuivent leur route, il voit s'éloigner les casques d'acier, les croupes des chevaux. Il hurle et un Reiver se retourne. Sous le casque, il n'a pas de visage.

5

Printemps 1551

— Que Dieu te bénisse, mon enfant ! Si tu as besoin de moi, sache que je serai toujours là pour t'accueillir.

James serra son grand-oncle dans ses bras. Arrivé à Spynie six années plus tôt en garçonnet, il en repartait un homme. Peu à peu, il avait appris à discipliner ses humeurs rancunières et l'été précédent avait même retrouvé son père sans déplaisir. Ensemble, ils avaient évoqué son prochain voyage en France. Patrick Hepburn avait promis une raisonnable aide financière et

39

donné à son fils les noms des nobles écossais vivant à la cour d'Henri II autour de leur jeune reine Marie, fiancée au dauphin François. Marie de Guise allait elle-même franchir la mer pour passer quelques mois auprès de son unique enfant, revoir sa vaste et puissante tribu familiale. Promu par les Français soucieux de s'en faire un allié duc de Chatelherault avec un revenu annuel de douze mille livres, Hamilton tenait encore les rênes de la régence, mais nul n'ignorait que la reine mère était décidée à s'en emparer.

La perspective de son voyage, d'un séjour en France qui pouvait durer quatre années, le temps nécessaire à l'obtention d'un diplôme de bachelier, avait fort occupé les derniers mois de James à Spynie. La générosité de son oncle lui avait permis de se constituer une garde-robe et, puisant dans ses économies, sa mère avait complété le trousseau. Avec quelques livres, un nécessaire de toilette, une écritoire, ces maigres trésors étaient enfermés dans trois malles qu'on allait sous peu monter à bord d'un navire en partance pour Saint-Malo.

James tendit une main froide à ses cousins, embrassa les servantes que son charme avait conquises. Vieilles comme jeunes n'avaient pas épargné leur peine pour le contenter. Mais James, en dépit d'un fort intérêt pour les femmes, était resté chaste. L'exemple de son oncle encombré d'enfants ne l'attirait pas. À mots couverts, celui-ci lui avait confié la façon d'agir pour ne point engrosser une maîtresse et, face au rire ironique de son neveu, avait pris un air malicieux.

« Si je n'avais pas tenu compte de ces préceptes, mon fils, ce ne serait pas huit enfants mais quarante qui tourneraient autour de moi. La chasteté est un cadeau du ciel, mais les Hepburn ne l'ont pas reçu. Il faut accepter avec humilité ses insuffisances. »

À son débarquement, James prit à son service un jeune Breton désireux de monter à Paris, acquit deux hongres mouchetés de médiocre sang, fit charger ses coffres sur le chariot qui collectait les bagages des passagers. À Paris, un ami de son père lui avait retenu un logement dans le périmètre de l'université, comprenant deux chambres et un cabinet.

— Nous voilà rendus, milord ! s'exclama François, le jeune Breton.

Devant les deux cavaliers s'élevaient le long de la Seine des maisons serrées les unes contre les autres, des clochers d'églises paroissiales. Au loin, on apercevait les tours de Notre-Dame.

Dans les rues fourmillant d'activités, les deux jeunes gens eurent peine à se frayer un chemin. Des badauds examinaient les étals des boutiques ; des animaux, des enfants se faufilaient entre des ménagères venues faire leurs emplettes. Les cavaliers patientaient, tandis que des personnages plus puissants se faisaient ouvrir le passage par leurs domestiques. Sur le Pont-Neuf, ils furent surpris de ne rien apercevoir du fleuve tant les maisons à quatre étages formaient une muraille opaque. Le quai qu'on leur avait conseillé de suivre menait à Saint-André des Arts et au couvent des Grands-Augustins, une dépendance de l'université de Paris. Le soir tombait quand ils le trouvèrent après s'être cent fois perdus.

James avait hâte de découvrir son logis. Face au Petit-Pont montait la rue Saint-Jacques. Le jeune homme jeta un coup d'œil sur le plan remis par son grand-oncle. À gauche, il devait tomber sur la rue de la Bûcherie dans le territoire de l'université où était sa demeure.

En quelques jours, James avait exploré son quartier, s'était lié à d'autres étudiants et avait confirmé son inscription au collège de Reims où, sur la recommandation de Renée de Guise, sœur de la reine douairière d'Écosse, abbesse de Saint-Pierre des Dames à Reims, une place lui avait été réservée. Il étudierait le latin, les mathématiques, la rhétorique et l'histoire ancienne. Un courrier lui apprit qu'en l'absence de Marie de Guise le pays restait calme mais, avec les recrutements souvent forcés et d'incessantes réquisitions pour leur ravitaillement, les troupes françaises devenaient impopulaires. Pour enrayer la montée du calvinisme, l'Église tentait des réformes et commençait à faire imprimer des manuels de catéchisme en langue écossaise. Mais, avouait lady Agnes, rien ne semblait pouvoir contenir le succès qu'obtenaient les prêcheurs de la Réforme. Comme son frère, Janet se tournait vers eux. Le catholicisme ne semblait être défendu que par les personnes âgées et quelques familles nobles isolées dans leurs terres. « Ton père est à nouveau exilé en Angleterre », notait à la fin de sa lettre la dame de Morham.

Les jambes étendues, le visage tourné vers le soleil, James fourra le carré de papier dans une poche de ses hauts-de-chausses. L'été était chaud. Les ruelles empestaient. Mais en dépit de sa saleté, des voleurs et aigrefins qui pullulaient, de l'arrogance des grands seigneurs, Paris avec ses excentricités et vices de toutes sortes restait une cité envoûtante.

Un après-midi, alors qu'il contournait la place de Grève, James Hepburn avait aperçu sa jeune reine entourée de deux de ses oncles Guise, François, l'homme de guerre adulé des foules, et Charles, le cardinal de Lorraine. Grande pour ses neuf ans, mince, gracieuse, Marie, vêtue d'une robe de cavalière vert émeraude, souriait aux passants. On entendait « Vive la reinette ! », « Longue vie à notre Marie ! ». Le jeune homme s'était avancé aussi près que possible du cortège, mais la fillette ne lui avait pas accordé un regard.

Blond, les yeux pâles, le jeune Alexandre Murray avait le nez brûlé par le soleil. À l'ombre d'un platane, près du Collège royal, les jeunes gens buvaient du vin frais servi dans des pichets de grès. Professeurs en toge noire, ecclésiastiques, étudiants allaient et venaient. Des tombereaux ramassaient les immondices jetées devant les maisons ; des femmes, des galopins remplissaient leurs seaux à la fontaine publique.

— Sans les Français, l'Écosse serait ingouvernable, jugea Alexandre. Les chefs de nos familles nobles ne cessent d'intriguer, de se jalouser, d'ambitionner monts et merveilles. Ton propre père n'a-t-il pas essayé d'obtenir la main d'une des princesses Tudor, soit Marie la bigote, soit la fraîche Élisabeth en échange de la forteresse de l'Hermitage ?

— Parlons d'autre chose, coupa James.

Que son père ait pensé, ne serait-ce qu'un moment, livrer l'Hermitage aux Anglais le révoltait. Au bord d'une rivière sauvage, la formidable citadelle se dressait dans les landes à proximité de la frontière anglaise. Aucun lieu ne l'avait davantage exalté. Devenu comte de Bothwell, il en serait le maître.

Alexandre but une longue gorgée de clairet. Dans quelques mois, il regagnerait l'Écosse et son château familial. Rien là-bas n'aurait changé, alors qu'à Paris on avait l'impression qu'un tourbillon emportait les événements et les êtres.

— L'idéal du comte de Bothwell n'est guère différent finalement de celui de ses pairs : des revenus réguliers, une alliance avantageuse. Quel est le tien ?

— Obéissance au monarque et liberté des

consciences. Même si tu me juges un peu fou, je suis plutôt conservateur.

— Je connais tes faiblesses, se moqua Alexandre, les chevaux, les femmes, la stratégie militaire, le bon vin...

— N'oublie pas l'Écosse, jeta James d'un ton grave. Je lutterai sans répit pour garder mon pays indépendant de l'Angleterre. La proposition faite par Seymour de nous unir pour nous changer en « Britanniques » est une farce. Le gros poisson avale toujours le plus petit.

— Élisabeth Tudor étant considérée comme bâtarde par les catholiques, les Guise verraient fort bien notre reinette sur le trône d'Angleterre si sa sœur Marie Tudor venait à décéder sans postérité.

— J'espère que notre reine oubliera cette folie. Elle est catholique. L'Écosse lui donnera suffisamment de fil à retordre.

De gros nuages s'amoncelaient, annonciateurs d'orage. James fit signe à la servante, explora en vain les poches de son pourpoint.

— Je vois, soupira Murray, l'héritier des puissants Hepburn se trouve aujourd'hui à nouveau démuni. Encore une fois, les modestes Murray vont être mis à contribution. Comment dissipes-tu les fonds accordés par ton père ?

— Les femmes, soupira James.

Une pluie tiède commençait à tomber qui rebondissait sur les feuilles déjà jaunies des platanes. La poussière mouillée avait des relents de sous-bois. Des chiens, la queue basse, filaient se mettre à l'abri, un cheval qui tirait un lourd tombereau chargé de tonneaux renâclait.

À la fin de l'automne, Marie de Guise dut se séparer de sa fille pour regagner l'Écosse. Edward VI toussait, avait des accès de fièvre, et l'Angleterre s'agitait. Si leur jeune roi venait à mourir, Marie Tudor monterait sur le trône et serait sans pitié envers ceux qui l'avaient sans cesse humiliée. Face à d'innombrables ennemis, Edward Seymour, duc de Somerset, oncle du roi et régent d'Angleterre, avait été arrêté pour haute trahison.

Avec attention, James suivait les nouvelles venues d'outre-Manche. Étudiant assidu, il connaissait désormais fort bien Paris, ses quartiers riches avec ses hautes maisons aux fenêtres à meneaux ornées de chapiteaux, de frontons, de pilastres, de palmettes, leurs sculptures inspirées de la mythologie avec ses nymphes et ses faunes comme les dédales des ruelles commerçantes. Leurs étroits lacis puants abritaient tanneurs, corroyeurs, fondeurs de graisse, mégissiers, tueurs et écorcheurs installés près des ruisseaux aux eaux fangeuses. À la tombée de la nuit, de maigres falots éclairaient les statues de vierges ou de saints exposées aux carrefours des maisons de torchis où s'entassaient de vastes familles. Les jours de fête, il aimait avec quelques amis aller observer les travaux du Louvre qui se poursuivaient sous la direction de Pierre Lescot. Par morceaux, le château féodal disparaissait et la splendeur de ce qui s'édifiait éblouissait les jeunes gens. Pour la grande salle, quatre cariatides avaient été commandées à Jean Goujon, une dépense considérable qui révélait l'opulence du Trésor français.

Parmi les luthériens et calvinistes qui hantaient l'université, James s'était fait quelques amis. La Réforme gagnait de grands seigneurs, des intellectuels, mais le petit peuple restait catholique, hostile aux réunions clandestines des huguenots, outré par les mutilations nocturnes de quelques statues religieuses. Le roi Henri II tenait fermement les rênes du pouvoir et il n'était pas question de sédition comme en Écosse. On avait brûlé vif au marché des Pourceaux, hors des remparts, un pauvre bougre qui prêchait dans quelques villages normands et possédait un livre de Luther. Contrairement au supplice de George Wishart à Saint Andrews, cette exécution n'avait pas soulevé la moindre émotion populaire. Seule l'université s'agitait, mais critiques comme idées politiques hardies s'échangeaient plutôt dans les tavernes face à un pichet de vin que sur la place publique.

En décembre 1552, les nobles écossais demeurant à Paris furent conviés à la célébration du dixième anniversaire de leur reine, Marie Stuart. La triste figure de son cheval, son manque de ressources pour acheter des vêtements de Cour, la rusticité de son valet incapable d'être transformé en page obligèrent James à se tenir à l'écart de la fête. Marie y était apparue un

47

moment et, avec une grâce de souveraine accomplie, avait adressé à chacun quelques mots aimables. En dépit de son jeune âge, elle avait acquis une assurance parfaite qu'elle alliait à un grand charme, un maintien altier et une délicieuse spontanéité.

Avec dépit, James entendit le récit d'Alexandre Murray qui, à la veille de son retour en Écosse, exhibait un air satisfait. La jeune reine avait écouté avec intérêt ses impressions d'étudiant. Et, comme il mentionnait son ami, elle s'était étonnée : « Le fils du comte de Bothwell n'est donc point des nôtres ? Ma mère évoque souvent sa famille dans les lettres qu'elle m'adresse. » Pris de court, Alexandre avait répondu que James Hepburn était malade et gardait le lit. Elle avait hoché la tête, comme attristée par cette nouvelle, puis s'était éloignée en riant au bras du plus jeune des cinq oncles, le marquis d'Elbeuf.

— Les Guise la surveillent de près, précisa Alexandre, le cardinal surtout qui nourrit à travers elle de grandes ambitions. Le dauphin François est délicat et timide. Les Guise en seront les maîtres absolus et la reine Catherine de Médicis s'en alarme. Sous ses airs bonasses, cette femme cache une volonté de fer.

James interrogea son ami sur la duchesse de Valentinois. La sublime Diane de Poitiers n'avait point été de la fête. On la disait fâchée de l'intérêt que portait son amant royal à la sémillante lady Fleming, gouvernante écossaise de Marie et mère d'une de ses quatre demoiselles d'honneur.

À cinquante-trois ans, Diane de Poitiers restait cependant adorée du roi de dix-neuf ans son cadet. Dans toutes ses demeures, il avait mêlé ses initiales aux siennes et ne portait que ses couleurs, le noir et le blanc. Diane s'occupait avec attention de l'éducation des enfants royaux et comptait pour peu de chose Catherine de Médicis, discrète et effacée. James l'avait aperçue un jour entre le Louvre et le château des Tournelles montant avec grâce une jument blanche. Sa maturité radieuse, le raffinement dont témoignaient ses vêtements et ses parures l'avaient ébloui. « Voilà une femme que je pourrais aimer », avait-il pensé. Ses conquêtes faciles lui avaient soudain semblé dérisoires.

6

1554-1555

Avec la mort du jeune roi d'Angleterre Edward VI et l'accession au trône de Marie Tudor, fille unique de Catherine d'Aragon, le catholicisme triomphait en Angleterre. À Édimbourg, grassement dédommagé, Hamilton avait accepté de renoncer à la régence avec la promesse d'hériter de la couronne au cas où Marie Stuart, la petite reine, décéderait sans postérité.

Marie de Guise s'était emparée du pouvoir. Tolérante, partisane d'une politique d'apaisement, la régente laissait prêcher les pasteurs Willock, Harlaw et surtout John Knox, revenu des galères françaises, dont le verbe sec et accusateur enflammait ses fidèles. Des nobles, John Erskine, William Mailand, le puissant Campbell comte d'Argyll, avaient ouvertement pris position contre l'Église catholique. Pour la régente, satisfaite du mariage de la reine d'Angleterre avec le roi Philippe II d'Espagne, importait surtout l'implantation de la présence française en Écosse.

À Paris ou à Fontainebleau, un nouveau rejeton venait chaque année élargir la famille royale et, quoique toujours discrète, Catherine de Médicis triomphait. On la voyait désormais plus souvent aux côtés du roi Henri II et à la Cour, on consentait enfin à lui adresser quelques paroles aimables. Souriante, bonne cavalière, infatigable chasseuse, l'Italienne vivait entourée d'astrologues, de mages, et dans l'ombre se tissait un réseau de fidèles, des protestants souvent, comme elle ennemis de l'arrogant et ultra-catholique clan des Guise, qui contrôlait la jeune reine d'Écosse et son pâle fiancé, le dauphin de France. Grande comme ses oncles, charmeuse, accoutumée à être satisfaite dans le moindre de ses désirs, Marie Stuart ne parlait plus l'écossais qu'avec les quatre demoiselles d'honneur de son âge qui l'avaient suivie d'Écosse : Marie Fleming, Marie Beaton, Marie Seton, Marie Livingstone, et nommait la France « son cher pays ». Pour les

Écossais, elle n'était qu'une souveraine fantôme, une enfant gâtée qui jamais ne consentirait à séjourner sur le sol natal. Si la régente venait à disparaître, ce serait vers son demi-frère James, un fervent protestant, que se porteraient tous les regards. Bâtard de James V et de Margaret Erskine, le jeune homme était doué d'une vive intelligence, possédait une ambition démesurée, une finesse politique dont les Hamilton, les plus proches parents des Stuart, étaient totalement dépourvus.

L'été 1555, James Hepburn fêta ses vingt ans à Paris. Son diplôme de bachelier en poche, il regagnerait l'Écosse pour se mettre au service de la régente. Pardonné à nouveau par Marie de Guise, son père avait été nommé lieutenant des Marches de l'Est. À Crichton, on lui avait volé ses vêtements de Cour et tous ses bijoux. Sans sou ni maille, le « beau comte » s'aigrissait, accusait ciel et terre de ses infortunes, combinait des mariages pour Janet, qui suppliait son frère d'intervenir en sa faveur. Les vieillards titrés ou riches auxquels songeait leur père la révoltaient. Souvent James pensait à sa sœur. Était-elle toujours le garçon manqué qu'il avait laissé derrière lui trois ans auparavant ? Quand l'état de ses finances le lui permettait, il lui envoyait une babiole, un colifichet à la mode. Dans les rues Saint-Denis, de la Tabletterie, de la Heaumière, les boutiques se jouxtaient qui proposaient mouchoirs brodés, éventails, aumônières serties de pierres semi-précieuses, plumes et bas de soie,

51

tandis que sur le pont au Change se côtoyaient les joailliers.

Son valet breton remercié, James avait engagé un Parisien plus déluré. Coiffé de velours, portant un pourpoint chamarré, celui-ci pouvait donner le change et faire figure de page. Au marché aux chevaux, le jeune Écossais avait pu échanger sa haridelle contre une jument balzane âgée mais de belle allure. Comme maints nobles parisiens désargentés, il avait appris la roublardise et le confort passager de vivre à crédit. À ses successives maîtresses, toutes de modeste condition, il se contentait d'offrir sa fugitive présence.

Au collège de Reims, on octroyait aux étudiants de quatrième année une relative liberté dont James usait pour explorer Paris. Il avait fait la connaissance de quelques Écossais, des exilés protestants en majorité, qui ne perdaient pas une occasion de fustiger la régente. Tout comme l'archevêque Beaton, Marie de Guise devrait tôt ou tard être abattue. La seconde bête noire du petit groupe était la reine d'Angleterre, Marie Tudor. Rongée par des maladies nerveuses provenant de son enfance désastreuse, immodérément amoureuse de son indifférent époux, catholique fanatique, la malheureuse femme se prêtait à tous les sarcasmes des jeunes gens. Le ridicule que lui avait conféré sa grossesse imaginaire avait tant réjoui ses ennemis que, six mois plus tard, ils en riaient encore.

En Angleterre, des prêtres étaient moqués, malmenés. Il y avait eu dans le Kent des oreilles et des nez coupés. Marie Tudor avait réagi. John Hooper, évêque de Worcester, resté attaché à la foi anglicane, avait été brûlé vif à Londres ainsi que quelques autres ecclésiastiques. L'atroce et interminable agonie de Hooper avait révolté la foule qui le considérait désormais comme un martyr. Partout on murmurait que Philippe, avec l'accord de son épouse, complotait l'auto-dafé des protestants.

En décembre, une fête fut donnée au Louvre pour célébrer les treize ans de Marie Stuart. Prié d'y assister, James acheta à crédit un pourpoint de taffetas moiré, des hauts-de-chausses de soie grise, une chemise au col tuyauté ourlé de dentelles. En seconde main, il put se procurer un harnachement convenable pour les chevaux et une tenue de bon aloi pour son valet. Souffrante, la reine d'Écosse ne se montra point. L'air maussade, le dauphin quant à lui salua quelques personnages et s'éclipsa. Catherine de Médicis, qui n'avait aucune sympathie pour sa future belle-fille, était restée invisible et le roi se trouvait à Fontainebleau avec Diane de Poitiers. James cacha mal son dépit. Il en avait assez de la vie parisienne et, quoi qu'il advienne, il était décidé à regagner l'Écosse avant la fin de l'été.

Mon enfant,

Ton père est gravement malade et éprouverait sûrement de la joie à te revoir. À quarante-trois ans, il est usé par les infortunes et, bien qu'il nous ait tous fait beaucoup souffrir, je prie chaque jour pour le salut de son âme.

Embarque-toi pour l'Écosse dès que possible et rends-toi aussitôt à Dumfries où il est alité. Ta sœur Janet refuse d'y aller. Elle est révoltée par l'engagement que ton père a pris de la marier sans son consentement à Robert Lander, un homme d'un certain âge dont il est le débiteur.

Que Dieu te bénisse, mon fils. La joie de te revoir bientôt est une consolation dans l'épreuve qui frappe les Hepburn auxquels je reste attachée par mes enfants.

Ta mère, Agnes Sinclair, dame de Morham.

Trois jours plus tard, James avait liquidé la plupart de ses possessions, convaincu son valet de le suivre, obtenu deux sauf-conduits et pris la route de Dunkerque. De là, il trouverait facilement un bateau en partance pour Édimbourg. La mort prochaine de son père l'affligeait plus qu'il ne l'aurait pensé. Des images lui revenaient en mémoire. Enfant à Crichton, il chevauchait à ses côtés. Patrick lui citait le nom des oiseaux qui s'envolaient devant eux, ceux des sentiers, des guets et des bois. Par cœur, il connaissait les liens de famille unissant les différentes branches des Hepburn, ceux de Smeaton, de Monking, de Waughton, d'Athelstone, tous soudés autour des Hepburn de Hailes. Il était le chef de cette nombreuse famille. Plus tard, ce serait à lui d'assumer cet honneur de porter haut la dignité de leur nom. Orphelin dès sa petite enfance, adulé par les femmes, Patrick, sa vie durant, s'était bercé d'illusions. Même revenu en grâce, nommé lieutenant des Marches, il avait gardé une aveugle suffisance qui lui avait fermé le cœur des habitants de cette sauvage région frontalière. Comment les Eliott ou les Amstrong pouvaient-ils respecter cet homme élégant, superficiel, aux manières de Cour ?

Au large du Suffolk, la mer devint houleuse. Lui qui allait hériter du titre de grand amiral d'Écosse était sujet au mal de mer. Contre cette humiliante évidence, James ne pouvait rien. À combien de dures réalités allait-il devoir s'adapter ? Au manque d'argent tout d'abord. Son père avait hypothéqué une grande partie de ses terres, renoncé à entretenir comme il l'aurait fallu Hailes et Crichton. Des bijoux familiaux, il ne restait rien. Lui qui rêvait d'action devrait se plonger dans des paperasseries, de sinistres livres de comptes. Puis il irait offrir ses services à Marie de Guise. Protégé par elle, il pourrait mettre à profit ce qu'il avait appris de la science militaire pour se battre contre les Anglais. Peut-être lui confierait-elle la lieutenance des Marches, la capitainerie du château d'Hermitage ? À peine pouvait-il s'imaginer le maître de cette citadelle qui, enfant, l'avait tant fait rêver.

À Édimbourg, il faisait soleil. Avec émotion, James retrouva les austères collines au sommet desquelles la lumière se faisait grise ou bleutée, les vieilles maisons, la cathédrale, la forteresse et le gracieux palais de Holyrood entouré de son parc immense. Bien qu'il soit revenu pour fermer les yeux de son père, il sembla à James qu'il renaissait à la vie.

7

De ses deux séjours dans le trou, James ne garde que les souvenirs restitués par ses sens : le froid, l'obscurité, l'humidité, la douleur. Il se remémore le terrible réveil où il s'est découvert enchaîné à un poteau, le crâne bandé. « Il avait essayé de se fracasser la tête contre le mur, avait ricané le valet chargé de lui passer ses repas. Pour l'empêcher de récidiver, le gouverneur a décidé de le faire enchaîner. » Les mots martèlent l'esprit de James sans qu'il puisse tous les comprendre. Mais il lui semble avoir tourné longtemps autour de ce poteau comme une bête captive.

Depuis la veille, il reste couché, le regard tourné vers la fenêtre, la course des nuages, le passage des oiseaux de mer. Il boit à même la cruche posée à côté du lit, ne mange pas. Désespérément, il veut comprendre pourquoi il est à Dragsholm. On lui a dit qu'il était violent, que nul ne pouvait le maîtriser dans ses crises de rage, qu'il était devenu fou et que le seul moyen de traiter les déments était de dompter leurs lubies. Mais on peut le jeter aux vermines, le rouer de coups, il ne pliera point.

Où Marie se trouve-t-elle ? Prisonnière au fond de quel château anglais ? Aucune nouvelle ne lui parvient plus. À Malmö, juste avant son transfert à Dragsholm, il a appris le décès de sa mère. Par testament, elle a laissé ses terres à Janet, remariée à John seigneur de Caithness, et son argent au cousin que James considère comme un frère, William Hepburn de Gilmerton. Le visage tant chéri de la dame de Morham s'estompe ; avec désespoir, James cherche à le retrouver comme il l'a vu lors de leur ultime rencontre après Carberry Hill et sa séparation d'avec Marie.

Ébloui par la lumière d'été, James ferme les yeux. De plus en plus, il lâche le fil du temps, se perd dans un flou qui l'attire dangereusement. Il suffirait de si peu pour que le passé se disloque, le libère, qu'enfin il puisse dormir en paix, manger sereinement le poisson, la soupe qu'on lui sert, trouver un peu de joie dans le pichet de vin, la pinte de bière.

Soudain, James revoit son père défunt. La mort rendait enfin paisible le visage de ce bel homme qui avait si mal su conduire son existence. Il ne le haïssait plus, n'éprouvait que le regret de l'avoir si peu, si mal connu. Désormais, il portait ses titres, recevait les honneurs qui y étaient attachés : comte de Bothwell, grand amiral d'Écosse, shérif des comtés de Berwick, de Haddington et d'Édimbourg, bailli de Lauderdale, seigneur de Hailes et de Crichton. James répète les noms et cherche dans sa mémoire les lieux qu'ils évoquent : Hailes et Crichton, les châteaux où il a passé son enfance avant son départ pour Spynie, asiles de bonheur jusqu'au divorce de ses parents, puis solitude, bagarres, liberté, ivresse de sentir en lui la force de la vie. Les bords de la Tyne sont ses lieux d'errance favoris durant l'été. L'eau cascade sur les cailloux ronds, se faufile dans les rais de soleil qui filtrent à travers les hautes herbes, se heurtent aux branches mortes charriées par le courant. Entre ombre et lumière, elle paresse, serpente, meurt en vaguelettes sur les berges où pullulent les grenouilles, où dansent les demoiselles aux ailes chamarrées. Il pêche, il rêve, il se baigne avec les fils des paysans alentour. Hailes est une demeure enchantée, Crichton un secret dont les murailles sévères cachent une cour intérieure pleine de vie, un monde coupé du reste du monde. Il rôde dans les resserres, dérobe un biscuit d'orge, regarde le maréchal-ferrant planter ses pinces dans une fournaise ardente, s'émerveille de la dextérité des servantes qui plument les volailles, s'aventure sur la pointe des pieds dans la cave qui sent le vin, la bière, les fruits moisis. L'hiver, il se dégourdit au feu des cheminées, s'attarde dans les cuisines où les marmitons épluchent les légumes, embrochent des quartiers de mouton. Le cuisinier lui fait rôtir des galettes, lui tend une chope de cidre chaud aux épices. Hailes et Crichton... James ferme si fort les yeux pour enfermer ses souvenirs qu'il voit des formes mouvantes, des ombres fugitives qui l'invitent à les suivre. Il ouvre aussitôt les paupières. Les murs de sa chambre ont été peints autrefois, il fixe la silhouette évanescente des faisans. Parfois il en retrouve la forme, les couleurs, discerne un œil, une patte, parfois il ne voit que salissures, ulcérations sur la lèpre du mur.

Le mot « Lauderdale » lui martèle les tempes : le seuil des Borders dans les collines du Lammermoor, là où naissait le vent qui poussait les Reivers la nuit vers les frontières, qui charriait les rires, les cris d'enthousiasme ou de souffrance, le bruit des sabots des chevaux sous la lune.

James ne veut pas penser aux Borders, à la liberté que ce nom suggère, à sa violence. Trop de souvenirs le torturent. Il quitte son lit, tourne autour de sa chambre. Ses jambes ankylosées le font souffrir. Il était un cavalier, un soldat, il aimait se dépenser, entreprendre, conquérir. Aujourd'hui, il n'est qu'un gerfaut aux ailes coupées. Il ne voit plus le ciel, la terre mouillée, la bruyère, les mousses mordorées, la masse des rochers, la silhouette aiguë des vieux châteaux dans la lande. Autour de sa chambre, il marche en sourd, en aveugle pour retarder le moment où il deviendra une loque humaine. S'il parvient à s'échapper, il faut qu'il puisse rejoindre la France, convaincre Charles IX de voler au

secours de Marie. Pense-t-elle toujours à lui ?
Elle a promis à Carberry de lui rester fidèle, sa
main serre fort la sienne comme si elle voulait
le retenir un peu plus longtemps encore. Il sent
toujours la pression de ses doigts sur sa paume.
Elle pleure, elle tente de dissimuler sa peur, il
voudrait la prendre à nouveau dans ses bras
mais il doit monter en selle, partir au grand
galop. Fuir ? Non pas. Réunir une armée pour la
remettre sur son trône. Comme autrefois.

8

Fin 1556-1557

— Soyez le bienvenu, milord Bothwell.

Avec attention, James observa la régente.
Marie de Guise semblait épuisée. De la jolie
femme sensible aux hommages masculins
qu'avait courtisée son père, demeurait un être
méfiant à l'expression bienveillante mais intraitable. Le jeune homme savait qu'elle se battait
pour conserver à sa fille un royaume où celle-ci
ne reviendrait peut-être jamais. Mais elle était
une Guise, faisait partie d'une race qui ne renon-
çait pas.

— Votre aide est la bienvenue, continua la
régente en s'approchant de l'âtre. J'ai grand

besoin de quelqu'un pouvant servir de liaison entre mes officiers français et les soldats écossais. Monsieur d'Oysel vous prendra sous sa protection. Bon stratège, homme cultivé, il devrait vous plaire. Demain, il vous mènera à Leith où notre garnison attend d'un jour à l'autre une attaque anglaise.

À Édimbourg, la présence française était mal supportée et les efforts qu'avait faits la régente pour se concilier les calvinistes en libérant ceux d'entre eux qui avaient occupé le château de Saint Andrews après l'assassinat du cardinal Beaton ne contrebalançaient point les frustrations nées de la nomination de Français à des postes d'agents publics appartenant de droit aux Écossais.

— Je suis à votre service, Madame.

La perfection du français parlé par James plut à la régente. De sa mère, lady Agnes, le jeune homme avait hérité ses cheveux châtain foncé sur lesquels le soleil posait des reflets fauves, ses yeux marron avaient une expression franche, volontaire, une fine moustache d'un brun plus clair que les cheveux soulignait une grande bouche aux lèvres sensuelles. « Ce garçon a beau ressembler à sa mère, pensa Marie de Guise, il a bel et bien hérité du tempérament et du charme Hepburn. » Elle avait aimé se faire courtiser par Patrick. Plus fin, plus amusant que son rival le comte de Lennox, le « beau comte » dansait à ravir, possédait une jolie voix qu'elle avait eu plaisir à entendre. Mais cet agréable soupirant s'était mis dans la tête de l'épouser et elle avait dû prendre ses distances.

— Nous nous reverrons très bientôt, assura la régente. Venez aux fêtes de Noël que nous célébrerons à la française à Holyrood.

Un court moment, elle hésita.

— Passez voir mon trésorier, ajouta-t-elle d'un ton aimable. N'ignorant guère moi-même les difficultés financières, je peux imaginer les vôtres. Je dois lever des taxes impopulaires ou supplier les Français de m'envoyer des fonds. Mille hommes seront nécessaires pour restaurer les fortifications d'Édimbourg. Vous savez aussi que la reine, ma fille, doit épouser Monseigneur le dauphin l'année prochaine. Il me faut soixante mille livres.

La voix de la régente avait perdu sa vivacité. James y dénota une certaine angoisse. Sa toque à la main, il s'inclina profondément.

Le jeune homme prit son service auprès du comte d'Oysel. L'alliance avec la France, garantie de la souveraineté des Stuart, ne le rebutait pas et il était heureux de mettre à l'épreuve sa connaissance théorique de la stratégie militaire acquise dans des livres à Paris. Aussitôt qu'il disposait d'un peu de liberté, il galopait à Crichton et, aidé par son intendant, vérifiait les comptes, consultait les actes des hypothèques. En vendant un peu de ses terres à des cousins, il pourrait liquider l'essentiel des dettes de son père, lever les hypothèques. Maître désormais de Hailes et de Crichton, il voulait en faire des résidences agréables, réaménager certaines pièces, acheter des meubles. Ses antiques et inconfortables forteresses familiales faisaient partie de son enfance, de son identité. S'il mourait sans descendance, elles reviendraient à un de ses cousins préférés, William Hepburn, avec lequel il avait partagé les longs étés d'autrefois. Ensemble, ils marchaient à grands pas le long de la Tyne et parlaient aux villageois, chassaient hérons, canards et poules d'eau ou bien faisaient seller leurs meilleurs chevaux pour galoper jusqu'à Liddesdale.

Le ciel d'hiver ensevelissait les collines, jetait sur les landes des reflets gris bleuté, la pluie fouettait son visage. À perte d'horizon, il ne voyait que de courtes herbes, des mousses brunies par le froid. Dans les nuits sans lune, trop obscures pour les Reivers, il n'entendait que le sifflement du vent, le martèlement des sabots de son cheval sur le sol. À l'aube, il rentrait fourbu à Crichton et se jetait sur son lit, la tête pleine d'espérances sans limites.

Dès le début de l'été, la violence se déchaîna sur les Borders. Au-delà des traditionnelles vendettas locales, les exactions avaient passé les frontières et les habitants du comté de Northumberland réagissaient avec une brutalité croissante aux raids des Écossais. Des troupeaux de moutons et de vaches étaient maraudés d'un côté comme de l'autre, des hameaux incendiés, des hommes pris en otages. Les comtes d'Oysel et de Huntly, lieutenants des Marches, décidèrent de sévir. La connaissance qu'avait James du terrain et ses liens personnels avec les grandes familles établies dans les Borders rendaient précieuse sa collaboration.

— Il ne faut point se contenter de garder les frontières, nous devons les franchir, affirma James. Les Anglais nous pillent ? Donnons-leur une leçon, non pas en volant leurs troupeaux ou en malmenant leurs femmes, mais en nous battant contre les hommes du comte de Northumberland.

— La plupart de nos troupes sont à Leith, objecta Oysel.

Il avait appris à apprécier ce jeune Écossais téméraire et loyal qui ferait dans quelques années un grand capitaine.

— Nos Borderers suffiront, rassemblons-les. Un homme se bat mieux quand ses propres inté-rêts sont en jeu et je connais plus d'un Amstrong, Eliott ou Graham qui passera allégrement son gilet de cuir et coiffera son casque. Pénétrer en territoire anglais, croyez-moi, les animera d'une singulière vigueur.

— Obéiront-ils à leur lieutenant général ?

De cela, James doutait. Huntly était un grand seigneur du Nord et les Borderers ne se sentaient liés à lui par aucun sentiment d'allégeance. Dans ce rude pays, seuls comptaient les liens de clan. À peine savaient-ils que Marie de Guise, la veuve de leur ancien roi, était devenue régente. Édimbourg faisait partie d'un autre monde.

À sa déception, James ne trouva que trois cents cavaliers à l'endroit du ralliement. La rumeur de la présence à leur tête d'un étranger, Oysel, et d'un Highlander avait sans doute rebuté beaucoup d'entre eux. En outre, les Borderers anglais, tous parents plus ou moins éloignés des Écossais, avaient dû parlementer. Il avait été pris de court.

— Venez me parler en tête à tête, demanda le comte d'Oysel.

Il faisait chaud et humide. De minuscules mouches harcelaient les hommes et les chevaux.

James s'était repris et déjà élaborait des plans pour passer la frontière avec ses trois cents cavaliers. Le sermon qu'allait lui donner le Français n'ébranlerait pas sa détermination.

— Nous n'avons pas les effectifs nécessaires.

Dans l'unique salle de la maisonnette qui leur servait de quartier général, le comte allait et venait. Pour ne pas attirer l'attention de l'ennemi, ils avaient évité de se rassembler à l'Hermitage.

— Trois cents cavaliers, annonça calmement James.

— Des pillards.

— Des hommes aguerris.

— Des malfaiteurs, des hommes sans foi ni loi.

— Il existe chez les Reivers un code de l'honneur plus rigoureux qu'à la Cour, monseigneur.

Le comte d'Oysel dévisagea son jeune lieutenant. À vingt-deux ans, ce garçon montrait une ténacité, une volonté peu communes. Mais commettre les soldats du roi de France aux côtés de ces bandits...

James sentit qu'Oysel fléchissait et s'en félicita. Il voulait accomplir seul ce raid, gagner l'admiration des Reivers, la confiance de la régente. Qu'elle comprenne que le fils ne ressemblait pas au père.

— Je n'ai pas besoin des soldats de Sa Majesté, assura le jeune homme. Une expédition bien organisée avec d'audacieux cavaliers frappera mieux l'ennemi qu'une armée dont il faudrait organiser le gîte et le ravitaillement. Les Écossais, monseigneur, sont impulsifs et détestent les attentes, les interminables palabres. Donnez promptement l'ordre d'attaquer et ils se lanceront en avant, faites-les mijoter toute une journée sous le soleil ou la pluie et ils commenceront à déserter.

Le comte d'Oysel se racla la gorge. Pourquoi ne pas faire confiance à ce jeune homme ? Et dans cette affaire, la France ne perdrait pas un seul homme.

— Vous avez carte blanche, dit-t-il enfin. J'ai de vous, milord, une bonne opinion que votre prochaine conduite va sans doute fortifier.

James prépara ses plans dans le moindre détail. Ils passeraient la frontière de nuit sous la conduite d'un guide qui connaissait parfaitement la région, ses marécages, ses sentiers de traverse. Avant l'aube, ils tomberaient sur les hommes de Percy, frère du comte de Northumberland, et les surprendraient dans leur sommeil.

— Je vous félicite, milord !

Tout sourire, la régente s'empara des mains de James et les serra dans les siennes. Le succès du raid avait été complet. Percy avait perdu cent de ses hommes sans pouvoir riposter. Un seul Reiver avait été blessé et ses camarades avaient pu le ramener en Écosse.

— Je n'ai fait que mon devoir, Madame.

En dépit de l'allégresse qu'elle affichait, James devinait la tension qui rongeait Marie de Guise. Ses nobles protestants venaient de s'associer en une Congrégation qui défiait son pouvoir. Argyll, Gleincain, Erskine, Morton qui était un Douglas, et surtout James Stuart, fils bâtard du feu roi son époux, en étaient les membres fondateurs. Très vite, cette Congrégation montrerait des exigences, saperait un peu plus encore dans l'esprit du peuple l'influence du clergé catholique.

La régente invita James à s'asseoir. Septembre était doux et les fenêtres de son petit salon de réception étaient ouvertes sur le parc de Holyrood.

— Servez-nous du vin de Loire, demanda-t-elle à un valet.

Elle voulait sonder James Hepburn, savoir si la confiance qu'elle mettait en lui était justifiée.

— Vous êtes huguenot, n'est-ce pas ?

— En effet, Madame.

— Ne songerez-vous pas à revenir dans le sein de l'Église de Rome ?

— Non, Madame.

La résolution que la régente découvrit dans la voix de son interlocuteur lui interdit d'insister.

— Sympathisez-vous avec la Congrégation ?

— Certainement pas.

James cherchait ses mots. Certes, il était protestant et le resterait jusqu'à son dernier souffle, mais ses convictions religieuses n'avaient aucune raison d'entamer son attachement aux Stuart.

— Vous allez être bien seul, observa Marie de Guise, car la noblesse écossaise protestante à laquelle vous appartenez vous considérera comme un traître et cherchera à vous abattre.

— J'ai l'honneur d'avoir le soutien de Votre Grâce.

— Certes, souffla la régente.

Combien de temps sa santé lui permettrait-elle de lutter pour conserver intact l'héritage de sa fille ? Marie allait se marier au printemps, devenir dauphine de France. Que représenterait l'Écosse alors pour elle ? Ses frères lui décrivaient dans chacune de leurs lettres une jeune fille pleine de charme, bonne, soucieuse de plaire au roi et à son futur époux. Marie jouissait d'une solide instruction, aimait la chasse, les bijoux, la danse et ne cachait pas sa fierté d'être une Guise et bientôt une Valois.

— En vous mettant à mon service, vous aurez peu de gloire et beaucoup d'avanies. On vous proposera de l'or pour m'abandonner. Ne serez-vous pas tenté de l'accepter ? On dit que vous vous débattez pour éponger les dettes contractées par lord Patrick, votre père.

Sans douceur, James posa son verre. Que pensait de lui au juste Marie de Guise ?

— Certains mal avisés, Madame, laissent aller leurs barques à la dérive. Étant votre grand amiral, la mienne est solidement ancrée. Pensez-vous qu'une poignée d'or anglais puisse me faire perdre l'honneur ?

La colère que la régente lisait sur le visage de James lui arracha un sourire. Mais ce garçon était fort jeune. La vie pouvait le changer.

— J'ai confiance en vous, James Hepburn, assura-t-elle. Comment ne pas apprécier votre fidélité et votre courage ? J'ai peu d'amis, vous le savez. Le comte de Hamilton, mon plus proche parent en Écosse, est un faible, et son fils aîné, le jeune Arran, un être instable, vindicatif. Les Lennox m'ont trahie, ainsi qu'une partie du clan des Douglas. Je ne puis compter ni sur le comte d'Argyll, ni sur mon beau-fils James qui se verrait fort bien sur le trône d'Écosse à la place de Marie. Comme soutien ne me restent que les Huntly, les Seton, les Livingstone, les Fleming et vous, les Hepburn.

— Vous en oubliez beaucoup, Madame, qui se taisent mais seraient prêts à prendre les armes pour vous suivre.

À travers la fenêtre proche d'elle, la régente semblait absorbée par la contemplation de la course des nuages. Les Écossais étaient rudes à gouverner. Susceptibles, ombrageux, ils ne cessaient de se quereller, ressassant de vieilles haines ranimées à chaque génération. James, son défunt époux, avait été rongé par ces différends, ces désirs de vengeance inextinguibles. Marie était sûre que l'ultime petit rire de son mari exprimait de la dérision.

— L'amitié, la confiance que j'ai en vous comportent dangers et mécomptes. Membre de la Congrégation, vous seriez épaulé par vos pairs. À mes côtés, vous ne pouvez compter que sur l'amitié de la reine, ma fille. Mais elle est loin d'ici et, après ma mort, l'Écosse ne pourra survivre que sous l'étroite protection de la France. Certains soutiennent que cette alliance est une trahison, mais je ne dispose point d'armée, je n'ai pas d'argent. À quelle autonomie puis-je prétendre ? Pour le moment, la reine Marie Tudor met un frein au violent désir de domination des protestants anglais. Hélas, Sa Majesté ne vivra pas longtemps. Si Élisabeth, la bâtarde, lui succède, cette volonté n'aura plus de frein et, ne mettant plus de limites à leur arrogance, les membres de la Congrégation prétendront me gouverner.

James se taisait. Marie de Guise voyait juste mais elle sous-estimait l'impopularité de l'occupation française. À la première occasion, certainement à la mort de la reine d'Angleterre, l'Écosse serait divisée en deux clans irréconciliables. Quant à lui, il appartenait aux Stuart.

9

Au début de l'année 1558, l'annonce de la prise de Calais par François de Guise devenu un héros national avait enflammé la faction écossaise profrançaise. Poussée à la guerre par son époux Philippe II d'Espagne, Marie Tudor avait perdu la dernière possession anglaise en France, une ville qui leur appartenait depuis plus de deux cents ans !

Au début du printemps, James Beaton, archevêque de Glasgow, les évêques de Ross et d'Orkney, les comtes de Roth et de Cassilis, lords Fleming et Seton, James Stuart[1] s'embarquèrent pour la France afin de représenter l'Écosse au mariage de leur jeune reine. À quinze ans et quatre mois, Marie épousait en grande pompe à Notre-Dame le dauphin François qui venait d'entrer dans sa quinzième année. Peu avant, Marie de Guise avait écrit à sa fille, l'exhortant à obéir en tout au roi de France et à ses oncles, à signer sans protester les documents qu'ils lui soumettraient. Ceux-ci stipulaient que le dauphin de France deviendrait roi d'Écosse avec les mêmes prérogatives, privilèges et droits que Marie, l'un comme l'autre s'engageant à respecter les lois et libertés écossaises. Mais ce que Marie de Guise avait caché à la délégation écossaise était

---

1. Nom francisé de Stewart.

qu'un acte secret serait rédigé auparavant qui rendrait caduc tout engagement ultérieur. Dans ce document, il était spécifié qu'au cas où Marie décéderait sans descendance avant son époux, l'Écosse appartiendrait de plein droit à François, devenant par là même une province française.

La cérémonie nuptiale eut lieu sur une estrade dressée devant le porche de Notre-Dame afin que la foule puisse contempler la mariée vêtue de soie et de satin blancs constellés de perles et de diamants. Le sourire charmeur de la jeune fille faisait merveille. On admirait sa haute taille, sa minceur, sa démarche gracieuse, son regard pétillant et on oubliait la pâleur maladive de François, son visage renfrogné, que la timidité et l'émotion crispaient un peu plus encore.

Puis survint la terrible nouvelle du décès des lords Roth, Cassilis et Fleming et de l'évêque d'Orkney, tous empoisonnés par le repas pris avant leur embarquement à Dieppe. Marie de Guise fut bouleversée. Était-ce un accident, un assassinat ? Se pût-il que les quatre notables aient eu vent du document cédant l'Écosse à la France et menacé d'ameuter le Parlement d'Édimbourg ? Qui avait décidé alors de les éliminer ?

Prise entre son affection pour le pays de sa naissance et son attachement à l'Écosse, la régente vivait dans un perpétuel déchirement. De plus en plus souvent, elle exigeait à ses côtés la présence de ses amis, tentait de minimiser l'action de la Congrégation qui gagnait du terrain et revendiquait maintenant la liberté de culte et l'abolition des lois contre l'hérésie.

Nommé membre du Parlement, James Hepburn était tenu à l'écart par les catholiques comme par les protestants. La voie singulière qu'il avait choisie le stimulait. Il se divertissait des bons conseils, ignorait les mises en garde. À vingt-deux ans, il se sentait invincible. Devenu comte de Bothwell, il avait engagé un page, un barbier, un maître de garde-robe, un jeune écuyer. Il devait tenir son rang, marier sa sœur Janet brillamment, entretenir Crichton et Hailes. L'argent coulait trop vite et les dettes revenaient avec la menace de devoir hypothéquer à nouveau des terres. Un jour prochain, il était déterminé à obtenir de Marie de Guise le revenu d'une abbaye, une charge lucrative. Elle ne pouvait l'en juger indigne.

À la fin de l'été, James reçut de la régente la lieutenance des Marches du Centre et de l'Est, et la charge de commandant de la forteresse de l'Hermitage. Désormais, il avait dans une région qui l'attirait et le fascinait depuis l'enfance le pouvoir de lever une armée pour lancer des expéditions punitives contre les pillards, passer la frontière, mettre au pas les fortes têtes anglaises. Chaque famille de Reivers lui était familière et il connaissait par leur petit nom la plupart des Amstrong, Eliott, Graham, Nixon, Crosier, Kerr, n'ignorait ni les vendettas Kerr contre Scott,

Scott contre Eliott, Eliott contre presque tous, ni les alliances, qu'elles fussent matrimoniales ou claniques. Il jouissait d'un réseau de renseignements, espions, sympathisants, vassaux. Deux fois l'an, il jugerait à Jedburgh des prisonniers sur lesquels il aurait droit de vie et de mort, procéderait à des échanges de captifs avec l'Angleterre. Ce mode de vie rude et violent ne l'effrayait pas. Jamais il ne se sentait plus heureux qu'à la tête de ses hommes lancés au grand galop sur leurs montures dans les landes bleutées par le lever du jour, à travers les ajoncs et les genêts qui griffaient les bottes des cavaliers et les flancs des chevaux.

Dès septembre, de longs vols d'oiseaux migrateurs traversaient le ciel, les nuits se faisaient fraîches, de violentes bourrasques soufflaient de la mer. Au petit matin parfois, James regagnait l'Hermitage, toujours émerveillé par le charme étrange et triste de la forteresse. Les légendes les plus sinistres y étaient attachées, celle du monstrueux lord Soules, un géant réputé invincible, finalement anéanti par un magicien qui avait ouvert les flots de la rivière pour qu'elle l'engloutisse, celle de seigneurs bouillis vifs ou de prisonniers morts de faim dans le trou, sans ventilation ni lumière. Dans la tour d'angle où il logeait, James ne pensait guère au destin des infortunés prisonniers. Harassé, il ôtait ses bottes de cavalier, se débarrassait de ses armes, mettait à sécher ses vêtements. Le lit était bassiné, les édredons étaient en plume d'oie, les draps de lin finement tissé. Il entendait siffler le vent, chanter les eaux de la rivière Hermitage et se sentait le roi du monde.

— Te voilà promu lieutenant des Marches, maître de la forteresse de l'Hermitage. Tu as joué gros et raflé la mise, mon frère bien-aimé. Dieu dans sa clémence t'a rendu fort utilement sourd et aveugle.

Le visage mince de Janet était éclairé par un sourire malicieux. James s'empara des deux poignets de sa sœur qu'il feignit de tordre.

— Sourd et aveugle à quoi, ma gentille sœur ?

— Au supplice de ce vieux prêcheur brûlé vif à Saint Andrews voici quelques années. Aurais-tu oublié ta révolte quand notre père livra George Wishart à Beaton qui le grilla comme un cochon ? As-tu joint ta voix à celles des autres membres du Parlement pour exiger la liberté de conscience ?

— Non, tant que la Congrégation réclamera des droits qu'elle refuse d'accorder aux catholiques.

— Tu détestes les lords protestants, cependant tu es l'un d'entre eux, Jamie. Ne cherche pas à te détruire pour un idéal chevaleresque qui n'a plus cours.

Le ton de la jeune fille était devenu sérieux. L'isolement de son frère au sein de la noblesse écossaise l'alarmait. Les protestants le mettraient au ban et jamais les catholiques ne le considéreraient comme des leurs. Et Marie de Guise n'était pas éternelle. Morte, qui exercerait le pouvoir au nom de la reine ? Probablement James, son demi-frère, un être intelligent, froid, calculateur, un rigide calviniste qui n'éprouvait pour le jeune protégé de la régente aucune sympathie. Les Hepburn perdraient tout et elle, Janet, devrait se contenter d'épouser un petit seigneur provincial qui lui ferait mener une vie étriquée.

À vingt ans, Janet était mince, vive, frondeuse. Des yeux vifs éclairaient un visage aux traits délicats, au teint hâlé par ses courses à cheval à travers la campagne. Lady Agnes n'avait pu dompter la soif de liberté, la hardiesse de sa fille, et Janet avait grandi sans réelle discipline. Mais, peu à peu, la sauvageonne s'était transformée en femme qui ne boudait plus les jolies robes et la danse.

— Comment peux-tu parler de mode quand il s'agit d'honneur ? La Congrégation n'est point seulement une assemblée de bons chrétiens mais aussi un clan politique qui ambitionne des changements radicaux dans notre société et convoite le pouvoir et les richesses. Que signifient leurs sarcasmes quand ils parlent des terres possédées par le clergé catholique ? Les crois-tu partisans d'une juste répartition de ces biens parmi les pauvres ?

James éclata de rire. À Crichton où il était venu pour conférer avec son intendant, la vie s'écoulait sans heurts. Édimbourg était un nid de vipères. Avec lucidité, la régente louvoyait entre des amis qui d'un moment à l'autre pouvaient la trahir et des ennemis qui multipliaient les témoignages de bienveillance. Sans vie personnelle, elle se consacrait jusqu'à la limite de ses forces à suivre le chemin qu'elle s'était tracé après la mort de son époux : garder forte l'autorité royale, consolider la vieille alliance française, discipliner sa noblesse.

À quelque distance du château, la Tyne serpentait au milieu des pâturages où paissaient des moutons à tête noire. À perte de vue s'arrondissaient des collines dont les courbes harmonieuses soulignaient la masse austère du vieux château avec sa massive tour carrée à laquelle, au fil des temps, les différents propriétaires avaient ajouté de vastes corps de logis réunis autour d'une cour centrale encombrée de galeries, d'abris, de remises de toutes sortes. James s'était installé dans la chambre de son père où demeuraient des souvenirs qui l'avaient touché. Alors qu'il ne le connaissait guère, il l'avait jugé sévèrement. Le « beau comte » avait nourri des ambitions finalement peu différentes des siennes mais, pour les atteindre, il avait usé de moyens qu'il excluait. Il avait découvert, serrées dans un carton, des lettres de femmes exprimant un amour passionné. Son père, il en était sûr cependant, ne s'était attaché à aucune. Avait-il hérité de son insensibilité ? Les larmes, les exigences, le naïf besoin qu'avaient les femmes de s'attacher inconditionnellement leurs amants l'effrayaient et l'insupportaient.

Milord,

L'annonce de la mort de Sa Majesté la reine Marie Tudor vient de m'arriver à Holyrood et votre prompt retour à Édimbourg m'obligerait. L'accession au trône de la princesse Élisabeth va très certainement impliquer le retour du protestantisme en Angleterre et un regain d'agitation chez nous. Je réunis mon Conseil privé. Votre avis m'importera....

Marie de Guise avait signé elle-même et ajouté trois mots : « *Je vous attends.* »

À bride abattue, James galopa vers le nord.

Comme la régente le craignait, l'Angleterre allait changer de politique. L'alliance anglo-espagnole ayant fait long feu, Élisabeth se tournerait vers l'Écosse. La souveraine souhaitait y garder de l'influence et traiterait sans doute directement avec les lords de la Congrégation dont elle soutiendrait l'action par de généreux subsides. La rébellion contre la régente deviendrait alors ouverte et le combat pour le pouvoir sans merci.

— Avant de tendre la main, Madame, il faut montrer sa force. Les argumentations n'ont que plus de clarté quand elles sont précédées par quelques raids victorieux. Attaquons à nouveau Northumberland et son frère Percy, lançons une petite armée de l'autre côté de la frontière, frappons vite et fort !

— Agissez de concert avec les Français, demanda Marie de Guise. Puis nous nous joindrons à l'Espagne et à la France pour signer un traité de paix. Dieu fasse qu'il soit observé !

À la fin de l'année, James triompha dans un nouveau coup de main sur les Borders. Désormais, ses ennemis ne se cachaient plus pour exprimer la haine qu'il leur inspirait : le jeune Hepburn était violent, agressif, rusé. Plus son empire sur la régente se resserrait, plus il prenait de l'arrogance. Il paradait dans la rue principale d'Édimbourg, la High Street, comme s'il était devenu un personnage de grande importance. D'où tenait-il l'argent pour s'acheter des pourpoints de velours, des bottes en peau de daim ?

Le jeune homme se moquait des malveillants. La régente lui accordait toute sa confiance, il recevait une pension et pouvait jouir de sa jeunesse, souper dans les auberges, remplir ses caves de bon vin, s'habiller en gentilhomme et surtout acquérir quelques chevaux de bonne race qui, bien entraînés, pourraient vaincre ceux de lord Ruthven réputés être les plus rapides d'Écosse. Au printemps, il choisirait soigneusement son terrain et lui jetterait le gant.

10

James pense à des chevaux lancés au grand galop, à l'eau qui gicle sous leurs sabots quand ils franchissent des ruisseaux, aux nuages qui semblent accompagner leur effort. Écume, puissance, beauté. Sans s'en rendre compte, il tourne autour de sa chambre les yeux fermés. Il sait combien de pas il doit faire, où se trouvent les obstacles. Située dans la tour nord-est de la forteresse, l'austère pièce définit son espace, son degré de liberté. Le temps le retient et l'entraîne, l'accable et le transporte. Ceux qui le dépouillent de son avenir ne peuvent rien contre le passé. Même si tout souvenir est blessure, sans cesse il s'y réfugie. Lorsqu'il remonte le temps, il ne hurle plus, ne se blesse plus, ne tambourine plus contre la porte de sa cellule. Il tourne en rond ou reste prostré sur son lit des heures durant. Il est ailleurs, loin de Dragsholm, du monde qu'on lui impose. Il vit et revit le passé, laissant intacts les moments heureux, altérant les espérances trompées pour transformer les échecs en triomphes. Minutieusement, il traque le moment d'erreur, celui où il n'a pas su saisir la bonne opportunité, tente de retrouver chaque pensée, chaque décision d'antan. Il a eu une vie intense, passionnée, beaucoup trop courte... À quel moment est-il mort ? À Carberry ? À Strathbogie, le château de son ancien beau-frère et meilleur ami George

Gordon, comte de Huntly, lorsqu'il lui refusa son aide ? À Copenhague, quand se sont fermées sur lui les portes de sa première prison, un appartement confortable où il jouissait des plus grands égards ? À Malmö ou bien ici, dans cette prison battue par les vagues et le vent ?

Aujourd'hui, il voit des chevaux et il s'étonne de leur élégance, de leur vigueur. Il est à Saint Andrews où il a défié lord Ruthven. Ses trois coursiers, deux mâles entiers balzans et un hongre fauve, sont harnachés de jaune isabelle et il monte un des étalons. La terre est sèche, l'herbe brune et courte, le vent piquant, la lumière transparente. Son regard n'est attaché qu'au bosquet que les chevaux doivent contourner avant de revenir vers la ligne d'arrivée. Un cavalier est parvenu à sa hauteur. Il porte du rouge et du vert, les couleurs de Ruthven. Pour l'encourager, le pousser vers la victoire, il parle à son étalon, lui murmure des mots doux comme il n'en dit pas aux femmes. Son cheval file comme le vent. James voit le poteau d'arrivée qu'il franchit le premier. Il se sent invincible. Demain, il sera à Perth où la régente s'est retirée. Le jeune Arran, fils aîné de Hamilton, a quitté la France, sans doute sur le conseil de l'Angleterre, pour devenir un de ses agents en Écosse. Marie de Guise s'en doute. Elle va donner à son lieutenant des instructions, prendre ses conseils, lui conférer le pouvoir de signer en son nom un traité de non-ingérence avec le comte de Northumberland. Elle ne sait pas encore que l'accord véritable est déjà signé entre Élisabeth et les membres de la Congrégation. Il l'ignore aussi. Lorsqu'il prend conscience de la collusion entre la reine Élisabeth, son tout-puissant conseiller William Cecil et les lords écossais, déjà il est un homme en marge.

La colère lui revient, monte en lui comme une vague charriant la haine. Il revoit le visage de James Stuart, le Bâtard, ceux de Lindsay, de Kerr de Fawdonside, des traîtres vendus à l'Angleterre.

James arrête sa marche, serre les poings. Stuart est mort assassiné depuis longtemps déjà.

Le prisonnier a un petit rire, peu à peu la mort fauche les forts et les faibles, les vainqueurs et les vaincus. Il sait qu'il ne sortira pas vivant de Dragsholm, que cette forteresse lui vole sa raison, ses forces. Mais il résistera. Il est né un combattant, un conquérant. À vingt-deux ans, il était proche du pouvoir, à quarante il est un mort vivant dont aucun souverain ne consent plus à se souvenir. Lâcheté, ingratitude. James méprise Élisabeth et ses minauderies qui camouflent un cœur de pierre, une rare duplicité, Henri III et sa faiblesse devant sa mère, Catherine de Médicis, Philippe II et ses obsessions de domination, sa bigoterie. Il aime se sentir seul. Il est seul.

11

1559

La neige tombait, ensevelissant la lande, camouflant la rudesse des collines. Tout était calme dans l'austère maison carrée bâtie en pierres et coiffée d'ardoises, une tour fortifiée plutôt qu'un château, massive, peu hospitalière, défiant le temps, les Reivers et les soldats envoyés d'Édimbourg en cas d'insubordination.

Dans le lit aux courtines closes, James ne bougeait pas. À côté de lui, Janet Beaton dormait. Dans le sommeil, son visage restait beau avec son émouvante maturité, les marques laissées par les épreuves de la vie. Parmi la chevelure épaisse répandue sur l'oreiller, il distinguait quelques cheveux blancs. Était-il amoureux ? D'elle, il ne cessait d'apprendre sans pour autant se sentir dominé. En dépit de leur différence d'âge, il n'y avait aucune ambiguïté dans leurs rapports, il était son amant, possédait cette femme hors du commun, admirée et redoutée alentour. Veuve deux fois, elle avait vengé elle-même l'assassinat de son second mari, Walter Scott, par un Kerr, leurs ennemis de toujours. À la tête de deux cents Scott, Janet avait défoncé elle-même à coups de hache la porte de l'église où le meurtrier de son mari, le père de ses six enfants, s'était réfugié et avait laissé ses parents le poignarder sous ses yeux.

Souvent en contemplant sa maîtresse, James pensait à Diane de Poitiers. L'une comme l'autre semblaient traverser le temps en gardant intacte leur beauté et il comprenait maintenant la passion amoureuse de Henri II, sa fascination pour une femme de dix-neuf ans son aînée. Janet avait quarante-trois ans, il en avait vingt-trois.

— Cesse de me dévisager ainsi, chuchotat-elle. J'ai eu tort de te laisser dormir dans mon lit. Une femme de mon âge ne paraît devant son jeune amant qu'embellie par les fards.

— Tu n'en portes jamais.

James s'était soulevé sur un coude et du bout du doigt caressait le nez droit, la bouche aux lèvres pleines. Depuis longtemps il aurait dû être en selle, foncer vers l'Hermitage, mais il n'avait pas la force de quitter sa maîtresse, de renoncer au bonheur de la posséder. Elle lui avait tout appris : à caresser une femme, à retenir son propre plaisir pour en offrir à l'amante.

Sous l'épais édredon, leurs corps étaient soudés l'un à l'autre. Elle lui parlait tantôt avec douceur, tantôt crûment, et il ne savait quel langage l'excitait le plus.

La neige avait cessé de tomber, la lumière était éblouissante, le soleil déjà haut. Toujours au lit, Janet regarda son amant s'habiller, séduite par son corps musclé, un visage qui pouvait sembler brutal de prime abord avec son nez bosselé, sa large bouche, son regard dominateur, mais qui laissait entrevoir la droiture, l'intelligence.

James passa ses chausses, une ample chemise de lin, un pourpoint de laine. Ses bottes et sa cape étaient posées au coin du feu qu'il venait de ranimer. Son austère tenue de cavalier lui seyait mieux que les dentelles, les vêtements de soie et de velours portés à la Cour. Nièce du cardinal Beaton qui avait connu une fin ignominieuse à Saint Andrews, tante d'une des quatre demoiselles de compagnie écossaises de la dauphine, Janet était souvent invitée par Marie de Guise à Holyrood mais elle ne s'y rendait que rarement. Avec les années, elle fuyait les contraintes. Sa place était dans les Borders, dans sa rude demeure ou à cheval parmi ses troupeaux. À la conversation des lords, elle préférait le franc-parler de ses paysans, leur chaleureuse hospitalité. Quand son cheval trottait sur la lande, elle savait que nul ne l'arracherait à ses collines avec leurs amas de rocs cernant les tours dressées le long des frontières comme des sentinelles fantomatiques.

— À demain, dit-elle.

— À ce soir.

Janet éclata de rire. « Les jeunes hommes sont insatiables », pensa-t-elle. Comment James allait-il pouvoir faire face à ses obligations ? Elle devait préparer l'agnelage, il avait la mission de signer une trêve avec l'Angleterre représentée par le comte de Northumberland. La Congrégation s'étant emparée d'Édimbourg, la régente attendait son lieutenant à Perth où elle s'était repliée.

Les amants prolongèrent l'heureux moment du souper en savourant du brandy au coin du feu, les deux épagneuls de Janet couchés à leurs pieds. L'un et l'autre jouissaient de ces instants qui, ils le savaient, ne pouvaient être qu'éphémères.

— Je refuse de croire que notre jeune reine fasse confiance à son demi-frère James Stuart, observa Janet.

— La reine se moque bien de lui ! Dauphine de France, adulée, couvée par la tribu des Guise, elle ne pense qu'à danser, se parer, écrire des poèmes, chasser, et ne doit guère se souvenir de l'Écosse, de ses antiques châteaux et de ses diables de protestants...

— John Knox est revenu à Perth, annonça sourdement Janet.

Catholique, elle avait peur de cet homme sec, violent, intransigeant, qui vouait tous les papistes aux feux de la damnation éternelle. Son éloquence fascinait l'auditoire, le galvanisait. Souvent, à la fin d'un prêche, des hommes et des femmes se ruaient dans les églises pour desceller et brûler des statues de saints, profaner les autels, piétiner les hosties.

James hocha la tête. Les Knox avaient été vassaux des Hepburn, qui les connaissaient bien. Des gens rudes qui ne pardonnaient rien. S'il ne craignait pas ce prophète exterminateur, il ne l'appréciait guère.

— Ne parlons pas de lui, veux-tu ?

Il se leva, prit Janet dans ses bras. Il aimait les

ridules au coin de ses yeux, les plis qui griffaient son front, ses seins un peu lourds, ses formes rondes, sa science de l'amour, sa générosité. Elle avait transformé le jeune homme un peu maladroit en amant expert dont d'autres femmes jouiraient. Elle le savait et n'en éprouvait point de jalousie.

À l'Hermitage, James retrouva la compagnie des soldats, un confort spartiate. Jour après jour lui parvenaient les comptes rendus des méfaits commis sur les frontières, toujours les mêmes : vols de bétail, exactions, maisons incendiées par vengeance, violents règlements de comptes. Il faisait seller un cheval, rassemblait une patrouille, s'arrêtait dans des bourgs constitués de misérables huttes coiffées de chaume ou de bruyère. Seuls les chefs de clan jouissaient d'une maison de pierre nantie d'une bonne cheminée et d'une solide porte d'entrée en chêne clouté protégée par une grille. C'était à eux que James s'adressait. Leurs réponses étaient laconiques, leurs regards fuyants. Si la protection du lieutenant était la bienvenue, la vengeance leur appartenait. Elle se mijotait des jours, des mois, des années, se transmettait de père en fils, d'un cousin à l'autre.

James connaissait parfaitement ces haines, la violence qui couvait sous la terne vie des pauvres fermiers. Les Reivers étaient certes des pillards mais surtout des aventuriers, d'intrépides cavaliers, des adversaires brutaux et rusés. Sa tâche de lieutenant général des Marches était de les discipliner et il ne leur faisait pas de cadeaux. Mais on le respectait.

Parfois, au milieu du jour, il trouvait la communauté villageoise rassemblée autour d'un combat de coqs ou d'une partie de football disputée âprement. Comme il n'était pas rare que l'affrontement sportif se termine en bataille rangée, James ne s'y attardait pas. Seules les courses de chevaux retenaient son attention. La dextérité des cavaliers, l'ardeur de leurs poneys au poil dru étaient étonnantes. Lui-même avait fait l'acquisition de plusieurs chevaux de qualité achetés en Angleterre en dépit des sévères restrictions. Aussi bien que les Reivers, il connaissait les chemins des contrebandiers, les caches, les vendeurs qui ne posaient pas de questions. De l'Hermitage, il faisait amener les bêtes à Crichton où elles étaient marquées à son chiffre avant d'intégrer ses écuries.

Au printemps, James avait dû quitter l'Hermitage et Janet pour se rendre à Perth auprès de la régente, alarmée par la violence oratoire de John Knox. Les protestants voulaient se rendre maîtres de la ville, détruire les églises, interdire la messe. Elle ne savait si elle devait réagir avec force ou se replier à Stirling, une place suffisamment fortifiée pour qu'elle s'y sente en sécurité. James avait conseillé Stirling. Là, elle pourrait réfléchir, préparer une riposte. Nul ne braverait les canons défendant la forteresse. La Cour s'était installée dans le vieux château où, enfant, Marie avait vécu avant de partir pour la France. Les vastes bâtiments comprenaient deux enceintes, des tours de guet, des maisons de garde, un arsenal, une poudrière, un magasin de vivres. Là, James V puis sa fille Marie avaient été couronnés, l'un à l'âge d'un an et cinq mois, l'autre à neuf mois. Pour plaire à ses deux épouses françaises, James V y avait entrepris d'immenses travaux, aidé par des architectes, des maçons venus de France. Marie de Guise se souvenait de la fierté avec laquelle le défunt roi son époux lui avait fait visiter le hall d'apparat, les immenses cuisines, ses appartements jouxtant ceux qui allaient devenir les siens. Elle avait conservé intacte sa chambre de jeune femme, une vaste pièce aux plafonds à caissons bordés d'une frise peinte d'arabesques et décorée d'une série de tapisseries hautes en couleur représentant la vie de Jésus. Devant son lit fermé de courtines de soie damassée vert émeraude, elle avait fait disposer une longue table afin de réunir ses amis pour d'informels repas.

— Une grave erreur, martela le comte de Huntly. Ce geste est une bravade qui exaspérera la reine Élisabeth.

— Mon enfant est la légitime héritière du trône d'Angleterre, rétorqua Marie de Guise. Du point de vue de l'Église catholique, Élisabeth, la fille d'Anne Boleyn, est une bâtarde.

— Qui se soucie des jugements du pape en

Angleterre, Madame ? Nous ne disposons d'aucune armée pour faire la guerre et notre reine ne sera pas installée par des soldats français sur le trône de sa cousine. On ne jette pas de défi qu'on ne puisse faire suivre d'action.

Le corpulent Huntly était au bord de l'apoplexie. Que les Guise et les Valois aient poussé Marie Stuart à ajouter les armes anglaises à celles de l'Écosse était une balourdise grave. Chacun savait qu'Élisabeth, assistée par William Cecil, son tout-puissant conseiller, protégeait les lords de la Congrégation et qu'en s'en faisant une ennemie, la jeune reine d'Écosse mettait par vanité le feu à sa maison.

— Nous sommes mis peu à peu le dos au mur, poursuivit Huntly, et ce n'est pas le soutien des Français qui rendra aux catholiques une influence perdue.

Marie de Guise se garda d'irriter davantage George Huntly, chef du puissant clan Gordon, un des derniers grands seigneurs à rester fidèle à l'Église de Rome. En s'octroyant les armes d'Angleterre, sa fille avait peut-être agi prématurément. Mais elle se refusait à juger ses frères. Il n'y aurait pas de guerre, seulement de froids échanges de notes diplomatiques.

Ne se sentant pas le droit d'intervenir sur un sujet concernant la communauté catholique, James Hepburn gardait le silence. Mais il se rangeait du côté du comte de Huntly. L'affaire était plus grave qu'une simple insolence. Outrée, Élisabeth allait poursuivre son aide financière aux lords de la Congrégation. Pour lui, il ne faisait aucun doute que James Stuart, le demi-frère de la reine, était la tête de pont de la politique anglaise en Écosse.

La nouvelle frappa les Écossais de stupeur. Blessé à l'œil lors d'un tournoi donné en l'honneur du mariage de sa fille Élisabeth avec le roi Philippe II d'Espagne, veuf de Marie Tudor, le roi de France Henri II avait rendu son âme à Dieu après dix jours d'une terrible agonie, faisant son fils aîné François et sa belle-fille Marie Stuart roi et reine de France. Le parti des Guise triomphait.

Si à Stirling on avait pris le deuil, la joie régnait dans les cœurs. Reine de France et d'Écosse, Marie découragerait toute intimidation anglaise, tiendrait en laisse l'opposition protestante.

L'effet de cette inversion de fortune s'était fait aussitôt sentir. Les hommes de James Stuart avaient quitté Édimbourg pour se replier à Glasgow, où l'or anglais continuait à leur parvenir. De là, ils élaboraient des plans pour reprendre la capitale. De son côté, William Cecil incitait un huguenot, La Renaudie, à préparer une révolte protestante sur le sol français. Empêtré dans une guerre de religion, le pâle François II ne représenterait plus un réel danger pour l'Angleterre.

12

Depuis plusieurs jours à Hailes, James préparait son coup de main. Ne croyant ni au hasard
ni à la chance, il montait l'embuscade comme
une mécanique d'horlogerie. Ceux qui le préten-
daient une tête brûlée le connaissaient mal. Le
comte d'Oysel avait été franc :

« Cette mission exige hardiesse et détermination. Qui mieux que vous pourrait la mener à bien ?

— Et en supporter les conséquences, avait iro-
nisé James. J'ai déjà pas mal d'ennemis et vais
m'en faire davantage. »

Oysel appréciait le jeune comte. À maintes
reprises il l'avait assuré qu'il ferait merveille à la
tête d'un régiment et qu'il se faisait fort d'intervenir personnellement auprès du roi de France pour
octroyer ce bénéfice à son ami écossais. Mais
Bothwell ne voulait servir d'autre pays que le sien.

À la veille de l'ancienne fête païenne célébrant
les âmes des défunts, leurs ombres immatérielles
et inquiétantes, la brume était si épaisse que, de
la fenêtre de sa chambre, James ne voyait pas
la Tyne pourtant toute proche. Ce brouillard le
favoriserait. Le soir même, il rassemblerait
douze bons cavaliers bien harnachés, armés de
leurs seuls poignards. Le raid nécessiterait
promptitude et silence.

La petite colonne avançait au pas sur un sentier tracé par le passage des moutons. James n'ignorait pas qu'en cette nuit du 31 octobre, ses hommes craignaient des rencontres surnaturelles, fantômes, esprits diaboliques ou follets, fées au pouvoir maléfique. Autant que possible, il était resté discret. Le seul but de leur expédition nocturne était d'intercepter un sac venu d'Angleterre.

On n'entendait que le souffle des chevaux, l'appel bref des oiseaux nocturnes. L'esprit, les sens en éveil, James ne pensait qu'à l'action prochaine : fondre sur John Cockburn, s'emparer de l'or anglais destiné à la Congrégation, s'enfuir ventre à terre à Crichton. Deux heures de chevauchée à travers des prés détrempés, des boqueteaux et fondrières, des cours d'eau grossis par les pluies. Soudain, James fit signe à sa troupe d'arrêter. Les chevaux soufflaient et renâclaient, une effraie hulula.

— Ils approchent, tenez-vous prêts.

Du lointain, porté par le vent, venait un sourd piétinement. Partis du fort anglais de Berwick, les convoyeurs, après avoir cheminé le long de la côte, se dirigeaient à présent droit sur Édimbourg et dans quelques minutes passeraient précisément à l'endroit repéré par James.

À son sifflement, la troupe prit le galop. Une vingtaine de cavaliers venaient de surgir au petit trot à l'orée d'un bois. La surprise, les cris sauvages poussés par les assaillants les immobilisèrent. En tête des siens, Cockburn chevauchait un hongre chargé en croupe de deux sacoches de cuir. Comme l'éclair, James Hepburn parvint à sa hauteur, dégagea la sangle retenant les sacs qu'il jeta en travers de sa propre selle. Soudain, il vit le pistolet de Cockburn braqué sur lui.

— Voleur, traître ! entendit-il.

Du plat de son épée, James frappa son ennemi en pleine tête.

— Bonne fin de voyage, messieurs ! s'écria le jeune comte.

La tension physique et mentale faisait trembler ses mains.

Plusieurs fois dans sa fuite, James s'était retourné pour voir s'il était poursuivi, mais les pâturages, les chemins pierreux étaient déserts. L'aube allait bientôt venir. De la terre montait une vapeur légère, dans les fermes des coqs chantaient. L'or pesait lourd et James dut mettre sa monture au pas. Dans la bourgade de Bolton, il louerait un cheval de ferme et le chargerait de la double sacoche. Une heure plus tard, il serait en sécurité à Crichton.

L'embuscade s'était révélée une totale réussite. Seul Cockburn avait tenté de résister. Cousin éloigné des Hepburn, l'homme était opiniâtre et courageux, mais dans la nuit, désorienté, stupéfait, il n'avait rien pu faire.

Arrivé à Crichton, les sacs ouverts, James constata avec surprise qu'il avait devant lui non pas des livres anglaises mais des couronnes françaises. « Le renard sait brouiller sa piste », pensa-t-il. William Cecil était un redoutable adversaire. Sans aucun doute, son réseau d'espions installé en Écosse lui rapporterait promptement la mauvaise nouvelle. Cockburn l'avait identifié et les chiens seraient bientôt sur ses talons. Mais il misait sur un répit suffisant pour rejoindre Marie de Guise au port de Leith avec son butin. James Stuart, qui venait de proclamer la destitution de la régente, allait faire triste mine.

Après quarante-huit heures de veille, James s'endormit comme une masse. Une main posée sur son épaule le fit sursauter.

— Des cavaliers approchent, milord, annonça son valet en le secouant. Ils sont à moins d'un mile d'ici.

Le jeune homme sauta sur ses pieds, en toute hâte fourra sa chemise de nuit dans ses chausses, enfila ses pieds nus dans des bottes, saisit la veste de cuir renforcée de fil d'acier qui servait de protection aux hommes de troupe comme aux Reivers. L'or était à son chevet. Il rafla la double sacoche et dévala l'escalier.

— Passe vite une bride à mon étalon ! commanda-t-il au valet qui l'avait suivi.

Un instant plus tard, monté à cru, il se hâtait vers le château de Borthwick où il retrouverait Simon Preston, un ami sûr. Une heure de galop, si son cheval ne tombait pas d'épuisement. En découvrant Crichton désert et l'or envolé, ses poursuivants abandonneraient-ils leur recherche ? Il ne se faisait guère d'illusions.

Le martèlement des sabots des chevaux lancés

à sa poursuite lui parvenait de plus en plus distinctement. Il tira sur les brides, sauta à terre, jeta les sacs sur une épaule, libéra son cheval avant de filer à travers les broussailles vers une petite rivière. Des volées d'oiseaux sautillaient dans les buissons dépouillés de leurs feuilles, un lapin détala devant lui. Avec effroi, le jeune homme entendit dans le lointain de furieux aboiements. Ses poursuivants avaient donc pris des limiers ! En contrebas sous un couvert de branches sinuait le cours d'eau qui cascadait sur de gros rochers. Trébuchant sur des racines, glissant sur la terre humide, le fugitif parvint sur les berges, pénétra dans le lit. L'eau lui montait jusqu'à mi-bottes. À plus ou moins un mile, James savait qu'il trouverait la ferme de Sandy-bed, un fermier de Haddington. L'eau glacée mordait ses pieds, la courroie reliant les sacoches sciait son épaule et le poids de l'or l'obligeait à marcher courbé. Sur les rives, à la lisière de l'herbe, de fines plaques de glace scintillaient sous un pâle soleil. À grand-peine, James passa l'obstacle d'un chêne abattu en travers du cours d'eau. Il lui sembla que les aboiements s'éloignaient. Sans doute ses poursuivants descendaient-ils le courant alors que lui-même marchait vers l'amont.

À bout de forces, le fugitif laissa tomber les sacoches sur le seuil de la bâtisse de pierres grises où se tenait une grande fille vêtue d'une robe et d'un corselet de laine brune qui l'observait, ahurie.

— Milord Bothwell ? interrogea-t-elle d'une voix incrédule.

À plusieurs reprises, elle avait aperçu le seigneur de Hailes traverser à cheval Haddington au milieu de ses hommes ou en compagnie de parents. Les Hepburn étaient nombreux dans la région et se réunissaient volontiers.

— Ouvre-moi vite, je suis suivi !

Sans attendre, James poussa d'un coup d'épaule la porte de la cuisine où ronflait un grand feu.

— Cours chercher ton maître ! ordonna-t-il.

Il se laissa tomber sur un tabouret posé au coin de l'âtre. Ses pieds que l'eau glacée avait insensibilisés commençaient à le faire souffrir.

Débarrassé de ses bottes, mains et pieds tendus aux flammes, James entendit un pas derrière lui.

— Milord Bothwell !

En robe de chambre, un bonnet sur la tête, maître Sandybed écouta sans broncher le récit de son hôte involontaire. Héberger un homme qui venait d'intercepter un « courrier » reçu par lord Cockburn en Angleterre ne lui disait rien qui vaille mais il lui était impossible de mettre à la porte un seigneur aussi considérable que le comte de Bothwell.

— Je n'ai guère de cache à vous proposer, milord, se contenta-t-il de grommeler. Voyez par vous-même, ma grange ne compte point d'étage et je n'ai que quatre chevaux dans mon écurie.

Reste la cave où sont entreposés quelques fûts de bière et qui ne peut fournir un abri sûr.

— Maître Sandybed, intervint la servante, milord Bothwell et moi sommes à peu près de la même taille. Avec une jupe, une chemise et un corselet, il ferait une fille de cuisine fort acceptable.

Le fermier haussa les épaules. Puisqu'il ne pouvait se dérober, cette proposition en valait une autre.

— Fais vite, Bess, se contenta-t-il de dire. Et au passage, envoie Tom pour qu'il rase milord Bothwell. Une servante moustachue pourrait attirer les soupçons.

Bess riait de bon cœur. Prise au jeu, la servante avait bourré de linges le corsage de James qui offrait maintenant à ses regards un buste opulent. Vêtu d'une jupe de basin grenat, d'un tablier blanc, d'une chemise de laine écrue, d'un corselet de cheviotte et coiffé d'un bonnet plissé attaché sous le menton par un ruban, le jeune homme était méconnaissable. Rasée, sa peau encore rosie par le froid pouvait abuser des hommes ne l'examinant pas de trop près.

Peggy, une gamine efflanquée qui assumait les tâches ingrates, avait servi à James une épaisse bouillie de flocons d'avoine sur laquelle elle avait versé un long trait de crème jaune. La bouche ouverte, elle observait cette étrange créature surgie de nulle part qui engloutissait de larges cuillères de porridge sans se préoccuper le moins du monde des rubans de son joli bonnet déjà maculés de taches.

— D'où viens-tu ? se hasarda-t-elle à interroger.

— De Crichton.

La fillette paraissait impressionnée.

— Tu connais lord Bothwell ?

— Un peu.

— On dit qu'il a épousé la vieille lady Scott.

James avait du mal à conserver son sérieux. La précarité de sa situation qui aurait dû l'alarmer l'amusait finalement.

Le jeune homme pensa à Janet qu'il n'avait pas vue depuis plusieurs semaines. Au courant de sa mission, sa maîtresse n'avait cessé de l'encourager, de l'assurer de son soutien. Mais, pour ne pas la mettre en péril, il avait refusé de se rendre chez elle. Elle lui manquait. Lorsque l'or serait entre les mains de Marie de Guise, il viendrait frapper à sa porte et ne bougerait pas de son lit un jour durant.

La promiscuité de la vie aux cuisines força James à regarder Bess comme une femme désirable. Par jeu ou provocation, elle rajustait son bonnet, resserrait le cordon de son tablier, lui prenait sans cesse la main pour le conduire au bûcher, au fruitier, à la buanderie. Un soir, alors qu'elle se penchait sur le chaudron où mijotait la soupe, il ne put s'empêcher de la prendre par la taille et, comme son petit rire de gorge ressemblait à un encouragement, il posa ses lèvres sur la nuque où frisaient des cheveux blonds.

— Ne t'ennuies-tu pas la nuit toute seule dans ton lit, Bessie ?

La servante éclata de rire. Si elle s'était divertie à taquiner lord James, elle avait à Stenton un amoureux qui possédait un beau troupeau et pouvait faire d'elle une femme considérée. Les caprices des lords n'apportaient que désillusions et elle avait trop les pieds sur terre pour compromettre son avenir.

— Ma foi, ma belle, chuchota-t-elle, si tu étais un homme, je me laisserais volontiers faire, quitte à demander pardon à Dieu. Mais coucher avec une femme ? Fi ! ce péché-là est bien trop grave et jamais je ne le commettrai.

Maître Sandybed surgit un matin dans la cuisine. Quatre jours s'étaient écoulés et il avait hâte de se débarrasser de son hôte. Réendosser ses habits d'homme soigneusement brossés et repassés par Bess procura à James un vif plaisir.

— Les Hepburn ne vous oublieront pas, assura-t-il en prenant congé.

De retour à Hailes, il ordonnerait que chaque année soient livrés à Sandybed des sacs de blé, d'orge et d'avoine [1].

Les mains aux hanches, le fermier regarda s'éloigner Bothwell monté sur le cheval qu'il lui avait prêté. La désinvolture avec laquelle les seigneurs risquaient leur vie le confondait. La politique et les grandes idées ne remplissaient pas

---

1. Jusqu'au XVIIIe siècle, les descendants de maître Sandybed reçurent ce don des Hepburn.

les greniers, et l'honneur ne signifiait pas grand-chose devant une assiette vide. Laissant James Hepburn poursuivre ses chimères, il allait, quant à lui, vérifier la bonne mise au saloir des porcs saignés la veille.

13

— Ils sont cinq cents cavaliers environ, annonça Sarlebou, le bras droit d'Oysel. Je me suis tenu aussi éloigné que possible d'eux et ne crois pas avoir été repéré.

L'inquiétude envahit James Hepburn.

— Il est trop tard, je suppose, pour faire seller un cheval et prendre la fuite.

— C'est mon avis. Mais nous ne craignons rien ici, nos hommes sont prêts à contenir les assaillants le temps qu'il faudra.

James réfléchissait. Il pleuvait à verse et la forêt qui cernait le château deviendrait vite une position intenable pour les assiégeants. S'ils se rapprochaient de la forteresse, ils risquaient un tir d'arquebuses. En cernant Borthwick où il s'était réfugié, les lords de la Congrégation voulaient surtout tenter une manœuvre d'intimidation.

— Savez-vous qui est à la tête de cette expédition ?

— Milord Arran, revenu de France voici quelques semaines et désormais grassement rétribué par William Cecil. Par peur d'une rupture définitive avec Marie de Guise, son père le duc de Chatelherault[1] prétend ne rien savoir. Mais sans chercher beaucoup, nous trouverions James Stuart derrière lui.

— Le diable emporte ce bâtard ! s'exclama James. L'aurai-je toujours en travers de mon chemin ?

De long en large, il arpentait la salle des banquets décorée de flambeaux et de pièces d'étoffe brodée. D'un moment à l'autre, les cavaliers allaient atteindre l'orée des bois et il ne pouvait qu'attendre. D'un coup de pied rageur, il fit éclater une des bûches qui se consumaient dans l'âtre.

— Un lord de la Congrégation demande à parlementer, annonça un valet.

James était impatient de se trouver face à l'audacieux qui allait tenter de justifier une traîtrise. Sa surprise fut grande de trouver Patrick lord Ruthven avec lequel il aimait parler chevaux.

— J'aurais préféré vous voir en d'autres circonstances, prononça-t-il d'une voix froide. Ici et maintenant, nous n'avons rien à nous dire.

---

1. James Hamilton, comte d'Arran, avait été fait duc de Chatelherault par les Français. Son fils aîné James était appelé simplement Arran.

— Rendez à ses propriétaires l'or que vous avez volé, milord Bothwell.

— Le salaire des traîtres ?

— Cet or appartenait à Cockburn, que vous avez grièvement blessé.

Le rire sardonique de James fit reculer d'un pas Patrick Ruthven.

— La famille de Cockburn m'est apparentée. Je la connais assez bien pour vous traiter de menteur.

Ruthven porta la main au pommeau de son épée. Aussi longtemps qu'il posséderait une once d'influence, ce diable de Bothwell ne leur crée-rait que des ennuis. Insolent, provocateur, rongé d'ambition, il avait déclaré aux siens une guerre qui n'était pas près de s'éteindre.

— Si vous êtes venu à Borthwick pour régler notre différend par un combat d'homme à homme, milord Ruthven, je suis prêt.

Ruthven s'était ressaisi. Le coup qu'il allait porter à son adversaire serait plus cruel que celui d'une épée.

— Vous refusez de nous rendre l'or ? interro-gea-t-il d'un ton méchant.

— Il appartient de droit à la régente, comme tout ce qui passe en fraude nos frontières.

James dévisageait Ruthven d'un regard moqueur.

— En Écosse, nous punissons les voleurs, milord Bothwell.

— Alors, votre place, comme celle de vos amis, est en prison.

À grand-peine, Ruthven maîtrisait son exaspération.

— Montez sur le chemin de ronde, milord. Avant la nuit, vous pourrez jouir d'un beau spectacle : votre demeure familiale de Crichton deviendra un brasier. Qu'en dites-vous ?

Impuissant, tandis que Sarlebou et son escorte galopaient vers Leith avec l'or anglais, James avait vu les flammes monter de son château. Affolés, quelques serviteurs avaient gagné Borthwick pour décrire à leur maître la mise à sac systématique de sa demeure, la destruction des livres, des papiers familiaux. Les lords de la Congrégation lui déclaraient la guerre ? Il rendrait coup pour coup.

Penchée sur son amant, Janet ferma les bras autour de sa poitrine. James était arrivé encore bouleversé par le pillage de Crichton où, par bonheur, l'incendie avait pu être rapidement maîtrisé. Mais les meubles avaient été fracassés, les tentures déchirées, les quelques objets antiques rapportés d'Italie par son père écrasés à coups de masse. Seuls ses chevaux, probablement sur l'intervention de Ruthven, avaient été épargnés.

Les yeux clos, James se laissait caresser. Avant de reprendre le combat, il avait besoin de repos, de tendresse.

— Tu connais tes ennemis, Jamie, et disposes de tout ton temps pour te venger. Laisse-les s'en-

104

dormir et frappe quand ils te croiront dompté. Contre le jeune Arran ou James Stuart, tu ne peux rien en ce moment et la régente est impuissante à t'aider. Attends, sois patient.

Le ciel roulait de gros nuages qui frôlaient la lande à l'horizon.

— Les Borders nous apprennent à être rudes, ajouta Janet. Des siècles de violence nous ont modelés à l'image de nos terres. Toi et moi, Jamie, nous nous ressemblons.

— Viens, souffla James.

Il voulait tenir étroitement contre lui le corps de sa maîtresse, sentir son odeur, sa chaleur, reprendre des forces. Puis, avant de rejoindre Marie de Guise, il s'arrêterait à Crichton pour constater les dégâts, demanderait à sa sœur de remeubler leur château familial, armerait les valets afin qu'ils puissent se défendre en cas d'une nouvelle attaque. On venait de lui apprendre qu'il avait été déclaré « ennemi de la Congrégation » et le jeune Arran lui avait fait remettre une lettre injurieuse qu'il avait parcourue avec dédain. Sur l'avenir immédiat, James ne se faisait guère d'illusions. Les Anglais allaient expédier des troupes en Écosse. Ce serait à nouveau la guerre avec son cortège de destructions et de pillages, un conflit que les Français, éloignés de leurs bases, n'étaient pas sûrs de gagner.

Pour donner quelque magnificence à la célébration de Noël, Marie de Guise avait organisé un banquet suivi d'un concert. Mais cette année, on ne danserait pas à Holyrood. Avant l'aube, un corps expéditionnaire formé de dix-huit cents soldats français et écossais allait se mettre en marche vers Stirling afin de couper la seule route que les Anglais pouvaient suivre s'ils voulaient ravitailler la citadelle occupée par les lords de la Congrégation. Le débarquement ennemi était imminent et un blocus de l'embouchure de la Forth, le bras de mer ouvrant sur Édimbourg, probable.

Tandis qu'elle écoutait ses musiciens favoris, Marie de Guise tentait de se remémorer chaque détail de la stratégie mise au point par Oysel, Sarlebou et Bothwell. Stirling repris, les rebelles n'auraient d'autre choix que de se replier sur Glasgow et Saint Andrews où ils seraient poursuivis. Si l'aide française promise par ses frères se matérialisait, elle serait en mesure de les mater et de décourager pour un moment l'intervention anglaise. « Un peu de répit », spécula Marie de Guise. À bout de forces, elle devait continuer à faire illusion pour ne pas décourager ses derniers amis, les lords Seton, Sempill et Atholl, ainsi que le comte de Bothwell. Indifférente à la douleur qui mordait ses jambes et son ventre enflé, elle réunissait chaque jour le Conseil privé, menait une active correspondance. Les médecins avaient diagnostiqué de l'œdème provoqué par une tumeur de la matrice ou des ovaires et prescrit une alimentation légère, du repos. Mais comment aurait-elle pu songer à elle quand l'Écosse était rongée par le cancer du protestantisme, livrée à des rebelles et des forces étrangères ?

De France, les nouvelles n'étaient guère meilleures. Le jeune roi, son gendre, de santé précaire, se plaignait d'incessantes migraines, de douleurs aiguës dans les oreilles. Marie entourait son mari de mille prévenances mais, avec cet époux chétif, une perspective de grossesse était improbable. Sans héritier, la position de la jeune reine restait incertaine et son influence toujours considérée avec dépit par la sournoise Catherine de Médicis.

Quelques semaines plus tôt, la régente avait reçu un portrait de sa fille. Peint par Clouet, le tableau montrait une jeune femme au joli visage ovale, aux grands yeux noisette. Sans nul doute, Marie avait hérité du charme des Stuart et de l'autorité des Guise. Mais la bonté qu'elle découvrait dans son regard pourrait-elle devenir une faille ?

— Permettez-moi de prendre congé, Madame, murmura Bothwell. Dans moins de trois heures, il me faudra donner l'ordre du départ.

Tirée de ses pensées, Marie tendit une main que James porta à ses lèvres. Tandis qu'il marcherait à la tête des troupes vers Stirling, cette femme indomptable resterait à Holyrood, la tête haute.

— Allez, dit-elle, et que Dieu vous assiste.

Avec une satisfaction sauvage, Bothwell regarda ses troupes mettre à sac le château des Hamilton. La vengeance était savoureuse : Keneil contre Crichton, œil pour œil. Janet se réjouirait. La tristesse avec laquelle il avait quitté sa maîtresse l'avait perturbé. Il ne devait pas s'attacher durablement à elle. Toujours prêt au combat, il ne pouvait envisager de relation stable. Leurs courtes rencontres étaient passionnées, frustrantes, et l'un comme l'autre en souffraient.

L'avant-garde qu'il commandait atteignit Linlithgow. La campagne était désolée par l'hiver et une pluie obstinée. Il allait ordonner une halte pour que les hommes de troupe soufflent et se restaurent. Mal équipés, mal chaussés car le Trésor était à sec et l'argent promis par François II tardait à arriver, ils pataugeaient depuis l'aube dans la boue.

Devant le palais où était née Marie Stuart, le lac était gris. Les paysans venus faire boire leurs bœufs levèrent la tête pour regarder passer les cavaliers enveloppés dans leurs manteaux. Depuis un siècle, ils avaient vu tant de bandes armées avancer ou se replier qu'ils ne s'interrogeaient guère sur leur identité.

James franchit l'imposant portail de l'est et redécouvrit la vaste cour carrée décorée de sa fontaine majestueuse. On avait fait préparer pour lui les appartements de la reine, ceux-là mêmes où était née sa jeune souveraine, un honneur accordé par Marie de Guise. Il passerait une soirée de repos au château avec Oysel et Sarlebou avant de reprendre la route, tandis qu'autour de grands feux les soldats cantonneraient tant bien que mal dans les champs alentour. On

108

leur distribuerait de la bière, de la viande séchée, des galettes d'avoine. Chacun portait dans son chargement une couverture, un couteau, une tasse de fer-blanc, un bonnet de laine. Certains ajoutaient à ce bagage un pipeau ou un flageolet pour accompagner durant les veillées les anciennes ballades ou chansons populaires que les soldats entonnaient volontiers en chœur. Toutes parlaient de guerre, d'amours éteintes, de frères disparus, de fantômes des cavaliers morts galopant sur les landes les soirs de pleine lune. James les connaissait bien. Elles étaient l'âme de l'Écosse.

Alors que le jeune homme achevait de souper entre Oysel et Sarlebou, un messager couvert de boue fit irruption. Son bonnet et sa cape dégoulinaient de pluie.

— Un pli de la régente, annonça-t-il aussitôt en tendant à James un carré de papier cacheté.

On dit que des plans sont faits pour vous enlever et vous tuer, écrivait Marie de Guise. *Je vous ordonne de quitter votre commandement pour vous mettre à l'abri au château de Niddrie chez lord Seton.*

Dans son refuge où il tournait en rond, James apprit la prise de Stirling et sa mise à sac par les troupes françaises. Des atrocités avaient été commises de part et d'autre, exécutions sommaires, incendies, viols. Le château de Kirkaldy de Grange avait explosé. Talonnés par les Français, ne dormant que bottés et habillés, les lords de la Congrégation s'étaient repliés en bon ordre sur Saint Andrews où ils attendaient des secours de l'Angleterre, tandis que le prêcheur John Knox multipliait ses sermons enflammés et vengeurs.

En février, James tomba malade de la fièvre quarte dont il souffrait depuis l'adolescence, associée à d'épuisantes crises de dysenterie au cours desquelles il faisait du sang. Impuissant, il fut avisé de l'arrivée de renforts anglais, de leur entrée à Édimbourg, tandis que la régente se barricadait dans la citadelle et expédiait des troupes à Leith. Rien ni personne ne pourrait le retenir à Niddrie. Sans même prévenir Marie de Guise, Bothwell fit rassembler une escorte et seller les chevaux. Bien ou mal portant, sa place était à Leith dont le siège venait de commencer.

Après une sortie victorieuse qui avait réussi à déloger les soldats anglais retranchés devant le port, Bothwell pressentit l'approche de la famine. Sévèrement rationnées, les provisions étaient sous bonne garde et tout voleur serait sur-le-champ fusillé. De France, les assiégés n'avaient pas reçu l'aide promise et le blocus anglais de l'embouchure de la Forth leur ôtait désormais toute espérance d'être ravitaillés par la mer.

Volailles et moutons mangés, on abattit les ânes et les mules puis les premiers chevaux.

Bientôt, il faudrait se rabattre sur les chiens, chats ou rats. Après avoir réussi par ruse ou par miracle à passer les lignes ennemies, un messager parvenait parfois d'Édimbourg.

La santé de la régente déclinait rapidement. À peine pouvait-elle quitter son lit pour travailler une heure ou deux. Tout autant que les œdèmes, le désespoir la tuait. L'Écosse était devenue le champ de bataille où Français et Anglais réglaient leurs différends. À la veille de sa mort, Marie de Guise prenait conscience que les uns et les autres devaient repasser les frontières et laisser les Écossais trouver seuls un modus vivendi. Mais tout traité de paix nécessitant un interlocuteur fort, elle gardait intacte en elle la volonté de demeurer le chef d'un gouvernement qui représentait la reine légitime, sa fille.

À Leith, Oysel et Sarlebou, assistés du comte de Martigues et de Bothwell, se défendaient avec vaillance. Ils avaient réussi jusqu'alors à repousser tous les assauts. Mais si des secours n'arrivaient pas promptement, la disette aurait raison d'eux. Au plus vite, la régente avait décidé d'expédier Bothwell au Danemark puis en France afin de persuader Frederick II et son propre gendre d'envoyer en Écosse au moins cinq mille hommes de troupe. Si elle-même parvenait à réunir trois mille soldats, Leith serait libérée ainsi qu'Édimbourg. Alors elle pourrait entamer des négociations.

James avait réussi à sortir nuitamment de la ville assiégée pour gagner le château de Crichton d'où il avait expédié un message à la régente : il était prêt à prendre la mer et à remplir sa mission. Marie de Guise savait son lieutenant criblé de dettes et réduit à vendre des terres. Si elle ne pouvait le dédommager, sa fille la reine le ferait.

14

Le trou est une tombe où on l'enferme vivant. James tente avec fureur de se dégager des chaînes qui l'attachent au poteau. Le fer des bracelets mord sa peau. Quand la douleur devient trop aiguë, il se laisse tomber sur la paille souillée qui recouvre le sol et pose son visage entre ses mains. Le monde n'existe plus. Il ne sait si le soleil brille ou s'il pleut, si le jour se lève encore. Il dort et s'éveille. Combien de jours se sont-ils écoulés ? Sans cesse, il revoit les hommes se saisir de lui pour l'entraîner dans ce cachot, ressent l'humiliation d'avoir, une fois encore, été à leur merci. Comment osent-ils le brutaliser, ne savent-ils pas qu'il est prince d'Écosse ? Lorsque le roi de France l'aura fait libérer, il demandera que justice lui soit rendue.

Parfois, il voit distinctement d'anciens amis, des femmes qu'il a aimées. Debout à quelques pas, ils l'observent sans curiosité, tendresse ni haine. Leur regard est indifférent, mort. Seule Marie ne lui rend jamais visite, elle sait qu'il ne supporterait pas la détresse de la revoir sans pouvoir l'approcher, la prendre dans ses bras. Penser seulement à elle l'emplit d'une affreuse sensation de solitude et d'impuissance. Quand ce sentiment d'abandon devient trop grand, il se couche sur le sol, laisse la fièvre l'envahir. Il divague, dérive. Deux fois par jour, on lui passe par la trappe une écuelle de soupe ou de céréales. Il jette le contenu à terre ou contre un mur. La fièvre le fait claquer des dents, les crises de dysenterie l'épuisent. Quand ses geôliers le voient immobile, silencieux, comme mort, ils le tirent du cachot pour le remonter dans sa chambre. La lumière lui blesse cruellement les yeux. L'air salin qu'il respire derrière les barreaux lui brûle les poumons. Il s'assied sur le lit, accepte de manger, de boire, creuse jusqu'au sang la vieille blessure de sa main, reste un temps infini à regarder le ciel, la mer, les allées et venues des bateaux de pêche. Un jeune Danois qui vient balayer sa chambre une fois par semaine lui raconte qu'un prisonnier s'est échappé. Rattrapé, il s'est pendu. James écoute attentivement. Des pendus, il en a vu beaucoup dans sa vie mais jamais il n'a pris plaisir à assister aux supplices des condamnés. Certains étaient des assassins, d'autres avaient simplement volé un pourpoint, une paire de chausses à leur maître.

James entoure son cou de ses mains. S'il

s'évade et retourne en Écosse, on le décapitera. Il y aura foule pour le voir mourir. Il a l'âge qu'avait son père lorsque la consomption l'a emporté, quarante et un ans. Mais lui n'a pas de fils. Les siens sont morts avant de venir au monde. Francis, son neveu, héritera de ses titres et honneurs.

Le soir, les ombres s'allongent sur le rivage, le soleil teint de mauve les prairies où paissent des vaches tachetées. Il pense à l'Écosse encore et toujours, tente de chasser les brumes qui, mois après mois, ensevelissent un peu plus son intelligence, étouffent son imagination. Parfois, par surprise, il sent l'air fort et parfumé des landes, entend le cours de la Tyne, revoit les crépuscules d'été lorsque, en compagnie de ses chiens, il marchait sur ses berges. Il s'accroupit, arrondit les mains et boit. Nul ne peut lui faire oublier sa rivière. Côte à côte, la reine et lui se promènent sur ses rives. Il a eu l'audace de lui prendre la main et elle ne l'a pas retirée. Ses yeux sont interrogateurs, elle semble avoir peur. Le bas de sa robe de satin ramasse des brindilles, des feuilles mortes, des herbes sèches. Elle ne le regarde plus mais sa main est douce, tiède. S'ils tombent amoureux l'un de l'autre, ils ne pourront plus se revoir. La vie ne peut les réunir. La beauté de Marie n'est pas exceptionnelle mais son charme est unique : son regard, son sourire ne peuvent s'oublier et il sait déjà qu'ils le subjugueront jusqu'à sa mort.

Un matin, James a la certitude que l'automne

est de retour. La mer est vert-de-gris, ourlée de crêtes écumantes. Le vent souffle de l'est. Le long hiver danois est triste mais les soirs de tempête, le vent emporte, grise. Il s'accroche aux barreaux pour ne pas être balayé, rit de se savoir sauf. Dans les herbages, les vaches ont disparu, remplacées par des volées de mouettes. Les maisonnettes construites autour de la forteresse prennent des formes étranges. Parfois, James a la certitude qu'elles sont changées en blocs de pierre. Des yeux, il cherche les corbeaux, les buses, les moutons, les chiens des bergers. Il tend l'oreille pour percevoir des martèlements de sabots mais n'entend que le fracas des vagues, l'appel d'un serviteur. Il ne sait plus si les gémissements qu'il perçoit viennent de sa poitrine ou du vent.

15

Danemark - Écosse, 1560

À toi seule, Janet, je peux me confier. Tu as été une maîtresse adorée et resteras à jamais mon amie la plus chère. En rompant notre liaison amoureuse, nous nous sommes dit les mots des amants déçus, nous n'aurons donc plus à les prononcer. Ne demeurent entre nous ni amertume ni rancœur, un peu de nostalgie sans doute, celle des heures d'intense plénitude que nous avons partagées toi et moi.

Me voici au Danemark, un pays attachant dont les habitants sont discrets et serviables. Le roi m'a accordé deux entrevues au cours desquelles je l'ai convaincu de ne pas abandonner l'Écosse. Dès que les Français commenceront eux-mêmes à réunir une flotte, il enverra, j'en suis sûr, un bataillon. Convaincre le roi de France François II et les Guise sera chose facile, et j'arriverai à Paris le cœur léger.

À Copenhague, les familles nobles m'ont reçu avec civilité et je me suis lié avec l'amiral Throndsen qui a un fils et sept filles. L'aînée Anna a retenu mon attention. Elle a les cheveux et les yeux noirs, beaucoup d'intelligence et de vivacité. Constatant mon intérêt pour elle, l'amiral m'a entretenu avec sérieux. Mon nom et mon titre séduisent sa famille, tous verraient favorablement une union entre Anna et moi. Son père lui donnerait quarante mille thalers en dot, un argument de poids quand je considère mes finances en difficulté. Mais je veux réfléchir et surtout ne pas me charger d'une femme avant la fin de ma mission en France. Certes, je suis pauvre, mais les inconvénients du dénuement sont moindres pour un homme seul. Il sera temps de donner ma parole sur mon chemin de retour. Mais Anna me provoque. Elle se dit amoureuse à la folie. N'étant pas de bois, tôt ou tard j'en ferai ma maîtresse, la fin de mon séjour à Copenhague n'en sera que plus

116

plaisante. Puis je ferai route par l'Allemagne, les Flandres, et espère être à Paris en août.

Mon cœur reste dans nos chers Borders sur lesquels règne la plus séduisante des Dames. Souvent mes pensées reviennent vers elle...

Un bateau marchand danois faisant route vers Berwick, la lettre partirait le soir même. James s'étira. Plus que Janet, c'était Anna qui occupait son esprit. L'audace de cette jeune fille, si soumise face à ses parents, le mettait au défi. Mais il devait garder la tête froide. S'il la rejoignait dans son lit sans promesse de mariage, il tromperait la confiance de ses hôtes qui le traitaient déjà en fils. Il devait hâter son départ, laisser la belle pleine d'espérances et, qui sait, revenir la chercher, elle et ses quarante mille thalers, avant de regagner l'Écosse.

Avec nonchalance, le jeune homme étendit les jambes et s'empara d'un flacon d'eau-de-vie de grain. Il ne pouvait plus s'attarder au Danemark. Les forces de la régente déclinaient dramatiquement et il devait lui offrir au plus vite la joie de savoir réussie la mission qu'elle lui avait confiée. La vaste demeure de l'amiral Throndsen résonnait de bruits, allées et venues de serviteurs, rires d'enfants, aboiements des chiens de compagnie, manifestation d'une vie familiale qu'il n'avait pas connue. Avant même leur divorce, il n'avait pas souvenir d'avoir vu ses parents vivre paisiblement côte à côte. La plupart du temps, son père regagnait Hailes ou

Crichton avec des amis, des hommes vaniteux qui ne prêtaient aucune attention aux enfants de leur hôte. Puis le « beau comte » repartait dans un tourbillon, laissant derrière lui de nouvelles dettes et une femme qui pleurait.

Un léger grattement à la porte fit sursauter James.

— C'est moi, chuchota Anna.

Dans sa robe d'été de toile bleu pervenche dont le corsage étroitement lacé suggérait la rondeur de sa poitrine, la jeune fille était charmante. Quoique tout à fait danoise, Anna avait le piquant des Méditerranéennes auquel il était fort sensible, une peau mate, des yeux sombres, une longue chevelure d'ébène sur laquelle le soleil jetait des reflets d'un brun-rouge.

— Une visite ? interrogea-t-il d'une voix douce.

Anna pénétra dans la chambre et avec vivacité referma la porte sur elle.

— Votre valet a descendu vos malles du grenier, songeriez-vous à nous quitter, James ?

Qu'elle l'appelât pour la première fois par son prénom était une liberté qui alluma le jeune homme. Cette fille décidément avait du culot !

— Vous n'ignorez pas, Anna, que je dois me rendre en France.

Elle était tout près de lui. James respirait la senteur entêtante de l'eau de rose dont elle s'était aspergée.

— Sans moi ?

— Je n'ai pas le droit de vous emmener.

— Vous avez celui de m'enlever, James.

Il la prit dans ses bras.

— Vous perdriez votre honneur, mademoiselle.

— Je ne vois aucun déshonneur à vous aimer si cet amour est partagé.

Pour l'avoir à sa merci, James était prêt à jurer qu'il mourrait pour elle. Ce jeune corps contre le sien, ce parfum, cette voix douce qui lui parlait à l'oreille, le désir qu'il percevait sous une feinte modestie balayaient ses résolutions, jetaient sa raison dans un précipice d'où il n'avait nulle envie de la tirer.

— Laisse-moi te le prouver.

Il l'avait possédée hâtivement, violemment, puis, apaisé, l'avait reprise avec douceur. Anna n'avait pas proféré un cri, pas dit un mot, elle tremblait et s'attachait à lui de toutes ses forces comme un être en perdition à son unique planche de salut. Lorsqu'il caressa le mince visage, il le sentit barbouillé de larmes.

— Je ne suis pas sûr d'avoir bien agi, murmura-t-il.

Il était atterré. Arrivé chez eux en ami, il quitterait ses hôtes comme un traître.

Anna avait posé une main sur sa bouche. Ses yeux brillaient.

— Nous avons fait l'amour à deux, James. Maintenant nous sommes un couple.

À grand-peine, le jeune Écossais avait fait abandonner à sa maîtresse le projet de s'enfuir nuitamment. Il voulait approcher l'amiral, lui expliquer la situation avec autant de pondération que possible : Anna était devenue sa maîtresse, ils souhaitaient vivre ensemble et sans doute se marier lorsqu'ils seraient en Écosse. Il respectait sa fille et tenterait de la rendre heureuse. Anna de son côté avait pris une décision irrévocable, elle voulait attacher son destin au sien. Pour le moment, il ne sollicitait rien d'autre des Throndsen que leur pardon et la somme nécessaire à Anna pour survivre lors de leur long voyage. En Écosse, il lui assurerait un train de vie conforme à sa naissance et lui laisserait la jouissance de sa dot.

Sans mot dire, Throndsen avait écouté James. Depuis un certain temps, sa femme et lui pressentaient le malheur qui les frappait. Anna était impulsive, entêtée. Elle s'ennuyait à Copenhague et la perspective de recommencer une nouvelle vie avec un homme séduisant la rendait vulnérable.

— J'ai confiance en vous, milord, déclara l'amiral après un moment de silence, et accepte votre parole d'honneur de ne point abandonner ma fille. Vous me dites que vous l'épouserez aussitôt de retour en Écosse, j'en prends acte. Si vous manquez à votre parole, vous ne serez plus le bienvenu ici.

James était au comble de l'embarras. Anna seule avait pris la décision de le suivre, il avait cédé tout en se demandant s'il ne commettait pas une irréparable erreur.

— Il m'est impossible, monsieur, hasarda-t-il, d'aller contre la volonté d'un père. Si vous interdisez à Anna de m'accompagner, je lui ferai entendre raison.

Les Throndsen s'étaient longuement entretenus le matin même. Sur sept filles, ils en avaient encore cinq à caser. La perspective de savoir Anna comtesse leur plaisait et ils étaient décidés à faire confiance à son prétendant. Qu'il manque à son devoir, et il ne verrait pas un liard de la somme rondelette qu'ils avaient promise un peu hâtivement. La dot d'Anna serait en réalité moindre mais, après lui avoir passé la bague au doigt, James Hepburn devrait bien se contenter de ce qu'il recevrait.

La nouvelle atteignit James alors qu'il s'installait dans une auberge à Lübeck en compagnie d'Anna. Marie de Guise s'était éteinte dans la forteresse d'Édimbourg le 11 juin, entourée de lords qui pour la plupart la haïssaient. Elle les avait cependant tous embrassés avant de les supplier de s'accorder dans l'intérêt de l'Écosse. La régente disparue, James Stuart acceptait un compromis. Que les Français quittent l'Écosse et il obtiendrait le retrait des troupes anglaises pour prendre en personne la tête du gouvernement. Sa proposition avait été acceptée.

Laissant Anna et le valet ouvrir les malles, James partit à pied au hasard des rues. Le Bâtard devenu tout-puissant en Écosse, son propre rôle était achevé. À vingt-quatre ans, n'ayant plus d'avenir politique dans son pays, il était condamné à se replier sur ses terres ou à vivre à l'étranger. Ses efforts auprès du roi du Danemark, ses plans pour enflammer l'intérêt des Français étaient réduits à néant. À la rage de savoir triompher James Stuart se joignait le chagrin de ne plus revoir Marie de Guise. Il avait aimé et admiré cette femme courageuse qui s'était dévouée jusqu'à la mort à sa fille. Tandis que Marie Stuart se divertissait à Saint-Germain, Fontainebleau ou Blois, elle avait usé ses forces à lui conserver un royaume. Son plus proche allié, le cardinal Beaton, avait été assassiné, le comte de Lennox comme son propre père Patrick Hepburn l'avaient trahie, mais jamais elle n'avait baissé les bras.

Quoique protestant, lui-même s'était rallié sans condition à la régente, elle seule avait le pouvoir de garder l'Écosse indépendante de l'Angleterre. Jamais il n'accepterait de voir son pays sous tutelle étrangère.

James pénétra dans une auberge signalée par un falot et une grossière enseigne montrant un buveur attablé devant une chope. L'âtre dégageait une âcre fumée. Quelques consommateurs discouraient devant des pots de bière, une forte servante les écoutait un sourire aux lèvres. James commanda une carafe d'eau-de-vie. L'alcool chasserait ses idées noires. Il ne penserait plus à James Stuart ou à Anna Throndsen. Se considérant comme sa compagne légitime, celle-ci le surveillait, le conseillait, osait même porter des jugements sur sa famille, la façon dont il administrait ses domaines. Ardente au lit, elle avait, aussitôt habillée, une tête froide, calculatrice, qui l'agaçait. Mais l'abandonner en route était impossible.

Après le deuxième verre, les idées de James s'éclaircirent. Au lieu de plaider pour une aide armée, il présenterait ses condoléances à la reine Marie Stuart et gagnerait sa confiance. S'il devenait son allié, il pourrait solliciter une charge, des revenus en Écosse, ne pas courber la tête devant le Bâtard. La carafe achevée, il se sentit d'humeur presque joyeuse. Même si Anna l'ennuyait, elle était une agréable compagne de lit et il allait de ce pas la rejoindre. Pour ne pas l'amener à Paris, il trouverait un prétexte et un lieu où elle pût l'attendre. Les poches vides, il acceptait l'aide financière de sa maîtresse, certain qu'au retour de sa bonne fortune il la rembourserait. Avec diplomatie mais fermeté, il ferait entendre à la reine qu'il s'était endetté au service de sa mère. Sans nul doute elle le dédommagerait.

Dans les rues étroites de Lübeck, l'air était lourd, chargé de relents de poisson salé, de soupe aux choux. Quelques éclairs secs traversaient le ciel. Les mains dans les poches de ses chausses, James pressa le pas. Désormais, il allait se hâter, traverser l'Allemagne puis les Flandres, où il laisserait Anna afin de poursuivre seul sa route à travers le duché du Luxembourg et la Champagne. La France, il ne l'ignorait pas, vivait des moments difficiles. L'agitation protestante s'amplifiait et La Renaudie, un allié du prince de Condé, avait été pendu avec ses compagnons aux remparts d'Amboise sous les yeux des jeunes souverains. Chacun craignait d'autres conjurations et les Guise ne montraient aucune pitié envers les huguenots.

Sa maîtresse l'attendait. Avant qu'Anna ait le temps de lui adresser le moindre reproche, il l'entraîna vers le lit.

La chance servit les desseins du comte de Bothwell. En Flandres, Anna retrouva un cousin de son père qui leur offrit l'hospitalité. Cajolée, caressée par James, la jeune femme accepta de le laisser partir seul pour Paris tandis qu'elle resterait sous la protection de ses parents. La somme consentie par l'amiral Throndsen à sa fille était déjà bien écornée et, pour paraître à la cour de France sans déchoir, James aurait à s'acheter des vêtements, à engager un nouveau serviteur. Avec grâce, Anna lui remit l'argent dont il avait besoin, sûre que sa libéralité lui attacherait son amant à jamais. Chaque promesse qu'elle réussit à arracher de James – écrire chaque jour, lui être fidèle, annoncer à sa mère leur prochain mariage – était impossible à tenir et il savait qu'il y manquerait.

Avec joie, le jeune comte revit Paris. Il avait quitté cette ville en étudiant pauvre et revenait pour être présenté à la cour des Valois, s'entretenir avec la reine de France et d'Écosse. Loin du collège de Reims, il logerait dans une jolie maison au coin de la rue Jean-Tison et de la rue de Bailleul, à deux pas du Louvre. Vieux d'une centaine d'années, l'hôtel était prolongé d'un petit jardin au bout duquel était construite une grange où le foin destiné aux chevaux du voisinage était resserré. Le soir, mêlé aux parfums des résédas et des grenadins, le fourrage fraîchement coupé embaumait. Sur le mur orienté au sud, une vigne grimpait qui offrait des grappes déjà mûres autour desquelles vrombissaient guêpes et bourdons.

James disposait du rez-de-chaussée et du premier étage. Le second était habité par un vieux gentilhomme qui ne quittait son appartement que pour prendre son service auprès de Catherine de Médicis. La Cour allait par ailleurs regagner Saint-Germain d'un jour à l'autre et le jeune comte devait au plus tôt solliciter une audience, parfois longue à obtenir.

Tandis qu'il se promenait dans son nouveau quartier, James eut le loisir de réfléchir à la situation dans laquelle il se trouvait. Son tempérament aventureux, les ambitions qu'il nourrissait lui interdisaient de baisser les bras. Il devait tenter de se faire octroyer par la reine une position que James Stuart ne pourrait remettre en cause et s'imposer au Parlement écossais. Si ces ambitions se révélaient vaines, il reviendrait en France et se ferait attribuer un régiment.

Avec soulagement, James reçut un billet le convoquant au château de Saint-Germain à la fin du mois de septembre. La lettre précisait que, souffrante, Sa Majesté la reine regrettait de ne pouvoir recevoir plus tôt le serviteur zélé dont sa mère lui avait dit tant de bien. James disposait d'une semaine qu'il passa à acheter des vêtements de Cour pour lui, une livrée pour son valet. Le loyer de sa demeure payé, il ne restait plus grand-chose du pécule remis par Anna et cet état de pauvreté le consternait. À la jeune femme qui l'attendait en Flandres, il ne pensait guère. Avec convoitise, il considérait les jolies femmes faisant leurs emplettes près du Louvre, escortées de dames de compagnie et de servantes. Parfois, l'une d'entre elles lui rendait son regard. S'il avait eu un train conforme à ses titres de noblesse, sans hésiter il aurait tenté sa chance.

16

Depuis plusieurs jours, le souvenir de Marie Stuart hante James et le brise. En l'aimant, il l'a perdue. Sans lui, peut-être serait-elle parvenue à supporter son mari, à lui pardonner. Certes, elle n'éprouvait plus pour Darnley ni amour ni désir, mais beaucoup de femmes ne finissent-elles pas par se résigner à un mauvais mariage ? Il a

séduit, troublé, conquis une femme qui, passionnée, malheureuse, était prête à toutes les folies.
Il n'a pas tenté de la quitter, de gagner la France,
elle ne l'a pas pressé de partir. Sûrs l'un et l'autre
d'être des conquérants, ils se sont retrouvés les
jouets de leurs ennemis. Et toujours, lancinant,
lui revient le souvenir de sa défaite à Carberry
Hill. Il la remâche, la vomit. Il aurait dû, il aurait
fallu... Les mots le font souffrir, le tuent à petit
feu. Il n'accepte pas d'être jeté à terre, inutile,
impuissant. Même au trou, quand son esprit
s'égare, sa révolte demeure et il s'en repaît. Cent
fois, il a tué de ses mains le Bâtard, Maitland,
Kirkaldy de Grange, Lennox, le comte de Mar.
Aujourd'hui, ils sont tous morts et il les voue au
diable. Restent Morton et Balfour, les plus
traîtres de tous. Son ultime joie serait de leur
planter sa dague dans les tripes, de les voir cre-
ver lentement. Son imagination s'en rassasie
encore et encore. Puis il boit au goulot le vin
qu'on lui apporte deux fois par jour avec de la
soupe, du poisson salé et une miche de pain noir.
Il a demandé la faveur d'un cruchon d'eau-de-vie
chaque semaine. On la lui a accordée. Quand il
l'a achevé par moitié, il somnole. Il oublie.

Mois après mois, son corps s'avachit. Enflées
par les œdèmes, ses jambes le torturent. Autrefois il était fort et musclé. Les nuits sans sommeil, les beuveries n'avaient pas d'effet sur lui.
De l'aube au crépuscule, il pouvait chevaucher
par tous les temps, ni le froid ni la pluie ou la
grêle ne le gênaient. Peu de femmes lui résis-

taient. Lui manquent-elles aujourd'hui ? Au début de son emprisonnement, sa chasteté forcée le rendait irritable. Même aperçue de loin derrière ses barreaux, la vue d'une jolie femme l'excitait. À présent il n'a plus de sexe, seulement une mémoire. Le corps de Marie entre ses bras est immatériel. Quels mots lui disait-il en faisant l'amour ? Il ne sait plus mais il se souvient qu'ils partageaient un plaisir intense et que cette volupté les rendait dépendants l'un de l'autre. James ne pense aux femmes qu'après avoir bu. L'alcool abat les défenses qu'il a construites pour refouler émotions et nostalgie. Sans savoir pourquoi, les larmes lui montent aux yeux. Il reste immobile, prostré sur son lit, ou frappe le mur de ses poings, renverse la table et la chaise. S'il reste tranquille, on l'oublie ; sinon on le jette dans le trou et on l'enchaîne. La nuit, les mêmes rêves viennent le harceler. À Crichton, il se promène au bord de la Tyne mais, lorsqu'il veut revenir sur ses pas, il ne peut plus marcher. Son corps est inerte, lourd comme du plomb. Il veut se tuer et ne trouve pas d'armes. Il est condamné à vivre. Ou bien il est attaqué par des chiens qui le cernent et aboient furieusement. Il recule et tombe du haut d'une falaise, une chute sans peur ni souffrance qui ne finit pas. Le néant.

Dans ses moments de lucidité, James échafaude des plans. Il doit s'évader de Dragsholm, se glisser dans un bateau de pêcheur, gagner un port où il trouvera un vaisseau marchand pour faire voile vers la France. Là, le roi Henri le recevra et il le convaincra. Dix mille hommes de troupe seraient suffisants pour renverser le régent Morton, soulever les partisans de la reine emprisonnée et imposer aux Anglais sa libération. Il est prêt à prendre la tête de ces soldats, à les mener vers la victoire. Il a des amis en Écosse, les Hamilton, les Gordon, les familles nobles des Borders. En dépit des vengeances successives qui les ont décimés, les Hepburn sont encore nombreux. Tous se regrouperont autour de lui. Il voit Marie à Holyrood où il l'a ramenée, il sent son parfum. Avec le temps, l'un et l'autre oublieront les souffrances, l'intolérable injustice qui les a maintenus captifs sans même être condamnés.

James pense aussi au roi du Danemark si bienveillant envers lui quand il l'avait approché pour obtenir des troupes, juste avant le voyage en France où il devait rencontrer Marie Stuart. Frederick aimait boire et, à Copenhague, ils avaient vidé ensemble quantité de bouteilles de vin et d'eau-de-vie dans une atmosphère de confiance et même d'amitié. Dix ans après, en fuite au Danemark, le roi ne l'a pas reçu, n'a jamais personnellement répondu à ses lettres, ne s'est pas impliqué pour obtenir de la reine Élisabeth la libération de Marie, sa cousine. L'amitié des rois n'est qu'hypocrisie.

James rumine son amertume. Existe-t-il encore des hommes qui accordent de l'importance au sens de l'honneur, à la loyauté ? des nobles qui en Écosse se sentent liés à leur souverain ? Carberry Hill n'a pas été une bataille mais la pantomime de toutes les bassesses. Il rêve d'avoir possédé assez de canons pour avoir pu tous les anéantir.

La tombée de la nuit est le moment qu'il redoute le plus. Il se sent enseveli, enterré vivant et s'accroche aux barreaux. Les maisonnettes, les sapins, le bout de mer se dérobent, disparaissent dans l'ombre. Les reverra-t-il ? Il n'existe plus rien sur terre qui ne lui soit hostile. Le monde le vomit.

17

— Je vous souhaite la bienvenue, milord Bothwell.

D'emblée, James succomba au charme de cette très jeune femme. Marie avait un sourire enjôleur, une voix qui captivait.

Un genou à terre, il posa ses lèvres sur la main qu'elle lui tendait.

— Relevez-vous, pria-t-elle, et marchons dans le jardin pour causer. Voilà longtemps que je désirais vous voir.

James connaissait assez bien les femmes pour comprendre que Marie avait sur lui une impression favorable.

À son étonnement, la jeune reine semblait fort au courant de la situation religieuse et politique en Écosse. Mais, toutes théoriques, ses connaissances ne l'éclairaient pas pour autant sur les arcanes des cœurs. Les ambitions secrètes, les rivalités, les jalousies de ses nobles restaient pour elle un monde inconnu. Elle faisait confiance aux liens du sang. Son demi-frère ne pouvait chercher à lui nuire, elle l'admirait et n'envisageait pas de l'écarter du pouvoir. En lisant les longues épîtres expédiées par sa mère, elle avait compris que le soutien de quelques familles, comme celle des Hepburn, lui était acquis et qu'en s'appuyant sur celles-ci, elle pourrait peu à peu conquérir la confiance des autres. Mais elle devait tolérer le protestantisme. Tout retour en arrière nuirait gravement à son autorité comme à la paix civile.

James écouta le petit discours avec un intérêt mêlé d'ironie. Vivant dans la Cour la plus raffinée d'Europe, habituée à avoir ses moindres désirs satisfaits, sans cesse flattée et adorée, la reine serait heurtée par la réalité écossaise, et les mots pleins de bon sens qu'elle prononçait ne signifieraient plus grand-chose à Édimbourg. La France était une monarchie absolue, pas l'Écosse où les souverains ne décidaient rien sans l'aval de leur Conseil privé puis du Parlement. La tolérance religieuse qu'elle prônait avec un joli sourire ne pouvait être pratiquée que par les protestants envers les papistes et, sur cette indulgence, le comte de Bothwell ne se faisait guère

131

d'illusions. À la tête du Conseil de régence, James Stuart se montrerait implacable envers ceux qui n'appartenaient pas à la Réforme.

La traîne de Marie balayait le fin gravier de l'allée où ils déambulaient. Autour d'eux, une multitude de jardiniers s'activaient, certains ratissant, d'autres taillant haies ou massifs. Des feuilles mortes parsemaient déjà les pelouses où picoraient des paons. Il faisait doux.

— Je désire que vous fassiez partie du Conseil de régence avec mon demi-frère et le duc de Chatelherault qui, étant un de mes parents, ne peut être écarté.

Appuyée sur le bras de James, Marie interrompait souvent sa marche pour observer un oiseau, un papillon, un chat perché sur le dos d'un banc.

— Je suis à votre service, Madame.

James Hepburn ne savait comment présenter sa requête. Mais son besoin d'argent devenait pressant. Il avait liquidé le pécule d'Anna et venait de lui écrire pour solliciter un autre prêt. À Paris, l'argent filait entre les doigts et, s'il ne recevait pas rapidement au moins cent écus, il ne pourrait honorer ses dettes.

— Le peu que je possède encore appartient à Votre Majesté, assura-t-il soudain d'une voix chaleureuse.

Marie se tourna vers lui.

— C'est moi, milord, qui suis votre débitrice. Les Stuart ne sont pas des ingrats.

Le charme du sourire émut James. Il dévoilait

une extrême féminité, un sens inné de la séduction allié à une candeur presque enfantine.

— J'ai déjà donné l'ordre de vous faire verser six cents livres. Sa Majesté le roi désire en outre vous nommer gentilhomme de sa Chambre avec le revenu attaché à cette charge.

James s'inclina. Tout autant que l'assurance d'être désormais délivré de tout souci financier immédiat, la présence de cette jeune femme le rendait euphorique.

— Ainsi, ajouta Marie d'une voix malicieuse, vous allez être plus souvent auprès de moi.

Qu'elle séjournât au Louvre, à Saint-Germain-en-Laye ou à Fontainebleau, James était invité régulièrement à la Cour. Il avait eu un long entretien avec François de Guise et son frère le cardinal de Lorraine. Leur souhait était de voir se constituer en Écosse un Conseil de régence où siégeraient cinq protestants et sept catholiques. Outre lui-même, les noms de James Stuart, du comte d'Argyll, de James Hamilton duc de Chatelherault et du comte de Morton avaient été avancés pour le groupe protestant, ceux de Gordon comte de Huntly, d'Atholl, du primat d'Écosse John Hamilton, frère du duc de Chatelherault, des lords Seton et Montrose pour les catholiques. Les Guise avaient fait sur Bothwell une forte impression. Dans les moindres détails, ils connaissaient les termes du traité d'Édimbourg signé entre l'Écosse et l'Angleterre stipulant le retrait total des troupes anglaises et françaises du sol écossais et la renonciation de Marie Stuart à ses droits immédiats à la couronne anglaise. Les Français, avaient assuré les oncles de la reine, étaient soulagés d'être déchargés du fardeau écossais. La France n'était pas épargnée par les conflits religieux et, après la conjuration d'Amboise, ils étaient décidés à tout faire pour éviter de nouvelles révoltes.

La reine d'Angleterre, avait noté Charles de Guise, *est une fine mouche. Vous avez appris, n'est-ce pas, mon cher comte, la mort providentielle d'Ammy Robsart, l'épouse de Robert Dudley, ami de cœur d'Élisabeth et sans doute davantage. Ainsi son cher Robin était providentiellement libre de convoler à nouveau. En l'écartant de la Cour tant que la réputation de celui-ci n'était pas lavée, j'avoue que la reine Élisabeth a agi adroitement.*

À la fin du mois d'octobre, alors qu'il possédait la confiance des Guise, servait le roi François II et jouissait des plaisirs de Paris, James reçut une lettre d'Anna qui, malade en Flandres, le suppliait de revenir. Éloignée de lui et de ses parents, elle avait peur de mourir. En dépit de nouvelles maîtresses, James éprouvait des remords d'avoir délaissé une femme qui lui avait tout sacrifié. Elle l'aimait à la folie, lui n'éprouvait pour elle que de l'affection, mais cette divergence sentimentale ne lui donnait pas le droit de l'abandonner. Il avait commis l'erreur d'enlever la fille d'un gentilhomme et devait en supporter les conséquences.

La mort dans l'âme, James prépara son départ. Il allait récupérer Anna, l'installer décemment en Écosse et travailler à mettre en place le Conseil de régence préconisé par les Guise. Un geste envers son ennemi James Stuart, il l'admettait, serait nécessaire. Puis il s'occuperait de marier sa sœur Janet et, dès le printemps, regagnerait la France.

— Restez, insista Marie, Sa Majesté le roi n'est pas bien et j'ai besoin de vous.

Pour convaincre James, Marie s'empara de sa main. Elle appréciait la compagnie du jeune comte, le voir lui était devenu précieux. Comme ses oncles, James était viril, charmeur et, bien qu'elle s'interdît de les comparer, il faisait paraître enfantin le roi son époux qu'elle aimait beaucoup cependant. Mais une santé fragile le rendait irritable, exigeant, maussade. Et au lit, il suggérait à sa jeune épouse des désirs qui ne trouvaient pas leur accomplissement.

Dans les jardins du Louvre, des étourneaux cherchaient pitance sur les pelouses. Les dernières feuilles tombaient. Les tours de Philippe Auguste allongeaient leurs ombres menaçantes sur les carrés de fleurs où se mouraient des violettes cornues et des marguerites d'automne. Le salon de la reine avait des plafonds de noyer sculptés rehaussés d'or, une cheminée monumentale. Le visage las, l'expression anxieuse de

135

la jeune femme frappèrent James. En dépit du luxe, des prévenances qui l'entouraient, Marie ne donnait pas l'impression d'être heureuse. Sa joie de vivre semblait bridée, son énergie domptée. Entre un époux malingre et une belle-mère hostile, elle s'étiolait.

— Je pars à mon corps défendant, Votre Grâce peut en être sûre !

La reine portait une eau de lilas qui embaumait. Serrée dans le busc rigide, la finesse de la taille était soulignée par l'ampleur des jupes qui laissaient apercevoir un pied chaussé de velours noir. Avec ses dentelles, broderies et rubans, Marie ressemblait à une très jeune fille parée pour le bal.

Comme si elle prenait soudain conscience de la hardiesse de son geste, Marie lâcha la main de James. À deux pas, les quatre demoiselles de compagnie qui avaient quitté l'Écosse avec elle douze années plus tôt, Mary Seton, Mary Beaton, Mary Fleming et Mary Livingstone, brodaient.

— Sa Majesté le roi souffre de violents maux de tête, dit-elle en reculant de quelques pas. Je suis anxieuse et j'ai besoin d'amis fidèles.

— Je serai de retour à Paris dès la fin de l'hiver, Madame.

La jeune femme tenta de sourire.

— Qu'on aille chercher mes musiciens, demanda-t-elle soudain d'une voix qu'elle voulait joyeuse, je veux me distraire.

Et, se tournant vers James :

— Puisque vous devez me quitter, milord Bothwell, je tiens à vous garder ce soir. Vous souperez avec moi. Ensuite, vous serez libre d'aller où bon vous semble.

Ses effets empaquetés, James était prêt à partir. Avec l'argent octroyé par le roi de France, il pourrait voyager en menant le train de vie d'un gentilhomme : un valet, un palefrenier, un barbier, un secrétaire l'accompagneraient. Aussitôt sa maîtresse rétablie, ils s'embarqueraient pour Édimbourg.

La soirée passée avec la reine le laissa nostalgique. Marie, qui semblait avoir retrouvé toute sa gaîté, avait récité des vers de Ronsard, accompagnée au luth par Claude Goudinal, un musicien renommé dans toute l'Europe. Puis, livide, d'humeur maussade comme à l'accoutumée, le roi avait fait son apparition. Aussitôt, sa jeune femme s'était empressée auprès de lui et, d'un geste spontané, avait passé un bras autour de ses épaules. Les yeux mi-clos, il s'était laissé cajoler comme un enfant.

« La reine m'annonce que vous nous quittez, milord Bothwell, avait dit soudain François en le regardant. Vous voulez revoir l'Écosse, n'est-ce pas ? Un pays dont je suis le roi et que je ne connais point.

— Votre peuple vous attend, Monseigneur. »
François avait eu un pâle sourire.
« Les voyages me fatiguent. Mais parlez-moi de l'Écosse. La reine n'en a guère de souvenirs.

— Je n'ai pas oublié Stirling, était intervenue Marie, et garde quelques images du prieuré d'Ichmahone où ma mère me mit pour un temps à l'abri des Anglais. Je me souviens aussi de la forteresse de Dumbarton d'où j'ai embarqué pour la France. »

Les serviteurs avaient posé sur la table des plats d'argent garnis de fruits confits, de dattes, de figues et de raisins séchés, des coupes de vermeil pleines de dragées, de petits gâteaux d'amande parfumés à la fleur d'oranger, de pâte de coing saupoudrée de cannelle. Devant l'âtre, à côté des lévriers de François, les bichons maltais de Marie somnolaient.

« De rudes souvenirs, Madame, avait observé James. Revenez en Écosse pour en découvrir les charmes. »

La perspective d'un périple royal lui plaisait. Faire aimer à cette jeune femme les villes, les paysages auxquels il était tant attaché lui-même serait tâche facile. La reine étant une intrépide cavalière, il pourrait l'entraîner dans les Borders, lui offrir les landes, le ciel à perte de vue, une liberté à laquelle elle n'avait jamais goûté.

Les portes de Paris franchies, James et sa suite prirent la route du Nord. La tristesse du paysage s'accordait avec la sienne, son amertume d'avoir à se plier aux ordres d'une amante peu chérie. Sans aucun doute, l'intention d'Anna était de se faire épouser mais, jouissant désormais de l'amitié de Marie Stuart, il pouvait espérer une plus noble et utile alliance. La jeune Danoise resterait sa maîtresse en titre jusqu'au jour où seule, lassée de l'attendre, elle regagnerait son pays.

Le redoux changeait la route en bourbier, un vent humide poussait des nuages bas qui balayaient le ciel. Avant son départ, le jeune homme avait reçu un mot de la reine qui le remerciait une nouvelle fois de ses services. Aux libéralités déjà octroyées, elle ajoutait la promesse de lui allouer dans l'avenir les revenus des abbayes de Melrose et de Haddington, une somme qui rendrait possibles l'entretien de ses châteaux et l'achat de nouveaux troupeaux.

Les chevaux avançaient au pas. N'ayant nulle hâte d'arriver en Flandres, James ne pressait pas l'allure et s'attardait aux étapes. Il avait pris la décision de faire un détour par Reims pour visiter Renée de Guise, sœur de la défunte reine d'Écosse, prieure de l'abbaye de Saint-Pierre des Dames. Ensemble ils parleraient de cette femme admirable qu'il n'avait pu assister dans ses derniers moments.

Novembre était bien entamé lorsque James passa la frontière des Flandres. Il pleuvait à verse. Dans les herbages jaunis, de grasses vaches pâturaient, des troupeaux d'oies se dandinaient vers les mares, les cheminées fumaient. Ayant laissé Paris derrière lui, il était désormais impatient de regagner l'Écosse, de jauger la situation politique, de se poser en émissaire de la reine. Comme par le passé, il jouerait la carte de la fidélité envers les Stuart. Un pays ne survivait pas sans l'observance des lois, et aussi des traditions. Le souverain légitime contesté, c'était la fragile unité de l'Écosse qui s'effondrerait. Les clans prendraient les armes, les forts balayeraient les faibles et, en dépit de Sa Toute-Puissance, le Dieu des réformés n'y pourrait rien changer.

18

À la mi-décembre, alors qu'Anna faisait à Ostende quelques pas, accrochée au bras de Bothwell, un messager surgit, porteur d'une lettre expédiée par le gouverneur de la maison de la reine : au terme de cruelles souffrances, François II était mort d'un abcès au cerveau. Marie se trouvait rétrogradée au rang de reine douairière de France et Catherine de Médicis prenait le contrôle du nouveau roi Charles IX, âgé seulement de dix ans.

La nouvelle plongea James dans la plus vive inquiétude. La France, ne pouvant plus prétendre à régir l'Écosse, allait prendre ses distances. Marie ignorait tout des difficultés à venir. À quoi James Stuart se résoudrait-il ? Que déciderait la reine ? Cloué en Flandres, le poids d'Anna pesait plus lourdement encore sur les épaules du jeune comte, mais il devait refouler son impatience, tenter de faire bonne figure. En toute hâte, il dépêcha son secrétaire à Paris afin qu'il le tienne informé des événements. Si Catherine de Médicis prenait la régence, le coup serait rude pour les Guise. Chacun savait que la reine mère désirait un rapprochement avec Antoine de Navarre et son frère Condé, tous deux protestants. Bien que sage, une telle politique braquerait contre elle le clan du duc de Lorraine. Édimbourg devait être sens dessus dessous et James souffrait d'en être éloigné à un moment où toute opportunité était à saisir au vol. Anna n'avait pas le moindre soupçon de ses frustrations. Cette femme qu'il avait appréciée pour son indépendance, son esprit rebelle, se révélait tout bonnement comme les autres, sentimentale, intrigante, attachée à ses propres intérêts. À l'exception du plaisir qu'ils partageaient la nuit, ils n'avaient rien en commun.

Dès la fin du mois de janvier, James apprit par son secrétaire les rumeurs qui circulaient à la cour de France : don Carlos, le fils de Philippe II, ou le jeune Arran poussé par l'Écosse pour assurer l'influence de la Réforme se poseraient comme prétendants à la main de Marie Stuart.

Anna se portait mieux et la perspective de leur prochain départ à Édimbourg rendait le séjour flamand moins pesant. Après avoir installé sa maîtresse dans une confortable maison du

Lothian[1], il s'occuperait de ses affaires et ferait ratifier les donations promises par la reine.

— Est-il vrai que notre reine va revenir en Écosse ?

À Morham, James avait reçu le plus chaleureux des accueils.

Si lady Agnes n'avait guère changé, Janet s'était métamorphosée en une jeune femme à l'élégance accomplie. Courtisée par maints gentilshommes, elle les ignorait tous.

— On le dit, répondit James.

James Stuart, demi-frère de Marie, avait débarqué en France pour la persuader d'exercer elle-même le pouvoir. Le jeune comte savait qu'il avait entrepris cette démarche dans le seul but d'asseoir son autorité. Ignorant tout des réalités de son royaume, Marie, espérait-il, tomberait aussitôt sous sa coupe. Mais lui-même la conseillerait. La reine ne l'avait pas oublié et il venait de recevoir le commandement de la citadelle clé de Dunbar, une garnison importante adossée à la mer et défendue par un puissant arsenal de guerre. Maître de Dunbar et de l'Hermitage, lieutenant des Borders, gouverneur de la ville frontière de Liddesdale, seigneur de Crichton et de Hailes, grand amiral d'Écosse, il représentait une force que même un fils illégitime de roi ne pouvait ignorer.

Tandis qu'ils cheminaient côte à côte à travers

_____

1. Région au sud d'Édimbourg où l'influence des Hepburn était prépondérante.

les pâturages, Janet s'empara du bras de son frère.

— J'ai un secret, chuchota-t-elle.

— Tu es amoureuse, n'est-ce pas ?

— Je le crois.

— Et qui est donc cet homme chanceux ?

Janet était toute rose d'excitation. Une froide lumière d'hiver faisait briller les plumes des corbeaux qui s'envolaient au passage des promeneurs. Les baies d'un buisson de houx reluisaient. Le soleil baissait. L'ombre envahissait les amas de roches tachées d'une mousse rouillée qui dominaient les prés en escarpements abrupts. La beauté de son pays émerveillait le jeune comte. Si l'Île-de-France et le Val de Loire étaient des régions harmonieuses, il leur manquait la sauvage splendeur des Hautes et Basses-Terres, leur âpre poésie.

— John Stuart, souffla Janet, le prieur de Coldingham.

James s'immobilisa. John était le plus jeune demi-frère de la reine, le dernier bâtard mâle du roi James V.

— Mais lord John est un enfant !

— Il n'a qu'un an de moins que moi, mon cher frère ! rétorqua Janet en riant.

— Tu ne dois pas envisager cette alliance sans le consentement de la reine.

James éprouvait pourtant une immense satisfaction. Faisant partie de la famille royale, Janet nouerait de solides liens entre les Hepburn et les Stuart.

— Voilà pourquoi je suis impatiente de savoir notre souveraine de retour !

Selon les dernières informations que James avait reçues de Paris, Marie semblait en effet décidée à regagner son royaume. À dix-huit ans, le rôle de reine douairière de France ne la tentait nullement et elle préférait être maîtresse chez elle que soumise à l'autorité d'une belle-mère à laquelle ne l'attachait aucune affection. La jeune femme pouvait en outre considérer l'Écosse comme une base provisoire avant une brillante union politique. Si cette conjecture séduisait son demi-frère James, elle contrariait la plupart des membres de la noblesse.

— On dit que la proposition de mariage du jeune Arran a été repoussée par Élisabeth, reprit Janet, et qu'il va faire sa demande directement à notre reine.

— Jamais Sa Majesté n'envisagera d'épouser un garçon sournois et borné !

— Que t'importe son époux, remarqua-t-elle d'un ton taquin. Notre reine t'aurait-elle charmé ?

Dans son salon de réception, George Gordon, quatrième comte de Huntly, faisait les cent pas. Le puissant château familial à la frontière des Highlands contrôlait une vaste région où le pouvoir du comte était absolu. Catholique modéré, soucieux de ne pas se faire d'irréductibles ennemis, Huntly s'était efforcé de rester en termes courtois avec la Congrégation.

— Le chancelier Cecil ne peut refuser un

laissez-passer en Angleterre à notre reine sans le soutien tacite de la Congrégation ! tonna le comte. Avant même que sa cousine soit en Écosse, Élisabeth veut lui montrer clairement qui commande.

Réunis dans le château de Huntly au milieu du comté de Strathbogie, les comtes de Cassilis, Bothwell, Atholl et Montrose avaient passé au crible les événements. Le retour en Écosse de la reine était certain : dès le mois de mai, Marie Stuart avait fait connaître sa décision et déjà on s'activait à rafraîchir les châteaux royaux délaissés depuis des années. Cent fois avait été discutée âprement la marge de liberté religieuse que la Congrégation octroierait à la reine, et ces limites rigoureuses insupportaient les derniers lords catholiques.

— Que Sa Majesté montre la moindre faiblesse et Elle sera poussée le dos au mur.

— Un simple signe de croix deviendra un crime, ajouta lord Huntly. L'arrogance de Knox n'a plus de limites et très bientôt il jugera son pouvoir supérieur à celui de la reine.

Massif, congestionné, le comte s'échauffait et devait sans cesse s'éponger le front. Son attitude compréhensive envers les amis de James Stuart s'était montrée infructueuse et il était décidé à devenir le chef de l'opposition catholique. S'il parvenait à convaincre la reine qu'il était son plus sûr appui, peut-être considérerait-elle favorablement une union avec son fils John qui déjà se posait en prétendant. L'Écosse pourrait alors revenir dans le sein de l'Église catholique et les Gordon triompheraient.

— Sa Majesté la reine doit se conformer à la volonté d'un peuple en grande majorité protestant.

Bothwell était irrité par les prétentions des Huntly. À ses yeux, elles étaient irréalistes et suicidaires, mais le ferme appui de cette famille serait néanmoins nécessaire à Marie au début de son règne personnel. Sans ce contrepoids, le Bâtard ne rencontrerait pas la moindre opposition et manœuvrerait sa sœur dans ses seuls intérêts. Depuis son retour en Écosse, Bothwell avait perçu la haine que lui portait son rival, incapable de tolérer un protestant entièrement dévoué à la monarchie légitime.

Le comte d'Atholl soupira. Bon catholique, il n'avait ni l'humeur rageuse du vieux George Gordon, ni la fougue du jeune Hepburn. Ni l'un ni l'autre n'avaient pris pleinement conscience du pouvoir qu'avait acquis James Stuart. Que Huntly ou Bothwell cherchent à lui disputer son influence, et il n'aurait pour eux aucune pitié.

— Notre reine doit débarquer à Aberdeen, poursuivit Huntly. Elle fera son entrée à Édimbourg sous ma protection.

Il y eut un moment de silence. Aucun des nobles présents ne pouvait accepter de donner carte blanche à celui qu'on appelait le « coq du Nord ». Remplacer le rusé Stuart par l'arrogant Huntly créerait une rivalité mortelle entre deux ambitieux.

146

Les entretiens touchaient à leur fin. James était décidé à ne point s'opposer franchement aux Gordon et à trouver aussi vite que possible un compromis avec les Hamilton qui ne lui avaient pas encore pardonné la prise de l'or anglais. Même tiré de ses principales difficultés financières grâce à la générosité de la reine, il n'avait pas les moyens de recourir à la protection permanente de gardes armés.

— En tant que grand amiral, vous serez appelé en France pour préparer la flotte de notre reine, milord Bothwell, et pourrez avoir avec elle des entretiens fructueux, nota Atholl. N'ayant ni frères, ni sœurs, ni oncles, ni proches cousins légitimes en Écosse, Sa Majesté va être fort isolée à Édimbourg. Le poids de son Conseil privé sera donc déterminant. Faisons en sorte que celui-ci soit tolérant.

— Qui peut autoriser James Stuart à exercer le pouvoir ? s'indigna Huntly. Que Sa Majesté lui fasse confiance et il tissera sa toile en toute quiétude. Quant à moi, milords, je ne me laisserai pas marcher sur les pieds. Si elle refuse la main que je lui tends, la reine saura vite qu'elle a commis une faute. Tôt ou tard, un homme doit faire ses choix et, si notre jeune reine croit débarquer dans un royaume de conte de fées, elle perdra vite ses illusions.

George Gordon, un des fils du comte de Huntly, avait insisté pour faire un bout de route avec Bothwell. Les deux jeunes gens s'entendaient bien et James comptait George parmi ses rares amis. Il avait plu le matin. L'herbe était drue et luisante. Un ruisseau serpentait sous les aulnes. De temps à autre, les cavaliers et leur petite escorte traversaient un village, voyaient se dresser le clocher d'une église, la cheminée en pierre qui signalait une taverne. Des tas de tourbe destinée à alimenter l'âtre des chaumières séchaient au soleil.

— Tu es fort chanceux d'aller en France, dit George, alors qu'ils traversaient à gué une rivière. Ici, l'air empeste et j'ai peur que mon père et mon frère John ne fassent rien pour l'assainir. Prends garde à toi, tu as des ennemis.

— Qui n'en a pas en Écosse ! rétorqua James d'un ton moqueur. La plupart des familles ruminent d'antiques vengeances dont elles ne connaissent même pas l'origine. Je ne suis pas homme à chercher la faveur d'autrui.

— Tu as trop confiance en toi.

— J'aurai l'amitié de la reine.

James se tut mais il était décidé à se tenir sur ses gardes. Aux liens du sang qui unissaient Marie à son demi-frère, il opposerait la confiance qu'elle mettait en lui, son pouvoir sur les Borders. Il ne craignait ni James Stuart, ni William Maitland, l'ancien secrétaire d'État de Chatelherault, qui durant la régence de Marie de Guise s'était tenu à l'écart du gouvernement.

À la limite de l'Aberdeenshire, les deux jeunes gens se séparèrent. James allait descendre à bonne allure vers Crichton et préparer son départ pour la France. George regagnait le Strathbogie et le château familial bruissant des projets les plus hasardeux. Il pouvait seulement espérer que leur déraison n'entraînerait pas la ruine des Gordon et que l'orgueil de Bothwell ne le rendrait point aveugle aux intrigues qui se tramaient contre lui.

19

Avec surprise, James voit que peu à peu son corps l'abandonne, devient un ennemi. L'inactivité, l'humidité, la mauvaise nourriture rendent ses jointures douloureuses, font enfler ses jambes, lui procurent de terribles sensations d'étouffement. Certains jours, il peut à peine quitter son lit. Commis chaque semaine pour le raser, le barbier lui propose des saignées qu'il refuse. Rien, hormis la liberté, ne peut le guérir. Déjà il est dépouillé de lui-même, un esprit malade dans un corps décrépit. On lui a volé sa vie. Jamais plus il ne marchera dans la campagne, ne montera un cheval, jamais plus il ne tiendra entre ses bras un corps de femme. Il est un mort vivant.

Cloué sur son lit, les yeux clos, il cherche avec désespoir à reconstruire le premier et dernier mois de sa vie de prince. Pourquoi ne s'est-il pas réfugié avec la reine dans la forteresse d'Édimbourg ? Pourquoi ont-ils si hâtivement quitté Dunbar ? Il tente de traquer chaque instant, la moindre conversation. Quand la douleur de l'échec est trop forte, il se frappe la tête contre le mur et on le descend au trou. Là, il ne mange plus, se couche dans ses déjections. Il ne sait plus qui il est.

Il pleut, les nuits deviennent fraîches. James sent que l'hiver sera bientôt de retour. Depuis combien de temps est-il à Dragsholm ? Un an, dix ans ?

En s'estimant magnanime, le roi du Danemark l'a enterré vivant. Puisqu'on lui refuse d'aller en France, pourquoi ne pas le renvoyer en Écosse pour l'y faire exécuter ? Avant de mourir, il dira ce qu'il sait et sa tête ne sera pas la seule à tomber. Souvent il s'imagine parlant du haut de l'échafaud. Il énumère les faits, dévoile des noms. Ce qu'il a vu et entendu reste clair dans son esprit. Qu'il soit impuissant à le révéler l'étouffe.

Il neige. Il fait sombre. Un abcès est apparu sur sa jambe droite. La douleur est insupportable. Quatre hommes le maintiennent sur son lit et le barbier fait une incision, pose un pansement. Pourquoi veut-on prolonger son existence ? Quelle charité monstrueuse pousse ses geôliers à le garder en vie alors qu'il veut mourir ? Il sait qu'il ne représente plus rien. Pour le monde, James Hepburn, comte de Bothwell, duc des Orcades, n'existe plus. Il est le survivant d'une époque que chacun veut oublier.

Une nuit, le vent souffle en tornade. Assis sur son lit, James revoit sa fuite d'Écosse. À la peur se mêle l'excitation : il a échappé à ses poursuivants, il est libre de rallier à sa bannière ceux qui restent fidèles à Marie Stuart. Les rois de Suède, du Danemark, de France, d'Espagne rassembleront des troupes. Bientôt il débarquera en Écosse à la tête d'une puissante armée et écrasera les traîtres. Il ignore alors que le vent va le jeter sur la côte norvégienne, que Frederick II refusera de le recevoir. James Stuart et Maitland ont triomphé. Les Écossais ont cru à leurs mensonges, suivi les traîtres comme des moutons leur berger. La paix est revenue, dit-on. Quelle paix ! Une succession de complots et d'assassinats, d'exils, d'emprisonnements, de soumissions forcées, d'impitoyables répressions dans les Borders, de règlements de comptes expéditifs.

James n'ignore pas que, après le massacre de la Saint-Barthélemy, la France a renoncé à envoyer des troupes en Écosse. Marie a perdu ses derniers amis. Où se trouve-t-elle ? Le mur qui désormais sépare James de sa femme est infranchissable. Depuis son transfert de Malmö, aucune nouvelle ne lui parvient plus. Mais il la sait vivante, le scandale de l'exécution d'une reine aurait atteint la forteresse de Dragsholm.

Si Marie doit se remarier pour remonter sur son trône, il est prêt à signer un acte de divorce.

Tout lui est indifférent. Dans quelques mois, la détresse physique et morale qu'il endure auront raison de lui.

20

Après la réclusion imposée par l'étiquette aux veuves royales, Marie Stuart avait quitté ses appartements pour se réfugier chez les Guise à Joinville, aux confins de la Champagne. Là, elle réfléchissait, se préparait à son prochain départ pour l'Écosse et réunissait ceux qui allaient l'escorter jusqu'à Édimbourg. Trois de ses oncles avaient déjà annoncé leur intention de l'accompagner, ainsi que bon nombre des fidèles l'ayant servie depuis sa jeunesse, qu'ils soient nobles, prélats, poètes ou musiciens. Ses domestiques, pour la plupart, seraient aussi du voyage.

Chaque jour, le cardinal de Lorraine, son oncle, la convoquait dans son cabinet de travail pour la préparer à ses futures responsabilités. Avec consternation, Marie prit connaissance des longues épîtres de sa mère dans lesquelles elle dévoilait à son frère les énormes difficultés qu'elle rencontrait. Chaque fois qu'il le jugeait nécessaire, son oncle interrompait sa lecture pour souligner un nom, commenter une situation. Jour après jour, la jeune reine assimilait la conjoncture présente : en tant que catholique, elle serait isolée et ne pourrait pratiquer que discrètement sa religion ; considérée comme Française, elle susciterait une certaine méfiance que seule une politique résolument écossaise apaiserait. La proposition du comte de Huntly avait été repoussée avec vigueur par ses oncles : la jeune reine ne pouvait faire son entrée à Édimbourg escortée de troupes catholiques. Ce défi lancé à la Congrégation tomberait mal à propos. Il fallait faire comprendre d'emblée aux catholiques écossais qu'ils ne jouiraient d'aucune faveur particulière.

Souvent la jeune femme s'effrayait de l'isolement dans lequel elle serait bientôt plongée et avouait n'avoir de meilleure consolation que l'affection de James Stuart, son demi-frère, qui était venu la retrouver à Joinville quelques jours plus tôt. Quoique le cardinal de Lorraine nourrît des doutes sur le désintéressement de ce dernier, il s'abstenait d'en faire part à sa nièce. Dans les premiers temps du gouvernement de Marie, le Bâtard en effet serait indispensable. Mais, peu à peu, elle apprendrait à mieux le connaître.

Les noms des nobles signalés par Marie de Guise comme lui étant fidèles étaient peu nombreux, mais la défunte régente avait insisté sur l'absolue confiance que sa fille pouvait avoir en eux. Avec plaisir, Marie avait reconnu celui de James Hepburn. Souvent elle avait pensé à lui, à cette entente immédiate qui les avait rapprochés.

De bonnes âmes lui avaient fait comprendre que le comte de Bothwell était orgueilleux et violent, mais ce qu'elle avait découvert était un charme sans mièvrerie, une franchise absolue, une impétuosité qui s'accordait à la sienne. Peu classique, sa beauté physique ne s'oubliait pas. Des lèvres pleines, un nez bosselé, des yeux bruns presque noirs suggéraient une sensualité mais aussi une autorité auxquelles elle était sensible. D'un jour à l'autre, le jeune homme était attendu à Joinville et Marie se gardait de confier à quiconque le plaisir qu'elle éprouvait de ces retrouvailles.

Délaissant l'antique château fort perché sur sa colline, le duc Claude de Guise avait fait construire un élégant palais à l'italienne en contrebas, près d'un méandre de la Marne. Entourée d'eau, coiffée de trois dômes, la nouvelle bâtisse, appelée château du Grand Jardin, étalait un luxe à la mesure du prestige de son propriétaire et la jeune reine y retrouvait les raffinements des palais royaux. Claude de Guise décédé, l'immense domaine était habité par sa veuve Antoinette de Bourbon qui aimait y réunir ses nombreux enfants et petits-enfants. Au milieu de ses oncles, tantes et cousins, Marie Stuart jouissait d'une tendresse à laquelle elle se désolait de devoir bientôt renoncer.

Aussitôt arrivé à Joinville, James fut ébloui par la splendeur du grand château et le luxe de son aménagement intérieur. Les Guise y avaient réuni les tapisseries les plus rares, des tentures de velours, de damas broché d'or, de soieries délicatement brodées, des tapis de Turquie, des plats d'or et d'argent. Quarante musiciens y logeaient en permanence pour l'enchantement de leurs hôtes et les domestiques étaient si nombreux qu'on ne pouvait faire un pas sans croiser un valet, un majordome, une lingère, une couturière ou une femme de chambre.

La grande pièce de réception du rez-de-chaussée traversée, James fut conduit au premier étage où se trouvaient les chambres des invités et les appartements des maîtres de maison. Tout dans les quartiers qui avaient été réservés à son usage ravit le jeune Écossais. Les chaises étaient recouvertes de cuir repoussé et les confortables fauteuils, de velours cramoisi festonné d'or. Pendus aux murs, des cartouches de bois peints montraient des fleurs, des fruits, des têtes d'animaux familiers ou étranges, et jetés sur le sol, des tapis aux couleurs sourdes offraient des délicatesses qui lui étaient inconnues.

Tandis que ses deux domestiques vidaient sa malle, James descendit faire quelques pas dans le parc. Le temps pluvieux avait ralenti le voyage entre Paris et Joinville et, pour ne point faire attendre la reine, il avait dû écourter les étapes. Ce séjour, James en était sûr, déterminerait ses futures relations avec Marie Stuart. À maintes reprises, il avait pensé aux mises en garde de George Gordon. Il était vrai que le nombre de ses ennemis excédait celui de ses amis et que, sans la confiance de la reine, sa situation deviendrait précaire. Un protestant au service d'un souverain catholique, un noble ayant toujours refusé l'argent anglais faisait figure de mouton noir en Écosse. Et son manque de souplesse, son obstination ne facilitaient pas les choses.

Dans le jardin clos de murs ponctués de tourelles, les jardiniers, râteleurs, élagueurs s'activaient. Des parterres se succédaient, chacun planté d'une seule espèce de fleurs qui, vues du château, semblaient composer un immense bouquet. Labyrinthes, berceaux et arcades végétales menaient au verger qui occupait le sud du parc. James s'y dirigea. Dans les allées, des groupes de gentilshommes, des dames d'honneur déambulaient. Les petits chiens de compagnie levaient les oiseaux posés dans des buissons, papillons et abeilles butinaient des grappes de résédas. Le verger tira James de ses pensées. Des arbres inconnus étaient alignés le long du mur orienté en plein sud, d'autres, plus familiers, longeaient un canal d'irrigation, se regroupaient autour de bassins où de l'eau cascadait. Sur un banc abrité par une charmille, trois femmes devisaient.

— Vous voilà donc rendu à Joinville, milord Bothwell !

Aussitôt, James reconnut la voix taquine de Marie Livingstone, une des quatre Marie amies d'enfance et dames d'honneur de Marie Stuart, surnommée Flamina pour ses cheveux roux et son entrain.

Comme il s'approchait le sourire aux lèvres,

une femme leva la tête et avec stupeur James reconnut la reine.

Sans pouvoir s'en expliquer la raison, Marie était embarrassée et ne savait trop quoi dire.

Un genou à terre, James baisa la main qu'on lui tendait. Flamina rompit le silence :

— Si vous conservez ces méchants habits de voyage, milord, vous allez faire triste figure au souper que monsieur le duc donne ce soir en votre honneur.

La reine qui avait retrouvé son naturel se leva.

— Mes amis ne sont jamais malséants. Accordez-moi votre bras, milord Bothwell, et faisons quelques pas.

Les pommiers et pêchers perdaient leurs dernières fleurs. L'herbe était encore humide des récentes averses.

— Ainsi, vous êtes venu préparer mon départ. J'aurais préféré pouvoir traverser l'Angleterre mais, puisque ma chère cousine Élisabeth semble peu encline à me donner un sauf-conduit, je devrai naviguer directement vers l'Écosse en me remettant entre les mains de mon grand amiral.

— Je n'ai à m'occuper que de l'escorte de Votre Majesté qui voyagera dans une galère du roi de France.

— Une escorte conséquente, milord, car je compte amener à Édimbourg tout ce à quoi je tiens.

Conscients de la superficialité de leurs propos, les deux jeunes gens gardèrent un moment le silence. À côté d'eux, une tête de gorgone en pierre crachait un filet d'eau qui se perdait dans le bassin d'irrigation.

— Je renouvelle mes condoléances à Votre Majesté, réussit enfin à prononcer James, qui haïssait sa gaucherie.

La jeune femme inclina la tête. Son bref mariage avec François lui avait offert plus de chagrin que de bonheur.

— Mes amis ne m'ont point oubliée et sont venus me consoler en grand nombre. À Paris, j'ai reçu lord Darnley, le fils de ma tante Meg[1], et, voici quelques jours, mon demi-frère James Stuart. Plus sereinement désormais, j'envisage mon retour dans un pays dont je garde peu de souvenirs. Vous-même m'aiderez à m'acclimater, n'est-ce pas ?

Marie détestait le trouble que James jetait en elle. Elle lâcha son bras, s'immobilisa.

— Nous reparlerons de tout cela avec mes oncles, milord. Je ne veux point vous retenir.

Marie Fleming et Marie Beaton l'avaient rejointe. James salua et fit demi-tour. Il était déçu par ce trop bref et superficiel entretien, déçu de devoir quitter aussi vite une femme dont il appréciait la compagnie.

— Le remariage de la reine est à l'ordre du jour, milord, annonça Flamina. On parle de don Carlos, en dépit de l'opposition rageuse de

---

1. Margaret Lennox, née Douglas, fille de Margaret Tudor, reine d'Écosse, et du comte d'Angus, son second mari. Meg avait été élevée en Angleterre par son oncle Henry VIII.

Catherine de Médicis qui refuse de voir le prestige de sa propre fille, la reine d'Espagne, écorné par celui de notre jolie souveraine. Les noms de certains princes de la maison des Habsbourg restent aussi en lice, mais d'eux, la reine Élisabeth ne veut point entendre parler.

— Et que souhaite Sa Majesté ? interrogea James.

— Elle ne dit mot, mais je crois son cœur plutôt engagé sur la personne de don Carlos.

— L'Écosse ne lui suffit pas ?

— Je le crains. Notre reine a des projets d'avenir plus ambitieux, en particulier en ce qui concerne l'Angleterre.

Flanc contre flanc, les chevaux allaient au pas. Au petit matin, Flamina avait fait réveiller James pour qu'il l'accompagne dans sa promenade quotidienne. Avec lucidité, la jeune fille voyait l'ambiguïté d'une situation qui pouvait nuire à sa reine. Aussi longtemps que planerait la menace d'un roi étranger sur le trône d'Édimbourg, elle ne serait acceptée que superficiellement.

Autour d'eux, la campagne déroulait de vastes pâturages, la tache sombre d'une forêt où les Guise aimaient chasser, les paresseux méandres de la Marne avec ses rives encombrées de joncs et d'arbrisseaux.

James était inquiet. Dès son arrivée, la reine devait gagner le cœur de ses sujets. Sa jeunesse, son charme seraient des atouts importants mais ne suffiraient pas à emporter l'adhésion de tous.

— James Stuart reste sûrement vigilant sur la

question du remariage de sa demi-sœur, n'est-ce pas ? Un mari trop influent l'écarterait d'un pouvoir auquel il est fort attaché.

Flamina leva les sourcils. Sa robe de lin vert mettait en valeur sa chevelure flamboyante, ses yeux dorés. Elle avait hérité de la beauté de sa mère, lady Fleming, qui avait su séduire le roi Henri II dont elle avait eu un fils.

— Certes, approuva-t-elle. James Stuart verrait fort bien comme époux de la reine un prince écossais de ses amis, le jeune Arran. Il est d'agréable figure, cousin de Marie, mais faible et lunatique. Un parti idéal pour l'ambitieux qu'il est.

— Sa Majesté ne peut épouser un traître !

Penser à Marie dans le lit du fils du duc de Chatelherault le révoltait. Arran avait mangé abondamment dans l'auge française avant de se tourner vers la manne anglaise. Et jamais il ne lui pardonnerait la mise à sac de Crichton.

— Ma foi, milord, plaisanta Marie Fleming, le vent a si souvent tourné en Écosse que les girouettes sont désorientées.

— L'Écosse, Marie, ne peut être gouvernée par l'Angleterre, la France ou une quelconque puissance étrangère. Chacun d'entre nous doit l'admettre. Sans cette neutralité, nous retomberons dans la guerre civile et la désolation.

James se souvenait de la cour brutale faite par Henry VIII pour imposer les fiançailles de son fils unique à Marie Stuart. Incendies, pillages, viols, carnages avaient ravagé les régions du sud après le refus de Marie de Guise. L'Écosse avait trop souffert pour être de nouveau livrée aux loups.

Le soudain envol de trois tourterelles effraya le cheval de Marie qui fit un brusque écart. Quand James s'empara fermement des brides, la jeune fille eut un regard moqueur.

— Vous faites un parfait chevalier, milord ! Si j'étais reine d'Écosse, c'est vous peut-être que je choisirais comme époux.

Ils revinrent à Joinville au petit trot. Un soleil qui promettait d'être chaud dorait les pâturages et les herbes aquatiques, jetait sur la rivière des reflets d'ambre. Quoiqu'il voulût se débarrasser de cette pensée, l'esprit de James revenait sans cesse sur le mariage de la reine. Si le prince qui allait devenir son époux aimait l'autorité, c'en serait fait du Bâtard comme de lui-même. Il ne serait plus qu'un conseiller quelconque, un courtisan, un pion parmi d'autres.

Les préparatifs du départ de Marie Stuart pour l'Écosse s'achevaient. En quittant Joinville, la jeune reine avait prévu de s'arrêter à Reims pour rencontrer sa tante Renée de Guise, prieure de l'abbaye de Saint-Pierre des Dames. Bothwell ferait partie de son escorte jusqu'à la capitale champenoise puis gagnerait Paris et Calais pour préparer la flotte qui escorterait les galères royales. La première liste du chargement avait ébahi le grand amiral. Outre une quantité extraordinaire de meubles, tapis, tapisseries et tentures, Marie amenait avec elle une partie de son écurie, vingt chevaux de grand prix, ses chiens, singes et oiseaux, sa vaisselle, une garde-robe impressionnante, des matelas, courtines, courtepointes et draps en quantité, sa bibliothèque, des provisions destinées aux cuisiniers, panetiers, pâtissiers, rôtisseurs et potagiers afin qu'ils puissent servir à leur reine dès son arrivée en Écosse ses mets favoris. Pareille cargaison nécessiterait au moins deux vaisseaux de fort tonnage et un chargement minutieux dont il serait responsable.

James avait pu s'entretenir en privé avec la reine et ses oncles, hormis le cardinal de Lorraine retenu à la Cour. Entourée des siens, la jeune femme ne montrait plus l'embarras qu'elle manifestait fréquemment quand elle se trouvait seule avec James. Lui-même se détendait. Quoi qu'il puisse advenir, leur bonne entente ne pourrait être remise en cause.

La veille du départ de la reine et de son imposante escorte, la duchesse douairière Antoinette de Bourbon donna un bal en l'honneur de sa petite-fille. Ornée d'arbustes fleuris et enrubannés, la grande salle resplendissait. Au luxe affiché par les Valois, les Guise n'avaient rien à envier et James comprenait la méfiance de Catherine de Médicis à leur égard. Beaux, brillants, populaires, les membres de cette famille ne connaissaient aucune limite. Tôt ou tard, les ambitions des uns, les manœuvres de l'autre s'opposeraient avec une violence qu'attisait le prince de Condé, frère du roi Antoine de Navarre. Revenu en grâce après le tumulte d'Amboise, ce prince du sang protestant s'était juré d'abattre les Guise et, de politique, le conflit était devenu religieux. La France était prête à sombrer dans l'intolérance qui étouffait l'Écosse.

Les flûtes, violes, guitares, luths, épinettes et rebecs entamèrent une volte. Manquant d'expertise dans les danses pratiquées à la Cour, James se tenait à l'écart. L'élégance des femmes comme celle des hommes l'éblouissait et suscitait en lui le désir de donner un tel éclat à sa famille. Sous ses yeux scintillaient les pierres précieuses, reluisait l'or, chatoyaient les moires et les damas, étincelaient les perles. Dans le mouvement de la danse, les roses, les bleus, les verts, les bruns se mêlaient, comme reflétés par un jeu de miroirs. James voyait la reine qui riait face à son jeune oncle, le marquis d'Elbeuf. Par leur haute taille, leur superbe, les Guise dominaient l'assistance. Qu'on les soupçonne de vouloir s'emparer du pouvoir était aisé à comprendre, cependant la mort de François II et la mise à l'écart de leur jeune nièce avaient été pour eux un coup très rude. Si Catherine de Médicis s'efforçait de leur faire encore bonne figure, ils devaient compter désormais, outre celle des Bourbon, sur l'influence des Montmorency.

— C'est pitié de voir un aussi beau gentilhomme sans une dame à son bras.

Le visage joyeux, la voix moqueuse de Marie Fleming déridèrent James.

— Venez danser.

Sans attendre de réponse, Flamina s'empara de la main du jeune comte et l'entraîna.

— Je ne suis guère expert !

— Quelle importance ! Les femmes n'ont d'yeux que pour le charme de leur cavalier et ne prêtent pas attention aux mouvements de leurs pieds.

Les partenaires changeant au cours de la danse, James avait évolué avec Marie Beaton puis Louise de Brézé, l'épouse du duc d'Aumale.

— Je ne vous savais pas si bon danseur, milord Bothwell.

Marie Stuart se tenait en face de lui, un peu cambrée comme l'exigeait la volte, un sourire moqueur aux lèvres.

— Frappez dans ma main si vous ne voulez pas vous singulariser.

Leurs visages étaient proches l'un de l'autre, le corsage de la reine dégageait un parfum d'iris et de lilas.

— Vous serez aimée en Écosse, Madame, chuchota James.

— Je n'y suis pas encore.

— Les Français n'ont-ils pas adoré leur souveraine ?

— Je ne le suis plus.

La voix de Marie n'était pas empreinte de nostalgie. À dix-huit ans, peut-être amoureuse de l'aventure, cette jeune femme avait pris une décision difficile et, en Guise, était prête à l'assumer.

Ils étaient paume contre paume, si près l'un de l'autre que James sentait le souffle de Marie sur son visage. Quelque chose de moins simple que le désir physique le troublait, la pensée peut-être que cette femme si séduisante ne pourrait jamais lui appartenir.

21

Le sauf-conduit de la reine Élisabeth autorisant Marie Stuart et sa suite à traverser l'Angleterre pour se rendre en Écosse n'étant pas encore arrivé en France le 13 août, la jeune femme prit la décision de mettre le cap directement sur Leith. Deux galères royales l'attendaient à Calais et les vaisseaux chargés de ses biens étaient prêts à appareiller dans leur sillage. Le grand amiral d'Écosse avait veillé personnellement au chargement de la précieuse cargaison. Les chevaux seraient conduits à bord quelques heures avant le départ ainsi que les animaux de compagnie, à l'exception des deux chiens favoris de la reine qui voyageraient avec leur maîtresse.

Les ancres de la petite flotte levées, James resterait à Calais au cas où surviendraient quelques charrois attardés, puis il embarquerait sur un vaisseau marchand. Son ami, lord Eglington, commanderait les deux bâtiments d'escorte, monsieur de Meullan les galères royales où se presseraient les Guise qui accompagnaient la reine, les dames d'honneur, des pages, le comte de Damville, fils cadet du connétable de Montmorency, les poètes Brantôme et Chastelard, et quantité de gentilshommes.

James n'avait plus revu Marie en privé. Prise dans le tourbillon des fêtes données en son honneur, accaparée par sa famille, courtisée par tous, elle donnait l'impression de vivre dans un autre monde. Que cachaient les yeux pétillant de joie, le sourire charmeur ?

La brume ensevelissait Calais. À peine pouvait-on apercevoir les quais où étaient amarrées les galères, l'une portant l'étendard de France à fleurs de lys, l'autre le lion rampant d'Écosse. Les moissons achevées, la paille liée, les paysans déchaumaient et l'âcre fumée mêlée à la brume accentuait l'impression d'étouffement. Une foule de badauds était venue admirer les galères et les deux bâtiments d'escorte sur lesquels s'activaient mousses et marins. On attendait l'embarquement des galériens enfermés depuis la veille dans l'ancienne prison anglaise. Marie Stuart avait demandé à monsieur de Meullan qu'aucun d'entre eux ne fût fouetté durant le voyage et cette requête avait fait s'esbaudir les membres de l'équipage. Quelle reine ferait une femme au cœur aussi sensible ?

Le 14 août au matin, l'avant-garde du cortège royal pénétra dans Calais et se dirigea vers le port. La brume persistait et les passants ne voyaient passer que des fantômes aussitôt happés par un brouillard qui s'épaississait le long du rivage.

Le son clair des trompettes annonça enfin l'arrivée de la reine et de ses quatre oncles, Louis cardinal de Sens, Charles cardinal de Lorraine, Claude duc d'Aumale et René marquis d'Elbeuf, tous montés sur de splendides chevaux. Un pâle soleil tentait de percer la brume. La mer était calme et grise.

En haut de la passerelle d'une des galères patientait monsieur de Meullan, son chapeau piqué d'une plume à la main. James vit la reine démonter et s'avancer vers celui-ci. Droite, le visage pâle sous la coiffe de linon resplendissante des perles cousues en croisillons, Marie semblait rassembler toute sa volonté pour ne pas montrer sa détresse. Intensément, James l'observait. Sous le délicieux sourire, les gestes gracieux, les paroles aimables, il devinait une femme volontaire, courageuse, ardente. Ils se ressemblaient. Au plus vite, il devait retrouver ses charges et occupations en Écosse. Sur les Borders, au milieu du paysage qu'il chérissait, chaque chose retrouverait sa juste place. La reine se remarierait avec un prince, donnerait un futur roi à l'Écosse. Lui la servirait et, après s'être débarrassé d'Anna, épouserait une jeune fille de haut rang.

La nouvelle de la bonne arrivée de Marie Stuart à Leith parvint à Calais cinq jours plus

167

tard, mais un des navires d'escorte avait été arraisonné par les Anglais qui, l'ayant surpris non loin de leurs côtes, avaient confisqué sa cargaison dont faisait partie l'écurie royale. Lord Eglington parlementait et avait bon espoir de pouvoir reprendre la mer. Rien n'était sûr cependant.

Faute d'une brillante cavalcade, Marie Stuart avait fait son entrée à Édimbourg dans la brume, montée ainsi que son escorte sur de méchants chevaux hâtivement réquisitionnés. La population l'avait bien accueillie et, installée à Holyrood, elle se remettait entre les mains de son demi-frère James Stuart auquel elle ne refusait rien.

La contrariété que ressentit James en recevant ces informations se trouva accentuée par une lettre qu'on lui remit l'avant-veille de son départ pour l'Écosse, où il reconnut aussitôt l'écriture d'Anna Throndsen. Installée dans le Lothian, elle brûlait d'impatience de revoir « son cher cœur ». Elle s'ennuyait un peu à la campagne et, lorsqu'ils seraient mariés, préférerait vivre à Édimbourg. Pour James, les mots soigneusement calligraphiés étaient autant de piqûres. Aurait-il Anna sur le dos sa vie durant ? Certes, il avait profité de son argent, accepté qu'elle vende quelques bijoux. Mais la générosité de la jeune Danoise n'était qu'un moyen de le posséder, comme si la reconnaissance était compagne de l'amour. Elle jugeait bien mal le cœur des hommes.

Avec impatience, il fourra la feuille de papier dans une poche de ses hauts-de-chausses. Entre une maîtresse dont il ne pouvait se débarrasser et les manœuvres de James Stuart déjà solidement établi aux côtés de sa demi-sœur, il trouvait ample matière à alimenter sa mauvaise humeur. Pour le moment, il ne pouvait rien faire, hormis se rendre dans l'estaminet le plus proche et commander une bouteille d'eau-de-vie de genièvre.

Deux rues parallèles traversaient Édimbourg de la citadelle à Holyrood : la High Street, qui devenait la Canongate au-delà du mur d'enceinte, et la Cowgate bordée de jardins et de potagers. Propres et animées, ces deux artères étaient reliées par la Blackfriars Wynd et quantité d'étroites ruelles obscures et malodorantes que, dès la tombée de la nuit, les passants évitaient.

Lorsque James entra dans Édimbourg, la ville grouillait d'animation. La présence de l'escorte française avait attiré marchands à la sauvette, revendeurs, escrocs, intrigants cherchant l'aventure, toute une racaille qui se mêlait aux artisans, bourgeois, serviteurs, apprentis et ménagères vaquant à leurs occupations coutumières. La présence de leur souveraine changeait l'atmosphère de la ville, lui octroyait une nouvelle jeunesse. À la porte de Netherbow qui permettait de passer le mur d'enceinte coupant la High Street et la Canongate, James croisa William Maitland qui lui adressa un salut froid. Le jeune comte ne nourrissait sur cet homme aucune illusion. Intelligent, ambitieux, rusé, Maitland deviendrait vite indispensable à la reine. Les Hamilton, puis Marie de Guise dans une moindre mesure, lui avaient fait confiance en le prenant comme chancelier puis trésorier et contrôleur. Fervent partisan d'une union de l'Écosse et de l'Angleterre, William Maitland s'était tout naturellement tourné vers James Stuart. En réalité, le Conseil privé de Marie Stuart resterait celui qui avait gouverné l'Écosse depuis le décès de la régente.

William Hepburn, le cousin chez qui James s'était installé dans la Cowgate, avait fait préparer un dîner en son honneur et sur la table s'alignaient un foie de bœuf rissolé aux oignons, des pièces de mouton rôties, des cailles, faisans et perdrix, un grand saumon au verjus, une tête de brebis. La bière, les vins français et allemands coulaient en abondance et, la soirée de septembre étant chaude, chacun avait le feu aux joues. Les hommes avaient ôté leurs pourpoints, les femmes s'éventaient tandis que les serviteurs tranchaient les viandes, découpaient les volailles. De la Cowgate encore animée parvenaient des aboiements, des hennissements, le grincement des roues des chariots, des appels de colporteurs.

— Maitland prend chaque jour un peu plus d'importance, nota le vieux Ormiston. Notre jeune souveraine partage son désir de voir une Écosse en paix et amie de l'Angleterre. Je les crois sincèrement en communauté de pensée, sinon de religion.

— Je le vois plutôt en accord avec le Bâtard, nota James d'une voix glacée. Tous deux sont prêts à imposer par la force leurs convictions politiques.

Le jour tombait. Bientôt on allumerait les rares lanternes qui éclairaient les deux rues et le guet commencerait ses rondes jusqu'au petit matin.

— La reine s'accommodera de Maitland mieux que de John Knox, assura William Hepburn d'une voix moqueuse. Tu ignores sans doute, mon cher cousin, qu'il a eu, voici dix jours, un entretien avec notre souveraine qui a fait de son mieux pour garder son sang-froid jusqu'au moment où notre saint homme lui a jeté : « J'ai sauvé bien des âmes, je continuerai à m'y employer. Les Écossais vivront sous l'autorité de leur souveraine légitime comme l'apôtre Paul acceptait de vivre sous l'autorité de Néron. »

Les convives éclatèrent de rire. Knox était respecté mais son caractère vengeur le faisait également craindre. Nul n'avait envie de s'attirer les foudres du prêcheur.

— Sa Majesté a-t-elle riposté ? demanda James.

— Elle a prononcé d'un ton royal : « Je veux défendre l'Église de Rome que je tiens pour la seule et véritable Église de Dieu. »

— Une erreur..., murmura le jeune comte.

Marie lui semblait lointaine à présent. Retrouverait-il à Holyrood la jeune femme qui l'avait troublé en France ?

Aussitôt à Édimbourg, Marie Stuart s'était alitée. Les médecins parlaient d'une fièvre quarte mais chacun savait que le chagrin d'avoir quitté la France et l'angoisse de devoir s'adapter à un nouveau pays étaient responsables de cette indisposition. En outre, les négociations entamées avec Philippe II d'Espagne en vue d'un mariage avec l'infant don Carlos piétinaient.

— Qui n'en fait pas ? répliqua William en se servant une pinte de bière. Le flot des courtisans français qui inonde la ville irrite déjà la noblesse écossaise. Futiles, moqueurs, ces gens-là critiquent tout et ont des reparties qui clouent le bec aux plus érudits des nôtres. Ils ont parmi eux un dénommé Brantôme qui a tant d'esprit qu'on ne sait jamais s'il ridiculise ou complimente.

— Ils ne sont que de passage. Seul parmi les oncles de notre reine, le marquis d'Elbeuf a l'intention de s'attarder jusqu'à l'hiver. Il est joyeux compagnon et j'apprécie son amitié, remarqua James.

Après avoir débarrassé la table, les serviteurs apportaient les desserts, des tartes aux fruits, des puddings aux prunes et raisins secs arrosés de brandy, des écorces d'orange au gingembre.

La rue était devenue déserte. Un peu de fraîcheur pénétrait par les fenêtres ouvertes sur le jardin. Au loin dans la campagne, on apercevait la lueur des feux allumés par des bergers.

— Enfin, vous voici, milord Bothwell !

Marie tendit ses deux mains à James. Le jeune homme la trouva changée. En quelques semaines, elle avait perdu ce qui lui restait d'enfance. Vêtue d'une robe de légère soie tourterelle recouverte de gaze brodée, la tête coiffée d'une résille garnie de perles et entremêlée de rubans d'or, la souveraine se tenait dans son salon d'audience entourée de ses quatre Marie.

Alors que James s'apprêtait à mettre un genou à terre, elle l'arrêta.

— Vous êtes mon ami de France, n'est-ce pas ?

Le jeune comte nota de l'émotion dans la voix de Marie. Il était évident qu'elle avait la nostalgie du pays où elle avait passé l'essentiel de sa jeunesse.

— Venez, dit-elle, nous sommes attendus pour travailler avec les membres de mon Conseil. Je souhaite dès à présent assumer toutes mes responsabilités de reine.

D'un geste spontané, Marie s'empara de son bras comme elle l'avait fait en France, mais le léger abandon qu'il avait senti alors avait disparu. La reine demeurait droite et digne, un peu lointaine.

Autour d'une longue table recouverte d'un jeté de velours frangé, Bothwell retrouva sans plaisir ceux qui avaient été ses ennemis durant la régence de Marie de Guise. Tout sourire à présent, ils lui inspiraient la même répulsion.

— La place de milord Bothwell est certes sur les Borders, acquiesça Maitland. Nul mieux que lui ne saurait y établir l'autorité de Votre Grâce.

Durant la discussion s'était posé le problème de l'agitation aux frontières. Spontanément la reine avait proposé d'y envoyer son lieutenant.

Le jeune comte était déchiré. Gagner les Borders était une perspective heureuse. Nulle part il ne se sentait plus heureux que sur cette terre sauvage, dénudée, battue par les vents. Mais sa mission impliquait un éloignement de la Cour qui faisait le jeu de ses ennemis. Marie était jeune, influençable, confiante. En son absence, tous, hormis George Gordon, s'appliqueraient subtilement à le discréditer.

— Je tiens à ce que lord James reste membre de mon Conseil privé, précisa la reine.

Maintenant elle regardait Bothwell, et James devina sur son visage une sorte de fatalisme. Elle n'était dupe ni des intentions de son demi-frère, ni de celles de William Maitland ou du comte d'Argyll, mais avouait son impuissance à les contrecarrer.

Maitland avait repris son poste de secrétaire d'État, le duc de Chatelherault et son fils le jeune Arran conservaient leur place de conseillers privilégiés. En réalité, le parti ultra-protestant dominait et, parmi les modérés, James ne pouvait compter pour l'appuyer que sur le comte Marischal ou sur les catholiques Atholl, Errol et

Huntly, eux-mêmes divisés par des querelles familiales.

Au bout de la table, le Bâtard gardait un maintien rigide, un visage froid. James savait qu'il avait là son pire ennemi, un homme qui ne faisait pas un pas en avant sans s'assurer auparavant du terrain. Le conseil de l'éloigner promptement d'Édimbourg venait sans nul doute de lui. À côté de Stuart se tenait James Douglas, comte de Morton, chef du puissant clan Douglas durant la minorité de son neveu, dont la chevelure et la barbe rousses flamboyaient. Désireux de ne point trop s'impliquer dans les camps des uns ou des autres, il ambitionnait le rôle d'intermédiaire indispensable.

— Je souhaiterais maintenant, Madame, défendre mes droits sur l'abbaye de Melrose que Votre Grâce a promise à milord Bothwell.

La voix aigre du jeune Arran fit sursauter James. Certes, la reine s'était engagée à lui donner les revenus de Melrose et il ne les laisserait pas lui échapper.

La discussion avait été âpre et James à maintes reprises avait dû se dominer pour ne pas empoigner Arran par le pourpoint. Inquiète, embarrassée, la reine ne savait que dire. Enfin, Maitland avait calmé la situation en obtenant un provisoire partage que, la mort dans l'âme, Arran et Bothwell avaient accepté.

James était décidé à partir dès le lendemain pour les Borders. À Édimbourg, il pouvait à tout moment perdre son sang-froid et commettre une erreur lourde de conséquences. La reine l'avait déçu. Chercherait-elle à plaire à tous ?

Au bout de la table, James Stuart n'avait pas fait un geste, pas prononcé un mot.

Alors que les membres du Conseil se séparaient, Marie retint un instant Bothwell.

— Nous nous retrouverons à la mi-octobre, milord, car je veux vous voir présent à mes conseils. La connaissance des mœurs de mes nobles me manque et j'avoue être surprise par leur dureté.

— Les Français ne sont pas des agneaux, Madame, répliqua James, mais ils dissimulent mieux que nous leurs sentiments.

Marie demeura un instant silencieuse.

— Parlons d'une chose qui me tient à cœur, déclara-t-elle soudain. On dit que mon demi-frère John, prieur de Coldingham, est amoureux de votre sœur Janet. Je suis favorable à un mariage qui nous rapprocherait. John est mon frère favori, vous ne l'ignorez pas ?

James soupira. Cette femme savait trop bien manipuler les hommes !

— L'approbation de votre Majesté est un honneur pour les Hepburn. Je crois Janet fort éprise elle aussi.

— Alors, marions-les vite ! s'écria Marie. J'ai tant besoin de moments heureux.

22

Le bruit de la pluie sur les tuiles martèle le cerveau de James. Chaque goutte s'écoule comme le temps passé, celui de son enfance dans le Lothian, son adolescence à Spynie, ses études à Paris, ses exils, son accession à l'autorité suprême, son mariage avec la reine. Puis tout se disloque, sombre, son avenir devient sans issue. Quel sens a la vie ? À peine entre ses mains, pouvoir et honneur lui ont été arrachés. On l'a trompé, écrasé, enfermé. Il n'a pas eu la moindre possibilité de se défendre. Que signifie le mot « pouvoir » ? James cherche. Il a possédé de vastes terres, il a gouverné l'Écosse. Si peu de temps. Mais à Holyrood, il occupait la chambre de Darnley, celle des rois d'Écosse. La reine l'aimait, elle portait ses enfants.

« Des jumeaux, avait écrit son secrétaire. Sa Majesté est anéantie par sa fausse couche et l'ignoble acte d'abdication que son demi-frère l'a contrainte à signer. » Il avait reçu cette lettre envoyée en secret à Spynie où il avait trouvé refuge auprès de son oncle. Deux enfants morts, deux vies inabouties, un autre échec.

La pluie tambourine. James prend sa tête à deux mains, se bouche les oreilles. Il entend les palabres sur le champ de bataille de Carberry Hill alors que les armes et canons restaient muets. Pourquoi avoir accepté de négocier avec des traîtres ? Il pressentait le piège, Marie pas. Leurs mains l'une dans l'autre, leurs lèvres jointes avant sa chevauchée, seul, enragé, vers Dunbar. Il aurait dû foncer sur Morton, lui planter son poignard dans le ventre avant de mourir lui aussi, les armes à la main.

On lui a volé son honneur, sa virilité, sa vie. Pour savoir qui il est, il doit tenter de tout reconstituer mais toujours une pièce lui échappe. Il se perd dans des détails, erre, se désespère.

James a soif. Il quitte son lit, boit à même la cruche une eau tiède. Pourquoi est-il maintenant incapable de se tenir droit ? Il marche un peu voûté. Ses jambes enflées le martyrisent.

Le vent se lève qui va chasser la pluie. James hait les bourrasques. Ce sont elles qui l'ont poussé vers la Norvège. Il entend craquer les haubans, les vergues, la coque du *Pélican*, claquer les voiles déchirées, il sent la morsure du froid, la brûlure du sel. Le capitaine hurle des ordres tandis que lui-même est recroquevillé sur le pont, anéanti par le mal de mer. Mais l'espoir n'est pas mort en lui. Pas encore. James voit les déferlantes verdâtres, le *Pélican* qui les prend de travers, file à une vitesse étonnante. Le navire n'a plus qu'un mât, l'autre a été abattu par les canons de ses poursuivants. Quels poursuivants ? James sait qu'une foule est à ses trousses. Toute l'Écosse. Il rit. Qui viendra le dénicher ici à Dragsholm, cette forteresse dressée au bout du monde ?

James se plie en deux, il suffoque et se dirige vers la fenêtre pour aspirer le vent mais la douleur persiste, le déchire. Son corps est répugnant, ses muscles, son sexe atrophiés. Lorsqu'il s'endort, il rêve de chevaux qui le mènent vers des étendues sans limites.

Depuis longtemps, on ne l'a pas descendu dans les entrailles du donjon. Il ne dit rien, ne hurle pas, ne cherche plus à se mutiler. Son corps, son esprit sont presque morts. Depuis des années, il est entré en agonie.

James attend sa mère, sa sœur. Un jour ou l'autre, elles viendront le voir, le consoler. Souvent il les guette, fixe le bout de mer qui se découpe entre les pins jusqu'à l'éblouissement. Alors il les oublie, pense à des armures qui rutilent sous le soleil. Il était un guerrier autrefois. Les Anglais eux-mêmes ne disaient-ils pas qu'il était le meilleur général d'Écosse ? Pourquoi n'a-t-il pas fait donner les canons, charger ses Borderers à Carberry Hill ?

James se voit revenir à Holyrood en vainqueur. Il pleure. Les larmes le libèrent un peu de sa souffrance. Si peu.

23

Le moment du retour était arrivé. Le cardinal de Guise et le duc d'Aumale s'embarquèrent pour la France, ne laissant derrière eux que leur plus jeune frère René, marquis d'Elbeuf, âgé de vingt-cinq ans. Quittaient aussi l'Écosse Brantôme, Damville et leur suite. Pour Marie, son pays se faisait inéluctable réalité.

À Liddesdale, près de la frontière anglaise, Bothwell n'ignorait rien de ce qui se passait à Édimbourg. La reine avait décidé un court voyage dans le nord du pays sans lui demander de se joindre aux nobles qui l'escorteraient : James Stuart, les comtes d'Argyll et de Huntly, son oncle Elbeuf. La certitude d'une coterie dirigée contre lui s'imposait à son esprit.

Dans les Borders, les Eliott se battaient une fois de plus avec les Crozier, eux-mêmes menant leurs propres vengeances contre les Amstrong. Alliés des Eliott, les Scott volaient dans les plumes des Kerr et tout le monde s'entendait pour franchir la frontière nuitamment et voler le bétail anglais. Outre des raids punitifs, James organisait des pourparlers afin de calmer les esprits, amorcer des dialogues entre clans. Parfois, Janet venait le retrouver à l'Hermitage. Ils se parlaient longuement. Son ancienne maîtresse n'approuvait pas sa conduite envers Anna. James, insistait-elle, devait organiser son voyage de retour vers le Danemark pour qu'elle y rebâtisse sa vie. Mais il refusait d'ajouter ce souci à ceux qui déjà le minaient. Il voyait Anna de temps à autre et la jeune femme semblait s'en contenter. « Elle te haïra un jour autant qu'elle t'aime, prédisait Janet. Les femmes peuvent faire volte-face en un instant pour ne jamais revenir en arrière. » Il la taquinait : « Tu ne m'aimes donc plus ? » Janet lui caressait les cheveux, l'embrassait au coin des lèvres. « Tu es inoubliable, Jamie. »

Sa sœur lady Margaret Reres, dame d'honneur de Marie Stuart, la tenait informée de ce qui se passait à la Cour. Maitland était en route pour Londres, chargé de négocier avec Élisabeth des modifications au traité d'Édimbourg. Le déplacement royal se déroulait selon les plans : la reine avait visité Linlithgow, le lieu de sa naissance, puis la forteresse de Stirling où, âgée de moins d'un an, elle avait été couronnée. Le 14 septembre, les protestants avaient provoqué une rixe pour empêcher une messe chantée dans la chapelle de Stirling. Quelques prêtres avaient été molestés et, afin de calmer les esprits, Marie s'était résolue à écouter une hâtive messe basse. À Perth, la reine avait été à nouveau apostrophée. Peu habituée à être contredite ou contrariée, elle avait perdu son calme pour la première fois depuis son retour en Écosse. À ses paroles outragées avait succédé une crise de larmes qui, selon la sensibilité des uns et des autres, avait suscité pitié ou sarcasmes.

Lady Reres, toujours d'humeur joyeuse, tentait de narrer le voyage sous son jour le meilleur, mais au fil de la plume lui échappaient des commentaires désenchantés sur l'avenir. À Saint Andrews, un prêtre avait été assassiné et les espoirs que la reine nourrissait sur une entente possible entre catholiques et protestants s'effondraient. Et les constantes altercations entre James Stuart et le comte de Huntly sapaient le moral des voyageurs. Par mesure de rétorsion contre la rigidité calviniste du Bâtard, Huntly avait décidé de faire redire la messe dans toutes les paroisses de son vaste territoire, y compris le comté de Moray qu'il administrait et que James espérait obtenir de sa sœur. « Ces deux-là, insistait lady Reres, tireront un jour leur épée et se jetteront l'un sur l'autre, chacun ici en est convaincu. »

Souvent James chevauchait, escorté seulement de quelques patrouilleurs, autour de l'Hermitage. Il avait besoin de la solitude et de l'âpre beauté des landes pour réfléchir à son avenir. Le temps était capricieux, parfois le vent soufflait en rafales, parfois il bruinait du matin au soir, ou bien la brume ensevelissait les collines, étouffait les bruits. Emmitouflé dans son rude manteau de cavalier, le jeune homme prenait peu à peu conscience qu'il devait à tout prix hâter son retour à Édimbourg pour empêcher le Bâtard de continuer à tisser une toile où déjà la reine s'empêtrait. L'ordre désormais régnait dans les Borders, rien ne le retenait plus.

Sa sœur Janet par ailleurs le bombardait de lettres. John Stuart et elle-même voulaient se marier au plus vite. Janet avait choisi leur vieux château de Crichton pour la cérémonie. Toute la noblesse y suivrait sa reine et il fallait de toute urgence procéder à quelques travaux de gros œuvre comme d'embellissement. La jeune fille exultait. Marie lui avait offert du tussor et du satin broché pour sa robe que trois tailleurs confectionnaient à Morham. Dans une de ses missives, elle avait écrit : « Je te livre un secret que tu dois garder sur ton salut éternel. John est déjà mon mari, voilà pourquoi nous devons être unis aussitôt que possible. » Trois fois, Janet avait souligné le mot secret. Par retour, James avait répondu qu'elle était folle, qu'il lui pardonnait et avait choisi une date parmi les premiers jours de janvier pour la cérémonie.

Avec l'implantation du calvinisme, les fêtes de Noël n'avaient plus la joyeuseté d'autrefois. Danses et chants profanes étaient bannis ainsi que les dernières traces des célébrations païennes du solstice. Avant de rejoindre la Cour, James s'obligea à passer quelques jours chez sa maîtresse. Outre la confortable maison où il l'avait installée, Anna jouissait des services d'un cuisinier, d'un marmiton, d'un jardinier et de deux servantes. Il avait fallu un certain temps aux dames du voisinage pour accepter la jeune femme, mais sa conduite discrète, ses bonnes manières, son assiduité aux prêches avaient fini par avoir raison de leurs scrupules et la curiosité l'emportait. On lui rendait de temps à autre visite.

Mais Anna s'ennuyait. Séparée de sa famille, éloignée de son pays, elle ne vivait que pour son amant, ses courtes lettres, ses trop rares visites. Tôt ou tard, elle en était sûre, touché par l'amour qu'elle lui portait, il l'épouserait. De tout son cœur, elle espérait une grossesse qui forcerait sa décision mais, maître de lui jusque dans l'apogée du plaisir, James la privait de cette arme.

Pour célébrer les proches fêtes de Noël, la jeune femme avait décoré sa maison de branches de sapin et de houx, disposé dans des coupes des herbes parfumées, des clous de girofle, des noix de muscade. Le lit avait été tendu de draps propres, le bois de chauffage abondait dans le bûcher. Des pantoufles, une ceinture brodée par elle attendaient le jeune comte qui ne se hâtait guère.

Dans les premières heures de leurs retrouvailles, James fut séduit à nouveau par la beauté de sa maîtresse. Les cheveux noirs couvraient le dos, sa peau avait un grain velouté, les formes de son corps étaient parfaites. Mais en dépit de sa sensualité, Anna manquait de charme et James ne pouvait la regarder sans penser au sourire, au regard de Marie Stuart.

Anna l'enfermait dans ses bras, couvrait son visage de baisers et, les yeux clos, il la laissait faire. Bientôt le désir le submergerait et il porterait la jeune femme sur le lit, la dépouillerait sans ménagement de ses vêtements, dénouerait ses cheveux. Contre lui, elle n'était rien de plus qu'un corps chaud, délicieux, offert sans retenue.

Sa maîtresse endormie, le jeune homme se servit un verre de vin. Le surlendemain, il s'arrêterait à Morham pour embrasser sa mère et sa sœur, puis gagnerait Édimbourg. La reine lui en voulait-elle de ne pas s'être montré à la messe de requiem donnée pour le premier anniversaire de la mort du roi de France ? En dépit de leur amitié, jamais plus il n'assisterait à un office catholique. Marie le savait.

Au coin du feu, il faisait bon. Le corps satisfait, James se laissa tomber dans un fauteuil et allongea les jambes vers les chenets. Il pensa à Crichton : des ouvriers y étaient déjà au travail et bientôt s'y installeraient tapissiers, fleuristes, parfumeurs, cuisiniers. Pour régler ces considérables dépenses, il avait hypothéqué des terres, vendu une maison. Mais la reine assistant aux réjouissances du mariage de Janet, il devait la recevoir avec faste, rendre éclatante la grandeur des Hepburn. Marie dormirait au deuxième étage dans la chambre qu'avait occupée sa mère avant le divorce. Pour le bien-être de sa souveraine, James avait commandé un lit, fait broder des courtines, acheté un tapis, luxe inconnu jusqu'alors au château.

Le comte se laissa envahir par la tiédeur procurée par le feu. Il y aurait un banquet, un bal, des jeux, des concerts. Durant les trois jours que dureraient les noces, il serait le maître, et James

Stuart, Maitland, Morton, Argyll, tous lui feraient des grâces.

Anna dormait paisiblement. Il s'était gardé d'évoquer le mariage de Janet. La présence de la reine interdisait celle d'une maîtresse. Lorsque Anna l'apprendrait, il serait à Édimbourg, à bonne distance de ses récriminations. Depuis longtemps le jeune comte n'avait joui d'une telle félicité. Son avenir lui semblait plein de promesses. En reprenant sa place à la Cour, il pourrait se justifier contre ceux qui le calomniaient. Et il tenterait de se réconcilier avec le Bâtard et les Hamilton. Ces haines lui coûtaient cher. À Édimbourg, il ne pouvait sortir sans escorte par crainte des sbires du duc de Chatelherault ou de son fils, le jeune Arran. Payer ces gardes du corps et leur équipement occasionnait d'importantes dépenses et, l'affaire de l'abbaye de Melrose n'étant pas encore réglée, les fonds sur lesquels il comptait lui faisaient défaut.

Les larmes d'Anna lors de son départ mirent James mal à son aise. Alors qu'il enfourchait son cheval, la jeune femme extirpa d'un châle un jeune Skye Terrier, sa race de chiens préférée, et le lui tendit.

— Ainsi, dit-elle d'une voix triste, je serai un peu avec toi.

Il revint vers elle et la serra dans ses bras. Peut-être après tout devrait-il l'épouser, fonder une famille, passer une existence paisible entre la Cour et ses châteaux, donner à ses enfants le bonheur que sa sœur Janet et lui n'avaient pas

186

connu. Mais une force vive le poussait en avant. Il avait vingt-six ans, un caractère impétueux, une foi inébranlable dans son avenir, le goût du plaisir et de l'action. Avec passion il lisait et relisait les œuvres des grands stratèges antiques, se penchait sur des cartes, des plans de bataille. Il n'était pas mûr pour l'existence d'un gentilhomme campagnard. En choisissant un tel destin, il ferait son malheur comme celui des siens.

En dépit de la brièveté du jour, d'un ciel souvent chargé de nuages, d'une froideur humide, la vie de cour à Édimbourg était enjouée. La gaîté de John Stuart, le plus jeune des demi-frères de la reine, celle du marquis d'Elbeuf, de George Gordon s'opposaient à la componction des autres lords et incitaient la reine à oublier ses propres soucis. Tout naturellement, James Hepburn s'était joint à ces joyeux compagnons, et les chasses au faucon, les interminables parties de cartes ou de dés, les galopades dans la campagne alentour, les bals et concerts adoucissaient la rigueur hivernale. Avec la présence des Français, les plaisanteries se faisaient lestes, les clabauderies piquantes et souvent cruelles. On se moquait du jeune Arran et de sa maîtresse clandestine Alison, une jeune femme peu farouche dont quelques gentilshommes, y compris le marquis d'Elbeuf, avaient obtenu les faveurs. Comme il se trouvait que le vieil époux de la belle avait été marié précédemment à une des aïeules de James, celui-ci avait manigancé avec ses amis une incursion nocturne destinée à confondre Arran, un jeune homme compassé qui se flattait d'une scrupuleuse pureté morale. Dans de grands éclats de rire, John Stuart, René de Guise et James avaient monté leur coup. James frapperait à la porte des Graig sous prétexte de saluer son beau-grand-père et les trois amis profiteraient de l'hospitalité de l'accommodant vieillard pour forcer la porte d'Alison et débusquer le galant. À cette époque de l'année, les rues d'Édimbourg restaient animées tard dans la nuit. On se visitait volontiers entre amis, s'arrêtait au cabaret, s'attardait dans une rôtisserie, écoutait quelque bonimenteur, cracheur de feu ou jongleur de torches.

Enveloppés dans des pelisses, portant des chapeaux à longs rebords afin de ne pouvoir être reconnus, les trois amis s'étaient arrêtés dans un estaminet, enchantés de la farce qu'ils s'apprêtaient à faire. La déconfiture du jeune Arran serait tout particulièrement plaisante pour James qui n'avait pas oublié ses vieilles rancunes.

Le froid était piquant. À droite et à gauche, le long de la résidentielle Cowgate, les maisons montraient des façades sombres et silencieuses. Quelques chats errants se disputaient des déchets croupissant au milieu des rigoles dans lesquelles chaque matin à dix heures précises les habitants étaient autorisés à jeter leurs eaux usées. Réchauffés par le whisky, John Stuart,

Elbeuf et James se dirigèrent tout droit vers la maison des Graig. Tout y semblait paisible et nulle chandelle ne brûlait. Un valet ensommeillé mit plusieurs minutes à entrouvrir le judas. Monsieur Graig et son épouse dormaient. Il n'avait reçu aucun ordre et priait ces messieurs de revenir le lendemain à une heure plus civile.

— L'oiseau n'est point au nid, constata Elbeuf en français. Patientons, j'ai le pressentiment que demain nous serons mieux favorisés par la chance.

Le crachin rendait la nuit plus froide encore mais, à leur grande satisfaction, les jeunes gens avaient aperçu de la lumière dans la chambre d'Alison. Brièvement ils se concertèrent. Frapper à la porte donnerait à Arran le temps de s'enfuir par la fenêtre qui surplombait un appentis adossé à la demeure. Mieux valait enfoncer celle-ci et se ruer dans l'escalier. Le contretemps de la veille n'avait fait qu'amplifier leur impatience et donnait à la plaisanterie une saveur plus piquante.

Au troisième coup d'épaule assené par James, la porte céda et le trio s'engouffra dans l'escalier. En dépit des précautions qu'ils prenaient, les marches grincèrent sous leurs pieds et, arrivés à mi-hauteur, les trois amis entendirent au-dessus d'eux des bruits de pas, une exclamation. Soudain, la clarté qui filtrait sous la porte d'Alison disparut.

Le verrou n'était pas poussé et en un clin d'œil

les jeunes gens aperçurent le lit défait, la fenêtre entrouverte, entendirent les hurlements de la jeune femme. Deux valets en chemise de nuit firent irruption tandis qu'un troisième dévalait l'escalier pour appeler le guet.

— Elbeuf et John Stuart sont difficiles à traîner devant un tribunal, reconnut le duc de Chatelherault. Rabattons-nous sur James Hepburn qui n'a cessé de nuire à notre famille.

Son fils aîné gardait la tête basse. Sa fuite précipitée de chez Alison Graig l'avait terrorisé et ses nerfs fragiles le jetaient dans un état mental confus.

— Nous allons demander une entrevue à Sa Majesté.

— La reine protège Bothwell, balbutia Arran.

— Il est urgent de lui dessiller les yeux. Si elle se refuse à faire justice, je réunirai autant d'hommes qu'il le faudra pour te venger sans le détour de la loi.

Chatelherault était finalement satisfait de pouvoir se montrer intraitable face à Marie Stuart. À maintes reprises, il avait été incapable de tenir la parole donnée à sa mère Marie de Guise et la reconnaissance de ses propres faiblesses l'humiliait. Imposer le bannissement du comte de Bothwell lui donnerait bonne opinion de lui-même.

La reine par ailleurs ne prenait guère de décisions politiques, laissant à son demi-frère James les rênes du gouvernement. Aussi longtemps qu'elle demeurerait veuve, les Hamilton reste-raient ses plus proches parents et successeurs. Mais les rumeurs d'un probable mariage se mul-tipliaient et, aussi forte que fût sa position, Cha-telherault redoutait la présence d'un prince consort. Philippe II avait enfin fait savoir que son fils, l'infant don Carlos, était incapable de se marier et Catherine de Médicis n'envisageait pas d'unir son fils Charles IX à celle qui avait été sa belle-sœur. Ne demeuraient en lice que quelques princes italiens ou allemands ne présentant aucune menace et un candidat de la reine d'An-gleterre, son favori Robert Dudley.

Pensivement, le vieux duc observa son fils aîné qui gardait un air sournois et emprunté. Depuis quelque temps l'accablait la suspicion qu'il pût avoir hérité de l'instabilité mentale de sa mère qui s'enfonçait un peu plus chaque année dans la démence. Quelles que fussent les qualités de ses cadets, Arran était l'héritier de ses titres et le prétendant au trône d'Écosse.

Marie attendait James Hepburn avec un mélange de plaisir et de réticence. Si l'ami la ras-surait, l'homme la troublait, même si elle refu-sait de le reconnaître. La sensualité qu'il suggérait, son autorité, sa vitalité séduisaient les plus froides et la reine n'ignorait point que Marie Livingstone, comme bien d'autres femmes, recherchait sa compagnie. Cette réputation de séducteur l'irritait.

La veille, le vieux duc de Chatelherault l'avait

importunée avec le récit des frasques de son demi-frère John, de son oncle René de Guise et du comte de Bothwell. Le jeune Arran ne lui inspirait aucune sympathie et, sans la mine courroucée du chef des Hamilton, Marie aurait plutôt souri de la facétie des trois jeunes gens. Imaginer le squelettique Arran décampant par la fenêtre de la demeure des Graig en chemise de nuit était fort plaisant. Mais elle devait sévir. Fût-il un proche de la reine, nul ne pouvait impunément forcer une porte en pleine nuit et semer le désordre dans la demeure d'un honnête homme. Le matin, elle avait sermonné son oncle René et son demi-frère John, elle devait maintenant adresser à James des mots plus rudes.

Dans l'antichambre de la reine, le jeune comte faisait les cent pas. Il était prêt à reconnaître ses fautes tout en minimisant leur portée, à promettre de tenter une réconciliation avec le clan Hamilton. La reine pardonnerait. Désireuse d'aimer et d'être aimée, la jeune femme n'avait pas la brutalité d'un chef d'État. Foncièrement sensible, son tempérament la rendait étrangère aux calculs et mensonges dont usaient sans scrupules Élisabeth d'Angleterre comme Catherine de Médicis.

Sans l'interrompre, Marie avait laissé s'exprimer son interlocuteur. Elle semblait lasse, soucieuse. Dehors, un vent d'ouest poussait de gros nuages vers la mer. Décorée de tapisseries amenées de France, de pièces d'argenterie, de meubles ouvragés, l'antichambre de Marie

Stuart gardait cependant une atmosphère un peu triste, comme si les objets qui entouraient la jeune femme n'arrivaient point à s'harmoniser avec la beauté dépourvue de toute mièvrerie de leur cadre. Deux bichons frisés se blottissaient aux pieds de leur maîtresse. À quelque distance se tenaient Marie Beaton et Marie Livingstone.

— Mes cousins Hamilton exigent un châtiment, soupira la jeune femme.

— Ils me haïssent, Madame.

— Vous ne faites guère d'efforts, milord, pour vous gagner leurs bonnes faveurs.

Les incessantes rivalités entre les grandes familles écossaises déconcertaient et exaspéraient la jeune femme.

— Mes amis eux-mêmes ne peuvent agir en toute impunité dans mon royaume. Retirez-vous à Crichton où vous préparerez le mariage de votre sœur. Vous savez combien je suis impatiente d'y assister.

Le regard triste de la reine gêna Bothwell, comme une incongruité dont il était par hasard le témoin.

— Oserais-je demander si Votre Altesse prend la décision de me bannir pour obliger le duc de Chatelherault ?

Marie tenta de sourire. Elle avait envie d'oublier ces chicaneries, de jouir de brefs moments de bonne entente et de paix.

— N'employez pas de grands mots, milord. Je ne vous demande qu'un bref éloignement.

— Je quitterai Édimbourg dès demain.

La reine tendit une main qu'il prit dans les siennes. À fleur de peau, il devinait une sorte d'abandon provoqué sans doute par le désarroi dans lequel la jeune femme se trouvait. James, son demi-frère, ambitionnait un titre et la harcelait pour obtenir les revenus de l'important comté de Moray, les Gordon ruminaient toutes sortes de vengeances contre les Ogylvie, Élisabeth ne parvenait pas à organiser une entrevue et lui faisait parvenir des lettres contradictoires dictées sans doute par son secrétaire d'État William Cecil. James n'ignorait rien de la douceur de vivre qui avait bercé l'enfance française de Marie, son adolescence, sa brève vie de femme mariée et de reine. Des affrontements qui opposaient catholiques et huguenots, elle n'avait été que spectatrice. À présent, à vingt ans, le poids du petit royaume d'Écosse pesait bien lourd sur ses épaules.

Un temps froid, ensoleillé, était de la fête et le vieux château de Crichton n'avait vu telle animation depuis des décennies. Dans la cour intérieure allaient et venaient d'innombrables fournisseurs, serviteurs, palefreniers, quelques paysans venus apercevoir leur reine, les chefs des plus puissantes familles, tous réunis pour le mariage de Janet. La sœur du maître des lieux épousait John Stuart, prieur de Coldingham, un jeune homme blond et enjoué, qui, des bâtards mâles du défunt roi James V, était celui que les ambitions politiques semblaient le moins tourmenter. À la cérémonie religieuse célébrée dans l'église collégiale succéderaient un banquet et d'innombrables divertissements. Après force larmes et reproches, Anna Throndsen s'était résignée à être tenue à l'écart. Les convenances, avait assuré James, plus que sa volonté imposaient cette décision. Cette nouvelle rebuffade, il l'espérait, finirait par éteindre les dernières flammes d'une inextinguible passion. Mais il s'en voulait de continuer à venir la retrouver de temps à autre.

Après s'être installée dans les appartements que James lui avait fait aménager, Marie demanda à visiter le château. La nuit tombait. Le lendemain dès l'aube, on dresserait la table du banquet, installerait des bancs autour des lices où se dérouleraient les jeux, disposerait le fauteuil de la reine surmonté de son dais et ceux des jeunes mariés. Offert par la reine, le tissu de la robe portée par Janet était de lourd satin blanc sur fond de tussor crème brodé de fil d'or. La mariée avait opté pour une forme simple et élégante : un corps à l'espagnole très près du buste qu'adoucissait un col de dentelle aérienne entourant le visage, une jupe élargie dans sa partie inférieure et soulignée à la taille par une ganse descendant en pointe vers le ventre, une coiffe de linon assujettie sur le front et les tempes par des attaches d'or piquées de perles. Avec ses traits délicats, son teint velouté, Janet ferait une jolie épousée et James, qui allait lui servir le lendemain à la fois de père et de frère, ne pouvait s'empêcher d'être ému.

Au bras de son hôte, la reine parcourut la vaste salle de réception où le soleil couchant jetait les brusques éclats d'une lumière rousse, les appartements de James, la tour, premier édifice construit par le chancelier Crichton au début du XVe siècle, s'attarda sur le chemin de ronde d'où on pouvait apercevoir la Tyne, une campagne vallonnée que l'hiver tachait de brun et de vert-de-gris. Au loin, le crépuscule étendait un drap de brume qui effaçait le paysage et laissait libre l'imagination. James sentait sur son avant-bras une pression de main, humait l'odeur de lilas qu'un parfumeur français expédiait à la reine avec ponctualité. Une buée légère accompagnait le souffle de la jeune femme qui semblait détendue, heureuse.

— Lorsque vous étiez ici jeune garçon, j'étais moi-même à Stirling, murmura-t-elle. Si peu de distance nous séparait et cependant j'ignorais tout de vous.

— Mais vos sujets vous connaissaient bien, Madame. Chaque dimanche, je priais pour vous.

— Dans une église catholique ?

— En effet, Madame. J'ai opté plus tard pour la foi protestante.

Marie sourit. Il était évident que rien ne pouvait la perturber ou la mécontenter à cet instant.

Pour distraire la reine lors de sa première soirée à Crichton, James avait réuni des musiciens, fait venir d'Angleterre un escamoteur fameux qui avait diverti la cour d'Élisabeth, invité un chanteur qui connaissait les vieilles ballades des Borders, des poèmes guerriers ou sentimentaux transmis de génération en génération.

Le feu crépitait dans la cheminée monumentale. Au-dehors, tout était silencieux. Le vent qui soufflait au-dessus de la tour poussait de gros nuages qui chassaient les étoiles.

Le menton posé au creux d'une main, Marie écoutait les ballades. James voyait le front un peu bombé, le profil aigu du nez, le renflement des lèvres, la douceur du menton. Parfois, la reine fermait les yeux comme pour refouler des émotions suscitées par ces chants qui parlaient d'amour et de mort. Un jour proche ou lointain, James le savait, il l'amènerait sur ses terres le long des Borders. Elle et lui sur la lande rousse sous un ciel de granit, dans l'odeur des marécages, parmi les éboulis de pierre. Ils suivraient les sentiers des Reivers dans les étroites vallées, les gorges que nul paysan n'osait traverser, où s'accrochaient de rares arbustes ployés et tordus par des siècles de tempête.

Le jour des noces fut radieux. À la brève céré-monie nuptiale calviniste succéda un banquet. Dix paons avaient été écorchés, cuits avant d'être à nouveau enveloppés dans leur peau et parés de leurs plumes. Des cygnes avaient été apprêtés de la même façon, mais servis les ailes déployées. Avaient suivi chapons, oies, perdrix, du marcas-sin et de la biche accompagnés de pommes, de poires, de prunes et de figues séchées, des sau-mons posés sur des herbes odorantes, des tourtes, quelques légumes. Puis vinrent les des-serts : tartes et entremets, fruits confits, oranges et mandarines, gingembre cristallisé, ananas rôtis, figurines en pâte d'amande. Le vin d'Arbois et d'Anjou servi en abondance déridait les convives, les conversations s'animaient. Les amis du marié osaient quelques plaisanteries lestes auxquelles celui-ci répondait volontiers. Assise entre son demi-frère John et son hôte, la reine riait de bon cœur. Comme par magie, nul ne paraissait plus se haïr. Les Hamilton bavar-daient avec le Bâtard, Huntly plaisantait avec Argyll, et William Maitland s'adressait à James avec bienveillance.

— Constatez, Madame, souffla le jeune comte, comme vos sujets sont débonnaires.

Le vin avait allumé les joues de la reine. Éloi-gnée de la pompe royale, elle n'était plus qu'une toute jeune femme mariant son frère favori.

Quelques jours plus tôt à Holyrood, elle avait fêté ses vingt ans.

Les musiciens jouaient des airs sur lesquels elle avait dansé à Saint-Germain, à Blois, à Amboise, où elle avait passé les plus beaux jours de sa jeunesse avec les enfants de France, entourée d'une foule de serviteurs, de bouffons, de nains, d'animaux savants dont les tours la faisaient rire aux larmes. Dans les châteaux royaux, chaque salle était pourvue de tapisseries et de tapis de sol, chaque chambre possédait un miroir où l'on pouvait se regarder en pied. Les dames étaient vêtues de couleurs éclatantes, les hommes portaient des étoffes précieuses et des toques piquées de plumes multicolores.

— Seriez-vous un peu sorcier ? interrogea-t-elle d'un ton moqueur.

James éclata de rire. Ainsi était venue aux oreilles de la reine la légende qu'il s'attirait les bonnes grâces des femmes avec des tours de magie appris en France.

— Chacun possède quelques atouts, Madame. Libre à lui d'en tirer profit.

— Et quels sont les vôtres, milord ?

— L'art de m'ajuster à ce que l'on attend de moi.

Marie esquissa un léger sourire. Les amours du comte de Bothwell la mettaient mal à l'aise et en même temps attiraient sa curiosité. Elle n'ignorait point que, près de Morham où habitait lady Agnes, résidait une jeune Danoise qui avait quitté pour lui son pays et sa famille. Et mille récits circulaient sur la longue liaison qu'il avait eue avec Janet Beaton. Cette femme qui aurait pu être sa mère l'avait aimé passionnément et entretenait toujours avec lui d'étroites relations.

Le banquet achevé, les invités se dirigèrent vers les lices où les jeux allaient être disputés : courses au gant ou à l'anneau au cours desquelles les cavaliers rivalisaient d'adresse pour ramasser au grand galop le gant d'une dame posé sur le sol ou arracher à l'aide de leur poignard un anneau pendu à une ficelle. Pour clore l'après-midi, James avait organisé une course de chevaux à laquelle participèrent Robert Stuart, un des demi-frères du jeune époux, lord Ruthven, George Huntly, John Fleming frère de la jolie demoiselle d'honneur de la reine, William Hepburn et René de Guise, marquis d'Elbeuf. Aux harnais étaient attachées des roses de soie blanche et les queues des coursiers étaient tressées de rubans dorés. Déjà le soleil déclinait. Une ombre bleue voilait le sommet des collines. Enveloppés de pelisses, les spectateurs reprirent place sur les gradins, la reine sur le fauteuil tapissé de velours pourpre. Serrés l'un contre l'autre, les jeunes mariés partageaient une courtepointe doublée d'écureuil roux.

Les chevaux filaient comme l'éclair et des roses de soie arrachées aux harnais parsemaient l'herbe jaunie, s'accrochaient aux buissons de genêts et de genévriers bleus. Marie aperçut Bothwell qui, couché sur son cheval, luttait pour distancer René de Guise. « Plus que tout, cet homme aime gagner », pensa-t-elle.

Le soir, il y eut concert et bal. Un poète français récita des sonnets, sizains et rondeaux, accompagné par des joueurs de viole et de luth. Les bûches se consumaient dans la cheminée et les chandelles se mouraient. Bientôt aurait lieu la mise au lit des mariés avec les joyeusetés coutumières. Marie se sentit mélancolique. À vingt ans, elle était seule, sans époux ni amoureux, entourée d'hommes rudes qui guettaient la moindre de ses erreurs ou faiblesses pour prendre avantage sur elle. Reverrait-elle jamais la France, les rives dorées de la Loire, les jardins enchanteurs des palais royaux, celui de ses oncles à Joinville où vieillissait sa chère aïeule, les bals masqués, les feux d'artifice, les joutes nautiques, les eaux vives ? Entendrait-elle encore des mots d'amour... ?

À côté d'elle, le jeune comte de Bothwell croisait les mains sur ses genoux. Ils avaient dansé une fois ensemble, une danse écossaise où jamais les partenaires ne se touchaient. La musique aigrelette des cornemuses et des fifres empêchait toute conversation mais, à plusieurs reprises, leurs regards s'étaient retrouvés. Complicité, interrogation muette ? Elle ne le savait. Elle devait trouver vite un époux, dresser un mur définitif entre elle et lui.

Le lendemain matin, James escorta la reine et sa suite jusqu'au château de Borthwick. Il n'avait

201

pu passer un moment en tête à tête avec Marie comme il l'avait espéré. L'ambiguïté de son attitude le déconcertait. Le protégerait-elle contre l'inimitié de son demi-frère James et celle de son secrétaire d'État William Maitland ? Alors qu'il lui baisait la main pour lui faire ses adieux, le pouce de la reine avait effleuré sa peau, puis elle s'était penchée vers lui.

— Revenez vite à Édimbourg, milord.

En français, il avait soufflé :

— Je suis votre serviteur, Madame.

La petite main gantée de chevreau s'était attardée dans la sienne.

25

Après deux mois passés à Édimbourg sans pouvoir s'aventurer dans les rues qu'escorté de gardes du corps armés, James Hepburn voulait faire la paix avec les Hamilton. Le seul intermédiaire possible étant John Knox, le jeune homme avait décidé de solliciter aussitôt que possible une entrevue. Le « prophète » ne pouvait l'ignorer : depuis plusieurs générations, les Knox, féaux des Hepburn, avaient combattu sous leur bannière. Mais le vieil homme était retors, rancunier, et James n'était pas assidu à des prêches qui l'ennuyaient. Un matin enfin arriva le pli tant désiré. Knox le recevrait dans son bureau à la tombée du soleil.

Avec anxiété, James attendit le moment du rendez-vous. La paix qu'il solliciterait ce jour-là après des années d'hostilité avec les Hamilton était souhaitée par la reine que les haines claniques désespéraient. Encore une fois, James s'était soumis. Depuis le mariage de sa sœur Janet, il menait une vie moins turbulente : René de Guise avait regagné la France et, marié, John Stuart s'était assagi. De ses joyeux compagnons ne restaient que George Gordon et son cousin William, tous deux repartis sur leurs terres, Gordon dans le Strathbogie, l'autre à Gilmerton dans le Lothian. Sans s'être étendu sur les raisons de son appréhension, George avait confié à James qu'il s'inquiétait pour son père le comte de Huntly. La reine venait de promettre au Bâtard le comté de Moray, jusqu'alors administré par les Gordon. Cette décision prise unilatéralement avait profondément perturbé le vieux gentilhomme et sa foi en la reine se trouvait ébranlée. James Stuart était un prédateur redoutable dont Marie avait peur.

« Garde-toi de cet homme, avait conseillé George Gordon en quittant Édimbourg. Il avance droit devant lui, pas après pas, froidement, implacablement, en abattant un par un les obstacles susceptibles de gêner sa progression. Tout comme les Gordon catholiques, il hait les Hepburn protestants.

— La reine est avec nous. »

George avait souri.

« Sa Majesté est incapable de s'opposer à son demi-frère. Sois prudent, mon ami. »

En se rendant chez John Knox, James repensa à l'avertissement de George. Il était indéniable que James Stuart possédait sur sa sœur un grand ascendant. Marie changeait. Elle semblait se durcir, étouffer la spontanéité qui avait séduit ses proches. Les élans d'amitié qu'elle avait envers lui étaient suivis de longs moments où à peine elle lui adressait la parole. Le jeune comte avait l'impression qu'elle ne lui accordait plus une confiance sans limites. Une fois réconcilié avec les Hamilton, il attaquerait de front le Bâtard et provoquerait une explication.

Sans l'interrompre, John Knox avait écouté le comte de Bothwell. Le vieux prêcheur savourait ce moment où le chef d'une famille à laquelle la sienne avait toujours été inféodée venait solliciter son aide.

— Je veux bien agir, commença-t-il d'une voix douce, mais, avant de vous réconcilier avec les Hamilton, mon fils, il faut vous rapprocher de Dieu. Je ne vous vois guère aux offices du dimanche.

James baissa la tête. Il devait se montrer docile.

— Je serai à Saint Gilles dimanche prochain.

— Voilà qui est bien, milord. Dieu qui a donné beaucoup à certains de ses enfants attend en retour qu'ils servent d'exemples à leurs frères. Si le Seigneur m'accorde la grâce de pouvoir régler le différend qui oppose les Hepburn aux Hamilton, je demanderai aux uns comme aux autres d'écouter assidûment Sa Parole.

Légèrement, Knox caressa la barbe qui descendait jusqu'à sa ceinture. La lumière des bougies creusait ses traits émaciés et, bien que ses pensées puissent paraître détachées des contingences du monde, sous les épais sourcils, les petits yeux gardaient une expression fort humaine.

— Pour mettre un terme à votre malheureuse querelle, reprit-il enfin, il faut remonter à sa source. Cet or que vous avez subtilisé à John Cockburn voici quelques années...

— Je ne faisais qu'obéir à la régente qui gouvernait ce pays, se défendit James. Les écus récupérés venaient d'Angleterre et étaient destinés aux Hamilton pour qu'ils alimentent la rébellion.

Le vieux pasteur haussa les sourcils. Il n'avait pas l'intention de se laisser entraîner sur un terrain politique.

— N'ayant fait que mon devoir, ajouta James, j'ai subi un grave préjudice avec la mise à sac de mon château de Crichton.

— Les conséquences de la violence ! soupira Knox. Il y a eu également votre conduite indigne envers Master Graig et son épouse, qui visait à compromettre l'honneur du jeune Arran.

— Depuis quand un amant qui cocufie un

époux peut-il parler d'honneur ? Cet époux, vous ne l'ignorez pas, fut uni à ma propre aïeule.

Dans l'âtre, les flammes dansaient et sifflaient, coulant des flaques d'une lumière blonde sur le parquet ciré et les simples meubles de chêne sombre.

Comme pour balayer ces détails impurs, Knox fit un ample geste de la main.

— Les licences que se permettent les papistes devraient être étrangères aux bons calvinistes, milord Bothwell. Mais le passé est le passé. Regardons l'avenir. Je vais me rendre chez le duc de Chatelherault puis chez son fils le jeune Arran, et leur demanderai de vous recevoir en ami. Soyez sûr, mon fils, que je mettrai tout mon poids dans la balance pour la réussite de cette démarche.

James, qui avait gardé à la main son béret de velours, s'inclina. Devant cet homme qui ressemblait à un spectre, il ne savait trop quelle attitude observer. Sans bruit, une servante apporta de hauts verres remplis de vin doré. Knox en tendit un à James, leva le sien.

— Buvons à la gloire de Dieu, demanda-t-il.

Arran serra James dans ses bras.

— Tout est oublié, chuchota-t-il.

La face jaune du jeune homme avait une expression hagarde qui mettait mal à l'aise son interlocuteur.

— Nous ne nous quitterons de tout le jour, poursuivit Arran. Vous partagerez mes repas,

puis nous irons chasser. Demain, je vous condui-
rai chez mon père pour sceller à tout jamais
notre entente.

L'aboutissement rapide et heureux de l'intervention de Knox enchantait James tout en lui
inspirant une certaine méfiance. Mais il voulait
l'ignorer pour aller de l'avant, enterrer la querelle
et se faire un allié de Chatelherault.

Dès le lendemain, une entrevue était organisée
avec le duc qui avait fait parvenir à James un
billet exprimant sa profonde satisfaction de le
recevoir. Après avoir exigé qu'on le réveillât tôt,
Bothwell se coucha d'excellente humeur. Arran
viendrait le chercher de bon matin et il voulait
être à son avantage pour se présenter devant le
chef des Hamilton. Après sa démarche, il solli-
terait de la reine un entretien pour lui apprendre
qu'elle avait été obéie. Marie traversait une
période de mélancolie. De son père James V
comme de son aïeul James IV, elle tenait ces
brusques langueurs qui la faisaient s'enfermer
dans son appartement, perdue dans des pensées
qui souvent remplissaient ses yeux de larmes.
Puis l'amour de la vie l'emportait à nouveau.

Les nouvelles de France n'avaient rien pour la
réconforter. Entre catholiques et huguenots, la
tension restait vive, de nombreux meurtres avaient
eu lieu dans différentes provinces, des haines
tenaces opposaient les habitants d'un même
bourg. Tandis que Catherine de Médicis cherchait
une politique d'apaisement, les Guise, champions
incontestés du catholicisme, excluaient toute tolé-

rance religieuse et voyaient dans chaque huguenot un ennemi du royaume. Tout à leurs divisions, les Français se désintéressaient de l'Écosse, laissant l'Angleterre seule et incontournable alliée de son voisin du nord.

Après être passé entre les mains de son barbier qui le rasa de près et lui tailla la moustache avec de fins ciseaux, James enfila une chemise à col plissé et un pourpoint de velours prune aux manches ajustées comme le voulait la mode, puis des hauts-de-chausses souples s'arrêtant aux genoux et des bottes en peau de daim. Un pâle soleil montait à l'horizon, baignant les rocs d'une lumière teintée de mauve.

Dans son château de Keneil près d'Édimbourg, le vieil Hamilton, comte d'Arran, attendait James. La veille au soir, son fils avait surgi, très agité par sa journée passée avec Bothwell et débordant d'enthousiasme sur son récent ami. L'évolution de la santé mentale de son aîné alarmait le duc. Allait-il devenir un pauvre fou comme l'était sa mère qui, veillée de près par des domestiques, survivait enfermée dans ses appartements ? À ce souci s'ajoutaient les provocations de son ennemi de toujours, Mathew Lennox, qui, d'Angleterre où il s'était réfugié des années plus tôt après avoir trahi l'Écosse, intriguait pour marier lord Darnley, le plus âgé de ses fils, à sa cousine Marie Stuart. Ayant épousé lui-même Margaret, la fille du comte d'Angus et de la veuve du roi James IV, l'aînée des Tudor, Lennox imaginait déjà sa lignée sur le trône d'Écosse.

Le vieux duc ouvrit les bras à James. La tristesse l'envahissait en voyant son propre fils à côté de celui du « beau comte », son contemporain. L'un viril, le regard intelligent, franc et volontaire, l'autre pâle et sournois au sourire pathétique.

Chatelherault avait fait disposer une collation, des bouteilles de vieux bordeaux dans sa propre chambre. Un feu brûlait dans l'âtre. Derrière les deux fenêtres donnant sur le parc, on apercevait les branches nues de saules pleureurs, un étang aux eaux grises.

— Je suis heureux de savoir réglé le différend qui nous a opposés, affirma Chatelheraut d'une voix enjouée. Vous aviez votre raison, milord, pour subtiliser cet or, nous avions les nôtres pour le considérer comme nous appartenant. Cela est du passé et je m'emploierai à vous réconcilier avec John Cockburn qui fut votre victime. Tout est oublié.

À côté de son père, le jeune Arran souriait benoîtement. Il était heureux d'avoir Hepburn comme ami. Amateur de femmes et de bon vin, ce dernier lui ferait mener joyeuse vie, distrairait l'ennui qui le rongeait, dissiperait par son allant ses obsédantes angoisses. Ensemble ils vivraient de grandes aventures.

— Sa Majesté la reine a confiance en vous, dit le duc en versant du vin à son hôte. Nous tous, ses sujets, souhaitons la voir prendre époux. Vous aurait-elle parlé de ses intentions ?

— Je sais que la reine a consulté sa cousine Élisabeth.

Hamilton ne répondit pas. Il ne pouvait se confier aussi vite à un homme qui quelques jours plus tôt était encore un ennemi. Mais la menace d'une union avec Darnley le hantait.

— Marie Stuart, ma cousine, m'a repoussé, constata Arran d'une voix aigre. Il est impensable qu'elle puisse préférer un Lennox à un Hamilton.

Sans mot dire, James écoutait son hôte. Qu'allait-il exiger de lui en échange de leur réconciliation ? Inciter Marie à épouser son pauvre fou de fils ?

— Buvons à notre alliance, demanda le duc. Le clan des Hepburn uni au nôtre, voilà une heureuse situation !

— Si Sa Majesté venait à décéder sans enfant, souffla soudain le jeune Arran, notre famille prendrait le pouvoir et ne vous oublierait point.

— Qui souhaiterait un trône placé sur la tombe d'une aussi séduisante princesse ? plaisanta aussitôt le duc. Nous souhaitons tous aux Stuart une robuste et nombreuse descendance. Buvons à la santé de notre reine !

À son tour, James leva son verre. S'il accordait une entière confiance à Hamilton, l'attitude de son fils le laissait perplexe. Lorsqu'il avait évoqué le droit de sa famille à la succession, sa voix avait eu une intonation perfide.

— Assistons ensemble au sermon ce dimanche, proposa Hamilton. John Knox à qui nous devons notre réconciliation y sera sensible.

James donna sa promesse. La fin des hostilités avec les Hamilton valait bien deux heures d'ennui.

— Calmez-vous, milord, je vous en supplie.

John Knox était sens dessus dessous. Alors qu'il préparait son sermon, le fils du duc de Chatelherault avait surgi sans se faire annoncer. Les cheveux en bataille, le regard égaré, celui-ci avait débité une histoire incohérente où il était question d'un enlèvement de la reine concocté par Bothwell et lui-même. Mais il ne pouvait se résoudre à accomplir un tel forfait et venait demander conseil.

Arran marchait de long en large en se tordant les mains. Parfois il riait et aussitôt s'essuyait les yeux à l'aide de son mouchoir.

— Pareille traîtrise me semble inconcevable, murmura Knox.

Bothwell cependant venait encore de faire parler de lui. En route vers les Borders, il prétendait avoir été attaqué à coups de pistolet par le fils de John Cockburn qu'il avait fait prisonnier et mené à Berwick avant de le relâcher. Le vieux pasteur ne savait que penser.

À mots hachés, Arran exposa ses obsessions. Il pleurait sans retenue maintenant, parlant d'horrible trahison, du meurtre prochain de James

Stuart, d'une fuite à Dumbarton d'où Bothwell et lui-même imposeraient leur dictature.

— Nous gouvernerons l'Écosse, lui et moi ! clama enfin le malheureux.

John Knox ne resta interdit qu'un court moment.

— Nul, milord, ne peut vous obliger à suivre les terribles desseins que vous m'exposez.

— Bothwell m'y contraindra par sorcellerie, gémit-il.

Puis, comme mû par une impulsion irrésistible, il quitta la pièce, dévala le petit escalier et claqua la porte derrière lui.

À genoux, je prie Votre Grâce de ne tenir aucun compte des accusations ou aveux de mon malheureux fils. Enfermé par moi dans sa chambre, il a pu déjouer ma surveillance et expédier à Votre Majesté deux lettres dont je crains de deviner le contenu. Ce matin, il s'est évadé de Keneil en attachant ensemble les draps et couvertures de son lit et je ne sais où il a trouvé refuge. Que Votre Majesté n'accorde aucun crédit aux propos tenus dans les deux messages et qu'Elle ne reçoive pas mon pauvre fils au cas où il se présenterait à Falkland.

Mon cousin Gavin Hamilton, porteur de ce message, vous exposera mieux que ne le font ces quelques mots l'état lamentable où mon fils James se trouve. Après avoir accusé le comte de Bothwell des pires vilenies, son doigt s'est pointé vers moi, son propre père. Jugez de sa folie...

À Falkland, James Stuart triomphait. Accusé par un membre du clan Arran de haute trahison, Bothwell était dans une fâcheuse situation. À la lecture des deux lettres de son jeune cousin expédiées l'une d'Édimbourg, l'autre de Keneil, la reine, d'abord stupéfaite, avait montré un grand trouble. De cette vulnérabilité, il avait immédiatement tiré parti en la mettant au pied du mur. Pourquoi défendre Bothwell ? Était-il au-dessus des lois ? Depuis fort longtemps, il l'avait mise en garde contre ce jeune aventurier prêt à tout pour satisfaire ses ambitions. Arran avait peut-être l'esprit faible mais ce genre de complot ne s'inventait pas. Marie n'avait réfuté aucun de ses arguments mais elle s'était refusée à accuser. Son demi-frère savait cependant qu'elle n'aurait point le courage de soutenir Bothwell contre tous et le laisserait jeter en prison. Hepburn était séduisant, il aimait les femmes, Marie était solitaire, vulnérable. Il fallait au plus vite qu'il fût neutralisé et pour longtemps. On attendait le jeune comte à Falkland d'un moment à l'autre. Tout juste revenu des Borders, il ignorait les accusations lancées contre lui par le jeune Arran et serait pris de court pour se défendre.

La reine se déclara souffrante et garda la chambre. Elle avait envie de s'enterrer, de disparaître. Son demi-frère la harcelait, le silence éloquent de Maitland réveillait ses hantises, sa haine de la violence. Elle revoyait les pendus aux créneaux d'Amboise, des corps de suppliciés offerts à sa vue au détour d'une rue ou d'un chemin. Son désir ardent de paix et d'harmonie était une utopie et, dans son désarroi, son corps engendrait les habituelles souffrances qui la tourmentaient : point de côté, douleurs à l'estomac, vomissements incoercibles. Si elle sauvait Hepburn contre l'avis de son demi-frère, jusqu'où irait son indulgence envers lui ? Mieux valait peut-être ne plus le voir durant un certain temps, se débarrasser du bonheur que sa présence lui procurait. L'ambassadeur d'Angleterre, Randolph, invité à Falkland ne cessait lui-même d'insinuer que Bothwell était dangereux, un traître potentiel comme son père l'avait été. La meute était lâchée.

— Sa Majesté ordonne votre arrestation comme celle de sir Gavin Hamilton.

La stupeur cloua Bothwell sur place. La veille, jour de son arrivée à la Cour, Gavin Hamilton avait parlé des deux lettres, des accusations qu'elles formulaient, de la démence du jeune Arran que la reine venait de convoquer à Falkland. Tout d'abord, James avait gardé un ton léger : il s'agissait sans doute d'une plaisanterie ! Les Hamilton étaient maintenant réconciliés avec lui, il avait quitté Keneil quelques jours plus tôt dans un climat de cordialité réciproque. Pourquoi Arran, même fou, irait-il inventer ces contes absurdes de complot, d'enlèvement ?

« Jalousie peut-être, avait suggéré Gavin. N'oubliez pas, milord, que le jeune Arran a prétendu

214

à la main de la reine et que celle-ci vous favorise davantage que lui-même. »

Bothwell avait haussé les épaules et demandé à voir Marie. L'entrevue lui fut refusée.

Avec le jour, la tension monta. Surgi quelques heures plus tôt à Falkland, Arran maintenait ses accusations mais exonérait finalement son père de toute culpabilité : seul James Hepburn, affirmait-il, était à l'origine du complot qui visait à s'emparer du pouvoir. Avec rage, James se défendit pied à pied. L'absence de Marie lui procurait un violent dépit, la froide ironie du Bâtard l'excédait.

— Comme la loi m'y autorise, j'exige une investigation légale, dit-il enfin. Enquêtez, milord, trouvez mes complices, faites-les parler. J'attends leurs dépositions. Mais, en attendant mon procès, je réclame la liberté.

Les yeux gris de James Stuart n'exprimaient aucun sentiment.

— La reine ordonne de vous faire incarcérer.

— Je veux voir Sa Majesté. Si Elle ordonne en personne mon emprisonnement, j'obéirai.

Au milieu de son Conseil privé, Marie se taisait. Elle n'avait pas dormi de la nuit et se sentait nauséeuse. Mais son honneur lui commandait de ne plus se dérober. Les lettres du jeune Arran venaient d'être lues. L'ambassadeur d'Angleterre avait relaté son entretien avec le dénonciateur qui, après s'être dédit, venait de revenir sur sa position. Il y avait bien eu complot et Arran acceptait son châtiment.

— Quand aura lieu le procès légal, Madame ? interrogea froidement Bothwell.

— Nous y songerons, milord. En attendant, vous rejoindrez le château de Saint Andrews où vous demeurerez jusqu'à nouvel ordre sous surveillance avec mon cousin lord Arran.

Marie se mordait les lèvres, nouait et dénouait ses mains. James vit de la supplication dans son regard et garda le silence.

26

De Saint Andrews, James avait été conduit à la forteresse d'Édimbourg et, depuis trois mois, il regardait tomber des averses exceptionnellement abondantes derrière les fenêtres de sa chambre donnant sur l'abrupt escarpement rocheux. À ses nombreuses demandes d'être enfin jugé, la reine n'avait point répondu. Plus que la faiblesse de sa souveraine, James haïssait le triomphe du Bâtard. Vers qui allait-il tourner ses attaques, maintenant que lui-même et les Hamilton étaient à terre ? Vers les Gordon, la puissante famille catholique du Nord ? On disait que John, le frère de son ami George, briguait la main de la reine. Cette rumeur devait mettre James Stuart hors de lui.

De ses conditions d'incarcération, James n'avait pas à se plaindre. Il disposait de deux serviteurs et pouvait communiquer librement avec l'extérieur. Les nouvelles de la Cour lui parvenaient régulièrement. Marie Stuart devait enfin rencontrer sa cousine la reine Élisabeth, soit à York, soit à Nottingham, et on disait la jeune femme enchantée de la perspective de cette entrevue qu'elle espérait depuis longtemps. Sur les Borders, James Stuart réprimait la violence par une violence plus grande encore. Faute de gibet, on avait noyé des Reivers pieds et poings liés dans la Jed. Cette prise de possession par son pire ennemi de ce qu'il considérait comme son domaine mettait la rage au cœur du prisonnier et jetait en lui une farouche volonté de s'échapper si un jugement n'intervenait pas rapidement. Dans un appartement voisin, desséché par la jaunisse, le jeune Arran dépérissait. Gavin Hamilton avait été libéré.

Par sa mère, James avait appris qu'Anna songeait à regagner le Danemark et cette décision lui mettait un peu de baume au cœur. Son amant prisonnier, la jeune femme pourrait rentrer chez elle la tête haute. Pourquoi épouserait-elle un homme discrédité ? Elle n'était pas femme à se moquer de l'avenir et pourrait clamer alentour qu'elle n'avait point voulu de lui. Un peu de tendresse pour celle qui avait tout abandonné pour le suivre subsistait dans le cœur de James. En

Flandres, elle lui avait donné sans hésiter le pécule remis par son père, et toujours elle l'avait soutenu, attendu, fêté. Mais, tout comme la reine, Anna qui avait proclamé l'aimer à la folie avait à nouveau la tête froide. Il n'existait ni homme ni femme dont la constance soit assurée.

Contempler le rideau de pluie navrait James. Les récoltes seraient perdues, les fermiers incapables de lui verser leurs redevances. Les revenus de l'abbaye de Melrose lui ayant échappé, il connaissait à nouveau de grandes difficultés financières. Hailes attendait depuis des mois des réparations cependant urgentes. À Crichton, des bâtiments annexes, bûcher, buanderie, saloir, menaçaient ruine. Une cinquantaine de serviteurs dépendaient de lui pour subsister. Tout absorbée par les intérêts de son demi-frère auquel elle allait attribuer l'immense et riche comté de Moray, la reine ne se souciait plus de celui qu'elle avait appelé son plus fidèle ami.

Un matin de juillet, le serviteur que James avait envoyé porter un courrier revint très excité : la reine d'Angleterre avait annulé son entrevue avec leur souveraine sous le prétexte que cette rencontre risquait d'entériner les exactions commises par les Guise contre les huguenots. Marie Stuart était froissée. Puisqu'elle ne pouvait franchir les frontières de son petit royaume, elle venait de décider de consacrer son été à le visiter.

Début août, les nouvelles les plus étonnantes se succédèrent à Édimbourg. Accompagné d'une poignée d'amis, John Gordon, le fils du comte de Huntly, avait croisé le fer dans la High Street avec lord Ogylvie et des hommes de son clan. Ogylvie avait été gravement blessé et sa famille criait vengeance. Gordon s'était réfugié chez son père dans le Strathbogie et Marie avait ordonné à celui-ci de livrer son fils à la justice. Déjà ulcérés d'avoir à céder le comté de Moray, les Gordon levaient une armée. Quand, le 27 août, la comtesse de Huntly se jeta aux pieds de Marie pour implorer le pardon de son fils, James Stuart, désormais comte de Moray, la fit taire. Il tenait enfin un casus belli contre le clan Gordon qu'il était prêt à exterminer.

Avec stupéfaction, James suivait les nouvelles que ses serviteurs ou amis lui rapportaient. Marie était sur un terrain fort périlleux. Qu'elle perde le soutien des Gordon, les catholiques les plus puissants d'Écosse, et elle risquait de se retrouver tout à fait isolée sans pour autant s'assurer la sympathie des protestants. À nouveau, le jeune comte écrivit à la reine, insistant sur l'iniquité de son incarcération, l'absence de toute enquête et procès. Six jours plus tard, il reçut d'elle un billet : « Faites ce que vous pouvez, je suis quant à moi impuissante à vous aider. »

Milord,
Ce soir, passez de solides vêtements et des bottes de cuir souples. Dans la descente, vous me suivrez, je vous dirai que faire.

James Porterfield, un serviteur du commandant de la forteresse, était venu trouver Bothwell quelques jours plus tôt pour organiser sa fuite. Son maître n'entendrait rien, ne verrait rien, assurait-il, ils pouvaient prendre leur temps. James Porterfield était un grimpeur expérimenté et Bothwell un homme hardi. L'entreprise avait de grandes chances de réussir. Mais un geste précipité, un éboulis, une mauvaise prise, et la chute pouvait être mortelle.

Dès la tombée de la nuit, James fut prêt. Depuis deux jours, la pluie avait cessé et Porterfield se félicitait des excellentes conditions qui faciliteraient leur descente. Un premier croissant de lune éclairait faiblement la masse rocheuse, adoucissait les à-pics, les anfractuosités, atténuait les surplombs.

— Par ici, milord, prenez votre prise sur le roc juste au-dessus de votre épaule gauche, indiquait calmement son guide.

Concentré mais détendu, Bothwell progressait dans la descente. Son corps lui obéissait, ses muscles développés par d'incessants exercices physiques procuraient à ses jambes comme à ses bras une parfaite efficacité. De temps à autre, une pierre se détachait et plongeait dans le vide.

Lorsqu'il mit le pied sur la terre ferme, James leva les yeux vers la citadelle qui le dominait, apparemment inaccessible.

— Ne me remerciez pas, milord, car vous

m'avez aidé par votre courage autant que j'ai pu vous assister de mes conseils. Puisse Dieu vous secourir ! dit simplement Porterfield.

À peu de distance, James savait qu'il trouverait son cousin William Hepburn et un cheval sellé. Il galoperait jusqu'à Morham embrasser sa mère et faire ses adieux à Anna avant de se réfugier à Crichton. Là-bas, il aviserait. La reconduction d'un aussi arbitraire emprisonnement lui semblait peu probable. Ou il ne serait pas inquiété, ou on le jugerait au cours d'un procès équitable dont il était certain de sortir innocenté.

Malgré la vue des champs ravagés par les pluies, James savoura la joie intense d'être libre. L'avoine, l'orge ne parvenaient pas à maturité, les blés se putréfiaient. Dans les prés verdoyants ondulaient des touffes d'herbe coupantes et drues qui jaillissaient des nappes d'eau stagnantes. Au galop, il passa des ruisseaux qui cascadaient entre des rocs moussus, lança son cheval dans les chemins boueux. Des corneilles, des pies s'envolaient devant lui, des moutons se débandaient en bêlant. Il humait l'odeur de la terre mouillée, des plantes sauvages. Comment avait-il pu passer quatre mois enfermé, vivre sans vent sur son visage, privé de la douceur du soleil, de la fermeté des flancs d'un cheval entre ses jambes ?

Le soleil était déjà haut lorsqu'il pénétra dans la cour du petit château de sa mère. Un palefrenier accourut, des servantes lui souhaitèrent la bienvenue, les chiens lui firent fête. Derrière lady Agnes se tenait Anna, le visage figé.

— Quand embarques-tu ?

Après le repas, les deux jeunes gens avaient pu trouver un moment de solitude. James avait suivi sa maîtresse dans la chambre qu'elle occupait à Morham où la compatissante lady Agnes acceptait de la recevoir de temps à autre. Tressés, les longs cheveux d'Anna descendaient jusqu'à sa taille. Elle portait un simple bonnet de linon, une jupe de coton jaune s'évasant en corolle. Lacé sur la chemise au col tuyauté, un simple corselet soulignait sa poitrine, la finesse de sa taille. Quand James essaya de la prendre dans ses bras, elle le repoussa.

Le jeune homme s'écarta. Peu habitué à ce qu'on résiste à ses désirs, il était décontenancé.

— Seule, tu as pris la décision de me quitter, jeta-t-il froidement.

— Vraiment ?

Le ton aigu d'Anna accentua son déplaisir.

— Jamais je n'ai demandé une séparation. Tu as tout ce qu'il te faut pour vivre, la présence de ma propre mère.

— Et un amant qui ne daigne me visiter que pour satisfaire ses désirs, jamais ne m'écrit la moindre lettre, refuse de se montrer en ma compagnie à Édimbourg comme si j'étais une fille des rues !

Bothwell ne disait mot.

— Et quand, désespérée, je décide de rentrer

222

au Danemark, continua Anna, tu ne prononces pas un mot pour me retenir.

— Demain, je serai peut-être un exilé.

Soudain, Anna posa son visage entre ses mains et éclata en sanglots. Sa belle histoire d'amour, son enivrante aventure finissait pitoyablement. Et au Danemark elle repousserait tous les candidats à sa main à cause d'un homme ingrat, d'un hypocrite qu'elle ne parviendrait pas à oublier. Craignant de décupler la colère ou le désespoir de sa maîtresse, le jeune homme n'osait rien dire pour la consoler.

Anna releva la tête et les yeux encore pleins de larmes regarda avec intensité son amant comme pour graver ses traits à jamais dans sa mémoire.

— Viens, murmura Bothwell, ne nous séparons pas comme cela.

Il prit la main d'Anna, l'attira contre lui. Et, tandis que la jeune Danoise posait la joue sur son épaule et l'entourait de ses bras, il songea à Marie Stuart qui se détournait de lui.

Depuis son arrivée à Crichton, l'intendant n'avait cessé de débiter de mauvaises nouvelles : des moutons étaient morts de la tremblote, les récoltes seraient inexistantes et les fermages ne rentreraient pas, les pluies torrentielles lui avaient fait déceler des fuites dans la toiture... Le jeune comte discutait pied à pied. On pouvait juste remplacer quelques ardoises, contraindre les paysans à lui donner des bêtes à défaut de céréales. L'été s'achevait. Si le temps restait au beau quelques semaines, une fenaison tardive serait possible. En réalité, James était trop tendu pour s'impliquer dans de tels problèmes. D'un moment à l'autre, il attendait un message de la reine. Tantôt il croyait à son pardon, tantôt il s'impatientait d'avoir à attendre une enquête, un procès. Et le souvenir du regard pathétique d'Anna quand il avait quitté Morham le harcelait.

Aucun messager ne se présentant à Crichton, l'inquiétude de James redoubla. La nouvelle de son évasion spectaculaire animait toutes les conversations à Édimbourg, mais la reine gardait un silence qui ne laissait présager rien de bon. Sans doute valait-il mieux qu'il se replie à l'Hermitage. Là-bas, protégé par ses Borderers, il était prêt à défier James Stuart en se claque-murant aussi longtemps que nécessaire dans l'impénétrable forteresse.

James quitta à l'aube Crichton, accompagné de trois serviteurs. Nul n'étant prévenu de son arrivée, il allait trouver la citadelle sans approvisionnement ni confort d'aucune sorte. Mais il s'organiserait, regrouperait ses fidèles, ferait venir des meubles de Hailes.

La vue de l'Hermitage magnifiquement solitaire au milieu des landes frappa le jeune comte en plein cœur. Une multitude de légendes restaient attachées à cette place forte mais à elle seule la sombre bâtisse entraînait l'imagination dans un passé peuplé de sorcières, de géants, d'êtres aux pouvoirs surnaturels. En dépit des atrocités qui y avaient été commises autrefois, il s'y sentait protégé, en paix avec lui-même.

En voyant leur lieutenant franchir les portes de l'enceinte, les quelques gardes présents écarquillèrent les yeux. L'Hermitage était vide, la chambre seigneuriale démeublée. Les deux servantes préparaient des repas essentiellement composés de porridge et de légumes. Les saloirs, les fumoirs, la cave étaient vides, à peine restait-il quelques fûts de bière et deux jarres de saindoux. Aussitôt connue sa présence, allaient surgir nombre de personnes qu'il faudrait loger, nourrir, abreuver. Mais James ne voulait pas s'encombrer l'esprit de tels détails. Pour le moment, seul dans sa forteresse, il était heureux comme un roi. Coucher sur une paillasse ne lui faisait pas peur et, s'il le fallait, il boirait l'eau du puits. À grands pas, il fit le tour des dépendances, escalada l'étroit escalier à vis menant au chemin de ronde. Tout autour de lui se déroulaient les collines couvertes de mousse, d'une herbe rase et drue. Chassée par les nuages, la lumière balayait la lande, donnant aux diverses nuances de verts une surprenante acuité. La petite rivière Hermitage serpentait entre des rives buissonneuses où étaient parvenus à s'enraciner des arbrisseaux. Dans quelques semaines, l'automne ferait galoper les Reivers. À nouveau, on percevrait le martèlement sec des sabots, on entendrait les rires féroces. La nuit, des feux

s'allumeraient çà et là, jetant des ombres trem-
blantes étirées par l'âpre vent des collines.

Soudain, James s'immobilisa. Au-delà de la
rivière, il discernait le groupe compact d'un petit
troupeau qui progressait paisiblement vers la
citadelle. À sa tête, un cavalier chevauchait sans
se hâter entouré de deux grands chiens.

— Tudieu, Janet ! s'exclama Bothwell.

En un instant, il fut dans la cour, fit lever la
herse, passa à pied le pont-levis. Clairement
maintenant, il voyait son ancienne maîtresse
entourée de ses deux setters roux, et suivie par
une dizaine de bœufs et quelques moutons que
surveillait Tempest, un de ses chiens de berger.

— Je t'ai vu filer ce matin vers l'Hermitage
comme si tu avais le diable aux trousses et j'ai
pensé que tu aurais besoin d'être approvisionné.

James serra Janet dans ses bras. Sa séparation
amère d'avec Anna lui faisait apprécier davantage encore les tendres témoignages de sol.lici-
tude de cette femme mûre et sereine.

— Un charrette me suit chargée de quelques
sacs de farine de seigle et d'avoine, ajouta Janet
d'une voix enjouée. Mon seigneur et maître ne
dépérira point de faim.

Elle mit pied à terre et d'un geste maternel
s'empara du bras de James.

Le feu ronflait dans l'âtre de la cuisine située
dans la grande tour orientée vers la rivière. Bet,
une des deux servantes, mit de l'eau à bouillir,
sortit d'une huche un pot de miel. D'une poche

de sa robe de cavalière, Janet avait tiré un petit sac de flocons d'avoine.

— Nous nous passerons de crème dans le porridge, mon cœur. À la guerre comme à la guerre !

Accoudés à la longue table de chêne, Janet et James commentèrent les événements qui avaient marqué les derniers mois.

— Le comte de Moray est un habile politicien, nota Janet en achevant son bol de porridge. Il a su se constituer un réseau amical en Angleterre et, aux yeux d'Élisabeth, présente une personnalité mieux adaptée au gouvernement de l'Écosse que sa catholique demi-sœur.

— La reine saura réagir, assura James. Marie est une femme faussement docile et je la crois capable de s'insurger contre quiconque voudrait la mettre sous tutelle.

— Dieu permette que ce sursaut soit proche, Jamie. Moray ne te laissera pas tranquille tant que tu n'auras pas regagné une prison ou passé la mer.

George Gordon surgit un soir à l'Hermitage. Épuisé par sa course à bride abattue depuis Édimbourg, il venait supplier James d'envoyer des renforts à son père dans le Strathbogie. Depuis deux semaines, le jeune comte n'avait reçu aucune réponse à son billet adressé à la reine et l'incertitude le rongeait. Si Janet avait vu juste, il devait envisager de quitter l'Écosse pour se réfugier en France et cette éventualité était désagréable. L'influence qu'il avait sur Marie, leur amitié se trouveraient anéanties par une longue absence, et son manque d'argent rendrait difficile sa vie d'exilé. Pour le moment, il ne pouvait prendre aucune initiative. Enrager Moray en envoyant des Borderers au comte de Huntly ne pourrait que se retourner contre lui. George Gordon n'insista pas mais il était alarmé. La situation dans le Nord était à ce point tendue qu'une bataille entre les Gordon et l'armée royale semblait inévitable.

Octobre tirait à sa fin. En dépit de longues randonnées à cheval qui épuisaient son corps, James n'arrivait pas à trouver de sérénité. Aucune nouvelle ne lui était parvenue du Strathbogie et ce silence lui faisait présager le pire.

Un matin enfin, trois de ses cousins Hepburn de Smeaton se présentèrent à la citadelle, la mine sombre. Il y avait eu bataille à Corrichie entre les forces du comte de Huntly et celles de la reine. Durant le combat, le comte était tombé de son cheval, frappé par une attaque d'apoplexie, et son armée, en dépit du courage de ses fils, s'était débandée. John et George Gordon étaient emprisonnés, déchus de leurs titres et honneurs, leurs biens avaient été confisqués. John allait être jugé. Après les Hamilton et les Hepburn, les Gordon mordaient la poussière.

John Gordon avait été décapité à Aberdeen sous les yeux de la reine qui, horrifiée, s'était évanouie. George restait en prison. Pour James,

228

l'éventualité de regagner la forteresse d'Édimbourg était inconcevable. Là, oublié de tous, il pouvait croupir des années. Il devait s'expatrier.

Un navire marchand quittait Leith pour Saint-Malo en décembre. Avec deux serviteurs, James était décidé à gagner Paris où il tenterait d'obtenir une charge à la Cour de Charles IX. En son absence, le clan Hepburn approcherait la reine pour implorer un retour en grâce. Marie était secrète, nul ne savait ce qu'elle pensait de l'injustice commise envers son lieutenant.

Alors que ses malles étaient prêtes, une lettre de Marie Stuart arriva enfin. Sous le crachin qui tombait depuis la veille, le jeune homme gagna les rives de la rivière Hermitage. Il voulait être seul, fuir les regards interrogateurs, les questions non posées. Le vent lui soufflait au visage avec ses senteurs d'herbes mouillées et de tourbe. L'eau avait la couleur grise du ciel. La mousse humide, la vase enfonçaient sous ses pas. Tout était silencieux, irréel.

Ces derniers mois ont été pour moi source de multiples chagrins, votre emprisonnement et la mort de sir John Gordon en particulier. Si le métier de reine parle à ma tête, il reste étranger à mon cœur. Jamais je n'ai douté de votre innocence, mais les accusations de mon cousin ne pouvaient être écartées sous le prétexte que je n'y croyais pas.

J'ai appris votre prochain départ pour la France. Quoique envieuse de vous savoir bientôt à Paris où je m'efforcerai d'obtenir pour vous une charge, je déplorerai votre absence. En vous perdant, je perds beaucoup.

Avant d'embarquer, arrêtez-vous si vous pouvez chez lady Janet, votre sœur, à Coldingham, je prévois d'y passer les derniers jours de l'année. Votre présence, même brève, serait pour moi le plus apprécié des cadeaux.

Ne concevez pas, milord, de l'inimitié envers moi car Dieu m'est témoin que je n'ai jamais rien décidé qui vous fût défavorable. Les souverains eux-mêmes doivent parfois se plier à des résolutions qui les blessent.

La pluie fine mouillait la feuille de papier, délayait l'encre. Immobile sur la berge opposée, un héron guettait le passage d'une proie. Si la faiblesse de la reine l'irritait, James ne parvenait pas à éprouver de ressentiment pour la femme elle-même. Il la savait ignorante des chicanes de la politique, seule et vulnérable.

27

Trahison après trahison. Et lui comme un imbécile qui croyait encore en la parole donnée.

James pose le front sur le mur humide de sa chambre. Il a de la fièvre. Depuis plusieurs jours, il grelotte. Les hémorragies le reprennent. Le monde extérieur perd toute réalité. Il est seul avec son misérable corps, ses obsessions, les fantômes qui le hantent. Il a cru en Morton, en Balfour, et s'est jeté la tête la première dans le piège tendu par eux.

James pense qu'il n'a vécu pleinement que deux années, un espace de temps dérisoire pour justifier une existence... Il a tout eu et tout perdu. Lui qui dès l'enfance s'était enthousiasmé pour les récits de chevalerie a failli au code de l'honneur. Il n'a su protéger sa femme, a ruiné la réputation des Hepburn, perdu ses titres et ses terres. Il pense à un feu qui dévore, réduit tout en cendres. Marie l'a-t-elle oublié ? Pour une ligne d'elle, il est prêt à vendre son âme, mais le diable veut-il seulement de lui ? Voilà plus de neuf ans qu'ils sont séparés. James revoit les larmes de sa femme à Carberry Hill, son visage maculé de sueur et de poussière. Il goûte sur ses lèvres le sel de ses pleurs. Marie l'entoure de ses bras. Il chuchote : « Bientôt nous serons réunis, quelques jours, quelques semaines au plus. Soyez courageuse. » Puis il ajoute un peu plus fort : « Je vous supplie de me rester fidèle. » Leurs corps se séparent, s'éloignent. Un dernier regard.

James revoit les yeux bruns en amande sous les paupières un peu lourdes, les yeux des Stuart. Il est l'époux d'une fille, petite-fille, arrière-petite-fille de rois. Les Stuart et l'Écosse ne font qu'un. Et lui est écossais jusqu'au fond de son âme.

L'hiver n'en finit pas à Dragsholm. Où est Marie ? La respecte-t-on ? La console-t-on ? Un jour peut-être quelque souverain l'aidera à retrouver son trône, mais alors il ne sera plus à ses côtés. Il est à bout de forces.

À Copenhague, on lui a dit qu'elle avait coupé ses cheveux après leur séparation et ne portait plus que des perruques, qu'elle se taisait ou éclatait en sanglots quand on évoquait son nom. À cette époque, il recevait encore de ses nouvelles. En phrases brèves, hachées, Marie l'assurait de son amour, jurait qu'elle l'attendrait jusqu'à la mort.

James repense à toutes les lettres de Marie qu'il a cachées dans le coffret d'argent et de vermeil, à ses poèmes. Ses ennemis les ont lues et la salissure est ineffaçable. Les plus belles lettres d'amour qu'un homme pouvait recevoir, les plus ardentes.

James essaie de se souvenir des phrases mais il ne peut que répéter : « Je vous remets mon fils, mon honneur et ma vie. » Avec difficulté, il retrouve le sens de ces mots. Chacun d'entre eux est une dague qui s'enfonce dans sa chair. S'il possédait encore ces lettres, peut-être pourrait-il survivre. D'elle, il ne lui reste rien, pas un bijou, pas un mouchoir, pas une mèche de cheveux, seulement au doigt son anneau de mariage qu'on n'a pas osé lui arracher.

Tout est gris, le ciel, la terre, la mer. Tout ruisselle d'humidité. Par l'étroite fenêtre, il aperçoit quelques cahutes de bois, des joncs desséchés par le vent et la mer. « Sans hésiter, je donnerais l'Écosse, la France et l'Angleterre pour vous suivre au bout du monde dans un jupon blanc. » Marie lui parle mais il doit faire un violent effort pour la comprendre. Ils auraient dû en effet fuir tous les deux aux confins de la terre avec les enfants qu'elle portait. Deux garçons.

James entend du bruit. On vient d'ouvrir le guichet pour lui servir son repas, comme à un fauve. Il n'a plus de contact avec ses frères humains. Parfois il mange, parfois il jette l'assiette contre le mur. Mais il achève l'eau-de-vie jusqu'à la dernière goutte, en redemande, supplie. Lorsqu'il a bu, il s'affaisse sur sa paillasse. Il ne voit plus Marie, sa mère ou Janet sa sœur. Il ne souffre plus.

Au plafond, la bougie projette des ombres étranges. Il tente d'en décrypter le sens. Pourquoi la mort ne se glisse-t-elle pas parmi ces fantômes ? Il l'attend, la guette afin qu'elle ne sorte pas sans lui.

Les dents de James s'entrechoquent. À peine peut-il remuer ses mains percluses de rhumatismes. Il aurait dû fuir lorsqu'il était à Bergen ou à Copenhague. Mais il était certain alors d'être bientôt libre, de pouvoir gagner la France.

Pour ne pas hurler, il enfouit son visage dans la paille de l'oreiller infestée de vermine. Un cri, et c'est le trou. Il ne veut plus y aller. Les fers ont meurtri ses chevilles, ses poignets, les plaies n'arrivent pas à se fermer et s'infectent. Il se lèche comme un chien pour les nettoyer ou verse de l'eau-de-vie sur les chairs vives. La douleur fulgurante lui redonne l'impression d'exister.

Ce soir, la tempête souffle. Il aime le sifflement du vent, le cri lugubre des oiseaux de mer. Il aime voir les gros nuages qui galopent dans le ciel vers le bout du monde, là où il va rejoindre Marie en jupon blanc, un ruban dans ses cheveux.

À tâtons, James laisse ses doigts courir sur le mur pour trouver son chemin mais il n'y a pas de porte, il est emmuré vivant. Marie l'attend et il ne peut parvenir jusqu'à elle.

La bougie consumée, James entend le trottine-ment des souris et plus loin le bruit des vagues. Il ne bouge pas, ne pense plus à rien.

28

Le capitaine avait fait ramasser les voiles déchirées par les rafales et tenait lui-même la barre. Dans la brume, les passagers aperçurent la terre mais personne ne pouvait en évaluer la distance.

— L'île de Holy ! clama soudain le guetteur.

Chacun soupira d'aise. L'île se situait au sud de Berwick, non loin de la frontière écossaise. Le navire allait pouvoir mouiller dans le petit port pour réparer.

— À marée basse, assura un passager, on peut rejoindre la terre à pied. Mais il faut être vigilant car les eaux avancent à vive allure avec le flux.

Désemparés, trempés, les voyageurs se réfugièrent dans les cahutes des pêcheurs qui entouraient le port. Des casiers en jonc, des filets encombraient les quais qui empestaient le poisson et la saumure.

« Et si ce contretemps était un signe de la Providence pour que je me rende à Coldingham retrouver la reine ? » se demanda Bothwell.

Il disposait du temps nécessaire car il faudrait plusieurs jours pour écoper, réparer le gréement, sécher les sacs avant de réembarquer. Coldingham était à cinq heures de marche.

James choisit Willie, le plus jeune de ses serviteurs, pour l'accompagner, un garçon vigoureux et de joyeux caractère que n'intimidait pas une longue randonnée.

Le vent était tombé. Dans les sentiers encore détrempés, à travers la mousse saturée d'eau, les deux hommes avançaient à bon pas. Des tiges ruisselantes de pluie fouettaient leurs manteaux. Un peu de brume se déchirait sur les pointes acérées des rocs où des vaguelettes se brisaient. Sur le rivage, des enfants aux jambes nues ramassaient des coquillages.

Une fois contournée la ville anglaise de Berwick, la frontière était proche. Au-delà de la Tweed, James connaissait chaque pouce de terrain, les raccourcis, les gués, les fondrières où hommes et bêtes risquaient de s'embourber. Ils seraient à Coldingham avant la nuit.

— La reine chasse au vol, annonça Janet en entraînant son frère dans la chambre conjugale. Lave-toi, change-toi, restaure-toi, tu la verras à l'heure du souper. L'effet de surprise sera ton allié. Tu comprendras aussitôt si ta présence lui fait plaisir ou l'irrite.

James serra Janet dans ses bras. Mariée au plus jeune demi-frère de la reine, enceinte, sa sœur gardait la franchise, la joyeuse spontanéité, le goût de la liberté qui avaient fait d'elle autrefois une sauvageonne, et les étoffes de soie et de velours qu'elle portait maintenant ne pouvaient effacer les anciennes images d'une Janet courant dans les landes en jupe de coton.

Quand James pénétra dans la grande salle, Marie Stuart se chauffait au coin de l'âtre, devisant avec son demi-frère et quelques dames d'honneur. La nuit tombait. De hauts candélabres jetaient une lumière fauve sur le velours safran de sa robe et la masse de ses cheveux sur lesquels était épinglé un calot entièrement rebrodé de fil d'or.

— Nous avons un visiteur, Madame, annonça Janet d'une voie gaie.

La reine se retourna, ses yeux rencontrèrent ceux de James. Elle rougit violemment.

La chasse avait été médiocre. Marquis, le gerfaut préféré de Marie, n'avait abattu qu'un butor et deux huppes, tandis que les vautours de John s'étaient contentés de quelques lapins et belettes.

À dessein, Janet et John avaient pris la tête du groupe, suivaient la dizaine d'hommes et de femmes composant la suite de la reine, les fauconniers, les maîtres-chiens au milieu de leurs braques et barbets. La reine et Bothwell fermaient la marche. Le ciel était gris, les nuages bas et rapides. Le parfum de lilas de Marie se mêlait à l'odeur âcre des chevaux, à la bruine salée montant de la mer. En contrebas, des rocs en saillie empiétaient sur une crique encombrée d'algues et de débris que picoraient des mouettes.

— Nous avons toujours été francs l'un avec l'autre, Madame, dit le jeune comte. Dussais-je vous offenser, je vous avouerais que votre attitude à mon égard ces derniers temps m'a surpris. Me voici ruiné et bientôt exilé à cause de mensonges si outranciers qu'un enfant n'y croirait point.

— Je n'ai voulu, ni ordonné aucune de vos disgrâces et n'ai jamais cru en ce conte de trahison.

— Vous m'avez cependant laissé moisir des mois derrière les barreaux d'une prison sans daigner répondre à mes suppliques.

Des cailloux roulaient sous les sabots des chevaux. Un pâle quartier de lune montait à l'horizon.

— Je dois considérer d'abord mes intérêts qui sont ceux de mon pays. C'est mon devoir de reine.

— M'éliminer serait donc avantageux pour l'Écosse, Madame ?

La voix était dure, agressive. Marie avait l'impression de découvrir un homme qu'elle ne voulait pas connaître.

— Je suis aussi la légitime héritière du trône d'Angleterre, milord Bothwell, vous le savez. Pour que ma cousine, la reine Élisabeth, me choisisse comme son successeur, je dois entretenir avec elle les meilleures relations possible. Mon frère, le comte de Moray, et mon secrétaire d'État Maitland jouent la carte de l'amitié anglaise, celle d'une étroite alliance entre nos deux pays. Comment voulez-vous qu'ils supportent votre attachement à la France ?

— Je pensais que vous le partagiez.

— Je suis reine d'Écosse.

— Et amie de l'Angleterre pour obtenir un autre trône ! Avez-vous oublié Flodden, Madame, où périrent votre grand-père et le mien, les dévastations faites par les Anglais quand le roi Henry VIII voulait vous fiancer à son fils le prince de Galles ? De mes yeux, j'ai vu des Écossais égorgés, leurs maisons brûlées, leurs filles violées. Et vous voulez que je rampe comme un chien devant eux ? Si l'Écosse est un petit pays, c'est une nation orgueilleuse dont l'âme n'est pas à vendre, Madame.

Marie se redressa sur sa selle. Depuis son adolescence, personne n'avait osé lui donner de leçon.

— Vous oubliez à qui vous vous adressez, milord !

Elle avait envie de faire plier cet homme dont pourtant le patriotisme comme l'amitié la ravissaient. Incapables de débrouiller l'écheveau compliqué de leurs sentiments, ils étaient malheureux l'un et l'autre.

Un moment ils chevauchèrent en silence. Leurs montures soufflaient et secouaient leurs crinières.

— J'approuve la façon dont gouverne mon demi-frère James mais ne partage pas ses inimitiés, déclara soudain Marie. Les Stuart n'aiment guère qu'on leur résiste et vous n'avez cessé de vous tenir à l'écart de la Congrégation, de critiquer sa politique.

— Milord Moray et moi sommes en effet des hommes de nature fort différente.

— Mais comme lui, vous m'êtes attaché, n'est-ce pas ?

La voix anxieuse toucha James. Comment en vouloir à une si jeune femme qui apprenait durement son métier de reine ? Viendrait le temps où elle verrait clairement où se trouvaient ses véritables amis.

— Je suis prêt à mourir pour votre cause, Madame.

Il tendit une main et sans hésiter elle y posa la sienne. Un instant ils chevauchèrent sans que leurs doigts se séparent.

Le moment du départ était arrivé. John et Janet avaient mis à la disposition de James deux chevaux qu'un de leurs domestiques ramènerait à Coldingham. James était soucieux. Combien de temps s'écoulerait-il avant qu'il puisse regagner l'Écosse ? La reine avait promis qu'elle s'emploierait à écourter son exil mais il n'avait guère d'illusions : Moray aurait le dernier mot. Sa sœur lui avait remis quelques lingots d'or qui lui permettraient de s'installer à Paris en attendant d'obtenir une charge à la cour des Valois. Marie avait écrit à ses oncles pour requérir leur protection.

Dans le petit port anglais, le navire semblait prêt à appareiller. Sandy Durham et Gabriel Sempill attendaient leur maître dans une modeste auberge de Beringh de l'autre côté du bras de mer, avec James Porterfield qui avait décidé de lier son sort à celui de l'homme qu'il avait aidé à fuir de la citadelle d'Édimbourg. Le comte se joignit à eux. Sa séparation d'avec sa famille et la reine le consternait. Il était aussi fort préoccupé par l'éventualité d'un acte hostile de la part des Anglais. L'ambassadeur Randolph qui entretenait maints espions alentour avait dû être prévenu de son escale imprévue à l'île de Holy. Lui faire payer le détournement de fonds accompli quatre années plus tôt et son attitude inamicale envers l'Angleterre serait pour lui une savoureuse revanche.

La nuit, le jeune comte barricada sa porte et garda ses pistolets à portée de main. De l'autre côté de la cloison, ses domestiques ronflaient.

L'un d'entre eux pourrait-il le trahir pour une poignée d'écus ?

La porte céda sous les coups d'épaules. Lorsque James voulut sauter sur ses pieds, déjà il était brutalement ceinturé.

— Inutile de résister, milord ! aboya un homme à l'accent du Northumberland.

Sans l'amitié du comte de Northumberland et de son frère lord Percy, des Borderers comme lui, James n'aurait pu se tirer d'affaire. D'abord emprisonné à Berwick, il leur avait aussitôt adressé une supplique à laquelle le comte de Northumberland avait répondu avec bienveillance, avant d'obtenir un élargissement sur parole suivi d'une résidence surveillée dans son château. Prévenue, la reine d'Écosse avait protesté et menacé d'intervenir. Moray comme Maitland s'étaient étonnés de ce soudain retour d'affection, Bothwell était plus dangereux qu'ils ne le pensaient.

Après quelques mois passés dans le Northumberland, James avait été escorté à Londres et enfermé à la Tour. Libéré à nouveau sur parole à la requête de Marie Stuart, il avait regagné le château du comte de Northumberland et attendu son laissez-passer pour la France. Rien ne lui parvenant, il s'était de nouveau rendu à Londres, où la reine Élisabeth lui avait accordé une brève audience. Parée d'extravagants bijoux, frisée, maquillée, la jeune femme avait joué à l'étonnée.

Quel grief pourrait-elle avoir contre le comte de Bothwell, un ami de sa très chère cousine Marie ? L'Angleterre ne retenait pas contre leur gré d'innocents gentilshommes et James serait bientôt libre d'aller où bon lui semblait. En femme qui aimait les hommes et les appréciait à leur juste valeur, elle avait dévisagé le jeune comte avec un demi-sourire, puis d'un mouvement sec d'éventail lui avait signifié que l'entretien était terminé. À côté d'elle se tenait Robert Dudley, son cher Robin, qui affichait l'air suffisant d'un intouchable favori.

Après cet entretien, James avait dû encore longtemps patienter. Les courts billets que Marie Stuart lui avait adressés durant son interminable garde à vue en Angleterre évitaient soigneusement toute expression de sentiments. Elle avait évoqué l'exécution du poète Chastelard qui à deux reprises s'était dissimulé la nuit dans sa chambre. Afin de préserver son honneur, elle n'avait pas eu d'autre choix. Une seule fois, elle avait laissé apparaître un peu d'émotion :

Vous êtes mon roc, avait-elle écrit. *Si je me sens menacée ou trop isolée, mon cœur me dit que je pourrai toujours m'appuyer sur vous. Ne m'avez-vous pas affirmé à Coldingham que vous mourriez pour moi ? Vous êtes le premier à m'avoir tenu ces propos et soyez sûr que je ne les oublierai jamais.*

En septembre enfin, les précieux papiers parvinrent au comte ainsi que quelques lettres destinées à Catherine de Médicis. James pouvait embarquer pour la France, mais les vingt mois passés en Angleterre contre son gré avaient profondément marqué le jeune homme. Alors qu'il se morfondait dans le Northumberland, des événements considérables s'étaient déroulés : en France, François de Guise avait été assassiné par un jeune protestant, Poltrot de Méré, et avec lui disparaissait son plus puissant protecteur ; en Angleterre, le comte de Lennox, époux de la nièce d'Henry VIII, père de deux fils, était autorisé à regagner l'Écosse dont il avait été banni pour trahison au temps de la régence de Hamilton. La reine Élisabeth demandait à Marie Stuart, « sa chère sœur », de faire excellent accueil à son parent repenti et de lui restituer terres, titres et honneurs. La rumeur que son fils aîné Henry, lord Darnley, un beau prince de dix-huit ans, allait le suivre inquiéta James. Que mijotait la reine d'Angleterre ? Un mariage avec ce trop jeune et inoffensif cousin pour mieux contrôler le destin de l'Écosse ?

29

Paris, 1565

À Paris, le comte de Bothwell retrouva des figures connues, des habitudes et une oisiveté qui bientôt lui pesèrent. Il ressentit aussi la tension qui régnait dans la ville : en dépit des intentions pacifiques de Catherine de Médicis, les luttes religieuses persistaient. Le jeune roi Charles IX, ses frères, la reine mère et une grande majorité des courtisans étaient partis faire le tour de la France et se trouvaient en Avignon, capitale du comtat Venaissin qui appartenait au Saint-Siège.

En quittant l'Angleterre, James avait demandé une aide financière à Anna Throndsen qui lui avait fait parvenir aussitôt une piécette avec ce mot : « Pour solde de tout compte. » Il avait rayé la jeune femme de son esprit. Les nouvelles des Borders lui parvenaient par sa sœur. La vendetta avait repris entre Scott et Eliott. Les premiers avaient attaqué la petite ville de Liddesdale, les autres dévasté les villages dépendant des Scott. Pour obtenir l'aide des Anglais, les Eliott leur avaient promis l'Hermitage, offre que lord Scroppe, lieutenant anglais des frontières, avait déclinée. L'éventualité que sa chère forteresse puisse passer dans des mains anglaises l'avait secoué. Pourquoi le destin s'acharnait-il ainsi contre lui ? Tout lui était contraire, y compris l'absence du marquis d'Elbeuf, René de Guise, qui en tant qu'amiral des galères se trouvait en Provence pour y accueillir le roi.

Une seule présence le divertissait, celle d'un jeune Français tout juste entré à son service en remplacement de Sandy Pringle, qui l'avait quitté sans avertissement pour regagner l'Écosse. « French Paris », ainsi qu'il l'appelait pour le distinguer d'un Paris, celui-là écossais, qui le servait à Édimbourg, était un gaillard décidé, insouciant, farceur à ses moments. De son vrai nom, Nicolas Hubert, le jeune garçon connaissait les coins louches de la ville, ceux où l'on mangeait, aimait, buvait pour pas cher et y avait entraîné son nouveau maître.

Le mois de février fut glacial. James apprit que le fils de Lennox, lord Darnley, était arrivé à Édimbourg porteur d'un sauf-conduit accordé par la reine Élisabeth et que Marie Stuart l'avait aussitôt reçu au château de Wemys dans le Fife. De sa reine, il avait reçu un billet quelques jours plus tôt lui promettant le commandement de la garde écossaise à Paris, une charge lucrative qui le tirerait d'embarras.

À Paris, les bruits les plus contradictoires circulaient. On disait qu'aidés par leurs frères allemands, les huguenots allaient remonter en force vers la capitale et qu'à l'instigation du roi d'Espagne et du pape, le duc de Savoie s'apprêtait à attaquer Genève.

Dans un Louvre désert, James prit sans enthousiasme le commandement de la garde écossaise dont la moitié du contingent était partie escorter le roi et sa suite qui descendaient la Garonne.

Un soir de mars, alors qu'il regagnait son logis, le jeune comte fut surpris de voir devant sa porte un messager portant la livrée du cardinal de Lorraine, oncle de Marie Stuart.

— Monseigneur m'a demandé d'attendre votre réponse, déclara l'homme.

En hâte, James déplia la feuille de papier.

N'ignorant pas la bonne amitié que vous avez toujours portée à la maison de Guise, nous vous supplions de bien vouloir partir aussitôt pour Édimbourg afin de dissuader notre nièce, la reine d'Écosse, d'épouser le fils du comte de Lennox. Les Guise voient dans ce projet d'alliance un complot destiné à affaiblir la reine d'Écosse en la mettant sous la dépendance de sa cousine Élisabeth...

— Dites à Monsieur le cardinal que je lui obéirai, prononça simplement James.

La joie qu'éprouva James à retrouver son pays fut de brève durée. Aussitôt prévenu de son arrivée, Moray redonna vigueur à l'action en justice intentée après son évasion de la citadelle d'Édimbourg. À tout moment, il risquait d'être arrêté.

Après en avoir chassé les Eliott, le jeune comte se réfugia à l'Hermitage où il revit Janet Beaton qui le supplia de regagner la France au plus vite. La reine, assurait-elle, ne porterait pas la moindre attention aux avertissements de son oncle car elle était infatuée du jeune Darnley et décidée à le prendre pour époux malgré l'hostilité du comte de Moray envers ce projet.

James et Janet passèrent la nuit ensemble. Le jeune homme se sentait à la dérive. Il avait besoin d'attention, de tendresse. Qu'allait-il advenir de lui, quel futur pouvait-il envisager ?

Au matin, il prit sa décision. Les intérêts dynastiques de Marie Stuart ne pouvaient l'emporter sur sa propre sécurité. Il allait regagner la France.

— Viens avec moi, demanda-t-il à Janet.

Elle secoua la tête en riant.

— Une femme de mon âge n'a rien à faire à Paris. Que deviendrais-je sans mon cheval, ma lande et mes troupeaux ? Il ne te faudrait pas deux semaines, Jamie, pour que toi et moi soyons comme chat et chien. Puisqu'il te faut vivre à Paris, tires-en le meilleur parti. Prends une jolie maîtresse. On dit les Françaises spirituelles et délurées...

Des voyages, James avait la nausée et il retrouva la France sans joie. Par mesure d'économie, il n'avait gardé comme domestiques que French Paris, promu page, et Gabriel Sempill. Avec le printemps, Paris avait retrouvé un peu de gaîté. L'odeur des lilas qui fleurissaient à profusion dans les jardins lui rappelait sans cesse Marie Stuart. Ainsi elle allait se remarier, appartenir physiquement à un homme. Jamais il ne s'était imaginé en amant de la jeune femme, mais il l'avait à lui d'une certaine façon. Désormais il n'existerait plus entre eux ce trouble délicieux. Marie allait-elle l'oublier à tout jamais ?

Tout se disloquait. John Stuart, son beau-frère, était mort soudainement, laissant sa sœur Janet veuve avec un petit garçon. James n'avait plus d'allié dans la famille royale. Pendant les fêtes de mariage de John et Janet à Crichton, il avait vécu les moments les plus heureux de sa vie.

— Serions-nous parents, milord ?

James tourna la tête et aperçut une jeune femme qui lui souriait.

— Je suis Éléonore de Crissey. On m'a dit que vous possédiez une terre de ce nom en Écosse.

— Crichton, madame. Quelques lettres de plus ou de moins sur l'orthographe de votre nom nous feraient en effet cousins, ce qui me ravirait.

La jeune femme avait environ son âge, une silhouette fine, un joli visage.

La soirée chez Jean d'Aubigny, oncle du jeune Darnley, installé depuis longtemps en France, tirait à sa fin. Après plusieurs libations en l'honneur des futurs époux, les convives avaient écouté un concert de flûtes, violes et tambours et picoraient une collation avant de se retirer. La douceur de la nuit laissait les Parisiens dans les rues et par les fenêtres ouvertes on entendait des rires, des appels, les braillements des ivrognes émergeant des cabarets. Dans le salon du seigneur d'Aubigny, le ton des voix montait aussi, les rires fusaient comme en accord avec la joie populaire.

— Mon mari est auprès de monsieur de Lansac à Angoulême, expliqua la jeune femme avant même que James l'eût interrogée. La Cour prévoit de visiter notre place forte à l'automne.

James aimait la simplicité des Françaises. En un instant, il avait appris que cette charmante personne était délivrée de son mari et qu'elle était huguenote.

— On dit que la reine mère négocie le mariage de sa fille la princesse Margot avec le prince Henri de Navarre. Voilà beaucoup d'unions en perspective entre catholiques et réformés. Quant à moi, j'approuve la tolérance en amour.

— Les femmes l'ont acquise depuis longtemps, monsieur.

James prit la main de la jeune femme et y posa ses lèvres.

— Me permettez-vous de vous raccompagner ?

Éléonore n'avait opposé qu'une résistance de politesse. Il la visitait le lendemain, l'amenait à la promenade le surlendemain, et trois jours plus tard il s'était glissé dans son lit. Élégante, cultivée, savante en amour, la jeune femme l'avait séduit. À point elle tombait dans sa vie pour en chasser les fantômes, les regrets, les ruminations du passé, la peur de l'avenir. Plus ou moins parente de tout ce qui comptait à Paris, elle l'entraînait d'une fête à l'autre, semblait heureuse d'exhiber cet athlétique amant écossais au nez cassé, aux traits sensuels, qu'on disait proche de Marie Stuart. Le mariage romanesque de celle-ci émouvait ceux qui se souvenaient de la jolie reine de France et de son exquis sourire. Entre tous les princes d'Europe, elle avait choisi Darnley, ce jeune garçon imberbe, au visage délicat, à l'élégance raffinée, qui aimait danser, boire, rimer et jouer du luth. « Un homme idéal en somme », plaisantait Éléonore. Sous l'éloge, James devinait le mépris et pour Marie souffrait de cette ironie. Peu à peu, il prit l'habitude de passer la nuit entière chez sa maîtresse. À l'aube, dans les senteurs du petit matin, il regagnait à pied son appartement où il trouvait French Paris et Gabriel Sempill endormis. La jeune femme laissait sur sa peau une odeur sucrée de réséda qui lui rappelait le parfum de Marie. Des maraîchers poussaient leurs charrettes à bras, à coups de pied les sergents du guet relevaient des ivrognes vautrés dans le ruisseau. Ici et là des coqs chantaient. Une nuit sans sommeil procurait au jeune comte une impression de légère ivresse. Les événements qui se succédaient à Édimbourg perdaient de leur importance. Il était aimé, l'air embaumait, Paris se parait d'une lumière vive qui rendait belles les femmes. Peu lui importait que Darnley et Moray se regardent en chiens de faïence, que la reine prenne comme proche conseiller et secrétaire particulier David Riccio, un Italien arrivé dans la suite du comte de Moretta, ambassadeur de Savoie, et qui, chanteur talentueux, avait été engagé comme choriste avant de jouir de sa confiance puis de son amitié. Son fils Darnley proclamé « roi Henry », Lennox se considérait le maître d'un pays qu'il avait abjectement trahi des années plus tôt.

De mèche avec William Cecil, Moray et les Hamilton intriguaient contre le couple royal. Darnley se saoulait dans les auberges, Riccio intriguait.

Seul dans les ruelles qui longeaient des jardins, James riait parfois aux éclats. La situation politique qui pourrissait en Écosse, son exil, sa pauvreté, tout était dérisoire. Faire l'amour, sentir la caresse du soleil, boire, manger, dormir, n'était-ce pas les seules choses qui importaient ?

Chaque jour, Éléonore lui faisait porter deux ou trois lettres auxquelles il répondait. À eux seuls, les mots étaient jouissance. Parfois il arrivait à sa maîtresse de venir le rejoindre, masquée, en plein jour. Un sourire aux lèvres, French Paris et Gabriel les lorgnaient monter dans la chambre. James tirait les rideaux. Le lit les engloutissait et dans le plaisir ils se juraient un éternel amour.

En août, le jeune comte apprit par un négociant écossais tout juste arrivé à Paris que Moray, entré en lutte armée contre la reine d'Écosse, venait d'être proclamé félon, que ses biens avaient été confisqués. George Gordon, quant à lui, rétabli dans ses titres et honneurs, reprenait possession de ses terres ancestrales. Son ami était donc devenu comte de Huntly, un puissant seigneur.

Dès qu'il eut quitté son compatriote, James sentit à nouveau bouillir en lui le besoin d'agir. Paris lui sembla soudain une prison, Éléonore, une maîtresse comme les autres. À grands pas, le jeune comte longea la Seine, passa le pont au Change, traversa l'île de la Cité, remonta le fleuve vers le Petit Châtelet. L'orage menaçait, l'air était moite, étouffant, et les nerfs de James tendus à l'extrême. Qui allait prendre la tête de l'armée royale ? Kirkaldy de Grange que l'on considérait comme un tacticien de génie était dans les rangs des insurgés. Restaient Lennox, incapable de porter des soldats vers la victoire, le roi qui n'avait pas encore dix-neuf ans et aucune expérience militaire, son ami Huntly qui ne montrait aucun goût pour l'art de la guerre ! Enfin, il aurait pu assouvir sa vengeance alors que là, dans un Paris vidé par l'absence de la Cour, il croupissait.

Devant la tour de Nesle, James fit demi-tour. Les grosses gouttes d'une pluie tiède mouillaient le col de sa chemise, le dos du léger pourpoint de coton dont il avait laissé ouverts les boutons. La reine n'avait pas le droit de le traiter ainsi. Pour elle, il avait tout risqué, tout perdu, et elle le négligeait comme une guenille. Pourquoi avait-elle feint d'apprécier ses services ? Pourquoi ces sourires, ces mots flatteurs, ces attitudes aguichantes qui semblaient si spontanés ? Qu'avait-il cru au juste ?

Le ciel était d'un noir d'encre, le vent soufflait par rafales, soulevant les immondices entassées sur les quais. Un cheval pommelé monté par un élégant gentilhomme le dépassa, éclaboussant ses chausses d'eau sale. James pensa à l'odeur de la lande sous la pluie, aux rives de la Tyne où foisonnaient en été les fleurs sauvages. Il allait entrer dans le premier cabaret venu vider un carafon d'eau-de-vie, ferait l'amour avec Éléonore et s'endormirait à l'aube, désespéré.

— Vous n'étiez pas parti depuis trois minutes, monsieur le comte, qu'un pli urgent a été déposé pour vous, annonça French Paris d'un ton nonchalant. Si vous n'aviez marché aussi vite, j'aurais essayé de vous rattraper.

James eut envie de botter le derrière de son page, mais la veille, après une insolence, il l'avait déjà corrigé assez brutalement pour en garder des remords.

D'un mouvement rageur, il saisit le papier cacheté, fit sauter le sceau.

Votre silence me porte à croire que ma première lettre ne vous est jamais parvenue, avait écrit Marie de sa jolie écriture penchée. *Le roi et moi-même avons grand besoin de vous. Revenez vite à Édimbourg en prenant garde de ne pas tomber entre les mains de vos ennemis qui sont désormais les miens....*

— Par le sang du Christ ! s'exclama Bothwell.

Comme une vague, la joie déferlait en lui.

— File chercher mes chevaux, harnache-les, prépare avec Gabriel des provisions pour un voyage, rassemble mes effets dans des coffres et confie-les à M. Maxwell, négociant à Édimbourg, qui les chargera pour moi sur le prochain bateau en partance pour l'Écosse. Tu le trouveras à l'hôtel de la Couronne, rue de l'Ave-Maria, qui jouxte le logement du prévôt. Vends ma chaîne et ma boucle de ceinturon en or, je te fais confiance pour en obtenir autant que possible et même davantage, puis reviens ventre à terre. Nous partons demain à l'aube pour Édimbourg.

Avant de réunir ses papiers et de tracer un plan de route, il allait écrire à Éléonore. Elle était la seule à Paris dont il garderait regret.

30

Désormais installé à Holyrood, James s'habituait à son étonnant changement de fortune. De retour en Écosse par les Flandres pour échapper aux Anglais, il avait failli quand même être capturé et le modeste vaisseau marchand à bord duquel il voyageait en compagnie de French Paris et de Gabriel n'avait pu éviter d'être intercepté que grâce à une brume providentielle. D'Eyemouth où il avait abordé, le jeune comte avait galopé jusqu'à Holyrood où séjournait le couple royal. Tout près de Marie se tenait un grand jeune homme blond un peu efféminé, aux traits harmonieux, aux gracieuses manières. Henry Darnley l'accueillit avec chaleur, se déclara heureux de connaître un homme dont la reine vantait si souvent les mérites. Celle-ci comme lui-même, assura-t-il, avaient grand besoin de ses talents militaires pour mater la révolte de Moray et ils étaient prêts à lui confier la responsabilité d'une partie de l'armée, le comte de Lennox gardant le commandement général. Pour atténuer sa déception, Marie lui annonça aussitôt qu'il reprendrait la lieutenance des Borders, ses charges de shérif de Liddesdale et d'Édimbourg, ainsi que son titre de grand amiral d'Écosse. Un logement dans le palais lui était attribué.

Le lendemain, il avait pu revoir la reine alors qu'elle revenait de la chapelle en compagnie de Marie Fleming. La belle « Flamina » qui n'avait cessé d'être son alliée s'était spontanément écartée et il avait pu escorter Marie seul jusqu'à ses appartements. L'émotion les avait tout d'abord rendus muets puis, mesurant l'un comme l'autre la brièveté du temps qui leur était imparti, la reine la première s'était adressée à lui.

— Vous m'avez manqué, avoua-t-elle.

— Si vous vous êtes affligée de mon sort, Madame, le préjudice qui m'a été fait me semblera moins indigne.

Marie avait souri sans répondre. James comprenait qu'elle cherchait des mots qui ne fussent ni trop familiers, ni indifférents.

— Beaucoup d'événements se sont passés depuis notre dernière rencontre, milord, dit-elle enfin sans le regarder. Nous sommes différents aujourd'hui, vous et moi. La trahison de mon frère a été pour moi une douloureuse meurtrissure. Je ne sais si je lui pardonnerai.

— Écrasons d'abord cette révolte, Madame, et faisons nettement comprendre au comte de Moray que vous seule exercez le pouvoir.

James se doutait que Marie n'arrivait pas à se débarrasser d'un reste d'affection envers celui qu'elle avait toujours considéré comme son protecteur. Mais si la reine avait un peu de bon sens, elle devait sévir impitoyablement.

— Le roi n'aime pas mon demi-frère, constata la jeune femme. Dès leur première entrevue, ils se sont détestés.

— Sa Majesté le roi et le comte de Moray me semblent fort différents.

— Lord Darnley n'a guère de goût pour la politique.

Marie s'immobilisa. Le sourire qu'elle adressait à James était un peu triste.

— Il préfère les distractions de son âge, la danse, la musique, les soupers en compagnie de joyeux amis. Mais il est prêt à me suivre à la guerre.

James était mal à son aise dans les conversations où les sentiments prenaient le pas sur la raison.

— Vous avez choisi d'épouser, Madame, l'homme que vous jugiez le plus digne de vous rendre heureuse et de gouverner à vos côtés. Beaucoup envient lord Darnley et je suis sûr qu'il apprécie à sa juste valeur l'amour que vous lui portez.

— Qui sait ? murmura Marie.

À nouveau ils avaient cheminé en silence. Dans un instant, ils seraient au palais où les gardes, des courtisans les entoureraient.

— M'avez-vous haïe à Paris ? demanda soudain la jeune femme.

L'embarras de James augmentait. Que voulait-elle lui faire dire ?

— Le voudrais-je, Votre Majesté sait bien que je ne le pourrais pas.

La campagne militaire fut rapide et insolite. James avait galopé jusqu'aux Borders pour rassembler des troupes et était revenu aussitôt à Édimbourg, ses cavaliers derrière lui. Se sachant poursuivi par l'armée royale, Moray s'esquivait, cherchant clairement à éviter un affrontement armé afin de laisser les forces du comte d'Argyll rejoindre les siennes. Mais les soldats de Lennox rendant toute jonction impossible, James Stuart avait dû se retrancher à Carlisle, de l'autre côté de la frontière, où il ne pouvait s'attarder sans demander officiellement asile et protection à la reine d'Angleterre.

Les troupes commandées par Bothwell avaient quitté Édimbourg pour marcher plein sud vers Dumfries et la frontière anglo-écossaise. Portant une armure de vermeil et des gants parfumés, Darnley paradait en tête. Marie le suivait de près, elle-même en cuirasse avec des pistolets à l'arçon de sa selle. James fermait la marche avec Huntly et le fidèle comte d'Atholl. Les sabots des chevaux martelaient le sol gelé. En traversant les villages, les paysans agitaient leurs bonnets, souhaitant longue vie au couple royal. Marie souriait, adressait des signes d'amitié. Imperturbable, Darnley passait. Aux étapes, Bothwell se consacrait aux plans de campagne. Le roi observait ses nobles penchés sur des cartes, donnant çà et là un conseil dont nul ne tenait compte. Sa seule présence jetait un sentiment de malaise. Tous ensemble, ils prenaient leur repas du soir que la reine tentait de rendre joyeux. James devinait à quel point elle était préoccupée, tendue, combien cette lutte contre un frère qu'elle avait aimé sans réserve la faisait souffrir.

Avec ses soldats, Marie n'éprouvait aucun embarras, prenait plaisir à chevaucher à leur tête, jamais ne se plaignait de la fatigue, acceptait sans broncher l'inconfort des étapes. Tendre avec le roi, elle s'adressait souvent à lui pour le faire briller dans les conversations. Mais Darnley, sûr de sa supériorité, ne consentait à aucun effort.

La révolte de James Stuart avait échoué. Ses amis et lui renonçaient à regagner l'Écosse et acceptaient pour le moment la froideur calculée d'Élisabeth prise entre l'amitié qu'elle leur portait et l'incongruité de l'exprimer ouvertement.

— Il faut déclarer le comte de Moray traître, Madame, insista Bothwell, et confisquer sur-le-champ ses biens et ses terres. Montrez-vous intraitable.

— Je le ferai solennellement déclarer rebelle et hors la loi à la Croix du Marché d'Édimbourg, promit Marie. Veillez sur vos frontières, milord Bothwell, afin que mon frère ne puisse recevoir ni faire passer de courrier.

Derrière la reine, David Riccio souriait d'un air entendu. Partisan inconditionnel du mariage avec Darnley, il cueillait à présent les fruits de ses efforts. Le roi le traitait en proche ami, jouait au tennis avec lui et les soirs de libations partageait même son lit. Appréciant l'intelligence vive de l'Italien, la finesse de ses vues politiques, son exubérance et ses talents de musicien, Marie l'attirait de plus en plus souvent dans le cercle de ses intimes dont James faisait partie. Le soir, entre jeunes gens, ils se réunissaient dans le petit salon de la reine qui prolongeait sa chambre à coucher. Marie commençait une grossesse mais n'exprimait pas la joie d'une femme enceinte de son premier enfant. James ne voulait pas essayer de comprendre la raison de sa tristesse, il avait trop à faire sur les frontières où il était en pourparlers avec les Eliott qui, après avoir soutenu Moray, demandaient à faire amende honorable. Darnley buvait trop ou gardait une attitude renfrognée. Sans doute le ménage royal connaissait-il des difficultés, mais le jeune comte ne se sentait aucun talent pour démêler les fils tordus des querelles amoureuses. Sans maîtresse depuis son retour de France, il se félicitait de sa liberté, de la simplicité des émotions qu'il éprouvait.

Darnley consentit à assister à la messe de Noël. Nul ne savait s'il était catholique comme sa mère, la comtesse de Lennox que la reine Élisabeth, craignant son influence sur un fils velléitaire, tenait enfermée à la Tour de Londres, ou indifférent à la religion. Au début de son mariage, le jeune roi avait écouté mort d'ennui les interminables prêches de John Knox et les fuyait désormais. Il consacrait son énergie à exiger la couronne matrimoniale qui le ferait seul souverain légitime au cas où Marie viendrait à disparaître. Mais, lucide ou désillusionnée, la jeune femme la lui refusait.

James voulut passer les fêtes de Noël à Crichton avec sa mère, sa sœur et son neveu, le petit Francis, orphelin d'un père qu'il n'avait pas connu. Deux années plus tôt, il était arrivé harassé à Coldingham après cinq heures de marche, laissant à l'île de Holy le bateau qui devait l'amener en France. La reine avait alors une foi totale en son demi-frère. Que pensait-elle de lui à présent ? Par de courtes allusions, James saisissait qu'en dépit de sa trahison, la présence de Moray, ses conseils lui manquaient. En outre, les ambassadeurs de France et d'Angleterre, Trockmorton et Paul de Foix, insistaient sur un pardon auquel Darnley s'opposait formellement.

Les fêtes passées, James avait séjourné une semaine à l'Hermitage avant de regagner Édimbourg. La reine, qui souffrait d'un refroidissement, était alitée, Darnley chassait à Falkland. Au Conseil privé, ils n'étaient guère nombreux à siéger. Le calme qui régnait dans le vieux palais avait quelque chose de singulier. La nuit, un brouillard givré semblait surgir des profondeurs de la terre gelée, s'incrustait sur les carreaux des fenêtres, étouffait les sons. Au milieu de ce silence feutré, James pressentait un danger qu'il n'était pas capable d'identifier.

Un matin, la reine fit venir le jeune comte dans sa chambre. Elle allait mieux et envisageait de reprendre au plus vite ses activités ordinaires. Au coin du feu, encore pâle, James lui vit un visage serein.

— Asseyez-vous, milord, lui demanda-t-elle aussitôt, nous avons à parler.

Sans hâte, Marie piquait une aiguille dans le canevas où était dessiné un arbre fruitier.

— J'ai pensé à vous durant ma maladie, chuchota-t-elle, les yeux baissés.

Assises à quelques pas, ses quatre Marie brodaient en silence.

— Dois-je être honoré, flatté ou effrayé, Madame ?

La jeune femme esquissa un sourire, passa le fil de soie dans la toile.

Soudain, elle tourna la tête vers lui.

— Il n'est pas bon pour un homme de vivre

261

seul. Aussi, je souhaite vous voir marié au plus vite avec une jeune fille que j'estime.

Marie avait parlé d'un trait, comme pour libérer son esprit d'un poids. Surpris, James ne répondit pas.

— Un mariage est nécessaire pour bien des raisons, poursuivit-elle. Vous en connaissez la plupart et peut-être devinez les autres. J'ai approché George Gordon hier sur la possibilité d'une union entre vous et sa sœur Joan. Il partage mes vues et a même témoigné un grand enthousiasme pour ce projet.

— Joan ! s'exclama James. Mais on la dit très attachée à lord Alexander Ogylvie.

James se souvenait d'une jeune fille mince au visage un peu long, aux grands yeux marron. Mais une alliance avec les Gordon ne lui déplairait point. D'une vieille noblesse, possesseur d'immenses terres restituées à la famille après le pardon royal, George doterait richement sa sœur.

— Le comte de Huntly ne veut point entendre parler du jeune Ogylvie. Par contre, il vous estime beaucoup.

Marie reprit sa broderie. Elle semblait si absorbée par son ouvrage que James n'osa la questionner davantage. À un mariage, il songeait certes depuis un certain temps. Il devait prendre femme, donner des héritiers aux Hepburn et ne pouvait rêver mieux qu'une alliance avec les Gordon. En outre, George était son plus proche ami.

— Un mariage, souffla soudain la reine, est

une porte qui doit se fermer sur les autres femmes. Vous ne devrez plus songer à avoir des maîtresses ou même penser à quelqu'un d'autre.

Une brusque rougeur monta aux joues de Marie.

— Les pensées ne peuvent toujours se contrôler, Madame.

À nouveau une force l'attirait vers cette femme dont il avait appris à se détacher. Suggérait-elle qu'il occupait une place dans son cœur ?

— Il le faudra cependant.

Soudain, comme si elle voulait fuir une situation embarrassante, la reine planta l'aiguille dans le canevas et se leva.

— Lady Gordon sera la semaine prochaine à Édimbourg. Le mariage se célébrera ici à Holyrood à la fin du mois de février.

— Dans moins d'un mois, Madame ?

— Pourquoi attendre davantage ? Vous allez avoir trente et un ans et lady Joan en a vingt. Vous n'avez plus l'âge des fleuretages qui n'en finissent pas.

— Ils apprennent à mieux se connaître.

Le regard dur, la reine fit volte-face.

— Un homme et une femme qui veulent se plaire se livrent à toutes sortes de simagrées et de menteries, milord. En se mariant vite, au moins n'est-on pas égaré par des illusions.

Sans doute sermonnée par son frère, Joan tentait de faire bonne figure, mais James devinait sa réserve et même la répulsion qu'elle éprouvait

263

à épouser un homme qu'elle n'aimait pas. Pour la gagner, il était prêt à faire ce qui l'embarrassait le plus : chercher à plaire, se lancer dans le labyrinthe compliqué des sentiments où il avait des chances de s'égarer. Depuis qu'il vivait à la Cour lui venait souvent le regret du temps où il faisait la guerre contre les Anglais, dormait à même le sol entre Sarlebou et Oysel, festoyait d'un rat attrapé dans les ruisseaux de Leith. À Paris, il avait revu Sarlebou qui avait quitté l'armée et vivait d'une modeste solde, toujours joyeux cependant, prêt à traiter ses hôtes avec faste. Oysel, quant à lui, s'était retiré sur ses terres près de Nantes et ne se montrait qu'épisodiquement à la Cour.

Marie ne semblait plus penser qu'aux fêtes à venir, payées sur sa cassette personnelle comme la robe de la mariée en satin broché bleu et argent recouverte d'un manteau de velours saphir ourlé de marte et doublé de satin blanc. Un peintre français était convoqué, que l'on attendait à Holyrood d'un jour à l'autre pour effectuer les portraits des futurs époux en miniature. Riccio s'était occupé des musiciens et du spectacle masqué qui suivrait le banquet des noces célébrées par cinq jours de fête.

Chaque matin, James allait visiter sa promise chez laquelle il retrouvait le comte de Huntly, son frère. Peu à peu, Joan consentit à lui prêter attention. Intelligente et vive, la jeune fille était décidée à tirer le meilleur parti d'une union à laquelle elle ne pouvait se dérober. Mais James ignorait si, dans le secret de son cœur, Joan pensait toujours avec tendresse à son amour perdu.

Le contrat de mariage allait être signé. Joan apportait une dot importante qui permettrait de libérer la quasi-totalité des terres de James des hypothèques qui les grevaient. Le jeune homme, quant à lui, donnait à son épouse le titre de comtesse, le château de Crichton en jouissance personnelle sa vie durant, la protection de la reine d'Écosse. L'arrière-grand-père de James ayant épousé l'arrière-grand-mère de Joan, la comtesse douairière de Huntly, fervente catholique, exigea une dispense papale. Ainsi mariés selon les rites protestants mais avec la bénédiction du Saint-Père, les jeunes époux seraient indissolublement liés l'un à l'autre.

— Vous serez heureux, affirma Marie alors qu'elle soupait à côté de Bothwell.

Il y avait de l'angoisse dans la voix de la jeune femme, comme si ce bonheur qu'elle souhaitait la blessait. Une fois encore, Darnley avait disparu depuis plusieurs jours en compagnie de ses joyeux amis. Voulant honorer les comtes de Bothwell et de Huntly, il avait promis cependant d'être de retour pour le mariage.

James se pencha vers Marie. Comparée à la reine, Joan, assise de l'autre côté de la table, semblait froide et sévère, mais il devait s'interdire de les comparer.

— Si vous me gardez votre affection, Madame, je le serai en effet.

Sur la table, James regardait la main de la reine, ses longs doigts bagués. À maintes reprises, il avait eu cette main dans la sienne et avait aimé le contact de sa peau.

Aux mascarades succédèrent des mômeries, puis un bal et un concert suivis le lendemain de courses de bagues, courses au gant, de tournois que le jeune marié disputa sur un barbe nerveux qu'il maîtrisa avec brio. Un dernier bal conclut les fêtes. Lors d'un branle, dans le cercle des danseurs, James sentit soudain la main de la reine dans la sienne. Il avait hâte maintenant de se retirer avec Joan dans le château que lord Seton avait mis à sa disposition pour leur lune de miel, de fuir ces sources d'émotion auxquelles il ne voulait pas s'abreuver. Joan ne se départait pas de son sourire compassé. Quels sentiments éprouvait-elle pour lui ?

Entre ses bras, la jeune femme ne bougeait pas et James la caressait doucement afin de ne point l'effaroucher. Certes, Joan s'offrait mais le tenaillait le doute qu'elle n'agissait pas en toute liberté. Pensait-elle à Ogylvie tandis qu'il laissait descendre sa main sur la poitrine ronde, le ventre à peine bombé ? Les cheveux dénoués, les yeux clos, elle était belle comme une statue et James ne savait que lui dire.

— Me désirez-vous ? finit-il par demander.

— Je vous appartiens, James.

Sur le ventre de Joan, la main du jeune comte s'immobilisa.

— Je n'ai jamais forcé une femme et, si vous ne consentez à vous donner, je ne vous prendrai pas.

Il se détacha d'elle, roula sur le dos, croisa les bras derrière sa nuque. Sur le ciel de lit vermillon, la lueur des chandelles jetait des taches mouvantes entre lesquelles l'ombre jouait. Jusqu'alors il avait laissé les femmes le séduire et ce retournement de situation le décontenançait. À côté de lui, Joan ne bougeait pas. Sans doute partageait-elle son embarras, une gêne que ni l'un ni l'autre ne savait comment dissiper. Soudain, James quitta le lit, passa ses chausses, une chemise, des pantoufles.

— Je vous laisse dormir, nous nous retrouverons demain matin.

Il se dirigea vers la porte. La jeune femme ne le retint pas.

La veille de leur retour à Édimbourg, alors qu'il s'apprêtait à souhaiter à Joan le bonsoir, celle-ci baissa la tête.

— Venez ce soir, souffla-t-elle. Je vous attendrai.

Les bougies se mouraient et il ne dormait pas. Avec douceur, James avait fait l'amour à une épouse qui, en dépit de son abandon, restait distante. Mais elle l'avait embrassé, entouré de ses bras, s'était efforcée de se comporter en amante et James s'était résigné à ne rien exiger de plus. Elle était sa femme, serait la mère de ses enfants. Pour l'amour physique passionné dont il ne pouvait se passer, il trouverait d'autres partenaires.

À Édimbourg, le Conseil privé était en effervescence. Chacun prétendait que la reine allait nommer l'Italien David Riccio grand chancelier et cette éventualité révoltait la noblesse écossaise. Quelles étaient exactement les ambitions de ce petit bonhomme sournois ? Jusqu'où souhaitait-il aller ? Dans le lit de la reine ?

James, qui jusqu'alors avait montré envers le secrétaire particulier de Marie une attitude bienveillante, commença à éviter sa compagnie. Seul Darnley continuait à prouver à l'Italien une affection d'autant plus étonnante qu'il ne manifestait aucune sympathie à la plupart des proches de sa femme.

Moray, qui se morfondait en Angleterre, écrivait à tous, amis comme ennemis, pour solliciter un rapide retour en grâce afin que, lors de la prochaine session du Parlement, ses biens et terres ne lui soient point définitivement confisqués. James lui-même avait reçu un message lui proposant de faire la paix. Il n'ignorait pas, écrivait-il, la confiance que la reine plaçait en son lieutenant des Borders et une intervention amicale de sa part serait fort appréciée. Moray le félicitait également pour son mariage avec Joan Gordon, une belle et vertueuse jeune personne estimée de tous. À la lecture de la

courte lettre, le jeune comte n'avait pu s'empêcher de sourire. Le renard faisait patte douce
pour abuser ses proies. Il ne refuserait pas
cependant de lui tendre une main prudente, l'intérêt de l'Écosse l'exigeait.

Avec Joan, ses relations s'étaient faites cor-
diales, mais la jeune femme visiblement ne montrait guère de goût pour l'amour physique et
James espaçait leurs relations. George, auquel
les difficultés du ménage n'avaient pas échappé,
tentait de rasséréner son beau-frère. Joan était
têtue, orgueilleuse, il fallait lui accorder du
temps, mais il savait combien elle était attachée
à son jeune mari. James en doutait.

Soudain, le roi réapparut à Holyrood. On le vit
à nouveau au Conseil privé, mais guère auprès
de la reine, alors dans son cinquième mois de
grossesse. Il soupait avec les lords Ruthven,
Linsay, Morton, le secrétaire d'État Maitland
jusqu'à une heure avancée de la soirée, mais,
étrangement dans un palais où d'ordinaire tout
se savait, rien ne filtrait des entretiens auxquels
la reine ne participait jamais. Ses amis se
regroupaient autour d'elle durant le jour et le
soir elle aimait jouer aux cartes avec Riccio qui,
comme elle, souffrait d'insomnies. L'Italien la
faisait rire. Mieux que personne, il savait pointer
l'aspect cocasse d'une situation, moquer les travers d'un personnage. Au courant de l'hostilité
qu'il suscitait chez certains proches de la reine, il
ne s'en souciait guère. Son seul véritable ennemi,

Moray, était banni du royaume. Trois semaines encore et le Parlement en ferait un homme aussi dépouillé de biens qu'il l'était le jour de sa naissance.

— Exilé, oui, mais pas inoffensif, commenta James alors qu'il revenait avec Riccio d'une partie de tennis. Moray possède l'oreille de William Cecil qui a une grande influence en Écosse. Si Sa Majesté avait du courage, elle devrait l'écarter définitivement.

L'Italien s'essuya le front avec une serviette qu'un domestique lui tendait. Il avait assez d'influence sur la reine pour être sûr que James Stuart ne repasserait pas de sitôt la frontière.

— La reine ne se méfie pas assez de son demi-frère, affirma le petit homme. Je la crois davantage suspicieuse envers le roi et lui donne tort. Lord Darnley commet certes des fautes, mais ce sont celles de la jeunesse.

James ne désirait pas pousser plus loin cette conversation. Sans lui inspirer d'antipathie, l'Italien n'était pas un ami. Il craignait sa perfidie et n'appréciait guère l'influence qu'il avait sur Marie.

Dans leur appartement à Holyrood composé d'une chambre, d'une antichambre et de deux réduits, Joan lisait. Le candélabre posé à côté d'elle roussissait sa chevelure, accentuait la longueur du nez, la rondeur de la bouche. Si elle l'avait voulu, James aurait pu l'aimer, lui rester fidèle, mais pas une seule fois depuis leur mariage elle ne s'était vraiment abandonnée. Se soumettre à son désir était tout ce qu'elle pouvait offrir, et jour après jour celui-ci s'amenuisait. Déjà James avait remarqué une de ses servantes, Bessie Crawford, chargée des travaux de couture. Brune, l'air aguichant, la jeune femme lui avait fait comprendre sans détour qu'il lui plaisait. L'occasion se présentant, il en ferait une éphémère et probablement excitante maîtresse.

Joan leva la tête de son livre et adressa à son mari un léger sourire. À Holyrood, elle s'ennuyait.

— Je partirai demain pour Crichton, dit-elle d'un ton neutre. Un tour des fermes s'impose avant les semailles de printemps. Je veux acheter des agneaux et vendre quelques bœufs. Nous avons trop de gros bétail pour les pâtures disponibles.

Aidé par French Paris, James ôta sa chemise trempée de sueur, dévoilant une poitrine couverte de courts poils blond foncé et une impressionnante musculature.

— Quand rentrerez-vous ?

Joan haussa les épaules.

— Je ne sais. Dans quelques jours, quelques semaines. Vous pouvez me rejoindre si vous le désirez.

Il avait envie de prendre sa femme par les épaules, de la secouer pour la faire enfin réagir. Mais que lui importait au fond ? Dès son départ, il irait retrouver Bessie Crawford.

31

— La reine soupe avec Riccio, la comtesse d'Argyll, lord Erskine et Antony Standen, son écuyer. Restons ensemble pour la soirée puisque nous sommes célibataires.

La proposition de George Gordon tombait à point nommé car James n'avait guère envie de rester seul chez lui. Toujours plaisante, la compagnie de son beau-frère lui rendrait sans doute une belle humeur entamée par l'information, tout juste reçue, que Moray correspondait régulièrement avec ses amis restés en Écosse. Aussi longtemps que le Parlement n'aurait pas prononcé la destitution du Bâtard, le pouvoir de nuisance de celui-ci resterait considérable. Par aveuglement ou par faiblesse, Marie le minimisait. Pour ajouter à ses soucis, Janet s'était mis en tête d'épouser en secondes noces le seigneur de Caithness, envers lequel le clan Hepburn n'éprouvait guère de sympathie. Mais sa sœur était si entêtée que toute remarque destinée à la dissuader ne faisait que l'obstiner davantage. James avait cependant obtenu qu'aucune décision définitive ne fût prise avant la fin de l'été.

Afin de ne point être dérangés par des allées et venues intempestives, James et son beau-frère se firent servir à souper dans une pièce tranquille donnant sur la ménagerie royale qui abritait quelques lions. Situé à l'opposé des appartements de Marie Stuart et de l'entrée du château de Holyrood, le salon offrait un cadre idéal aux courtisans qui voulaient jouer aux cartes, aux dés ou deviser tranquillement.

French Paris avait déposé sur la table un flacon d'eau-de-vie de grain, en provenance des Highlands, fort en vogue depuis peu, et un pichet de vin clairet. Dans la cheminée, le feu crépitait et les lourds rideaux tirés offraient à cette pièce à peine meublée une certaine intimité.

— J'ai croisé tantôt Riccio, remarqua George en se servant à boire. Le roi de France ne peut être plus élégant. Bientôt il portera l'épée et il faudra s'adresser à lui en disant : « Votre Seigneurie ! »

James éclata de rire. Ce petit Italien décidément se montrait de plus en plus arrogant. Marie s'en était entichée et pouvait adopter en sa compagnie une attitude trop familière. Habile conseiller, ami enjoué, la bassesse de ses origines la protégeait, croyait-elle, des médisances. Même le jaloux Darnley était tout sucre et miel avec lui. N'avaient-ils pas joué au tennis ensemble le matin même ?

— La parade du paon tournera peut-être court, plaisanta Bothwell. Riccio a des ennemis qui jurent sa perte.

Sans répondre, George passa deux doigts sur sa gorge.

— On raconte aussi que le comte de Lennox

273

prépare quelque coup tordu pour contraindre la reine à offrir à son fils la couronne matrimoniale.

La porte s'ouvrit et French Paris déposa sur la table de chêne aux pieds sculptés une tourte aux rognons de mouton qui embaumait la girofle et le cumin, deux pigeons rôtis farcis de pistaches et de figues sèches, un plat d'orge et de légumes mêlés à du thym, de la sauge et du romarin. D'un revers de main, James fit signe à son domestique de déguerpir.

— J'ai parlé avec Maitland hier soir, confia-t-il d'un ton grave. Il a voulu me convaincre d'intervenir en faveur de Moray pour « le plus grand bien de tous ». Comme j'avais l'air de douter du bon sens de sa requête, il a ajouté que, d'une façon ou d'une autre, James Stuart regagnerait l'Écosse et reprendrait une place prééminente au Conseil. « Mieux vaut être avec lui que contre lui », m'a-t-il affirmé.

— Sans doute, opina George.

Il venait de déchirer à belles dents un pigeon et de la graisse coulait sur son menton.

— Mais pourquoi le Bâtard rentrerait-il en grâce quand le Parlement va voter sa destitution définitive dans quelques jours ?

George s'essuya la bouche avec un coin de la nappe.

— Il ne le devrait pas, sauf si sa présence devenait, par quelque retournement du sort, indispensable. J'ai visité lord Ruthven ce matin. Pour un homme qui se dit au seuil de la mort, il m'a semblé fort agité. Lindsay m'a remplacé à son chevet et je lui ai trouvé l'air encore plus sournois que d'habitude. Il était accompagné d'un de tes compatriotes des Borders que je n'apprécie guère, Andrew Kerr de Fawdonside.

— Un oiseau de malheur, admit James en se servant un verre de whisky. Les Kerr sont des grands seigneurs ou des forbans, avec eux point de compromis.

— Que faisaient donc Lindsay et Kerr chez Ruthven ? insista Huntly.

James, qui achevait la tourte, haussa les épaules. Le palais était un nid d'intrigues dont il cherchait autant que possible à se tenir à l'écart. Ses exils et emprisonnements l'avaient suffisamment éprouvé pour lui faire désirer une vie tranquille. Grâce à la dot de Joan, ses propriétés étaient dégrevées de toutes charges, ses fermiers lui remettaient ponctuellement céréales et bétail. Il avait même pu acheter une paire de yearlings qui promettaient. Et la reine avait pris sa juste place dans ses sentiments, celle d'une femme attirante qui ferait toujours partie de sa vie mais ne lui appartiendrait jamais. Sans la froideur de Joan et le malaise que lui procurait son aventure avec Bessie Crawford, il aurait pu se tenir pour heureux.

French Paris apportait des noix, noisettes et amandes, quand un martèlement de pas, des appels firent tendre l'oreille aux convives.

— File voir ce qui se passe ! ordonna James à son valet.

Un moment plus tard, le jeune homme fut de retour, le rouge aux joues.

— Milord, il y a des soldats partout qui barrent les couloirs avec leurs hallebardes !

James et George entendirent des voix qui hurlaient des ordres, des portes que l'on claquait.

— Par le sang du Christ, s'exclama Bothwell, il se passe quelque chose de grave chez la reine !

Devant la porte de l'antichambre de Marie Stuart, des soldats piétinaient en grand nombre et le désordre de leur disposition laissait entendre qu'ils n'avaient point de chef. James vit deux piques se croiser devant lui.

— Personne ne passe !

D'un coup d'épaule, le jeune homme allait les bousculer quand George Douglas, le demi-frère de Morton, surgit dans l'antichambre. Très nettement, on entendait des plaintes, des vociférations.

— Éloignez-vous vite, milord Bothwell, il y va de votre vie !

— Où est la reine ? aboya James.

— Avec lady Argyll. Allez-vous-en !

James tira son épée.

— Obéissez, milord, demanda d'une voix tremblante George Gordon qui tentait de garder le contrôle de lui-même. Si nous nous faisons assassiner, qu'adviendra-t-il de Sa Majesté ? Ma mère est ici, ajouta-t-il tout bas. Je vais écrire un mot pour lui signaler que nous fuyons le château et attendons les ordres de la reine.

Hâtivement, George griffonna quelques lignes sur une feuille de papier qu'il tendit à French Paris, puis, aidé de Bothwell, il ferma au verrou et barricada la pièce où ils soupaient quelques instants plus tôt. James ouvrit les fenêtres. La nuit était froide, le ciel constellé d'étoiles.

— Ce n'est pas dans la gueule du loup mais dans celle des lions que nous allons nous jeter, tenta-t-il de plaisanter. Espérons que comme nous ils ont le ventre plein !

Du premier étage, on n'apercevait que les silhouettes de quelques buissons, la masse du rocher sur lequel les fauves aimaient paresser au soleil. Mais en hiver, ils ne quittaient guère l'abri construit au fond de leur cour.

— À la grâce de Dieu, lança Bothwell en enjambant la croisée.

La cour grouillait d'une foule disparate accourue aux nouvelles. Le tocsin sonnait. Çà et là, des torches jetaient sur les pierres de la tour érigée par James V des ombres menaçantes.

Sans peine, James et son beau-frère sellèrent des chevaux. Les écuries étaient désertées. Avant l'aube, ils atteindraient le château de lord Seton où Huntly avait signalé à sa mère qu'ils attendraient nouvelles et ordres.

La nuit semblait ne point vouloir finir. À Seton, les deux jeunes gens restaient sur le qui-vive. Pourquoi lady Huntly n'avait-elle pas répondu aussitôt à leur message ?

Le soleil était déjà haut quand un cavalier surgit dans la cour. Bothwell dégringola l'escalier et s'empara de la bride du cheval. L'inquiétude le rongeait.

— Sa Majesté est-elle vivante ? interrogea-t-il d'une voix blanche.

Le page fit un signe de tête.

— La reine est prisonnière, milord.

Avec des mots simples et crus, le messager raconta l'irruption de Darnley dans la petite salle à manger où Marie soupait. Le roi était suivi de lord Ruthven portant casque et cuirasse, d'Andrew Kerr de Fawdonside, de Lindsay, George Douglas, Patrick Bellenden, Thomas Scott, Henry Yair. Tous les conjurés, leur dague à la main, encombraient la minuscule pièce. Sans la présence d'esprit de lady Argyll qui avait saisi un flambeau avant que la table ne soit renversée, il n'y aurait plus eu que la lumière du feu pour éclairer la scène. Devenu une proie, Riccio était tombé aux pieds de Marie, s'accrochait à sa robe. « *Justizia, justizia, Regina mia, salve me, salve la mia vita !* » Darnley avait ceinturé sa femme pour l'empêcher d'agir, tandis que George Douglas, s'emparant de la dague du roi, avait frappé Riccio d'un premier coup. Alors, la curée avait commencé, chacun des doigts de l'Italien crispés sur les jupes de la reine avait été ouvert de force, puis on l'avait traîné ensanglanté, hurlant de terreur dans l'antichambre. La porte refermée, au milieu des autres convives rendus muets par la stupeur, Marie avait entendu la mise à mort, la voix pathétique, implorante de son secrétaire.

Livide, à bout de forces, Ruthven était revenu dans la petite pièce. Il s'était écroulé sur une chaise et avait demandé à boire. En vrac, il avait accusé la reine de favoriser un étranger aux dépens de ses lords, de négliger son époux. Darnley l'avait approuvé, sa femme ne venait plus le rejoindre dans sa chambre, il était jaloux et frustré. Comme un enfant boudeur, le roi avait énuméré ses griefs : il voulait la couronne matrimoniale, on la lui refusait ; il désirait la compagnie de sa femme, elle passait ses soirées avec Riccio ou d'autres amis. Il était le roi et à peine lui demandait-on son avis...

Bothwell ne pouvait plus contenir sa colère.

— Il faut faire juger Darnley sur-le-champ pour trahison.

— Lord Darnley est notre roi, rappela simplement lord Seton.

Le page acheva son récit. Comprenant que son mari était impliqué dans le meurtre, la reine l'avait toisé. « Traître, avait-elle prononcé d'une voix glacée, fils de traître ! Voilà le sort que vous réserviez à celui que vous appeliez un ami ! » Elle avait envoyé Antony Standen s'enquérir du sort de son secrétaire. Très vite, il était revenu confirmer qu'il était mort, frappé de cinquante-quatre coups de poignard. Comme une signature, la dague de Darnley était resté fichée dans le cadavre du petit Piémontais.

Le page ne savait rien de plus. Lady Huntly avait reçu le billet écrit par son fils, c'était elle qui l'envoyait. Les amis de Sa Majesté devaient attendre qu'elle puisse conférer avec la reine.

Les deux jours qui suivirent leur semblèrent à tous deux sans fin. Sombre, muet, James partait seul à cheval dans la campagne environnante, fuyant toute compagnie. Nombre de questions se posaient à lui, auxquelles il tentait de répondre. Qui était à l'origine du complot : Darnley, Morton ou plutôt Moray ? Le roi comme le Bâtard avaient d'excellentes raisons de tenir la reine à leur merci, l'un pour exiger la couronne matrimoniale, l'autre pour reprendre l'influence politique perdue et recouvrer ses terres avant que le Parlement n'entérine leur confiscation. Riccio n'était qu'un bouc émissaire, une victime sacrificatoire. Qui pouvait croire un instant qu'il eût avec la reine une conduite inconvenante ? Marie Stuart, la fille de Marie de Guise, se compromettant avec un musicien italien ? La reine était spontanée, confiante, avait besoin d'affection, et ces qualités extraordinaires chez une souveraine étaient salies par des misérables.

Le soir du deuxième jour arriva enfin un autre messager. Durant la nuit, leur apprit-il, la reine allait tenter de s'évader de Holyrood où elle était tenue prisonnière. Elle demandait à lord Bothwell de tenir sellés quelques chevaux et de réunir une escorte bien armée qui l'accompagnerait à la forteresse de Dunbar. Si tout se passait comme Sa Majesté l'espérait, les fugitifs comprenant le roi, lord Erskine, Antony Standen et une servante seraient avant l'aube à Seton.

32

— Madame, chuchota James qui chevauchait à côté de Marie, comment est-il possible que Sa Majesté le roi soit ici ?

— Je l'ai persuadé que mes ennemis étaient aussi les siens. Pour mon plus grand malheur, le roi est l'instrument de toute volonté plus forte que la sienne.

Montée en croupe derrière Arthur Erskine, la reine était arrivée après minuit à Seton et, sans prendre de repos, avait exigé de faire route aussitôt pour Dunbar.

À l'aube, les murs de l'imposante citadelle accrochée aux rochers qui surplombaient l'embouchure de la Forth se dressèrent devant la petite troupe. Durant le voyage, Darnley, qui marchait en tête, n'avait prêté aucune attention aux autres fugitifs.

Aussitôt qu'ils eurent franchi la poterne donnant sur la cour intérieure, Marie se dérida.

— Je me propose de vous préparer à tous des œufs pour le petit déjeuner, annonça-t-elle d'une voix enjouée.

Quelques soldats les ayant précédés, le feu pétillait déjà dans l'imposante cheminée d'une des cuisines. De la soupe à l'orge réchauffait dans un chaudron. Faisant fi de sa fatigue, Marie se fit ceindre d'un tablier qui accentuait la rondeur de son ventre. Échappées du bonnet, des mèches frisées entouraient son visage, tombaient sur ses épaules. James la considéra longtemps debout devant l'âtre, le feu aux joues, appliquée à bien mélanger les œufs avec une longue spatule. Un bout de jupon blanc apparaissait sous la jupe d'épais velours incarnat. Était-ce cette même femme qui avait été menacée, maltraitée, faite prisonnière, qui avait entendu les hurlements d'un ami mis à mort, s'était échappée en pleine nuit de son propre palais ? Il avait l'impression de découvrir un être différent, entreprenant, combatif, proche de lui comme une sœur.

Spontanément, la reine prit place à côté de James à la grande table de noyer marquée d'entailles, maculée de taches de sang et de graisse. Après avoir dévoré quelques tranches de pain beurré, Darnley s'était éclipsé, visiblement contrarié par la présence des autres.

D'une voix dénuée d'émotion, Marie relata les moments qu'elle avait vécus. Prisonnière dans sa chambre, elle avait joué la malade. Le roi était venu la visiter et sans perdre de temps elle avait entrepris de le persuader que les conjurés menaient un double jeu : on avait profité de son inexpérience pour l'utiliser avant de se débarrasser de lui. Tous deux étaient en grand péril. Convaincu, le roi avait demandé aux conjurés de relever les gardes, promettant de ne pas quitter le chevet de sa femme dont l'état alarmant laissait présager une fausse couche. Morton et Lindsay avaient accepté de renvoyer la troupe. Sans surveillance, ils avaient pu s'enfuir par les cuisines.

— Et milord Moray ? interrogea George Seton. On dit qu'il est de retour en Écosse et a visité Votre Majesté.

— Si mon frère était arrivé trois jours plus tôt à Édimbourg, Riccio serait encore en vie.

L'émotion faisait briller les yeux de la reine et James renonça à intervenir. Il était évident que Marie ne voulait pas s'interroger sur le providentiel retour d'un homme qu'elle avait banni pour trahison. Dans son désarroi, Moray représentait une stabilité politique et morale dont elle avait le plus pressant besoin. Sans doute l'à-propos de ce retour ne lui apparaîtrait étrange que plus tard.

— Milord Moray a-t-il été informé de votre fuite ? se contenta-t-il de demander.

— Nul ne la connaît encore.

James hocha la tête. Marie ne livrait pas le fond de ses pensées. Jusqu'à quelle limite avait-elle rendu sa confiance à son demi-frère ? Se doutait-elle qu'il avait pu revoir Darnley, lui faire des promesses ? Qui jouait et à quel jeu ? Qui était la dupe ?

Son épaule frôla celle de la reine qui semblait soudain épuisée.

— J'ai froid, murmura-t-elle.

Il ôta la cape qu'il avait sur les épaules et la posa sur celles de Marie. Un instant, il eut la certitude que seul il pouvait la défendre et la protéger.

— Je vais prendre un peu de repos, annonça la jeune femme. Ensuite, j'écrirai au roi de France, à la reine d'Angleterre et à mon oncle le cardinal de Lorraine pour leur relater ce que je viens de subir. Nous nous reverrons plus tard, milords.

Les convives se levèrent.

— Permettez-moi de vous escorter, Madame, demanda James. Ensuite, je rejoindrai les Borders pour rassembler autant d'hommes qu'il me sera possible. Vous ne rentrerez à Édimbourg qu'à la tête d'une armée.

Derrière eux marchait Margaret Carwood, la servante qui avait fui Édimbourg en même temps que la reine. James se sentait contraint. Il avait tant à dire en si peu de temps...

— Je suis bien lasse, avoua soudain Marie. Donnez-moi votre bras, s'il vous plaît.

À nouveau, James sentit contre lui le corps de la jeune femme et la même émotion l'envahit, le même embarrassant plaisir.

— Quand Andrew Kerr a pointé son pistolet sur mon ventre, avoua Marie, j'ai eu peur pour mon enfant.

Pour toute réponse, James posa sa main sur celle qui tenait son bras.

— Le roi est désormais un étranger pour moi, poursuivit la jeune femme. Les qualités que j'avais cru discerner en lui n'existent pas.

Le valet qui portait le flambeau s'immobilisa devant une porte.

Marie lâcha le bras de Bothwell. Un instant, elle regarda le jeune comte avec une grande attention.

— Vous êtes mon seul ami, milord.

James recula. Il avait été tenté brièvement de prendre la reine dans ses bras.

Après son entrée triomphale à Édimbourg à la tête d'une troupe armée recrutée par James dans les Borders, la reine reprit une vie normale. De tout cœur, elle souhaitait une réconciliation entre Moray et Argyll d'un côté, Huntly et Bothwell de l'autre. James accepta l'entrevue et serra sans enthousiasme la main d'hommes qu'il s'obstinait à considérer comme des traîtres, Moray en particulier, l'initiateur à ses yeux du meurtre de Riccio en accord avec les Douglas. Darnley, qui était un Douglas par son grand-père maternel, s'était laissé sottement convaincre. La lâcheté du roi, sa suffisance, son pouvoir de nuisance, le mépris qu'il montrait envers les intérêts de la reine, de l'Écosse et de son enfant à naître en faisaient aux yeux de James un individu méprisable. Bien que sa trahison méritât un châtiment, seuls ses comparses avaient été exilés. Lui se pavanait à Holyrood, chassait, se saoulait, hantait les bordels et insultait ses domestiques. La reine verrouillait la porte de sa chambre et semblait se résigner. Mais James savait que les Guise n'oubliaient rien.

Membre du Parlement et du Conseil privé, le jeune comte tentait de passer quelque temps avec sa femme quand son devoir sur les Borders ne l'éloignait pas d'Édimbourg. Devinant sans doute que son mari se détournait d'elle, Joan tentait de montrer plus de complaisance, mais lorsqu'il la tenait dans ses bras, James sentait toujours une réserve qui le blessait. Par ailleurs, il se lassait de Bessie, de sa sensualité dépourvue d'imagination. La reine occupait ses pensées. Étrangère à son jeune mari, tourmentée par la proche naissance d'un premier enfant, hantée par l'affreux souvenir du meurtre de Riccio, elle assumait ses devoirs, affichait un visage ferme et serein, où il décelait de la souffrance. Marie se reposait de plus en plus sur lui et souvent ils se retrouvaient seuls pour parler des affaires de l'État. Après le renvoi de l'ambassadeur d'Angleterre, Randolph, pour indiscrétions et rapports malveillants, Marie avait adopté une attitude de souveraine et non d'amie face au nouvel envoyé d'Élisabeth, Henry Killingrew. Avec autant d'insistance que possible, James l'encourageait à contrôler la spontanéité de sa nature afin de ne point se laisser abuser.

Avec la tiédeur de mai, Marie prit l'habitude de marcher à son bras dans les jardins de Holyrood.

Enceinte de huit mois, elle avançait à pas mesurés, prenait volontiers du repos sur un banc. James s'asseyait à côté d'elle tandis que ses dames d'honneur s'installaient tant bien que mal sur l'herbe des pelouses.

— Je vais faire bientôt mon testament.

La reine vit de la surprise sur le visage de ceux qui l'entouraient. Un beau soleil caressait les parterres de mauves et de jacinthes, les pois de senteur accrochés aux treillages d'une tonnelle. Au loin s'étendait la forêt où avait chassé son père James V, puis elle-même en compagnie de son jeune mari. Tachées de vert tendre, les cimes se découpaient sur le ciel, tandis que dans la lumière vive, les collines rocheuses, le Siège d'Arthur, semblaient adossées au château.

— Nulle femme ne sait si elle survivra à un accouchement, poursuivit la reine, moi pas plus que les autres. Je souhaite que mes biens personnels aillent à ceux qui m'ont aimée et bien servie. Ce testament rédigé, je me retirerai dans la forteresse d'Édimbourg où mon enfant sera en sécurité. Si je venais à trépasser, je sais que mes amis le protégeraient et le serviraient comme leur légitime monarque.

Parce qu'il y avait longtemps séjourné et l'aimait, Marie s'entretenait volontiers de la France avec James. Le regret d'avoir laissé derrière elle le pays de sa jeunesse heureuse la taraudait. À Blois, à Fontainebleau, à Saint-Germain-en-

Laye, à Chambord, chacun s'ingéniait à jouir des plaisirs de la vie, conversait avec esprit, dansait avec talent et souffrait avec grâce. Jamais le souvenir de son entrée royale à Chenonceaux ne quitterait sa mémoire. François II et elle étaient arrivés à la nuit tombante. Des centaines de torches illuminaient le château et à peine avaient-ils franchi le bras de la rivière que des feux d'artifice avaient embrasé le ciel tandis que tonnaient trente canons. Le long de la grande avenue jonchée de feuillages, de bouquets de violettes et de giroflées, la foule s'était massée, chacun tenant un rameau à la main. De toutes parts fusaient les acclamations : « Vive le roi, vive la reine ! » Près des fontaines qui jetaient de l'eau par des mufles de lion, deux chênes dépouillés par l'hiver avaient été décorés de moulinets et girandoles allumés au passage des souverains... Marie n'en finissait pas de décrire les splendeurs de Chenonceaux, ses yeux brillaient. James savait qu'elle souffrait encore d'avoir, à dix-huit ans, vu mourir un époux, supporté l'hostilité d'une belle-mère, accepté la fin d'un rêve. S'ajuster à l'Écosse n'avait pas été facile, le caractère ombrageux des nobles écossais, leurs incessantes querelles l'avaient décontenancée. En Darnley, elle avait cru retrouver l'archétype du gentilhomme tel qu'elle l'avait apprécié à la cour des Valois : beau, élégant, habile rimeur, excellent musicien. Mais sous la brillante enveloppe, l'esprit était vide, le caractère lâche, les ambitions exécrables. À vingt-quatre ans, elle se retrouvait seule. Au fil de leurs conversations tenues en français, Marie oubliait parfois sa condition de souveraine pour évoquer ses goûts, ses enthousiasmes, ses répulsions, puis, prenant soudain conscience qu'elle se confiait trop intimement, changeait abruptement de sujet. Mais un lien très fort les unissait désormais qui perturbait James. Un jour coquette, charmeuse, Marie le lendemain pouvait se montrer distante, froide, parler en reine qui veut être obéie.

— Sa Majesté a beaucoup souffert mais l'enfant est en bonne santé. C'est un garçon.

Joan, qui avait assisté Marie durant son interminable travail, semblait épuisée. Lui aurait-elle adressé un sourire, se serait-elle emparée de sa main que James aurait serré sa femme dans ses bras. Mais déjà elle s'en allait en compagnie de sa mère et de la comtesse d'Argyll. Bothwell regarda un instant sa longue et fine silhouette s'éloigner. S'il ne pouvait gagner son amour, il ne voulait pas d'elle. Elle restait sa femme mais ne serait plus son amante. Jamais il n'avait rampé aux pieds de quiconque. La soudaine sensation de liberté qu'il éprouva lui sembla délicieuse.

— La reine vous demande, chuchota à côté de lui Marie Fleming. Elle veut la présence de tous ses amis quand le roi viendra embrasser son enfant.

33

Été 1566

Marie Stuart avait mis un mois pour se rétablir de ses couches. Comme les autres lords, le comte de Bothwell s'était rendu chaque jour à son chevet. Un matin, à la fin du mois de juillet, elle l'avait retenu. Levée, habillée, elle semblait revivre.

— Pouvez-vous tenir un secret ? avait-elle demandé.

Il avait souri.

— Me tiendriez-vous, Madame, pour un jaboteur de salon ?

Marie, qui regardait par la fenêtre, s'était tournée soudain vers lui. Dans la lumière d'été, ses cheveux avaient des reflets fauves, son sourire un charme presque enfantin.

— Je veux partir discrètement après demain à l'aube pour Alloa. Faites-moi préparer deux bateaux. Je ne souhaite pas que le roi me suive.

Il s'était contenté d'incliner la tête. Mais cet ordre l'étonnait. À peine remise, la reine fuyait sa capitale pour visiter John Erskine, comte de Mar, un vieux lord sévère qui prétendait à la fois commander la citadelle d'Édimbourg et être le gouverneur du jeune prince, charge que les Erskine avaient toujours assumée.

— J'ai besoin de solitude, poursuivit Marie, comme si elle comprenait l'interrogation muette de James. Là-bas, je vais me réconcilier avec Maitland dont les services me sont précieux, et ne côtoyer que ceux qui me sont chers. Assez de complots, de trahisons, de figures hypocrites ! Je veux vivre aujourd'hui. Nous tiendrons un conseil à Alloa. Au terme de celui-ci, je retiendrai mes amis.

— Aurais-je l'honneur d'être parmi eux, Madame ?

En parlant, il dévisageait la reine. Marie souriait. Elle avait le regard caressant des Françaises qu'il avait rencontrées à Paris dans l'entourage d'Éléonore. Seuls les très jeunes gens s'y laissaient prendre.

— Vous confierais-je mes secrets si je ne vous tenais pas pour un ami ?

Au fond de la chambre, la fidèle Margaret Carwood dévidait un écheveau de soie dont le vert dans la lumière oblique avait des reflets d'émeraude.

Les eaux du bras de mer scintillaient sous le plein soleil de l'après-midi. À l'avant du bateau qui le menait vers Alloa, James tentait de rassembler ses idées. Les jours précédents, affairé à préparer les navires qui transporteraient la reine et sa petite suite, à réunir un équipage compétent et discret, il n'avait pas eu le temps de repenser sérieusement à son bref entretien avec Marie. À présent, inactif, bercé par une houle légère, caressé par le soleil, il osait imaginer l'impensable. Jusqu'alors, en dépit de leur complicité, de l'agrément qu'ils tiraient de leur présence réciproque, il n'avait jamais regardé la reine en maîtresse possible.

James fixait les vaguelettes qui se crêtaient d'écume sous l'étrave. Tout près du bateau, des mouettes tournoyaient.

Était-ce sa réputation de séducteur qui attirait cette femme ou son caractère, ses engagements, sa foi en une Écosse forte et indépendante ? Souhaitait-elle l'utiliser comme un partenaire de lit ou était-elle prête à partager ses opinions politiques ? Et lui, la désirait-il ? Posséder physiquement sa souveraine était un plaisir de vanité qu'aucun homme ne pouvait dédaigner, mais se dévouer à elle, l'aimer dans l'ombre était autre chose. Tous deux étaient mariés. À quoi les mènerait une liaison ? « Pourquoi me torturer avec des questions auxquelles je n'aurai pas à répondre ? pensa soudain Bothwell. Marie est seule, elle a été trahie par son demi-frère, par son mari, par son secrétaire d'État, la reine d'Angleterre la traite fort mal, ses nobles ne cessent de la tourmenter, elle vient d'accoucher, elle est épuisée. Elle me traite en ami sûr, en confident, quoi de plus naturel ? »

Le bras de mer se resserrait et on voyait nettement les berges où venaient mourir les collines. La luxuriance des bosquets longeant les cours d'eau faisait contraste avec le gris des rocs, la nudité des larges étendues où seules poussaient de la mousse, des fougères et des bruyères. Avec le soleil qui déclinait, le froid revenait. James boutonna son pourpoint en drap de Hollande. Quelle serait l'humeur de la reine quand il la reverrait à Alloa ? Il savait que, furieux d'apprendre le départ clandestin de sa femme, Darnley avait sauté sur un cheval pour la rejoindre. À peine était-il arrivé, elle lui avait donné deux heures pour déguerpir. La rupture entre les époux semblait désormais irrémédiable et le roi voyait se détacher de lui ses rares amis. Seuls lui restaient fidèles ses compagnons de plaisir, des jeunes gens auxquels la bravade tenait lieu de règle de vie.

Déjà French Paris et Gabriel Sempill avaient monté ses bagages sur le pont. Le bras de mer se teintait de rose. À proche distance, on apercevait la massive tour carrée d'Alloa coiffée de ses quatre tourelles en encorbellement. « À cette heure-ci, pensa Bothwell, le comte de Mar et ses hôtes sont sans doute en train d'écouter de la musique ou de collationner. » Mar le recevrait froidement. Frère de Margaret Erskine, la mère du Bâtard, il épousait tout naturellement les répugnances des siens. Malgré plusieurs réconciliations formelles, le comte de Moray et lui ne parvenaient qu'à se tolérer. Mais dans toutes les demeures de ses nobles, la reine était chez elle, conviait qui bon lui semblait.

— Voici enfin mon cher comte de Bothwell !

Avec spontanéité, Marie lui donna sa main à baiser, puis dans un léger rire moqueur rejoignit le comte et la comtesse de Mar, les comtesses

293

d'Argyll et de Moray. Il sembla au jeune homme que chacun les observait sans bienveillance.

— Sa Majesté va mieux, chuchota George Gordon, et demain à l'aube je pars d'ici pour rentrer à Strathbogie. La reine a chassé et même dansé hier soir. Le scandale causé par le renvoi du roi ne semble nullement l'affecter. Personne ne prononce plus le nom de Darnley devant elle.

James s'était repris. On lui tendit un verre de vin qu'il but avec plaisir. La traversée avait accentué le hâle de son teint. À côté des pâles gentilshommes à la barbe parfaitement taillée, il faisait figure de flibustier ou de bandit de grand chemin.

— Demain, tout le monde chassera, dit Marie, et le comte de Moray pourrait être des nôtres...

James fronça les sourcils. Pourquoi Marie s'ingéniait-elle à le mettre en présence de son demi-frère ?

— La reine souhaite que Maitland, Moray et toi formiez une sorte de triumvirat. Maitland était là avant-hier et faisait bonne figure en prenant congé, chuchota Huntly à son oreille.

James éclata de rire. Ainsi Marie lui faisait des grâces pour le faire adhérer à ses utopies ! Ne se doutait-elle pas que Moray la jalousait et que Maitland suivait son propre chemin ? Ne soupçonnait-elle point que son demi-frère tant chéri échangeait une correspondance active avec les assassins de Riccio ?

La nuit, il dormit mal. Pourquoi cette frustration ? La reine souhaitait sa coopération, elle avait confiance en lui. Quelle folie avait traversé sa tête ! Mais si elle jouait avec ses sentiments, alors elle se fourvoyait. Jamais il ne ressemblerait aux muguets qui lui adressaient des poèmes à Chenonceaux et soupiraient sur son passage dans les couloirs du Louvre.

À la fin de l'été, la nature se parait déjà de teintes rousses et ocre. De la brume tombait au crépuscule, flottant en nappes légères à la surface des prés, sur le lit des ruisseaux, entre les herbes aquatiques.

Partis d'Édimbourg de bon matin, la reine et ceux qu'elle avait choisis pour suivre sa chasse avaient traversé Pennicuik, Eddleston, et approchaient du château de Neidpath où ils logeraient, une tour massive dominant la Tweed. Depuis son séjour à Alloa, James avait revu chaque jour la reine sans jamais se trouver seul avec elle. Marie était à nouveau lointaine. Quelques jours plus tôt, elle avait escorté son nouveau-né à Stirling et l'avait mis sous la tutelle du comte de Mar. Déjà le petit prince lui échappait. Elle ne le verrait plus que de temps à autre. Darnley, quant à lui, ne se montrait que rarement, mais lorsque les époux se trouvaient par hasard réunis, l'orage couvait toujours.

Alors qu'il s'apprêtait à chevaucher jusqu'à Liddesdale et l'Hermitage, James apprit que la reine organisait une partie de chasse dans le Peebleshire où elle désirait sa présence ainsi que celle du comte de Moray, de Marie Fleming et de Marie Beaton. Depuis son accouchement, Marie semblait constamment vouloir voyager, s'étourdir. À peine était-elle à Holyrood que, sous le premier prétexte venu, elle en repartait.

James fut surpris de cette requête. Cette partie de chasse semblait réservée à ses intimes du moment et la reine ne l'avait pas invité depuis le début du mois d'août. Devait-il céder à ce caprice ou prendre la route des Borders comme il l'avait prévu ?

Tout en chevauchant à côté de Moray, toujours peu loquace, James pensait à sa sœur, à son proche remariage qui le préoccupait. Par ailleurs, sa propre union avec Joan allait fort mal. Un soir, il lui avait enfin dit le fond de sa pensée : le souvenir d'Ogylvie qu'elle gardait dans son cœur était comme un spectre dressé entre eux et il ne supportait plus cette situation dégradante. Il n'était pas homme à partager, même avec une ombre. Joan avait riposté : comment osait-il lui faire la leçon ? Croyait-il qu'elle ignorait sa liaison avec Bessie Crawford, une servante ! Imaginait-il qu'elle ne souffrait pas de sa jalousie, de son orgueil, de ses colères ? Il avait fallu plusieurs jours pour qu'ils s'adressent à nouveau la parole, cette fois sur un ton poli, calme, indifférent. Les coups d'éclat, les reproches avaient pris définitivement fin. Seule désormais une courtoise cohabitation les rapprochait.

La lourde silhouette de Neidpath s'élevait au

loin. Tandis que les chevaux traversaient la Tweed à gué, un couple de canards surgit soudain des herbes et prit son envol. Le ciel était gris, le vent doux. De l'eau jusqu'aux étriers, les cavaliers relevaient les jambes avec bonne humeur. Une vingtaine de biches et trois cerfs avaient été rabattus par les limiers. Surexcités, les chiens courant, toujours en laisse, aboyaient férocement. Dans quelques instants, la trompe sonnerait le début de la chasse. Le sous-bois touffu, les pentes rocheuses, les escarpements favorisaient la fuite du gibier qui déjà s'était dispersé. Suivie par les chasseurs, la meute s'élança. Biches et cerfs bondissaient entre les rocs, sautaient les troncs d'arbres abattus.

Bothwell galopait en tête, suivi de près par lord Tweeddale, le maître de Neidpath, et la reine. Vêtue en homme, les cheveux rassemblés sous un profond béret piqué d'un plumet, bottée, Marie montait à califourchon, laissant loin derrière elle ses deux dames de compagnie. Les chausses étroites, le pourpoint ajusté mettaient en valeur ses jambes, la minceur de sa taille, le galbe de sa poitrine. La jeune femme savait que cette tenue lui seyait, attirait le regard des hommes, et depuis son adolescence elle l'adoptait parfois pour chasser ou déambuler dans les rues sans être reconnue.

Les chaleurs de l'été avaient tari le cours des ruisseaux et seul un filet d'eau se faufilait entre de gros cailloux et d'étroites bandes de sable. Au loin, le sous-bois s'épaississait. Acculés contre un rocher, quelques biches et un cerf firent soudain volte-face, les flancs palpitant. Côte à côte, les chevaux de Marie et de James s'étaient immobilisés.

— La meute ! dit Marie.

L'aboiement strident les rattrapa, les dépassa. Les plus hardis des chiens attaquaient déjà tandis que les autres jappaient furieusement. Donnant des coups de bois à droite et à gauche, le mâle se défendait hardiment, mais, tombée à terre, une biche était immobilisée par les briquets d'Artois qui la tenaient à la gorge, à l'échine et aux jarrets.

— Servez cette bête, demanda Marie.

La chasse la fascinait, suscitait en elle une violence qui déconcertait James. Elle qui haïssait le sang, la souffrance, ressentait un émoi sensuel durant la mise à mort.

Il vida les étriers et tira son poignard. En un éclair, Marie vit la gorge ouverte, la plaie sanglante dans laquelle déjà fouillaient les mufles des chiens. Sous le regard de la jeune femme, le comte essuya la lame sur le poil de la bête.

Le soir, après le concert, la reine avait voulu danser et on avait poussé les chaises, les bancs, la table qui occupaient le centre de la salle de réception. Sommairement modernisé, le vieux château n'offrait aucune des joliesses auxquelles la reine était attachée. Les murs étaient nus, le sol de pierre, les poutres n'étaient point ornées de fresques et nulle sculpture ne donnait une grâce italienne aux vastes cheminées. Mais les épaisses murailles, les étroites fenêtres qui avaient toujours fait de cette tour fortifiée un refuge procuraient encore une sensation de sécurité.

— Ne faites par l'ours, milord Bothwell, et venez danser.

Marie tendit une main que James ne put refuser. Un trouble fait de désir et de méfiance s'emparait à nouveau de lui.

— Pourquoi m'avez-vous choisi ? chuchota-t-il alors que leurs doigts se touchaient. Sans doute suis-je le plus maladroit danseur parmi cette assistance.

— Mais vous êtes unique pour moi.

Le ton rauque, presque angoissé, émut James. Il ne pouvait, il ne devait pas rester indifférent.

— Dois-je comprendre, Madame, que vous me distinguez des hommes qui vous entourent ?

Leurs corps étaient tout proches. James devait prendre sa cavalière par la taille. Il serra son étreinte mais déjà les évolutions de la danse les séparaient.

— Comprenez ce que vous voulez, milord. À la Cour, on vous dit perspicace.

— On dit beaucoup de choses sur moi qui ne sont pas toujours vraies.

— Je vous connais bien, voici deux années que je vous observe.

James sourit.

— Sauf quand je suis en prison ou exilé sur vos ordres, Madame.

— Châtié, même injustement, je vous trouve loyal et courageux.

— Et en liberté ?

— Difficile et charmeur.

Comme l'exigeait la danse, Marie battit des mains et les danseurs se tournèrent le dos.

— Les hommes cherchent à plaire aux femmes qu'ils désirent et dont ils espèrent être aimés.

James se mordit les lèvres. Ce qu'il venait de dire pouvait le faire congédier.

— Qui ne veut pas aimer ? souffla la jeune femme. Et qui n'espère pas être aimé ?

34

Parce qu'il a aperçu une femme brune dans la cour, James pense à Anna Throndsen. Il la voue aux enfers. À cause d'elle, il est enfermé et traité comme une bête. Dans ses cauchemars, elle lui apparaît sous forme d'une sorcière qui vient le détruire, le réduire en poussière ou le changer en rat. Lorsque se déchire la brume de sa mémoire, il revoit son arrivée en Norvège à Bergen, sa première rencontre avec Erik Rosencrantz dont dépendaient désormais son sort et celui des cent quarante hommes qui l'accompagnaient. Alors, il était sûr qu'il serait bientôt libre et rejoindrait la France.

La poursuite en justice lancée par Anna tombe sur lui comme la foudre. Il pense à un rapace qui s'abat sur sa proie, la déchire. Elle veut son argent, celui qu'elle lui a donné au temps de leurs amours...

Tassé dans un coin de sa chambre, les bras entourant ses genoux gonflés et douloureux, James ferme les yeux. Il voit l'épaisse chevelure noire sur l'oreiller. Anna tourne la tête de droite et de gauche comme folle, elle dit, elle répète, elle hurle : « Je t'aime, je t'aime. » Et soudain froide, sévère, accusatrice, elle se redresse : « Je veux l'argent que tu m'as volé ! » Elle crie : « Voleur ! »

La semaine dernière, personne n'est venu le raser. Une barbe roussâtre parsemée de poils blancs lui mange le visage. Il est sale, vêtu de tissu grossier maculé de taches. Longtemps James reste immobile comme une momie recroquevillée sur elle-même, un fœtus mort. Mais Anna ne s'en va pas. Elle veut l'humilier encore et encore. « Tu es vengée maintenant, marmonne-t-il. Que veux-tu d'autre ? Laisse-moi. » Peut-être exige-t-elle avant de s'éloigner qu'il avoue l'avoir aimée ? Mais non, il n'a aimé que Janet Beaton et Marie Stuart, deux femmes exceptionnelles. Il relève la tête et hurle : « Va-t'en, va-t'en ! » Soudain, il pense à la biche qu'il a égorgée devant Marie lors d'une chasse à Neidpath. Les chiens la déchirent, fouillent sa plaie ouverte. La biche est morte. Il l'envie.

La bouillie d'avoine est froide, le poisson empeste, mais aujourd'hui, enveloppé dans sa couverture, James mange, boit avidement la bière qui laisse un peu de mousse sur sa moustache. L'écuelle vidée, il la lèche, la jette contre le mur puis va à la fenêtre et secoue les barreaux. Pourquoi ne se brisent-ils pas, pourquoi lui interdisent-ils d'être libre ? Depuis qu'il a servi Marie de Guise, on le hait, on l'épie afin de l'abattre. Tous se méfient de lui, de sa loyauté envers la Couronne, de ses ambitions. « Et vous, milords, tempête-t-il, n'aviez-vous pas plus soif que moi encore de pouvoir, d'honneurs, de fortune ? » Il les voit autour de lui, ces bons apôtres avec leurs faux sourires, leurs ruses, leur perfide amitié. Depuis longtemps ils ont juré sa perte, eux et leurs complices anglais. Alors que James se détourne de la fenêtre, une musique aigrelette lui parvient aux oreilles. Dans la cour, un marmiton joue du pipeau devant une fille joufflue qui lui sourit béatement. La vie continue sans lui, la ronde des hommes et de l'amour. Il voit soudain son père vêtu d'une chemise de toile fine au col orné de dentelles, d'un pourpoint de satin noir brodé de chardons mauves, portant ses bijoux, un bonnet de velours gaufré qui met en valeur la finesse de ses traits, la blondeur parfumée de sa moustache. Patrick, « le beau comte », badine avec Marie de Guise qu'il veut séduire et épouser. Il s'incline, danse, chante, joue de la

302

viole et de la flûte. Les notes se perdent... La régente s'éloigne. Le sourire de son père se fige...

Ressemble-t-il à cet homme qu'il a tant méprisé ? N'ont-ils pas eu les mêmes ambitions, prendre pour épouse une femme puissante qui leur assurerait la première place dans la noblesse écossaise ? Ils ont divorcé l'un et l'autre pour atteindre leur rêve... James voit les pleurs de sa mère, les larmes hypocrites de Joan. Qu'importent les vraies ou fausses douleurs, tout doit leur céder.

James donne un violent coup de poing dans le mur. Non, il n'a rien à voir avec son père. Il aimait Marie et a réalisé ses ambitions. Pendant un temps, il a été l'homme le plus puissant d'Écosse.

James retombe assis dans un coin de la chambre. Des heures durant, il peut rester sans bouger. Quand il veut se lever, ses genoux se dérobent sous lui et il doit se traîner jusqu'à son lit. Là, il se recroqueville à nouveau. Il a froid, son corps n'est que souffrances. Lors du divorce de ses parents, il se souvient qu'il dormait ainsi, les genoux sur la poitrine. Parce qu'il avait peur, parce qu'il souffrait pour sa mère, parce qu'il voulait qu'on l'aime.

Parfois James a l'impression que le cours de sa vie s'inverse et le ramène vers son enfance. Il est livré au bon vouloir de ceux qui le dominent, il mange quand on lui donne à manger et, s'il se conduit mal, on le punit, on l'enferme dans un trou noir qui le dévore.

Toujours il a voulu être un guerrier, un général marchant à la tête de ses troupes. Il est fait pour le grand air, les longues chevauchées, les bivouacs. James se souvient qu'il avait constitué une bibliothèque à Crichton, achetait souvent des livres, se passionnait pour les manuels enseignant l'art de la guerre, comment choisir son terrain, comment manœuvrer la cavalerie, l'artillerie, l'infanterie. À Carberry, il était sûr de sortir vainqueur et il a tout perdu. Pourquoi n'a-t-il pas donné l'ordre d'attaquer dès le matin ? Pourquoi avoir accepté ces pourparlers stériles, pourquoi n'a-t-il pas imposé à Morton de se battre en duel contre lui ? Face à face. Haine contre haine.

James crache par terre. Il voudrait voir Morton monter sur l'échafaud, la hache s'abattre sur sa nuque, le sang gicler. Il ricane. À la place de son ennemi, il imagine une biche à laquelle il tranche lui-même la gorge.

35

Pétrifiée, Marie ne quittait pas James des yeux. Elle allait s'endormir lorsqu'elle avait entendu la porte s'ouvrir. La mince lumière d'une bougie éclairait la silhouette du comte, une partie de son visage.

Le jeune homme fit quelques pas. Dès le lende-main, ils seraient de retour à Holyrood. À nouveau, dames, pages, valets, servantes entoureraient la reine et sans une invitation il se trouverait dans l'impossibilité de la voir seul à seule.

La veille, alors qu'ils marchaient le long des douves, Marie avait posé la tête sur son épaule. Ses yeux pétillaient de joie. Depuis longtemps ils savaient qu'ils étaient attirés l'un par l'autre. La reine avait abaissé ses défenses, semblait s'aban-donner. Pourquoi tergiverser ? S'engager dans un fleuretage sans fin lui était insupportable. Regards tendres, baisers, mots doux étaient bons quand ils ne duraient point.

Sans qu'ils se soient parlé, il prit la jeune femme dans ses bras. Sous ses lèvres, les siennes s'ouvrirent. Elle tremblait. Il l'attira vers le lit, la renversa, releva sa longue chemise. Marie ferma les yeux. Le rythme précipité de son souffle, sa docilité le convainquirent qu'elle s'offrait à lui. Quand il se coucha sur elle, la jeune femme émit un son étouffé, ses mains l'attiraient et le repous-saient. Il voulut l'embrasser encore, elle détourna la tête.

James ne se posait plus de questions. Il tenait la reine serrée contre lui, respirait l'odeur de sa peau, sentait son haleine. Il allait la pénétrer quand Marie le repoussa avec une force qui le surprit.

— Sortez immédiatement ou j'appelle mes gardes ! ordonna-t-elle d'une voix glacée.

Puisque j'ai le malheur de déplaire, je me retire de la Cour. Ainsi ma présence n'insupportera plus Votre Altesse. Je suis et resterai à jamais son humble et obéissant serviteur.

James Hepburn, comte de Bothwell.

D'un geste rageur, James plia la lettre, la cacheta et la tendit à French Paris.

— Dès mon départ, tu porteras ce pli à la reine. Je t'attendrai à Hailes.

Depuis leur retour de Neidpath, le jeune Français était consterné par l'humeur massacrante de son maître. La veille, parce qu'il avait renversé un peu de vin sur la nappe en lui servant à boire, celui-ci l'avait menacé de lui rompre les reins à coups de bâton. À nouveau, le comte avait eu des mots avec le secrétaire d'État tout juste rentré en grâce et avait failli se battre avec le comte Maxwell. Son ami le plus fidèle, David Chalmers, qui l'avait suivi en France après son exil anglais, se tenait lui-même à distance. Sans l'amitié que lui portaient son beau-frère George Gordon, Marie Fleming et lady Reres, la sœur de Janet Beaton, il aurait été considéré comme un pestiféré à la Cour.

French Paris soupira. En compagnie d'un tel fâcheux, la vie à Hailes allait être mortelle. Mais James Hepburn dans ses bons jours pouvait être jovial, généreux, charmeur, attentif, et le jeune Français était décidé à le supporter.

Son domestique sorti, James posa la tête entre ses mains. Il se détestait d'avoir agi avec une telle légèreté et maudissait la reine pour l'avoir provoqué avant de le repousser. Pourquoi aguicher un homme dont on ne voulait pas ? Le prenait-elle pour une marionnette dont elle tenait les fils ? Mais la nuit, le souvenir de leur brève étreinte le hantait. Plus que tout au monde désormais, il voulait être l'amant de cette femme qui l'avait congédié comme un valet.

Des chevaux l'attendaient à l'écurie. Il ne prenait que cinq serviteurs avec lui et s'installerait à Hailes pour un temps. Dans son désarroi, le château de sa petite enfance s'était imposé comme le seul refuge possible avant qu'il ne rejoigne l'Hermitage.

À Neidpath, la reine avait accepté avec enthousiasme sa proposition de l'accompagner dans les Borders. En octobre, elle tiendrait à Jedburgh un tribunal de justice puis s'attarderait sur les frontières. Longuement il avait évoqué la région à laquelle il était tant attaché, ses landes, ses marécages, la beauté de son ciel, des jeux d'ombre sur les collines couvertes de mousse et de rocs. Avec passion, elle l'avait écouté.

James serra les dents. Pourquoi se tourmentait-il ? Marie n'était qu'une coquette, il avait cru la connaître et s'était trompé. Dans quelque temps, il pourrait la revoir en bon courtisan, en fidèle serviteur. Mais pour le moment il ne désirait que mettre de la distance entre eux. Oublier le corps de Marie sur la courtepointe de satin crème, ses mains qui l'attiraient, son souffle, la masse de ses cheveux auburn et parfumés à l'essence de lilas.

Le calme de Hailes où depuis longtemps il n'avait pas séjourné, la beauté de la campagne environnante apaisèrent le jeune comte. La Tyne cascadait sur les cailloux qui encombraient son lit et la lumière qui filtrait à travers les saules déjà jaunis jouait sur la surface de l'eau qu'effleuraient de minces araignées aux longues pattes. Au déclin du jour, il longeait les rives, revenait à travers les pâturages par un chemin de bergers. Les collines bleutées cernaient l'horizon. Près du château, des noisetiers alourdis par leurs fruits penchaient leurs branches à travers le sentier. Il en cueillait quelques-unes, les cassait entre ses dents, savourait leur saveur laiteuse. Parfois, il partait dès l'aube à cheval. Chaque pouce de ses terres lui était familier, il traversait des hameaux peuplés par des paysans travaillant pour les Hepburn, des jeunes gens que les siens enrôleraient en cas de guerre. On fauchait les plantes fourragères, sarclait les terres à céréales, cueillait les pois. Derrière les maisonnettes coiffées de joncs s'étendaient des jardins potagers où semblaient assoupies les longues feuilles des rhubarbes et des bettes. Édimbourg, la vie de la Cour n'étaient-ils pas un poison ? Mais l'image de Marie sur la courtepointe, ses jambes fuselées, son ventre légèrement bombé l'obsédaient.

Dans deux semaines, il serait sur les Borders pour tenter une fois de plus de ramener à l'obéissance d'éternels insoumis, punir des voleurs de bestiaux, des êtres frustes, sauvages et courageux qu'il traînerait enchaînés à Jedburgh afin que Marie Stuart les juge. Comment une reine vivant dans la soie et le satin pourrait-elle comprendre les Reivers ? la force qui les poussait à galoper la nuit sur les landes en quête d'un mauvais coup ? Sur leurs chevaux, ces hommes étaient libres, tout-puissants. Enfin, ils redressaient le dos pour devenir leur seul maître et rien ne les arrêtait, ni les troupes lancées sur leurs traces, ni le lieutenant des Marches, ni la perspective de la mort. Quand le vent soufflait autour de l'Hermitage, James avait l'impression qu'ils le cernaient, le provoquaient. Sortirait-il de sa forteresse pour se mesurer avec eux ?

Parfois, il descendait à la cuisine de Hailes où, enfant, il avait tant aimé se réfugier. La conversation des servantes, l'odeur des mets simples qu'elles préparaient l'aidaient à se défaire des raffinements de Holyrood, éloignaient l'image de Marie.

Un matin, il reçut une lettre de David Chalmers resté à Édimbourg. Darnley avait quitté Holyrood pour aller se plaindre à son père des mauvais traitements infligés par sa femme. On disait que plusieurs violentes disputes avaient éclaté entre les souverains. La reine était irritable, sombre, rien ni personne ne semblait pouvoir la dérider. Lady Reres, qui possédait dans la Canongate une maison voisine de la sienne, lui avait affirmé que Marie désirait se séparer de

Darnley, obtenir un divorce ou une annulation, mais que le risque de voir son fils considéré comme bâtard l'épouvantait. Ses dames d'honneur avaient reçu la consigne de ne plus admettre le roi dans ses appartements et la porte donnant sur l'escalier reliant les chambres des époux était cadenassée.

James haussa les épaules en repliant la lettre. Que lui importaient les ragots de la Cour ?

Sur le chemin de l'Hermitage, le comte s'arrêta à Morham pour embrasser sa mère. Dans la sérénité de son château, lady Agnes vieillissait paisiblement. Janet et son fils, Francis Stuart, la visitaient souvent. La jeune femme semblait heureuse de recommencer une nouvelle vie conjugale, mais son insouciance d'antan était morte avec John. À la Cour, elle n'apparaissait que de temps à autre lorsque la reine s'inquiétait d'elle.

Pour ne pas alarmer sa mère en lui montrant un visage sombre, James s'efforça de la distraire, suivit en promenade le pas lent de sa jument. Le rythme paisible des heures, leur douce monotonie estompaient son amertume. Le soir, les fillettes du village escortées de chiens hirsutes rentraient à l'étable des vaches noires et rousses, les valets d'écurie amenaient les chevaux à l'abreuvoir, les enfants des domestiques jouaient dans la cour. James se demandait s'il pourrait vivre cette existence paisible des gentilshommes campagnards, s'occuper des moissons, tenter de nouvelles semailles, améliorer les races de ses troupeaux, se rendre chaque dimanche au temple écouter le sermon. Cette vie, il le savait, lui serait vite odieuse. S'il ne pouvait plus paraître à la Cour, il s'exilerait à nouveau en France, s'engagerait dans l'armée du roi Charles IX où il tenterait de se distinguer.

La veille de son départ pour l'Hermitage, lady Agnes le retint après souper. Un moment, le comte contempla avec admiration l'agilité de ses doigts tandis qu'elle tissait de la dentelle à l'aide d'un petit fuseau. À la lueur dorée du feu se mêlait la flamme pâle des bougies.

— Je sais, Jamie, commença doucement la châtelaine de Morham, que ta femme et toi n'êtes pas heureux ensemble. J'ai connu la ruine de mon mariage. L'amour, mon fils, est un leurre qui n'abuse que les jeunes gens. Espérais-tu vivre un roman de chevalerie en te mariant ou désirais-tu fonder une famille avec une jeune fille de la meilleure noblesse, avoir un fils qui hériterait du nom de tes ancêtres, une fille pour t'entourer lorsque tu serais vieux et malade ?

James s'était raidi. Même à sa mère qu'il chérissait, il ne donnait pas le droit de le juger ou même de le conseiller. Depuis que la reine l'avait congédié, la froideur de Joan lui faisait horreur.

— Ta femme t'a été donnée par la reine et le comte de Huntly. À toi de la conquérir pour t'en faire aimer. Je crains que la mésentente de tes parents ne t'ait donné une fausse idée des rapports conjugaux. Les mariages heureux ont exigé de multiples efforts. Je voudrais que tu essayes de courtiser lady Joan, de te l'attacher, d'en faire une mère comblée.

Agnes Sinclair leva les yeux de son ouvrage et observa son fils. Figé, secret, James gardait les yeux baissés.

Un bruit de pas dans l'escalier leur fit à l'un comme l'autre tourner la tête vers la porte. Un jeune homme venait d'entrer.

— Un pli pour milord Bothwell !

Le cachet ne portait aucune initiale, aucun blason.

Milord,

J'espérais gagner par ma volonté et mon courage le combat que je livre depuis quelque temps contre moi-même. Aujourd'hui je m'avoue vaincue. Ce mot est pour moi très dur à formuler mais ce serait pusillanimité de ma part que de vouloir l'occulter. J'accepte les conséquences de cet échec et me rends à vous.

Traitez-moi bien, car mon sort est désormais lié au vôtre.

De retour à Édimbourg, James avait trouvé chez lui un mot de lady Reres. Le lendemain, la reine viendrait la visiter en fin d'après-midi. Sir David Chalmers, son voisin immédiat, attendrait James à la même heure. Les deux jardins communiquaient par une porte qui ne serait point verrouillée.

L'avocat David Chalmers reçut son vieil ami avec un visage préoccupé. Seul dans la confidence avec lady Reres, il ne pouvait s'empêcher d'éprouver quelque inquiétude. Les malveillants se comptaient en grand nombre à la Cour, les ragots se colportaient promptement. En dépit du dévouement total de la dame d'honneur de Marie Stuart, et de sa propre amitié pour James Hepburn, une indiscrétion, une maladresse pouvaient avoir des conséquences désastreuses. Mais il connaissait assez bien le comte de Bothwell pour savoir que ni l'aventure ni le danger ne lui faisaient peur. Impulsif, audacieux, ambitieux, il allait trouver dans cette liaison l'accomplissement de ses désirs comme la satisfaction de son amour-propre. Un Hepburn dans le lit de la reine, n'était-ce pas un privilège auquel sa famille prétendait depuis longtemps ? Patrick, le « beau comte », s'était couvert de ridicule pour séduire Marie de Guise, avait divorcé, insouciant des conséquences. Et avant lui, son trisaïeul n'avait-il point été l'amant de Marie de Gueldres, l'épouse de James II ?

Arrivé à pied chez Chalmers, James n'avait quasiment pas ouvert la bouche et son ami respectait son silence. Afin de n'être point identifié, il s'était enveloppé dans un manteau de cavalier et coiffé d'un chapeau à larges bords. Il bruinait et à cette heure de fin d'après-midi Canongate était encore assez animée pour qu'une personne circulant à pied puisse passer inaperçue. Lorsque David avait mis au point avec lady Reres chaque détail de cette rencontre, elle l'avait assuré que la reine se déplacerait avec une escorte extrêmement réduite, un page, une demoiselle d'honneur, une servante. James devait l'attendre dans la chambre qu'elle aurait préparée. Marie Fleming, qui resterait à Holyrood, expédierait aussitôt un message si le moindre événement fortuit exigeait la présence de la reine.

— Sa Majesté mérite d'être heureuse, songez-y, se contenta de dire David Chalmers en posant une main sur l'épaule de son ami.

— L'émotion rend médiocres les amants, murmura le jeune comte.

— Elle est le plus fragile et précieux des cadeaux pour une femme.

Encore enlacés, ils reposaient dans le lit aux courtines closes. James respirait l'odeur fleurie, caressait de ses lèvres la peau tiède du cou. Jamais il n'avait imaginé que le corps de la reine fût à ce point parfait, sa peau d'une telle blancheur, d'une telle douceur, sa chevelure aussi soyeuse et luxurieuse sous les doigts. Le dauphin de France et Darnley avaient-ils apprécié une telle femme à sa juste valeur ? Marie était à lui désormais, nul homme ne poserait plus la main sur elle.

Des larmes coulaient sur les joues de la jeune femme. Elle avait brisé les règles rigides de son éducation, son orgueil, sa pudeur, enfreint les lois chrétiennes et se trouvait nue, vulnérable comme une petite enfant. Mais pour rien au monde elle ne reviendrait en arrière. Ce qu'elle venait d'oser, loin de l'humilier, était source d'orgueil. Elle commençait une vie nouvelle dans la violence et la liberté du désir.

36

— Nous nous retrouverons dans dix jours à Jedburgh ! promit Bothwell. Ne vous alarmez pas, Sa Majesté le roi est à Glasgow, il ne vous tourmentera plus.

La ridicule scène survenue en plein Conseil avait bouleversé Marie au point de la faire vomir et refuser toute nourriture jusqu'au lendemain. Depuis quelques jours, chacun à la Cour se désolait de l'attitude de Darnley qui ne s'adressait à la reine qu'en termes désobligeants, parfois injurieux. Il buvait encore plus que de coutume, était ivre souvent dès la mi-journée. Durant le dernier Conseil privé, il s'était levé et avait menacé de quitter l'Écosse où on le traitait comme un moins-que-rien. Il avait des amis à l'étranger, avait-il éructé, qui s'inquiétaient de la politique de la reine d'Écosse, de sa tiédeur envers la foi catholique. Sans tenir compte des protestations de l'ambassadeur de France, Philibert du Croc,

315

Darnley avait poursuivi sa diatribe : « L'Écosse est aux mains de mécréants comme Moray et Maitland qui cherchent à saper mon autorité dans l'esprit de la reine. » Aussitôt, le demi-frère de Marie l'avait sommé de s'expliquer : que lui reprochait-il précisément ? Il voulait des faits. Sous le regard glacé du comte de Moray, le jeune roi s'était troublé, avait bafouillé. À l'autre bout de la table, livide, son père le comte de Lennox se gardait d'intervenir afin de ne pas provoquer l'irréparable, mais chacun savait qu'il soutenait les assertions de son fils sans restrictions. Atterrés, Huntly, Atholl, Argyll et Bothwell s'étaient consultés du regard. Chacun sentait qu'un mot, une attitude pourraient provoquer chez l'enfant gâté qu'était Darnley une colère aveugle. Maitland, d'habitude maître de lui, avait alors pris part à l'altercation : que faisait le roi, qu'avait-il entrepris dans l'intérêt de l'Écosse ? Il ne participait point au gouvernement, ne s'intéressait aucunement aux affaires de l'État, ne présidait nul tribunal de justice, ne conférait en privé avec aucun de ses conseillers. Mais si on ne le voyait guère au Conseil ou au Parlement, on pouvait l'admirer magnifiquement vêtu partant à la chasse au vol ou à quelque autre partie de plaisir. En tant que secrétaire d'État, il savait qu'il correspondait avec des puissances étrangères, l'Espagne en particulier, pour se poser en défenseur du catholicisme, lui qui à maintes reprises avait donné des preuves de son indifférence religieuse. Sentant l'altercation glisser sur

un terrain dangereux, Marie s'était entremise :
« Milord, avait-elle demandé au jeune roi d'une
voix vibrante, de quoi me blâmez-vous ? »
Darnley s'était tourné vers sa femme et une fois
de plus la stature de celle-ci l'avait démonté. Il
avait violemment rougi, balbutié : « De rien,
Madame. »

Marie s'était rassise. Un silence de mort avait
plané dans la salle. Après un moment qui avait
paru à tous sans fin, le comte de Lennox s'était
dirigé vers la porte. « Le roi et moi n'avons plus
rien à faire ici », avait-il déclaré avec hauteur.
Darnley avait suivi son père et, incapable de sortir honorablement, s'était retourné vers la reine.
« Adieu, Madame, avait-il lancé comme un
enfant puni, vous ne me reverrez pas de sitôt ! »

Alors que les chevaux de son escorte allaient
au petit trot vers le sud, James s'efforçait de
chasser de ses pensées les deux trop courtes
heures passées la veille chez lady Reres. Déjà il
n'y avait plus d'embarras entre la reine et lui.
L'audacieuse sensualité de Marie l'avait surpris
et transporté. Leurs corps se charmaient, s'épousaient, se complétaient, et il avait tiré de la vanité
à faire jouir ainsi une amante qui était aussi sa
souveraine.

Plus les cavaliers descendaient vers la frontière, plus la nature devenait sauvage. Aux villages cossus succédaient de pauvres hameaux,
aux châteaux, de simples tours massives en
pierres hautes de quatre étages, aux pâturages

encore verts, une terre nue, rocheuse et stérile. Les haies avaient disparu, les arbres se faisaient rares.

Bientôt la massive silhouette de l'Hermitage se dressa à l'horizon et James poussa son cheval au galop. À partir de maintenant, il ne devait plus être que le lieutenant général des Borders, montrer aux Eliott, aux Graham, aux Kerr, aux Scott, qu'il était venu pour rétablir l'ordre, les faire obéir de gré ou de force aux lois du royaume, emprisonner les récalcitrants et les mener à Jedburgh où ils seraient jugés par leur reine.

Selon ses ordres, les domestiques avaient meublé spartiatement sa chambre : un lit, deux chaises, un coffre et une table. Durant ses expéditions, James vivait en soldat au milieu de ses troupes qui campaient dans la cour du château. Pour ne point semer le désordre parmi ses hommes, aucune femme ne résidait à l'Hermitage où les règles de vie étaient austères.

Avant la tombée du jour, James fit quelques pas sur la lande. Des moutons arrachaient l'herbe dure et coupante. Sous ses pieds, le sol était humide, la mousse profonde. Les nuages venaient de l'ouest, jetant des ombres changeantes sur les collines. Au-dessus des fondrières, une légère vapeur flottait. Le nom de chaque habitant de cette terre sauvage lui était connu. Il n'ignorait rien des liens de famille, des ascendances et descendances, des caractéristiques héréditaires des divers clans. Les Kerr étaient gauchers, les Amstrong roux, les Eliott avaient des lèvres minces, des mâchoires carrées. Tous étaient taciturnes. En dépit de la confiance dont il jouissait dans les Borders, James avait le plus grand mal à leur arracher un nom, une information. À la justice royale, ils préféraient la leur.

— Des Amstrong se sont bagarrés contre les Eliott cette nuit, milord. Il y a eu un mort et plusieurs blessés.

James sangla son ceinturon, ceignit son baudrier, enfila des bottes de cuir épais où déjà étaient attachés les éperons. Il serait à la tour Hollows, l'antre des Amstrong, dans moins d'une heure et espérait y débusquer le vieux Johnnie. Arrêté, jugé de multiples fois, celui-ci avait toujours réussi à éviter le gibet et à revenir chez lui poursuivre ses malfaisances. Mais l'homme était courageux, opiniâtre, dur au mal et James avait pour lui une certaine admiration.

Suivi de cinquante patrouilleurs, James mit son cheval au petit trot. Il faisait frais, au loin s'étirait un léger brouillard.

— Regardez, mon lieutenant !

Alors que la tour Hollows était en vue, un patrouilleur désigna deux cavaliers qui fuyaient au grand galop.

— Les espions des Amstrong ont bien fait leur travail, constata James. Nous ne récolterons que du menu fretin.

Les mains liées, les pieds attachés aux étriers, huit Amstrong avaient grossi la petite troupe qui prit le chemin du retour. Le vieux Johnnie avait déguerpi avec son frère, laissant à son fils aîné la garde de la demeure familiale mais, à huit contre cinquante, ils avaient dû se rendre. James allait les cadenasser dans les prisons de l'Hermitage avant de les faire conduire à Jedburgh sous bonne garde.

Longtemps, la nuit tombée, Bothwell resta devant l'une des étroites fenêtres de sa chambre. La pleine lune répandait sur les collines une lumière irréelle. Toute proche, il entendait les eaux de la rivière tourbillonner. Le repos de la campagne le calmait, teintait l'aventure qu'il vivait d'une plus paisible couleur. D'une façon ou d'une autre, Darnley serait écarté et, après un temps de résidence surveillée dans un des châteaux royaux, quitterait probablement l'Écosse pour retrouver sa mère et son jeune frère en Angleterre. Dans cette entreprise, il pouvait compter sur le clan entier des Hamilton, ennemis jurés des Lennox, sur les Douglas qui ne pardonneraient jamais la trahison du roi, leur parent, après le meurtre de Riccio, sur Moray qui, ignorant sa propre liaison avec la reine, pensait pouvoir regagner toute son autorité, sur Maitland que l'incapacité du roi consternait, sur les Balfour, une riche et influente famille d'avocats dont il s'était acquis l'amitié et qui ambitionnait biens et honneurs. James soupira. Il avait envie d'écrire à Marie mais ne le ferait pas. Depuis son enfance, elle était habituée à recevoir les hommages, à attendre des autres les preuves

320

d'un attachement qu'elle-même ne se donnait guère la peine d'exprimer. En terrain inconnu, désorientée, elle allait devoir se comporter comme une femme.

Pour traquer et s'emparer de Jack O'The Park, coriace fauteur de troubles, intrépide Reiver et chef du clan Eliott, James se ferait suivre par l'ensemble de ses patrouilleurs. Autour de Liddesdale, les Eliott dictaient leur loi et le vieux bandit recevrait sans doute l'appui d'un bon nombre des siens. Jack O'The Park neutralisé, incarcéré à l'Hermitage, il n'aurait plus qu'à inspecter une dernière fois les frontières avant de remonter sur Jedburgh pour y retrouver la reine. James jubilait. Une heure plus tôt, alors qu'il achevait une bouillie d'avoine et quelques biscuits au gingembre, un porteur lui avait remis une lettre de Marie : « Je suis à vous corps et âme. » Quoique le billet ne fût pas signé, il avait reconnu la souple écriture à la fois ferme et capricieuse de la reine. Longtemps il avait hésité avant de présenter le carré de papier à la flamme d'une bougie. Le soir même, il écrirait à son tour.

Son escorte patientait devant la forteresse. James descendit l'escalier à vis qui reliait ses appartements à la grande salle. Le temps était clair et sec. Une mince couche de givre recouvrait la mousse, l'herbe jaunie, les plaques de terre brunes parsemées de pierres. Dehors, la lumière crue lui fit cligner des yeux. À cet instant, son avenir lui apparut radieux, il se sentit invulnérable.

Si Johnnie Amstrong avait pu s'échapper, Jack O'The Park n'aurait pas cette chance. James était décidé à l'arrêter coûte que coûte. Les environs de sa tour étaient calmes, seuls quelques chiens, des poules, un couple de chèvres signalaient la présence d'occupants qui avaient dû les voir approcher depuis longtemps. Défoncer la porte et investir la demeure serait aisé, mais James doutait que le renard fût au terrier. Sans doute partis en expédition nocturne pour se livrer à quelque pillage, Jack et ses fils ne se montreraient peut-être point et il devrait lancer ses patrouilleurs sur leurs traces.

— Écoutez !

James fit signe à un de ses hommes. Le martèlement des sabots frappant la terre gelée lui parvenait de très loin.

— Une dizaine de cavaliers, milord, jugea le jeune soldat. Ils avancent vers nous.

Par un juron, James exprima sa satisfaction. Ne se doutant de rien, les Eliott venaient se jeter dans la gueule du loup.

Poussé par son cavalier, l'étalon anglais de James gagnait du terrain. À quelques centaines de yards, Jack O'The Park filait droit devant lui, cravachant sa monture entre les oreilles, lui piquant les flancs de ses éperons. Des mottes de terre, des cailloux volaient sous les sabots.

Laissant ses patrouilleurs poursuivre les comparses, James s'était élancé derrière leur chef. Son cheval rattrapait celui de Jack, il le voyait tout proche, massif, vêtu de son gilet de cuir renforcé de fil d'acier, portant un casque qui épousait la forme de sa tête.

— Halte ! ordonna-t-il.

Jack tourna la tête et, constatant que son poursuivant était proche, tira brutalement sur les rênes, faisant se cabrer sa monture. En un instant, il vida les étriers et courut droit devant lui vers un amoncellement rocheux susceptible de le protéger.

— Rends-toi, Jack, cria James, ou je tire !

Des fontes de l'arçon, il sortit un pistolet, visa le fuyard aux jambes. Lourdement, Jack s'abattit.

À son tour, James mit pied à terre, prit une cordelette enroulée au pommeau de sa selle. Il allait lier les mains du Reiver et le ramener à l'Hermitage où il serait soigné.

Il n'eut que le temps de faire un bond en arrière. Jack s'était relevé et avait dégainé son épée.

— Croyais-tu m'attraper aussi facilement, lieutenant ? ricana-t-il.

Un premier coup frappa James au flanc. Ignorant la douleur fulgurante, il tira son poignard et attendit. Avant que l'épée du Reiver ne l'atteigne en pleine figure, instinctivement il se protégea de la main gauche, puis, le sang ruisselant le long de son bras, il enfonça son arme sous les côtes de son ennemi, là où le gilet ne le protégeait plus. Le Reiver poussa un grognement, leva à nouveau son épée, atteignit son adversaire à la tête avant de s'écrouler, les doigts crispés sur sa blessure. James tenta de faire quelques pas. À peu de distance, son cheval arrachait des touffes d'herbe. Il voulut s'accrocher à la selle et perdit connaissance.

En hâte, les patrouilleurs assemblèrent des branches pour confectionner une litière et ramener leur lieutenant à l'Hermitage. Ils l'avaient trouvé inerte, face contre terre, baignant dans son sang et, le croyant mort, étaient restés consternés, indécis, avant qu'un des soldats plus curieux que les autres ne retourne le corps et constate que leur chef respirait.

Attelée au superbe étalon anglais, la litière cahotait sur la route, secouant la dépouille inerte. Le teint terreux du comte, le sang qu'il perdait encore en abondance ne laissaient que peu d'espoir à ses hommes qui chevauchaient en silence. En arrivant à l'Hermitage, la troupe fut stupéfaite de trouver la herse baissée. Qui avait donné cet ordre et pour quelle raison ? Le soleil commençait à décliner. Un vent froid se levait.

— Nous sommes les maîtres ici !

Deux Amstrong étaient apparus à une fenêtre de l'appartement de James située au premier étage de la tour des cuisines, et les hommes se consultèrent. Ainsi, les prisonniers, profitant de leur absence, avaient réussi à prendre le contrôle de la citadelle ! Si le lieutenant ne recevait pas des soins au plus vite, sa vie ne vaudrait pas cher.

— Nous voulons parlementer ! lança un patrouilleur.

Les palabres durèrent presque une demi-heure. Le crépuscule tombait. Sur la litière, quelques spasmes secouaient James qui, les yeux clos, restait inconscient. Enfin, hurlant de joie, les huit Amstrong quittèrent la forteresse. Leur liberté contre la remise d'une place qu'ils ne pouvaient espérer défendre longtemps leur semblait un excellent marché.

Le chirurgien avait achevé de nettoyer, sonder et bander les plaies. James n'avait pas repris connaissance. Le coup d'épée donné à la tempe n'avait pas été assez violent pour entamer le crâne, mais la paume de la main gauche était entaillée jusqu'à l'os et la blessure au côté droit profonde.

— Fonce à Jedburgh, ordonna l'intendant de la forteresse à un soldat, et dis à Sa Majesté la reine que le lieutenant est entre la vie et la mort.

La nuit était avancée lorsque le messager atteignit la maison cossue où logeait la reine. À plusieurs reprises, le cavalier avait dû extirper sa monture de fondrières ou tourbières invisibles dans l'obscurité.

— Sa Majesté et sa suite dorment, déclara aussitôt un garde. Revenez demain.

— Faites dire à la reine que le comte de Bothwell est plus mort que vif ! lança le messager. Il a été blessé par Jack O'The Park.

Débarrassé de sa mission, il allait pouvoir se rendre aux cuisines, se restaurer et dormir à côté de l'âtre.

Sans délai, le commandant de la garde se rendit chez lord Seton, chef de la Maison de la reine. La nouvelle lui semblait assez grave pour qu'il prenne sur lui de le réveiller.

— Le comte de Bothwell a été tué par Jack Eliott, se contenta-t-il d'annoncer. Un soldat venu de l'Hermitage vient de me porter la nouvelle.

37

Avec peine, James entr'ouvrit les yeux.

— Dieu soit loué ! s'exclama un homme assis à son chevet.

Plusieurs personnes s'approchèrent du lit.

— M'entendez-vous, milord ? interrogea l'intendant.

Derrière lui se tenaient deux patrouilleurs et French Paris, les traits décomposés.

James parvint à faire un signe de tête.

— Vous avez été blessé, voici six jours, milord,

annonça l'intendant. Nous avons tous craint pour votre vie.

Le comte tenta de rassembler ses esprits. Il se souvenait maintenant, Jack O'The Park, leur combat, ses blessures.

— Six jours, murmura-t-il.

Ce jour-là même, il aurait dû être en route pour Jedburgh avec ses prisonniers.

— La reine... ? articula difficilement le blessé.

— Vous croyant mort, Sa Majesté a montré une grande affliction. Avertie maintenant de votre résurrection, elle s'enquiert quotidiennement de votre santé.

James laissa sa tête retomber sur l'oreiller et demanda à French Paris de s'approcher.

— Envoie un message à Sa Majesté, dis-lui que dans deux semaines au plus je serai à Jedburgh. Tu me donneras la lettre à signer.

La matinée était pluvieuse et il faisait sombre dans la chambre où les candélabres restaient allumés. Dans le foyer, des braises rougeoyaient, une lumière rousse coulait sur les austères dalles de pierre suantes d'humidité, un coffre en bois de chêne noirci par la fumée, quatre chaises dont aucun coussin n'adoucissait l'inconfort. À son réveil, James avait pu ingurgiter quelques cuillerées de volaille bouillie et hachée, boire un verre de vin. La douleur la plus vive venait de sa main gauche qu'un savant bandage immobilisait. Comment avait-il pu se laisser surprendre ?

Au fil des heures, il s'endormit, se réveilla,

demanda à boire, exigea qu'on allumât de nouvelles bougies à son chevet.

— J'ai là quelque chose qui va vous revigorer, milord, chuchota French Paris à son oreille, une lettre...

Le Français avait retrouvé son sourire matois, sa voix enjouée. James se redressa sur son bras vaillant. Il avait mal à la tête, la gorge sèche.

Le serviteur tendit une feuille de papier pliée et close d'un sceau.

— De Sa Majesté la reine, précisa-t-il.

Un long moment, James garda la lettre sans l'ouvrir. À Marie, il n'avait pensé que par intermittence, quand la douleur physique et sa hargne envers les Eliott s'apaisaient. Isolé, cloué sur son lit, la précarité de sa situation oblitérait la passion amoureuse. Présentement, il ne pouvait jouer à jeu égal, il était vulnérable et cette fragilité ne lui plaisait point.

Depuis votre accident, mon cher cœur, je n'ai point connu de moments heureux et dois m'isoler pour pleurer. Vous perdre m'aurait anéantie. Sans la force de vos convictions, je replongerais dans les angoisses et les chagrins d'antan. Soyez sûr que je ne puis vivre sans vous et je vous le prouverai en venant après-demain vous visiter. N'ignorant pas que l'Hermitage n'offre pas les commodités nécessaires aux femmes, je ferai l'aller-retour dans la journée. Loin de me décourager, la perspective de cette longue randonnée décuple l'impatience que j'ai de vous revoir. Je me ferai accompagner par lord Moray et quelques gentilshommes.

Au temps qui me pèse, j'oppose mon amour pour vous qui rend mon cœur léger...

James inspira profondément. La touchante spontanéité avec laquelle la reine lui avouait ses sentiments flattait sa vanité et l'émouvait. Marie allait parcourir soixante miles pour le voir un bref moment, une longue chevauchée que bien des cavaliers aguerris considéreraient comme harassante. Une fois encore, le courage, l'opiniâtreté de cette jeune femme le stupéfiaient. Comment une reine de cette trempe pouvait-elle se faire dominer par un homme comme Moray dont l'ambition et la dureté de cœur crevaient les yeux ? Comment avait-elle pu se jeter au cou d'un être immature, prétentieux et fourbe comme Darnley ? James ne trouvait d'explications à ces incohérences que dans l'isolement de la jeune femme, son besoin d'être aimée.

Il tendit la lettre à la flamme d'une des bougies posées près de son lit. Consumé, le papier n'était plus que cendres. Pourquoi avoir détruit ces mots d'amour tracés par une reine ? Ne devrait-il pas à l'avenir les conserver ?

Devant l'Hermitage, James avait fait disposer deux rangs de soldats prêts à accueillir Marie. Ordre leur avait été donné d'être rasés et de porter une chemise immaculée sous leur gilet de cuir. Lui-même avait demandé à être calé sur de

gros oreillers et était enveloppé de son seul vête-
ment d'intérieur convenable, un long manteau
d'épaisse laine brune fourré de lièvre. Dans les
vastes cuisines, le rôtisseur, le boulanger et les
trois marmitons s'activaient depuis le petit
matin pour préparer une collation. Des bar-
riques de bière étaient en hâte tirées de la cave,
des cruches remplies de l'eau du puits.

Il était près de midi quand James entendit des
hennissements, le bruit sourd d'une cavalcade.
Puis les trompettes se mirent à sonner, ses
chiens aboyèrent furieusement. L'ensemble de sa
maison dévala l'escalier.

Le comte ne pouvait contrôler son émotion.
Était-ce la présence à son chevet de la souveraine
ou de la maîtresse qui le comblait le plus ?

Par la porte de sa chambre laissée ouverte, il
entendit des pas, le froissement d'une jupe sur
les marches de pierre, l'écho d'une voix
féminine.

— Vous avez fâché votre reine, milord Bothwell,
en lui laissant croire que vous l'abandonniez.

Quand James voulut se relever davantage, la
main de Marie posée sur son bras droit l'en
empêcha.

— C'est au souverain, milord, de s'incliner
devant ceux qui se font blesser à son service.

Au côté de la reine, le comte de Moray avait
pris place. Son regard curieux, interrogateur,
n'échappa pas à James. « Rira bien qui rira le
dernier », pensa-t-il. Les croyait-il assez naïfs, sa
demi-sœur et lui, pour se trahir ? La reine avait

eu raison de le laisser l'escorter. Sa seule présence ne garantissait-elle pas l'innocence de sa démarche ?

D'un ton léger, Marie narrait à James son installation à Jedburgh, la préparation des différents tribunaux de justice à laquelle elle veillait personnellement. Mais derrière les propos administratifs, un regard, l'esquisse d'un sourire tenaient un autre langage auquel James répondait avec bonheur. Cette complicité muette avait la sensualité des plus voluptueuses étreintes.

Des serviteurs, French Paris à leur tête, apportèrent des pâtés à la viande, des blancs de volaille, des terrines de faisan et de biche.

— Te voilà, Nicolas ! s'exclama en français la reine. Tu es un brave garçon ! Bientôt je demanderai au comte de Bothwell la permission de te prendre à mon service.

James esquissa un sourire.

— French Paris est à vous, Madame, comme tous ceux ici présents.

Après la collation, Moray avait brièvement évoqué les affaires débattues en Conseil privé. En France, la paix religieuse si ardemment prônée par Catherine de Médicis était malmenée de toutes parts et le roi Charles IX avait dû se réfugier à Meaux. Ces troubles fortifiaient les Écossais dans leur volonté de voir leur pays considéré comme un État protestant protégé par leur souveraine.

James approuva, mais les catholiques écossais

devaient pouvoir discrètement pratiquer leur religion sans être violentés ou même menacés.

— Il n'y a pas de retour en arrière possible, jeta Moray sèchement, et nous ferons tout pour empêcher de nuire ceux qui comploteraient avec les papistes.

Bien que chacun pensât à Darnley, nul n'osa prononcer son nom.

La reine avait accepté un petit pâté, une aile de chapon, un verre de vin. Le ciel se couvrait.

— Madame, dit Moray, il va falloir songer à partir.

Alors que son demi-frère se tournait pour recevoir son manteau, Marie se pencha sur le blessé.

— Il m'est insupportable de vous avoir si près de moi sans pouvoir vous embrasser, chuchota-t-elle.

Dès le surlendemain, James apprit que la reine était au plus mal. Le voyage de retour vers Jedburgh avait été ralenti par la pluie et, embourbé dans une fondrière, son cheval l'avait jetée à terre. Fatiguée, trempée jusqu'aux os, elle lui avait cependant écrit de Jedburgh une lettre qu'il avait reçue quelques heures seulement avant la nouvelle de sa grave indisposition. La reine vomissait du sang et s'était évanouie à plusieurs reprises avant de s'aliter et de perdre toute conscience. On allait lui administrer les derniers sacrements.

— File à Jedburgh, ordonna James à French Paris, et fais parler Marie Fleming.

Il reprenait des forces, pouvait même faire quelques pas appuyé sur l'épaule d'un serviteur. Aussitôt que le chirurgien jugerait bon d'alléger ses épais bandages, il partirait pour Jedburgh. Quel signe le destin leur adressait-il à Marie et à lui ? À quelques jours l'un de l'autre, ils frôlaient la mort.

— Parle donc français, s'irrita James, je ne comprends rien à ton écossais.

Il avait pu se lever et, enveloppé de son manteau d'intérieur, s'était assis au coin du feu. Ses plaies ne s'infectaient pas et le chirurgien maintenant répondait de sa vie.

— Sa Majesté n'a pas repris connaissance, dit French Paris d'un ton grave. Quand des convulsions ne la secouent pas de la tête aux pieds, elle gît inerte sur son lit. Lady Fleming attribue cette maladie à la détresse qu'éprouve la reine d'être mariée à un homme comme lord Darnley et au terrible tourment engendré par la pensée de son avenir. Quand par extraordinaire Sa Majesté retrouve ses esprits, c'est pour souhaiter la mort. Si je peux vous donner mon avis, milord, la reine est en train de mourir d'angoisse et de chagrin.

— C'est impossible !

James qui avait voulu se lever retomba sur sa chaise. Une douleur fulgurante le plia en deux.

— Lady Fleming suppose en outre que Sa Majesté a éprouvé voici peu de temps une violente inquiétude, des contrariétés qui se sont ajoutées aux misères qui déjà la rongeaient, poursuivit French Paris. Craignant que la reine, son amie, n'ait plus le goût de vivre, elle souhaite votre présence à Jedburgh aussitôt que vous pourrez entreprendre le voyage. On vous enverra sous peu une litière.

James attrapa un flacon de whisky posé à portée de main et en absorba une longue gorgée. Marie se mourait et il ne pouvait être à ses côtés.

Le jeune homme fixait les flammes. La reine disparue, sa vie n'aurait plus guère de sens. Lady Fleming avait parlé de terribles tourments concernant l'avenir. Pourquoi Marie se torturait-elle ainsi ? Certes, Darnley écarté, ils devraient être patients, se faire confiance. L'un après l'autre, il éloignerait du pouvoir Moray et Maitland, s'appuierait sur le comte de Huntly, provisoirement sur les Hamilton trop heureux d'être débarrassés des Lennox et de pouvoir se rapprocher de la reine. Non, Marie n'avait pas à s'alarmer, il se sentait assez sûr de lui pour maîtriser ses ennemis et gouverner l'Écosse. Aussitôt qu'il serait à Jedburgh, elle guérirait.

38

Sauvée de la mort grâce aux soins acharnés de M. Arnault, son médecin français, Marie entrait en convalescence quand James parvint à Jedburgh.

— Nous commençons une autre vie, vous et moi, avait-elle réussi à lui glisser. Je serai forte maintenant.

Ils avaient souri. Elle, blafarde, décharnée au fond de son lit, lui, la tête, le torse et la main encore entourés de bandes de toile. Quel beau couple d'amants ils faisaient !

Dans la chambre de la reine, le Conseil privé s'était réuni pour régler les détails du prochain voyage sur les Borders. Bothwell affirma qu'au 10 novembre au plus tard, il serait en mesure de monter à cheval. La politesse de Moray et de Maitland le surprenait. L'un comme l'autre semblaient avoir renoncé à leurs allusions blessantes, leurs sous-entendus. Mais le comte restait sur ses gardes.

L'arrivée impromptue de Darnley venu prendre des nouvelles de sa femme enfiévra soudain leur paisible communauté. La seule présence du roi durcissait les attitudes, faisait monter le ton des voix. Les chevaux superbement harnachés, le luxe des vêtements portés par Darnley et ses compagnons semblaient incongrus dans la simplicité de la demeure provinciale. Aussitôt, la reine s'était figée dans une attitude hautaine et sèche. D'un moment à l'autre, chacun attendait un éclat. Singulièrement, le roi gardait un visage enjoué et ne s'adressait à sa femme qu'avec une bonne humeur un peu forcée qui semblait irriter Marie davantage encore.

Deux jours plus tard, le jeune homme annonça qu'il quittait Jedburgh pour Stirling. Il ne restait pas inactif, affirmait-il, et s'occupait avec diligence des intérêts de l'Écosse auprès d'influents alliés. Le matin de son départ, l'ambassadeur de France, Philibert du Croc, eut avec lui un long entretien d'où il sortit l'air inquiet.

Darnley éloigné, la reine ne pensa qu'à son prochain voyage dans les Borders en compagnie du comte de Bothwell, un périple d'une dizaine de jours qui se terminerait à la forteresse de Craigmillar près d'Édimbourg. Même rétablie, apparemment sereine, la reine n'avait plus son visage d'autrefois. Avec impatience, le comte attendait d'être sur les Borders où ils pourraient enfin jouir d'un peu d'intimité. Se voir constamment sans un moment de solitude les minait.

À Kelso, aux confins de la Tweed et de la Teviot, la petite cour s'était éparpillée dans les ruines de ce qui avait été quelques années plus tôt une imposante et prospère abbaye. Sur l'ordre de son roi Henry VIII, alors que Marie n'était qu'une enfant, le comte de Herford l'avait détruite et on avait laissé ce qui en restait à l'abandon. Après plusieurs nuits de gel, le temps s'était soudain radouci. Quelques moutons paissaient entre les tombes moussues. Marchant à pas lents, Marie s'appuyait sur le bras de James.

— Pourrions-nous être seuls demain, vous et moi, pour quelques heures ? Je veux vous faire découvrir un lieu proche d'ici que j'aime depuis l'enfance.

— Sans doute, murmura la reine. Partons avec Margot Carwood et French Paris que nous laisserons en chemin pour les retrouver à notre retour.

Au pas les deux chevaux suivaient le sentier qui escaladait la colline. En contrebas, la vallée de la Tweed était baignée d'une lumière qui faisait scintiller l'eau, dorait les minces feuilles encore accrochées aux branches des saules qui longeaient les berges. Peu à peu Marie se détendait. Jusqu'au départ, elle avait craint un contretemps, mais nul finalement n'avait paru s'étonner de cette envie impromptue d'une promenade en compagnie de son lieutenant et de deux serviteurs.

Pas après pas, l'étroite sente caillouteuse semblait grimper vers le ciel où couraient de petits nuages. Mouillées par la rosée de la nuit, des plantes sauvages embaumaient.

— Nous avons une longue route devant nous, dit Bothwell. Il faudra ne jamais regarder en arrière, ne point ralentir le pas.

Marie s'empara de la main blessée de son amant qu'une fine bandelette entourait encore.

— Je n'ai pas peur, murmura-t-elle.

— Beaucoup de courage, de la force d'âme aussi seront nécessaires, insista-t-il. Cherchez enfin à être vous-même et ne craignez point de déplaire.

La reine baissa la tête. Elle n'avait pas l'habitude de recevoir de conseils et, même venant de son amant, ceux-ci la contrariaient. James devina ses réticences.

— Je vous parle librement, Marie, comme un homme à la femme qu'il aime et non comme un sujet désireux de plaire à sa reine. Vous êtes bonne et je ne vous en fais aucun reproche mais, dans de difficiles circonstances politiques, il faut faire taire son cœur et laisser parler la tête.

— Je ne peux plus ni vivre, ni assumer mes responsabilités aux côtés de lord Darnley, dit Marie.

Avec son père, le roi ne cessait de comploter contre elle. La couronne matrimoniale lui ayant toujours été refusée, il désirait s'en emparer par la force, l'écarter et assumer le pouvoir au nom de leur enfant. Catholique pourtant peu ardent, il échafaudait des alliances avec le roi d'Espagne et le pape pour obtenir leur soutien en faisant miroiter son zèle à rétablir la vraie foi en Écosse.

— Votre Conseil privé trouvera un subterfuge acceptable pour écarter le roi. Nous nous réunirons dans quelques jours à Craigmillar dans cette intention.

La pente devenait raide et de petits cailloux roulaient sous les sabots des chevaux. Çà et là, des pins rabougris plongeaient leurs racines dans d'invisibles crevasses, des touffes de chardons et de sauge desséchée émergeaient du tapis de mousse.

Les promeneurs arrivèrent au sommet de la colline. Aussi loin que l'on pouvait voir la vallée, la Tweed offrait ses pâturages, des carrés de culture entourés de murets de pierre. Main dans la main, les amants restèrent un moment à contempler le paysage, s'imprégnant de la paix qu'il suggérait.

— Il faudra tenir Moray et Maitland par la bride, reprit James. Jamais ils ne vous ont voulu du bien.

Marie soupira. À cet instant, elle ne voulait point parler de gouvernement mais d'elle-même.

— M'aimez-vous ? demanda-t-elle.

Les cavaliers mirent pied à terre. James savait que Marie attendait un réconfort, des paroles tendres.

— Ma vie t'appartient, murmura-t-il. N'en doute jamais.

Il entoura sa taille de son bras, la rapprocha de lui. Dans son habit d'homme, elle ressemblait à un adolescent.

— Je ne suis pas là pour t'enchaîner, poursuivit-il, mais pour te permettre d'être une femme sereine, une grande reine.

Elle inclina la tête vers son amant et il prit ses lèvres. Marie pleurait.

Tendrement il caressa les joues, la bouche de son amante. Très haut planait un épervier.

— Je t'aime, murmura-t-il.

Le charme radieux du sourire de Marie le toucha à nouveau. Plus que pour gouverner, cette femme était faite pour séduire, attirer l'amour. Protégée, adulée depuis l'enfance, on l'avait soudain jetée sans préparation dans un monde inconnu et brutal, dont les lois, les mœurs lui étaient étrangères et où elle avait tenté de survivre. Un soudain rayon de soleil éclaira le paysage. Du haut de la colline, James et Marie voyaient l'ombre qui galopait dans la plaine, jetait un voile gris sur la rivière. Le vent avait l'odeur de la terre, des mousses, des plantes séchées, il emportait les nuages, la poussière.

— À Craigmillar, nous pourrons passer une nuit ensemble, assura Marie. Voilà trop de temps que je n'ai été entre tes bras.

En atteignant Craigmillar, dernière étape de son voyage, Marie se sentit à la fois soulagée et inquiète. La décision qu'elle devrait prendre impliquait des conséquences sérieuses. James lui avait répété qu'il ne tolérerait aucun changement dans les objectifs qu'ils s'étaient fixés : Darnley devait être écarté, ni plus ni moins. Ses ennemis les plus farouches ne devaient point avoir la liberté de faire justice eux-mêmes.

À moins d'une heure de cheval d'Édimbourg, la forteresse dominait une vallée pastorale, des bois, des collines qui s'arrondissaient vers la mer. Marie aimait ce château qui n'avait pas la farouche beauté de Tantallon perché sur sa falaise dominant la mer ou celle de Dumbarton défendu par un à-pic circulaire, mais il se prêtait à une vie sociale heureuse, de paisibles divertissements. C'est là qu'elle avait choisi de retrouver les membres les plus influents de sa noblesse afin qu'ils décident ensemble de son avenir : une séparation d'avec le roi.

Depuis leur escapade dans les Borders, James se tourmentait sur l'aptitude de la reine à rester rigide sur ses positions. Bien que secouée par ses quelques années de règne, elle gardait beaucoup d'illusions.

À Craigmillar venaient d'arriver les comtes de Moray, d'Argyll et de Huntly, le secrétaire d'État Maitland. À eux cinq, ils allaient faire le point sur la fâcheuse situation dans laquelle Darnley avait placé la reine et chercher à trouver pour elle une honorable sortie.

Bien que fort intime avec son beau-frère, Bothwell n'avait soufflé mot à George de sa liaison. Comme si elle devinait un danger latent, Joan se montrait plus avenante. De Crichton, elle lui avait adressé quelques lettres où pour la première fois elle avait usé de mots gracieux à son égard. Avec le temps, affirmait-elle, ses qualités d'époux se faisaient évidentes et elle était impatiente de le revoir. Dieu aidant, ils s'apprécieraient de plus en plus et formeraient une vraie famille. Avec tristesse, James avait parcouru ces missives. Il était trop tard désormais pour songer à une union heureuse. Ce n'était plus Joan mais la reine qui occupait ses pensées. Leur divorce était inévitable.

Depuis plus de deux heures, Moray, Argyll, Huntly et le secrétaire Maitland évaluaient avec Bothwell les différentes options possibles. Bien que la reine eût déclaré avec fermeté qu'elle ne tolérerait aucune décision contraire à son honneur, sa résolution d'écarter le roi restait entière. L'arrestation pour trahison apparaissait comme la meilleure issue. Après avoir été déchu de ses titres et honneurs, Darnley pourrait être jugé et le verdict offrir une alternative : la mise en résidence surveillée dans une forteresse ou l'exil. Demeurait l'éventualité que le roi se défendît lors de son arrestation et qu'une riposte trop vive lui infligeât une blessure mortelle. De cet aléa, nul ne pourrait être tenu pour responsable.

Au crépuscule, chacun tomba d'accord. La lumière des flambeaux répandait sur la table autour de laquelle étaient réunis les lords un flot mouvant de lumière qui faisait ressortir la barbe noire de Moray, les traits aigus d'Argyll, le regard attentif, méfiant de Bothwell. Le motif pour arrêter Darnley était indiscutable : aucun souverain ne pouvait s'allier à des puissances étrangères contre son propre pays. Or, Moray et Maitland possédaient des preuves de la correspondance du roi avec le pape et Philippe II d'Espagne. En outre, Darnley tenait sous la main quelques navires prêts à appareiller afin de pouvoir rejoindre ses alliés s'il le jugeait opportun. Questionné à ce sujet, le jeune souverain avait offert de pitoyables dénégations.

Terré dans son fief de Glasgow, le comte de Lennox, son père, ne participait plus à la vie politique. Qu'il fût l'instigateur des décisions prises par son fils ne laissait aucun doute. Darnley était trop léger et inconséquent pour élaborer seul des manœuvres aussi tortueuses.

Leur décision prise, les lords restèrent un moment silencieux, chacun perdu dans ses propres pensées. Moray et son beau-frère Argyll voyaient s'ouvrir devant eux un espace sans limites, Huntly le rétablissement de la puissance de son clan sur le nord du pays, Maitland une collaboration de plus en plus étroite avec l'Angleterre menant à des accords profitables à l'Écosse, Bothwell l'élimination d'un mauvais roi, d'un homme méprisable et d'un rival. Et tous, sans s'être consultés, avaient l'intention d'obtenir de la reine le pardon des Douglas exilés depuis le meurtre de Riccio. Darnley les ayant trahis, la meute, dès son retour en Écosse, serait lâchée sur le jeune souverain. À dix-neuf ans, son sort était scellé.

39

James se réveille en sursaut. En dépit du froid mordant, il transpire. Les lettres... pourquoi ne les a-t-il pas détruites ? Par vanité ? pour garder une arme s'il avait à se défendre ? Moray et Maitland s'en sont emparés pour déshonorer Marie. Il leur a fait ce cadeau.

Le prisonnier fouille sa mémoire. Il cherche à retrouver les mots compromettants. Existaient-ils seulement ? Marie y exprimait son amour en termes passionnés, sa jalousie aussi... Joan. James se souvient d'un regard froid, d'un corps réticent et de larmes quand il lui a annoncé sa volonté de divorcer, de reproches aussi, de mots amers, agressifs. Ceux de Marie caressent, supplient, interrogent. Il entend sa voix mais ne saisit pas ce qu'elle dit. Il l'implore de se rapprocher, de venir dans ses bras. À tâtons, il fait le tour de la chambre, ses jambes se dérobent, il tombe à genoux devant un souvenir, une ombre qui le hante, l'échec d'une vie détentrice de tant de promesses... Tout ce pourquoi il s'est battu, et qu'il a fini par obtenir, lui a glissé entre les doigts.

L'aube va se lever, un petit matin gris sur les murs blancs de Dragsholm. Pourquoi le roi du Danemark ne le livre-t-il pas aux Écossais ? La mort sur un échafaud en plein Édimbourg serait une victoire morale. Sans cesse à mi-voix, James dit et redit les mots qu'il prononcerait avant de poser la tête sur le billot, des mots précis, accusateurs, qui ouvriraient peut-être les portes de la prison de Marie Stuart : Qui a voulu la mort de Darnley ? Qui a exécuté le roi et pourquoi ? Aux comploteurs, il a tendu trois doigts et la machine l'a broyé.

Perché sur une gouttière, un hibou hulule. Quelques serviteurs chargés de ranimer les flambées traversent la cour avec leur chargement de bois. Des chiens aboient.

James pense que trois événements ont marqué sa vie d'une façon indélébile : le divorce de ses parents, son mariage avec la reine, sa défaite à Carberry Hill. Ensuite, poussé par des forces incontrôlables, il s'est enfoncé dans l'obscurité. Un cerf traqué dans des sables mouvants qui l'étouffent peu à peu.

À genoux, James se traîne jusqu'à son lit. Il attend le bol de bouillie d'avoine et le flacon d'eau-de-vie. Alors il dormira ou laissera se déchaîner les forces destructrices tapies en lui.

Le soleil ne se lève pas. Une neige mêlée à de la pluie tombe d'un ciel d'ardoise. La seule chose que James souhaite désormais est de reposer en Écosse, chez lui, à Crichton, dans le cimetière de la vieille église collégiale où s'est mariée sa sœur ; que les Danois ne gardent pas sa dépouille dans un pays où il n'a connu que le malheur, le déshonneur, la lente désintégration de sa vie. Pour seule arme, il a sa résistance. Au trou, dans l'obscurité, le froid, enchaîné à un poteau au milieu de ses déjections, il a survécu. Nul ne peut se vanter d'avoir eu raison d'un Hepburn.

Aujourd'hui, il ne quittera pas sa paillasse. Ses jambes, ses genoux le torturent. Il n'ira pas voir tomber la neige, contempler le petit morceau de mer grise que survolent les goélands. Il fermera les yeux et se laissera entraîner vers le passé, ses triomphes, ses frustrations, sa détresse, la malédiction qui a marqué son destin. Tout ce qu'il a touché s'est transformé en pourriture ou en cendres. Porté par le vent, un parfum l'emporte à Paris. Il n'a pas su jouir pleinement des délicatesses qu'en France la vie offrait aux grands seigneurs. Toujours il pensait à l'Écosse.

James murmure « Éléonore ». Il revoit le regard vif, les lèvres délicieusement dessinées, la poitrine parfaite. Il était attaché à cette femme libre et impertinente, il l'a quittée sans aucune promesse de retour. L'Écosse le reprenait. De ses amis, ses maîtresses, il ignore le sort. Il est mort pour eux, ils sont morts pour lui, sa mémoire les a enfouis dans l'oubli. Seule Marie est vivante. Elle avait exigé qu'il brûlât ses lettres. Les lettres... Pourquoi celles-ci le hantent-elles ? Que cherche-t-il à retrouver, à expliquer, à se pardonner à lui-même ? Leur liaison adultère ? Une confusion des sentiments qui lui a fait mêler son amour à ses ambitions ? Certes, il a aimé Marie parce qu'elle était reine, parce que cette femme puissante se déclarait son esclave. Elle l'a aimé pour lui, la force de son caractère, sa sensualité. À ses longues lettres passionnées, il ne répondait que par de courts billets qu'elle détruisait. Aujourd'hui, il veut lui dire que même s'il ne savait pas écrire des mots d'amour, il l'a aimée. Mais il est trop tard.

40

Tout autour du château de Stirling flottaient oriflammes et étendards. On avait aménagé les écuries, refourbi les cuisines, ciré les boiseries, poli les marbres, tendu la chapelle de tapisseries amenées d'Édimbourg, acheté des centaines de bougies, des montagnes de bois de chauffage pour le confort des invités. Œufs, volailles, moutons, poissons d'eau de mer et de rivière encombraient les arrière-cuisines. De France débarquaient des fûts de vin de Bourgogne et de Bordeaux, des mélanges d'épices rares, du beurre, des caisses de massepains, de fruits confits, de dragées et confitures, des pétales de rose et de violette cristallisés dans du sucre. Venant de Leith, de Dumbarton se suivaient sur les chemins défoncés les cortèges des princes, prélats, ambassadeurs, grands seigneurs arrivés des principaux royaumes d'Europe, que dépassaient les troupes d'arquebusiers et de hallebardiers envoyés d'Édimbourg pour assurer la sécurité des hôtes de la reine.

Malgré les conseils de Bothwell, Marie avait imposé un baptême catholique. Son fils hériterait de la religion de ses ancêtres et, s'il devenait roi d'Angleterre, restituerait leur liberté aux catholiques anglais. Aucun argument n'avait pu changer la résolution de la jeune femme.

James et Joan s'étaient installés à Stirling dans un appartement proche de celui de la reine. Darnley avait promis de paraître au baptême de son fils mais nul ne croyait plus en sa parole.

— Pour me fâcher, lord Darnley serait capable de s'éclipser avant la cérémonie, à moins que ses valets ne le retrouvent vautré ivre mort sur son lit. Tu recevras à mes côtés et feras un meilleur hôte que le roi.

Blottie contre James, Marie laissait libre cours à sa joie. Le fastueux baptême de son enfant allait être une revanche sur sa volonté sans cesse bridée, son manque d'argent, l'isolement de l'Écosse. La reine Élisabeth d'Angleterre avait accepté d'être la marraine du petit prince et déléguait lord Bedford pour la représenter. Charles IX était parrain. Les comtes de Brienne et Moretta ainsi que nombre de représentants des plus nobles familles anglaises étaient attendus incessamment à Édimbourg. James n'osait exprimer sa satisfaction. Quelques mois plus tôt, l'honneur qui lui incombait serait allé au comte de Moray. Inexorablement il l'évinçait. La place que désormais il occupait en Écosse lui permettait enfin de tenir à distance ceux qui avaient trahi leur pays. Pour lui, l'Écosse ne pouvait être ni dans le présent, ni dans l'avenir une nation vivant sous l'étroite dépendance politique et économique de l'Angleterre.

Avec des gestes doux, James caressa les cheveux auburn de Marie. Sans retenue, elle se donnait maintenant à lui, il était son amour mais aussi son ami, son conseiller, son défenseur. Depuis la mort de son beau-père, le roi Henri II de France, puis sa séparation d'avec les Guise, la jeune femme vivait dans une complète solitude morale et émotionnelle. Spontanée, elle devait mesurer chacun de ses mots ; généreuse, il lui fallait tout calculer. Et aucun de ses deux maris n'avait su l'épanouir physiquement. Le tempérament des Stuart et la fougue des Guise avaient fait bientôt d'elle une amante exigeante qui conciliait le naturel des Écossaises et la sensualité raffinée des Françaises. Enseigner l'art d'aimer à sa reine était une tâche dont James s'acquittait avec ardeur.

— Je serai avec toi si le roi choisit de ne pas se montrer. Mais pour ton honneur, mon cœur, tu dois lui mettre l'épée dans les reins. Sa défection ferait courir sur nous des rumeurs dont ni toi ni moi n'aurions rien à gagner.

Marie ferma les yeux. Comment avait-elle pu aimer passionnément un homme aussi méprisable ? Ses minables petits complots pouvaient se révéler dangereux. Quelles promesses avait-il faites aux Espagnols, au pape, et même aux Français ? L'hostilité de Catherine de Médicis envers celle qui avait été sa bru restait entière et la reine mère pouvait fort bien pousser Darnley à lui confier l'éducation catholique du petit James à la cour de France en échange d'une longue régence. Si les membres de la Congrégation étaient prêts à vendre l'Écosse à l'Angleterre, les Lennox la livreraient volontiers au plus offrant.

— Le roi veut m'écarter, murmura Marie. Il a été humilié par ses propres erreurs, les conséquences de son entêtement, de sa lâcheté, et cherche à me prouver qu'il reste une force déterminante dans le royaume. Si je ne frappe pas la première, c'est moi qui serai éliminée.

— Nous agirons comme convenu.

— Et nous deux, Jamie ?

— Montrons-nous patients. Seules des raisons politiques doivent être mises en avant pour justifier ta décision de te séparer du roi. Ne livre à tes ennemis aucune arme pour nous abattre.

Les trompettes, cornemuses et roulements de tambour précédèrent le cortège solennel qui se dirigeait vers la chapelle de Stirling. Comme la reine l'avait craint, Darnley, se sachant haï et méprisé, s'était claquemuré dans son appartement et refusait d'assister aux fêtes. Nul parmi les invités n'avait osé s'étonner ouvertement de l'absence du roi, mais chacun comprenait qu'entre Marie et son époux la guerre était déclarée.

Les souvenirs qu'elle conservait des fêtes à la cour des Valois avaient incité Marie à vouloir une pompe dont aucune considération financière ne devait amoindrir l'éclat. Une partie de son argenterie fondue, elle avait pu faire confectionner pour les représentants des plus grandes familles écossaises de somptueux vêtements. Pour l'homme qu'elle aimait, elle avait choisi du satin bleu de France broché d'argent, une toque de velours de la même étoffe piquée de plumes noires qui faisaient ressortir le savant tuyauté de la fine chemise de batiste. Les comtes de Moray et de Huntly étaient en amarante, tandis que les dames étaient parées de satin rubis, de taffetas chamarré, de velours émeraude à losanges, de damas cordonné d'or, de crêpe frangé mordoré d'argent. Comme pour son mariage avec le dauphin, durant son deuil ou lors de son remariage, Marie avait choisi le blanc, sa couleur préférée, soutaché d'argent, doublé de fourrure blanche. Une ceinture d'or ornée de diamants soulignait la finesse de la taille, son fameux collier de perles noires tombait sur le corsage de velours et de damas brodé d'argent.

De Holyrood, la jeune femme avait fait venir tentures et tapisseries qui décoraient la chapelle dont les portes avaient été ouvertes à double battant pour laisser pénétrer le cortège. Près du baptistère sur lequel on avait placé le bassin d'or massif incrusté de pierres précieuses offert par

351

la reine d'Angleterre attendait l'archevêque Hamilton, primat d'Écosse, portant une chape brodée d'or. Trois évêques, un prieur et une dizaine de prêtres l'entouraient.

Quand, porté par le comte de Bedford à côté duquel se tenait la comtesse d'Argyll, le petit prince fit son entrée dans la chapelle, les voix du chœur royal s'élevèrent dans le flamboiement des bougies et des torches. Il était cinq heures, la nuit était tombée, le ciel se constellait d'étoiles.

James et Marie échangèrent un bref regard. La reine savait qu'en compagnie de Moray et de Huntly, Bothwell resterait derrière la porte. Aucune supplication, aucune caresse n'avaient eu raison de la détermination du comte de ne pas assister à la cérémonie. Sa propre foi catholique avec ses fastes, ses ors, sa musique, la splendeur des objets sacrés, la beauté des statues, la douceur de l'encens la ramenait vers son enfance, sa famille et son pays d'adoption, son éducation, son individualité de princesse et de reine, fille de l'Église. Cet héritage, le bien le plus précieux qui lui demeurait, elle voulait le léguer à son fils.

À l'intérieur de la chapelle, tenant chacun en main un cierge, les représentants de la noblesse catholique écossaise formaient une haie d'honneur et la lumière faisait scintiller les pierres précieuses, nacrait les perles, veloutait les étoffes, soulignant un regard, les contours d'une bouche, l'arrondi d'un corsage.

Les fêtes durèrent deux jours avec leurs banquets, bals, divertissements dansés. Sébastien Pagez, le premier valet de chambre de la reine, d'origine auvergnate, avait élaboré un spectacle qui avait provoqué le seul incident de la cérémonie. Surgissant avec de grands cris à la fin d'un festin, des acteurs déguisés en faunes avaient agité leur queue sous le nez des dignitaires anglais qui, voyant une allusion à une vieille superstition populaire prêtant aux Anglais cet appendice poilu en punition de l'assassinat de Thomas Becket, s'étaient piqués et avaient menacé de quitter la table. Seules les interventions de la reine et du comte de Bedford avaient pu calmer les esprits et le spectacle final avait achevé de détendre l'atmosphère. Dans le parc, près du cimetière, une tente avait été dressée qui protégeait les artificiers prêts à illuminer la nuit, à éblouir les spectateurs. Attaqués de tous côtés par des centaines de démons, fauves, ogres et sorciers, les défenseurs d'un fort en carton avaient pris le parti de faire sauter leur bastion dans une apothéose pyrotechnique qui avait enthousiasmé les plus blasés.

À aucun moment le jeune roi ne s'était manifesté.

— Il faut signer, Madame.

Après Bothwell, Moray et Maitland, le comte de Bedford était intervenu. Marie devait pardonner aux assassins de Riccio, tourner une page. Bien que personne n'eût évoqué Darnley, chacun savait qu'en autorisant les Douglas à regagner l'Écosse, il en serait fait de lui.

La reine soupira. Exposer la vie d'un homme qu'elle avait autrefois aimé, le père de son fils, lui semblait une bassesse, mais avait-elle le choix ? Toujours à Stirling, que complotait celui qui était désormais son ennemi ? À Craigmillar, quelques semaines plus tôt, elle avait accepté que Darnley fût appréhendé et jugé pour trahison. Quelques chiens de plus dans la meute changeraient-ils le destin de ce garçon de vingt ans ? Bothwell gardait le silence.

— Je suis prête à pardonner à tous, prononça-t-elle d'une voix sombre, à l'exception de Kerr de Fawdonside et de George Douglas qui ont atteint à la majesté de la personne royale en me menaçant. Mais auparavant je souhaite savoir ce que pense l'ambassadeur de France.

— Monsieur du Croc est en faveur d'une amnistie.

— Et vous, Bothwell ?

— Moi aussi, Madame.

James était conscient que pour éliminer Darnley, une trêve générale était nécessaire, il ne pouvait se dissocier des autres et devait pour un temps au moins s'assurer de leur neutralité. Aussi longtemps qu'il progresserait vers le pouvoir sans le détenir, il ne pouvait envisager de faire cavalier seul. Darnley éliminé, il était prêt à collaborer pour les affaires du royaume avec Moray et Maitland. De Morton, et avec lui du puissant clan Douglas, il espérait se faire des alliés durables.

Le temps sec qui avait agrémenté les fêtes du baptême avait tourné à la pluie. Dès le surlendemain, la reine quitterait Stirling pour se rendre chez son amie la comtesse de Mar dans son château de Tullibardine, tandis que James passerait les fêtes de fin d'année avec Joan à Crichton. Début janvier, après s'être réunis une ultime fois, les lords mettraient à exécution l'ensemble des décisions qu'ils avaient arrêtées.

Avant son départ, James ne put voir Marie en privé. L'extrême prudence qu'ils s'étaient imposée leur interdisait de prendre le moindre risque, de profiter d'apartés pouvant prêter aux médisances. Marie était déchirée par ces contraintes. Sa nature spontanée la poussait à donner des preuves de son amour, à en jouir, et ce bonheur lui était interdit. Davantage maître de lui, James parvenait à la rassurer par un regard, quelques mots d'apparence anodine, une pression de main.

À Crichton, Joan réclama son mari dans son lit, rechercha sa présence. L'attitude de la jeune femme à son égard était en train de changer et ce revirement de sentiments qu'il aurait accueilli quelques mois plus tôt avec joie le laissait à présent de glace.

41

Mon doux cœur,
Après avoir pris connaissance du pardon accordé
aux Douglas, le roi est parti à bride abattue se
réfugier chez son père à Glasgow. Soyez à Stirling
aussitôt que possible. Nous nous retrouverons
dans l'appartement de lady Reres. Je ne puis
attendre davantage le bonheur d'être à vous corps
et âme.

Bothwell froissa le carré de papier et le jeta au feu. À quelques pas, Joan était penchée sur un ouvrage de broderie, ses barbets favoris à ses pieds. La veille, sa femme et lui avaient partagé un seul lit pour la nuit.

— Le roi est à Glasgow, dit-il à Joan qui relevait la tête. Le Conseil privé se réunira bientôt à Stirling.

La fuite de Darnley était un désastre. Les projets si soigneusement élaborés s'effondraient. Le comte de Lennox ne manquait pas de partisans et, s'il les associait aux intrigues de son fils, la reine et surtout le jeune prince étaient en danger. Une décisive partie d'échecs commençait, qui avait pour enjeu l'avenir de Marie et le sien.

Chez lady Reres, la reine l'attendait. Ses yeux cernés, sa pâleur, son agitation dévoilaient une anxiété qu'elle ne pouvait maîtriser et au cœur de la nuit seulement James parvint à l'apaiser. Rien ne servait de se tourmenter. Il fallait savoir au plus vite ce que Darnley mijotait et le contraindre à quitter son antre. Ces deux objectifs étaient délicats, pas impossibles.

— Rends-toi auprès du roi, insista Bothwell, amadoue-le, ne lui fais aucun reproche, adresse-toi à lui en employant les termes raisonnables d'une épouse qui cherche à comprendre une décision déconcertante. Darnley est fat, toujours avide de plaire. Sous-estimerais-tu ton pouvoir de séduction ?

La reine sourit. Seul Bothwell savait lui redonner confiance, éveiller sa combativité. L'année 1567 qui venait à peine de commencer serait celle du triomphe de son autorité comme celui de sa vie amoureuse. D'ici peu, ce serait un mari qui la serrerait dans ses bras. Ensemble, ils partageraient le fardeau du pouvoir, les joies et les soucis d'un époux et d'une épouse.

— Je viens de redonner son pouvoir juridique à l'archevêque de Saint Andrews, annonça soudain Marie. Ainsi il pourra prononcer la dissolution de mon mariage et celle du tien. Si la preuve que le roi a voulu me trahir est établie, la rupture de notre union n'entraînera pas la bâtardise de notre enfant.

Allongé sur le ventre, James enlaçait Marie d'un bras. Il voulait jouir de l'instant présent, se laisser griser par l'odeur de sa chevelure, la savoir heureuse.

— Ne parais pas au Conseil privé, chuchota soudain la jeune femme. Nul ne t'a vu à Stirling et te voir surgir de bon matin sur un cheval frais lèverait des soupçons. À l'aube, gagne la demeure des Seton, je t'y ferai appeler à titre officiel. Nous tiendrons un autre conseil dans quelques jours.

Leurs lèvres se frôlaient.

— Avez-vous d'autres ordres à me donner, Madame ?

Les événements se précipitaient. Le comte de Bedford était reparti pour Londres, prêt à relater en détail à la reine Élisabeth la situation difficile dans laquelle se trouvait Marie Stuart, les complots qu'il flairait à Glasgow comme à Stirling. Darnley était arrivé chez son père terrassé par une forte fièvre et avait pris aussitôt le lit. Le voyant défiguré par des pustules, les médecins avaient diagnostiqué la variole. Purgé, saigné, le roi gisait fort mal en point. Soupçonnant une tentative d'empoisonnement, le comte de Lennox restait sur le qui-vive et suivait de loin les faits et gestes de sa bru. Il la haïssait désormais. Guéri, son fils devrait frapper vite et fort, enlever son enfant, dicter ses conditions.

Dès le lendemain du départ de l'émissaire anglais, le Conseil privé s'était réuni à nouveau. À la veille de son mariage avec Marie Fleming, la troisième des Marie à convoler, Maitland n'y était pas paru. À l'unanimité, les lords avaient affirmé la nécessité de faire revenir au plus tôt le roi à Édimbourg.

À l'issue du conseil, la reine prit la décision de se mettre en route dès que possible pour Glasgow où elle persuaderait son mari de la suivre. Malgré les réticences probables du comte de Lennox, la promesse de reprendre leur relation conjugale suffirait, elle l'espérait, à le décider. En silence, les lords écoutèrent leur reine réitérer sa volonté : rien ne devait être entrepris qui fût déshonorant pour elle. Elle voulait seulement obtenir une annulation de son mariage sans entraîner l'illégitimité du prince et ne souhaitait aucun mal à Darnley auquel elle venait d'envoyer le sieur Arnault, son médecin. Le ton monocorde de Marie révélait l'effort qu'elle faisait pour dominer sa tension. À plusieurs reprises, son regard s'était arrêté sur son demi-frère puis sur Bothwell, comme si elle guettait un signe, un encouragement. Mais Moray gardait les mâchoires serrées et James ne voulait à aucun prix donner aux lords la joie de constater une certaine intimité entre lui et la reine. Le lendemain, il partait pour les Borders et ne savait s'il parviendrait auparavant à s'entretenir en privé avec elle.

Alors qu'il allait quitter la salle du Conseil, Bothwell fut surpris d'être arrêté par Moray qui d'ordinaire l'évitait.

— Soyez demain au château de Wittingham, demanda-t-il d'une voix feutrée. Morton et Maitland vous y attendront.

Maitland, à cause de son récent mariage, Morton, parce qu'il était banni pour un temps de la Cour après son pardon, n'avaient point paru au Conseil.

— Recevrai-je une invitation formelle ? interrogea-t-il du même ton.

— N'auriez-vous point confiance en moi, milord Bothwell ?

Le regard hautain du Bâtard exaspérait James.

— La matière dont ils ont à vous entretenir concerne le roi, précisa Moray. Dès son retour à Édimbourg, il faudra agir.

— En supposant que Sa Majesté parvienne à le convaincre de quitter Glasgow.

— Elle réussira, assura Moray. Vous l'aiderez à trouver les mots qui persuaderont Darnley. Vous le pouvez, n'est-ce pas ?

Le lendemain, alors que James enfourchait son cheval pour se rendre à Wittingham puis à l'Hermitage, French Paris surgit porteur d'une lettre. La reine en personne avait sollicité de James la faveur de lui laisser prendre à son service le jeune Français. La confiance qu'elle avait en sa discrétion était absolue, lui seul pouvait leur servir d'intermédiaire.

Il tendit la lettre, un sourire rusé aux lèvres.

— Que n'étiez-vous là ce matin, milord, pour sécher les pleurs de notre souveraine !

Bothwell fut sur le point de monter dans l'antichambre de Marie pour obtenir un court entre-

360

tien, mais les paroles prononcées la veille par Moray renforçaient sa prudence.

— Dis-lui que je lui baise les mains et serai de retour aussitôt que possible.

À peine sous la voûte qui traversait l'enceinte de la forteresse, James décacheta la lettre de Marie. Derrière lui résonnait sur les pavés le martèlement des sabots des cinquante chevaux montés par son escorte. À Wittingham, il ne comptait s'arrêter que quelques heures, mais il était satisfait de savoir Morton et Maitland désireux de partager ses points de vue.

À Stirling, ce samedi.

Demain, milord, je partirai pour Craigmillar avec le prince. Portant foi à ces rumeurs de complot, je l'y laisserai sous bonne garde avant de regagner Holyrood où vous pourrez me rejoindre. Écrivez-moi des Borders car pas une heure ne se passe sans que je pense à vous. Seule la perspective d'être soulagée de mes angoisses me permet de tenir bon mais je suis tourmentée au point d'en perdre le sommeil. Sans vous, mon cher cœur, je craindrais tout de l'avenir. Revenez vite, j'ai besoin de vos conseils pour ce difficile voyage à Glasgow. Je m'y rendrai cependant avec détermination. Les complots de Lennox ne peuvent se poursuivre plus longtemps. Ne m'oubliez pas à l'Hermitage. Alors que vous luttiez pour survivre, j'y ai passé les heures les plus angoissantes de ma vie. S'il fut un moment où je pris conscience de mon amour pour

*vous, ce fut bien celui-là. Votre mort aurait causé
la mienne...*

Aimez-moi comme je vous aime.

La journée était si belle que le comte de Morton emmena ses hôtes dans le parc boisé qui
entourait le vieux château de Wittingham. De
légers nuages couraient dans le ciel et à l'horizon, au-delà des bois, les collines découpaient
leurs pics rocheux avec la précision d'un trait de
plume.

Les trois hommes longèrent un ruisseau qui se
faufilait entre des rejets d'arbustes, des pierres
polies par le courant. Un peu plus loin avaient
été disposés sur une table de bois entourée de
simples bancs quelques bouteilles de vin et des
verres.

— Buvons au succès de notre entreprise ! souhaita d'emblée Morton.

Ses cheveux, sa barbe d'un roux ardent accen-
tuaient la dureté de ses traits, la rouerie du
regard.

Sur le qui-vive, Bothwell leva son verre.

— Les dés sont jetés, lança soudain Maitland.
Ce que nous avons arrêté en novembre dernier à
Craigmillar doit être accompli. Darnley, je le sais
de source sûre, est en train de se poser en cham-
pion du catholicisme pour obtenir le soutien du
pape et du roi d'Espagne. Dans les cours européennes commence à circuler le bruit que la
reine va contre-attaquer. Si ces rumeurs n'ont

pas encore atteint les Lennox, ce serait un miracle.

— Sa Majesté la reine est sur le point de prendre la route pour Glasgow, dit Bothwell. Elle ramènera le roi à Craigmillar.

Morton, qui avait écouté avec attention, posa soudain son regard sur Maitland.

— J'entends bien, milords, que vous avez l'intention d'arrêter Darnley pour trahison, de le destituer de sa dignité de roi afin de pouvoir le juger. Mais les Douglas ne peuvent se satisfaire d'un simple internement ou bannissement. Darnley a trahi son clan. Ce crime en Écosse mérite son juste châtiment.

Bothwell posa son verre.

— Voulez-vous signifier, milord, que le roi doit mourir ?

Vivement, James rassemblait ses pensées. Marie et lui n'auraient-ils pas tout à gagner de la mort de Darnley ?

— Je ne peux être de ce complot, prononça-t-il d'un ton neutre qui laissait ouverte la discussion.

— On ne demande que votre accord, milord. Les Douglas n'ont besoin de personne pour se faire justice.

— Qu'en pensez-vous, Maitland ?

— L'intérêt de notre pays passe avant celui des Lennox, se contenta-t-il de répondre.

La prairie sur laquelle la table avait été dressée descendait en pente douce vers un enclos où paissaient des moutons à tête noire.

— Quelqu'un doit persuader Darnley de ne point accepter de résider à Craigmillar. Il y serait trop bien gardé.

— Plaisantez-vous ? intervint Bothwell. Le roi flairera un piège.

Morton eut un petit rire.

— Pas nécessairement s'il choisit lui-même une autre résidence.

— Et qui pourrait le convaincre, milord ?

À petites gorgées, Morton acheva de boire le contenu de son verre. La joie que James voyait sur son visage dévoilait sa férocité.

— Quelqu'un en qui Darnley a toute confiance et qui est notre allié. Il pourrait pousser ce jeune fat à nous frapper le premier... Nous n'aurions plus alors qu'à riposter.

Pour la première fois, James imaginait la liquidation physique de Darnley. Un grand trouble l'empêchait de rassembler ses pensées.

– Je vous remercie de votre confiance, put-il seulement prononcer. Mais souvenez-vous qu'à Craigmillar nous avons promis à la reine de ne pas user de violence envers son époux.

— Vous placeriez-vous en vertueux chevalier de la juste cause, milord ? se moqua Morton d'une voix cinglante.

42

Mon cher cœur,
Un informateur m'apprend que le roi se prépare
à s'emparer des îles Scilly et de la forteresse de
Scarborough, des positions stratégiques pour les
Anglais. Ces actes hostiles peuvent rendre impos-
sible dans le futur la bonne entente que je m'ef-
force de maintenir avec ma cousine la reine
Élisabeth, m'ôtant toute chance de lui succéder un
jour. Je partirai comme prévu après-demain pour
Glasgow et vous supplie de regagner au plus vite
Holyrood. Sans votre force, votre amour, le
dévouement que vous avez toujours montré envers
moi, j'aurais le plus grand mal à entreprendre ce
pénible et difficile voyage.

James prit aussitôt la route d'Édimbourg.
Depuis son entretien avec Morton et Maitland, il
ne parvenait plus à maîtriser une inquiétude
mêlée d'exaltation. Il était évident qu'étaient par-
tiellement connus les liens l'unissant à Marie et
il n'avait point cherché à jouer l'innocent. Les
lords étaient-ils disposés à le soutenir ou à s'opposer à lui ? Pour le moment, leur cause était
commune, mais une fois le diable sorti de sa
boîte, saurait-il le tenir en respect ?
Durant ses longues chevauchées dans les Borders, James s'était interrogé sur l'identité de
l'agent double auquel Morton avait fait allusion.

Très vite, ses suspicions étaient tombées sur James Balfour, un proche de Darnley connu sous le nom de Balfour, le Blasphémateur. D'abord catholique, il s'était fait protestant, avait tenu le siège du château de Saint Andrews et, après l'assassinat du cardinal Beaton, s'était reconverti habilement au catholicisme. Avocat jouissant d'une certaine renommée, il était aussi impliqué dans des affaires religieuses qui lui rapportaient gros et tenait le rôle occasionnel de juge. Souple, aimable, cultivé, il était sympathique à tous, n'avait aucun respect de sa parole, aucun réel attachement. Ses deux frères ne valaient guère mieux que lui.

La lande était couverte d'une mince couche de gel qui faisait reluire les herbes dures et sèches, sonner les sabots des chevaux. L'eau des tourbières était prise par la glace, la mousse craquait sous les pas. Un grand silence régnait sur les collines au-dessus desquelles planaient des oiseaux de proie. Holyrood semblait au bout du monde et cependant James savait qu'il ne pouvait s'attarder sur les Borders. Un poison courait dans ses veines qui le poussait vers la reine et le pouvoir. Aux desseins de ceux qui voulaient supprimer Darnley, il savait que, sans s'y associer, il ne s'opposerait pas.

À peine à Holyrood, James comprit qu'en y revenant librement, il scellait d'une façon définitive son destin. Blafarde, fébrile, la reine le reçut aussitôt. Dès que lady Reres se fut retirée, elle se jeta dans les bras de son amant.

366

— L'angoisse me tue, avoua-t-elle d'une voix hachée.

Elle voulait être rassurée, aimée.

L'intense plaisir de l'amour physique apaisa Marie. Elle reposait dans le lit, satisfaite, abandonnée.

— Partons en France, toi et moi, chuchota-t-elle soudain. Fuyons cette violence, n'acceptons pas ces odeurs de mort. En tant que reine douairière, j'y ai d'appréciables revenus. Enterrons-nous dans un château et vivons heureux.

La reine n'attendait point de réponse, la force d'un rêve lui suffisait. La France qui lui avait si cruellement manqué devenait avec le temps le symbole d'un paradis perdu.

— Battons-nous, répondit James. Toi et moi sommes des conquérants. Tu es reine. Ordonne, et si tu n'es pas obéie, sévis.

— Écris-moi tous les jours quand je serai à Glasgow.

À nouveau, Marie cherchait sa bouche. James pensa à Joan seule à Crichton, raidie dans cet orgueil qui, après l'avoir éloignée de lui, la poussait maintenant à exiger son dû. À présent, elle l'avait perdu pour toujours.

À l'aube, la reine se prépara pour son voyage. James l'accompagnerait jusqu'au château de lord Livingstone où elle passerait la nuit, puis il repartirait à bride abattue vers l'Hermitage. Marie, il n'en doutait point, jouerait à merveille sa partie. Aguicheuse, persuasive, tendre ou dominatrice, elle saurait donner à Darnley l'illusion qu'elle l'aimait encore et désirait lui accorder une seconde chance. Séduit, le roi tiendrait tête à son père qui sans nul doute tenterait de le retenir. Une fois Darnley en route, tout se passerait très vite. Les Douglas voulaient leur vengeance ? Lui-même n'aurait donc pas à intervenir. Il avait promis à la reine une action légale, le reste ne le concernait pas.

À Callendar, fief des Livingstone, James quitta la reine sous une pluie battante et, le cœur serré, regarda s'éloigner le cortège qui peu à peu disparaissait, effacé par les torrents d'eau.

Arrivé fourbu de Glasgow, French Paris remit à James la première lettre de Marie. Elle lui reprochait de ne pas avoir expédié un message qui l'aurait rejointe aussitôt installée. Mais tout se passait bien. Darnley était de bonne humeur, presque amoureux, et elle se rassurait. Ayant besoin de son appui, de conseils et encouragements, elle le suppliait de lui écrire au plus vite.

La main de Bothwell qui allait livrer la feuille de papier aux flammes s'immobilisa. Les lettres de la reine seraient peut-être un garant dans l'avenir. Se pouvait-il que Lennox mijotât quelque traîtrise ? ou que la vengeance des Douglas pût être travestie en volonté royale ? Tant de personnes s'agitaient dans l'ombre qu'il n'était guère possible de discerner les amis des ennemis.

Dans sa chambre, James gardait un précieux

coffret en argent portant les initiales du roi François II, un récent cadeau de Marie. Sans plus hésiter, il ouvrit la serrure à code et y déposa la lettre.

Chaque jour ou presque apportait à James une nouvelle missive de Glasgow. Marie était installée dans le palais de l'archevêque, son ambassadeur à Londres, et se rendait quotidiennement au chevet de son mari. Peu à peu, elle l'amadouait et lui faisait admettre que, s'il voulait vivre à ses côtés, il devait la suivre à Édimbourg où se traitaient les affaires du royaume. Elle ne pouvait s'attarder à Glasgow et avait prévu pour lui une litière afin qu'il puisse voyager confortablement jusqu'au château de Craigmillar où l'attendait un appartement agréable. Là, soigné par elle, il pourrait achever sa convalescence. Elle s'étonnait du peu de résistance du jeune roi. Elle aurait dû avoir pitié de lui mais son cœur ne pouvait plus s'émouvoir. « En fait, Joan et lui se ressemblent, pensait-elle. Intéressés, prosaïques, ils se servent de qui leur est attaché avec un puéril égoïsme. »

Les critiques de la reine sur Joan mettaient James mal à l'aise. Marie était possessive, jalouse, et après avoir considéré la jeune femme comme une amie, n'avait plus pour elle de mots assez méprisants. Cent fois il avait dû affirmer à sa maîtresse qu'il ne touchait plus Joan, cent fois elle le lui avait fait jurer encore. La simple pensée qu'ils puissent dormir sous le même toit lui était insupportable. Jaloux lui aussi des attitudes parfois trop familières de la reine envers les hommes de son entourage, James ripostait. Si Marie l'aimait comme elle le prétendait, elle ne devait entretenir avec les mâles que des relations distantes.

Après avoir décrypté les lettres de la reine souvent fort longues et écrites hâtivement, James tentait de comprendre les motivations du jeune roi. Sa docilité le tracassait ainsi que le silence de son père, terré dans sa chambre sous le prétexte qu'il saignait du nez. Longtemps auparavant, la régente Marie de Guise l'avait prévenu contre Mathew Lennox, un hypocrite et un traître. Comment Lennox pouvait-il se laisser abuser par ce retour inespéré d'affection venant d'une belle-fille en laquelle il n'avait plus la moindre confiance ?

French Paris avait fait plusieurs allers-retours entre Glasgow et Édimbourg, porteur de lettres et de quelques cadeaux : un bracelet que la reine avait tressé pour son amant avec ses propres cheveux et un pendentif de pierres où étaient peints des larmes et des ossements, symbole de sa mort à tout ce qui n'était pas leur amour. Lors de sa dernière apparition, le valet avait rapporté que Darnley était prêt au départ, mais que Lennox restait invisible. Avec une plus grande prolixité, il s'était étendu sur le prochain mariage de Sébastien Pagez, le maître d'hôtel auvergnat de la reine, avec Cristina Hogg, sa femme de chambre favorite. La reine avait promis d'assis-

370

ter à leurs noces célébrées à Holyrood. Paris avait ajouté que malgré le point de côté dont elle souffrait, la reine se portait bien. Pressé par Bothwell qui voulait en savoir plus, le valet avait fini par admettre que la reine vivait dans un grand état de nervosité, dormait peu et mal. « Si j'osais, avait-il insinué, je dirais à Votre Seigneurie qu'elle a laissé derrière elle sa raison de vivre. » James avait souri.

Le jeune homme comptait les jours. Marie devait quitter Glasgow, être en route avec Darnley pour Linlithgow où ils passeraient la nuit. Une pluie mêlée de neige tombait. À deux reprises, le comte se rendit à Craigmillar afin de s'assurer que tout était prêt pour recevoir le roi. Les médecins l'assurèrent qu'une semaine de traitements, des bains surtout, serait suffisante pour achever le rétablissement du malade. Le compte à rebours était commencé.

— Je vous cherchais depuis hier, milord.

Le messager maculé de boue qui venait de rejoindre James était harassé. De Linlithgow, il avait galopé jusqu'à Édimbourg, puis jusqu'à Craigmillar, avant de descendre sur les Borders. Le message était froissé, humide de pluie. Avec fébrilité, James brisa le sceau. Marie écrivait que Darnley refusait de s'installer à Craigmillar. James Balfour lui avait proposé la maison de son frère Robert à Kirk O'Field, proche de la résidence des Hamilton. Adossée au mur d'enceinte de la ville, la demeure était située dans un rectangle au centre duquel se trouvait une vieille église désormais en ruine. D'agréables maisons bordaient cette place bien exposée, calme et salubre, peu éloignée de Holyrood. Le roi avait été séduit par cette proposition et aucun argument n'avait pu le faire changer d'avis. Elle attendait avec impatience ses instructions et le priait instamment de venir à sa rencontre. « Brûlez dès que vous l'aurez lue cette lettre », concluait-elle. James alla aussitôt faire seller son cheval avant de galoper vers le nord.

En route, le comte tenta de comprendre la raison de la décision de Darnley, soufflée sans nul doute par Balfour. Avait-il eu vent du complot ? Mais dans ce cas, il serait retourné aussitôt à Glasgow se remettre sous la protection de son père. Désirait-il se trouver plus près du palais de Holyrood, et dans ce cas pourquoi ?

Édimbourg était paisible. Des domestiques s'activaient dans les appartements de la reine qui y coucherait dès le lendemain, à moins qu'elle ne souhaite rester chez Robert Balfour auprès de son mari. Le petit prince était en bonne santé. La tête un peu grosse par rapport à son corps, le bébé était vigoureux, souriant, curieux de tout. Dans l'incertitude des intentions du roi, James exigea que des gardes veillent nuit et jour devant la porte de l'enfant.

Moray et Maitland attendaient Bothwell pour aller à la rencontre de la reine. Le ciel était gris et terne, le froid toujours vif. Le Bâtard et le secrétaire d'État ne commentèrent que brièvement l'abandon de Craigmillar au profit de Kirk O'Field. Moray semblait attendre quelque chose avant de se prononcer. À deux pas de Kirk O'Field, les Douglas se terraient dans leur résidence d'Édimbourg.

— Vous semblez bien sombre, milord ! remarqua Maitland d'un ton que Bothwell trouva teinté d'ironie.

Tout les divisait. À sa franchise un peu brusque, Maitland opposait des paroles à double sens ; à son caractère impulsif, une subtilité, une ruse que James trouvait indignes d'un gentilhomme.

— Qui peut prétendre en ce moment avoir des occasions de se réjouir ? Vous, monsieur le secrétaire ?

Pour calmer les protagonistes, Moray fit un signe de la main. Son masque impénétrable interdisait toute question ou remarque. En dépit de l'hostilité qu'il éprouvait pour le personnage, James ne parvenait pas à le mépriser. Eût-il été enfant légitime, Moray aurait fait un grand roi.

— Nous parlerons de la nouvelle situation où nous nous trouvons en temps voulu, dit-il d'un ton calme, presque indifférent. Morton, Argyll et Huntly seront prévenus.

Sous la pluie fine et drue, Moray releva le col de son ample manteau de cavalier. Des buissons racornis se penchaient sous le vent qui portait des odeurs de terre mouillée. James qui chevauchait derrière lui voyait sa tête haute, ses larges épaules. De qui devait-il le plus se méfier : du roi ou de cet homme redoutable ? Soudain, le Bâtard ralentit l'allure de son cheval pour se mettre à son côté. Un léger sourire aux lèvres, il se tourna vers le comte.

— La reine nous fait confiance à vous comme à moi. Quels que soient les différends qui nous opposent, c'est bien son intérêt comme celui de l'Écosse qui nous occupent, n'est-ce pas ?

43

James observe le paquet de vêtements propres qu'on vient de jeter sur son lit. Depuis longtemps, on a renoncé à le vêtir, à lui parler. Il fait le tour de sa chambre, dix pas à droite, dix pas à gauche, ou dort. Il devient une bête. En touchant l'étoffe rêche, James se souvient des pourpoints en tissu précieux, des chaînes d'or, des baudriers de velours brodé qu'il portait autrefois. À sa Cour, Marie le voulait aussi bien paré que les plus élégants. Pour qu'il se fasse confectionner des vêtements, elle lui avait offert des étoffes somptueuses, d'antiques chasubles où les fils de soie et d'or se mêlaient dans une minutieuse perfection. Lui, dont le plus grand bonheur était de chevaucher sous la pluie ou dans le vent, se prenait à apprécier les chemises de toile fine au col tuyauté, les mules de velours, les gants en peau de daim, les toques ornées de plumes exotiques. Quand il a fui l'Écosse, James se souvient d'avoir emporté quelques malles où étaient réunis ses plus précieux effets. Le navire de sa flottille qui les transportait n'a pas abordé en Norvège. Qu'est-il devenu ? A-t-il coulé dans la tempête ? Sa cargaison a-t-elle été vendue à la criée ? Le prisonnier s'en moque, son passé ne lui appartient plus depuis longtemps, il n'a ni possessions, ni amitiés, ni amours, ni honneurs. Sa mère morte, seules la reine, sa sœur, Janet sa vieille maîtresse et peut-être Joan se souviennent-elles encore de lui. Mais elles gardent dans leur mémoire l'image d'un homme séduisant, d'un gentilhomme qui n'existe plus.

James ôte sa veste raidie par la sueur et la crasse, passe celle qu'on lui a remise. Il n'a plus de muscles, ses bras ressemblent à des branches mortes, ses côtes saillent comme celles d'une carne menée à l'abattoir. L'athlète s'est transformé en cadavre desséché. Les boutons de bois résistent à ses doigts perclus d'arthrite. French Paris, Gabriel, ses autres valets l'habillaient avec compétence, rapidité. Tandis qu'ils nouaient les cordons, tiraient les bas, attachaient des boutons souvent minuscules en nacre, argent, ébène ou ivoire, il lisait son courrier, dictait une lettre, écoutait un visiteur. Un barbier venait le raser, effiler sa moustache. Comment est mort French Paris ? James pense qu'on a dû torturer longtemps le jeune Français. Après la défaite de Car-berry Hill, son fidèle valet l'avait suivi. Ensemble, ils étaient arrivés en Norvège, puis avaient été transférés au Danemark. À Copenhague, Moray avait fait enlever le Français pour le ramener en Écosse. James sait que, passé un certain niveau de souffrance, un accusé avoue n'importe quoi. À toutes les questions du juge, French Paris a répondu par l'affirmative. Moray a été satisfait. Il a pu souffler. Un mort ne revient pas sur ses dépositions.

La plupart de ceux qui ont eu le courage de le défendre ont été torturés et exécutés.

Lui qui a toujours fui les vaincus est une victime. Son sort lui fait horreur. Jusqu'à son dernier souffle, il se débattra, contestera, confrontera. À Drags-holm, on craint sa violence. Il existe. Même si le roi Frederick l'ignore, il reste une écharde dans sa chair, comme il dérange ceux qui survivent encore à la tragédie de Kirk O'Field : Morton, et les Balfour qui, eux, connaissent la vérité.

Bothwell passe les hauts-de-chausses, les bas de laine grasse de suint. Depuis la veille, une toux brûlante lui déchire la poitrine, la même dont il a cru mourir deux ans plus tôt. Il a su par un valet qu'on avait même commandé à un menuisier un cercueil de chêne. Cette preuve d'égard l'a mis hors de lui. Quelle bonne conscience veut se donner le roi Frederick ? Croit-il que les quelques livres qu'il dépensera pour sa tombe effaceront la honte de l'avoir tenu prisonnier plus d'une décennie sans jugement ?

la lâcheté d'avoir toujours refusé de recevoir celui dont il s'était dit autrefois l'ami ? Sans l'intervention personnelle du roi de France, il l'aurait livré à Lennox.

À la hauteur du soleil, James sait que l'hiver va s'achever. Sera-t-il encore vivant à l'arrivée du printemps ? Dans le Lothian, près de Crichton et de Hailes, les prés vont reverdir, les chatons des coudriers et des saules apparaître après les premiers bourgeons, les joncs pousser haut et dru le long des berges de la Tyne. James serre les poings. Il ne veut pas penser à l'Écosse. Son souvenir le torture davantage que le froid, la solitude, la maladie. Si seulement il pouvait reposer à Crichton...

Les cris des mouettes annoncent une tempête. James s'accroupit près du feu de tourbe, tend aux flammes ses doigts déformés. Lui qui s'était cru vaillant n'a pas le courage de mettre le feu à ses vêtements, de reprendre sa liberté, pour toujours, de rentrer enfin chez lui.

44

Pour héberger le roi, on achemina en hâte vers Kirk O'Field un lit, des tapisseries, des tapis, des courtepointes, des rideaux, des meubles et des objets de toilette. Avant l'arrivée du cortège royal, l'ancienne maison du prévôt où il allait loger bruissait d'activité. Au rez-de-chaussée, Bonkil le cuisinier alignait ses marmites, casseroles et poêlons, harcelait les deux gâte-sauce et tournebroches, morigénait la fille de cuisine. Si leurs seigneuries désiraient se restaurer, il fallait en hâte mettre à rôtir des volailles, ébouillanter des légumes, battre des crèmes, tourner des sauces, faire chauffer une bassine d'huile pour les beignets aux pommes et les pets-de-nonne. Une chambre venait d'être préparée au rez-de-chaussée pour la reine et une autre au premier pour le roi. À grand-peine, quatre domestiques montaient la baignoire de cuivre dans laquelle le jeune homme serait immergé chaque jour pour parachever sa guérison. Deux apothicaires étaient attendus pour assister le sieur Arnault, médecin de Marie Stuart.

Son visage pustuleux dissimulé par un masque de taffetas, Darnley gravit l'étroit escalier soutenu par Taylor, son premier valet de chambre. Du feu pétillait dans la cheminée de sa chambre, le lit avait été bassiné, des bougies allumées qui sentaient bon la cire d'abeille. Une galerie qui s'appuyait sur l'ancien mur de fortification construit après la défaite de Flodden prolongeait la chambre et l'obscurcissait. L'autre fenêtre donnait à l'est. Des chaises étaient regroupées près du lit afin que la reine et quelques nobles puissent entretenir le convalescent.

— Je déteste ce lit !

La voix maussade du roi crispa Marie qui fit effort pour ne pas montrer son impatience.

— Nous ferons venir le vôtre de Holyrood dès demain, le rassura-t-elle, ainsi que tout meuble ou objet qu'il vous plairait d'avoir auprès de vous.

Avec dédain, Bothwell observait ce jeune homme de vingt ans qui avait passé sa courte existence à exiger, critiquer, pleurnicher et trahir. Enfant adoré de sa mère Margaret, nièce de Henry VIII, Darnley avait été élevé dans l'idée qu'il était le plus beau et le plus brillant des hommes. Marié à dix-huit ans à la souveraine d'Écosse, reine douairière de France et nièce d'Henri de Guise le Balafré que la France adulait, il ne jugeait pas ses ambitions abouties. Pour le clan Lennox qui disputait âprement ses droits héréditaires aux Hamilton, l'exigence de la couronne matrimoniale était capitale. À aucun prix Darnley ne devait y renoncer.

Le malaise que Bothwell éprouvait depuis quelques jours ne parvenait pas à se dissiper. Son instinct de chef de guerre l'avertissait d'un danger. Darnley avait suivi sa femme sans résistance, il était là, à Édimbourg, privé de la protection des Lennox, vulnérable aux attaques de ses ennemis. Ignorait-il que les Douglas avaient juré de se venger ? Aucune rumeur de la conspiration tramée par les lords ne lui était-elle parvenue ? Nonchalant, capricieux, il exigeait du vin chaud, un deuxième édredon, de l'eau de rose pour se laver les mains.

— Restez avec moi ce soir, demanda-t-il soudain à Marie, j'ai envie de vous savoir proche.

Sommairement la reine avait fait meubler la chambre du rez-de-chaussée : un lit aux courtines vert et jaune, une table, un fauteuil, un buffet de noyer où était sculptées des palmes et des têtes d'angelots. Mais ses femmes ne disposaient d'autre refuge pour la nuit que de l'étroit vestibule.

— Peut-être, consentit-elle.

Aux événements graves qui allaient se produire, elle se refusait de penser, mais neutraliser cet homme dangereux était une nécessité. Une expression fugitive, une attitude lui rappelaient cependant le prétendant qu'elle avait adoré seulement dix-huit mois plus tôt. Dès leurs premières rencontres, ignorant délibérément sa fatuité, un vain orgueil qu'elle prenait pour de la fierté, elle avait été conquise par son cousin. Grand, svelte, élégant, spirituel, il avait toutes les qualités, y compris celle d'être un proche parent de la reine d'Angleterre. Ce bel échafaudage de verre s'était brisé quand James Hepburn était revenu de son exil de France. Depuis toujours celui-ci l'avait troublée, mais sa rudesse, son peu de goût pour les compliments et les conversations de Cour, ses faciles succès auprès des femmes l'agaçaient. Autour d'elle, chacun s'accordait à le trouver ambitieux, opportuniste, rusé, et elle l'avait abandonné un temps à ses ennemis.

George Gordon et James Hepburn avaient insisté pour passer la nuit à Kirk O'Field. Il était exclu que la reine demeurât seule en la compagnie de ses servantes, d'un malade et des cinq jeunes valets de Darnley qui n'étaient point armés. Quelques gardes allaient être dépêchés de Holyrood mais, appuyée aux fortifications, la maison était vulnérable. Le long du mur couraient des ruelles étroites et sombres, de vrais coupe-gorge potentiels, et à proximité se dressaient d'humbles maisonnettes pouvant servir d'abris à des soudards au service des Lennox.

Devoir passer la nuit à Kirk O'Field contrariait James qui voulait au plus tôt s'entretenir avec Moray, Maitland et Argyll. L'espace de temps dont ils disposaient pour mettre leur plan à exécution était étroit. Les médecins parlaient d'une dizaine de jours de soins complémentaires avant de déclarer guéri le malade. Dès le 10 ou 11 février, le roi pourrait regagner Holyrood où se trouvait le petit prince. Cette éventualité n'était pas envisageable.

James tournait en rond. Entre de fréquentes visites au convalescent dans la suite de la reine et les dérobades de Moray pour convenir d'une nouvelle entrevue, le malaise qu'il éprouvait ne faisait que croître. Il n'avait plus maintenant que cinq jours pour agir. Les bains administrés au roi cicatrisaient les boutons, les croûtes commençaient à tomber et il arrivait à Darnley d'ôter son masque lorsqu'il se trouvait dans la compagnie de ses intimes. Contrairement aux premières affirmations qui avaient diagnostiqué la variole, le roi avait sans doute la vérole de Naples contractée lors de ses débordements en Angleterre ou en Écosse. Marie n'avait échappé à la contagion que grâce à des relations espacées avec le roi et surtout à la protection divine.

Joan avait rejoint son mari à Holyrood et tenait dignement son rang. Elle avait renoncé à jouer l'amoureuse et partageait son lit avec indifférence. Jamais plus elle ne lui adressait un mot d'amour ou de reproche, mais lui parlait volontiers des projets qu'elle formait pour leurs terres afin d'en tirer davantage de revenus. Alors le rose lui montait aux joues, elle s'animait.

Enfin, le 5 février, James reçut un mot de Morton. Il l'attendait toutes affaires cessantes.

Le chef des Douglas patientait dans un cabinet attenant à sa chambre. James Balfour, George Douglas, censé être toujours en exil en Angleterre, et Archibald Campbell, un proche parent du comte d'Argyll, l'entouraient. Un pâle soleil perçait la couche des nuages.

— J'irai droit au but, commença aussitôt Morton en observant ses hôtes l'un après l'autre. Sir Balfour ici présent vient de me confier une information de la plus extrême importance. Dans un instant, il répondra aux questions que vous souhaitez lui poser mais vous devez auparavant savoir que le roi a décidé de pousser ses pions le premier. Comme il était malheureusement probable, lord Darnley a eu connaissance de notre intention de le faire arrêter. Conseillé par son père, il a affecté la docilité en acceptant de revenir à Édimbourg, refusant seulement de s'installer à Craigmillar. Mis dans sa confidence, sir Balfour a offert de mettre à sa disposition l'ancienne maison du prévôt dont il est propriétaire. La cave vient d'être bourrée de poudre destinée à anéantir la reine et ceux d'entre nous qui ne la quittent pas. Avant l'explosion, Darnley projette de quitter la maison de sir Balfour, de se rendre à Holyrood pour s'emparer de son fils et de rejoindre le comte de Lennox à Linlithgow d'où ils regagneront Glasgow. Maîtres du prince, le roi et son père occuperaient le pouvoir jusqu'à la majorité de celui-ci, avec le soutien du pape et de l'Espagne. Le catholicisme serait alors de retour et avec lui la guerre civile.

Pétrifié, le petit groupe ne disait mot. Enfin James Balfour prit la parole :

— Comprenez bien, milords, que la décision de divulguer les plans du roi et de son père a été difficile à prendre. Mais les intentions de Sa Majesté sont si malfaisantes et nuisibles à notre pays que ma conscience a dicté ma conduite. Certes, j'ai consenti à ce que de grandes quantités de poudre soient transférées dans les caves de la maison de mon frère qui est mitoyenne de la mienne, et cela dans la soirée d'hier. La chose faite par obéissance au roi, j'ai compris que la fidélité m'attachant à sa personne était en réalité un sentiment pervers. Notre reine a des torts mais elle est notre reine.

Bothwell, Douglas et lord Campbell s'interrogèrent du regard.

— La reine ne doit plus mettre les pieds à Kirk O'Field ! déclara James.

— Bien au contraire, cher ami, lança Morton. L'emploi du temps usuel doit être maintenu. Sa Majesté a déjà passé deux nuits dans la même maison que son époux. Cet effort est suffisant pour expliquer dorénavant son absence nocturne mais, durant le jour, elle doit visiter lord Darnley ponctuellement. Par ailleurs, la reine ne doit en aucun cas être avertie des intentions de son mari. Fragile et sujette aux crises de nerfs, elle pourrait lui donner des soupçons.

— Sans bougie ou braise, la poudre n'est pas dangereuse, assura George Douglas, comme s'il voulait tranquilliser Bothwell sur les risques encourus par Marie Stuart. Elle n'est pas en tonneau mais disséminée dans des saignées faites le long des murs ainsi que dans les interstices des moellons.

Par la fenêtre de la petite pièce, on apercevait des terres en friche, le toit d'une ferme d'où s'échappait de la fumée. Les arbres étaient rares. Aucun animal ne paissait dans les prairies à l'herbe brûlée par le gel.

— Nous allons enfumer le blaireau, dit soudain Morton d'une voix décidée. Darnley veut retenir Sa Majesté lors de la dernière nuit qu'il passera à Kirk O'Field. Il est prêt à jouer l'enfant, à supplier, et nul n'ignore que la reine a le cœur tendre. Juste avant l'explosion, il s'esquivera.

— Qu'attendez-vous de moi ? demanda James abruptement.

— Une participation à notre plan. Nous avons besoin d'une clef de la chambre de la reine. Il vous est facile par French Paris d'en obtenir un double. Lors de la soirée du 9 février, lorsque Sa Majesté quittera Kirk O'Field pour se rendre à Holyrood aux fêtes de mariage de son premier valet Sébastien Pagez, un de vos hommes doit déposer de la poudre sous le lit de la reine. Celui du roi se trouvant très exactement au-dessus du sien, nous aurons ainsi la certitude qu'il n'échappera pas à l'explosion. Votre rôle, mon ami, se bornera à fournir une petite quantité d'explosif, d'obtenir la clef et de déposer vos poires à poudre sous le lit du rez-de-chaussée.

— La poudre est à Dunbar, jeta sèchement James. Il me faudrait deux jours pour l'obtenir.

— N'y en a-t-il pas en petite quantité à la citadelle ou à Holyrood ?

Bothwell soutint le regard cauteleux de Balfour. Où cet homme avait-il trouvé assez d'explosif pour miner sa maison ?

— J'irai m'approvisionner à la même source que vous, sir Balfour.

— Mon fournisseur hélas n'en a plus ! Mais on m'a affirmé qu'il s'en trouve un ou deux tonnelets à Holyrood.

— Sans doute, admit James.

Le moment n'était pas de se quereller avec Balfour mais de délivrer l'Écosse de l'être malfaisant qu'était Darnley.

— Le soir du feu d'artifice, poursuivit Morton, chacun d'entre nous enverra à Kirk O'Field trois ou quatre hommes sûrs pour neutraliser si besoin était toute intervention extérieure.

Un valet entra avec un pichet de vin et des gobelets. Un couple de corneilles croassait au-dessus d'une des tours de l'enceinte.

— Buvons, milords, à notre succès ! souhaita Morton.

— Que pense Moray de tout cela ? interrogea James.

— Il fera semblant de ne rien voir.

James pensait avec rapidité. Certes, l'occasion était excellente de se débarrasser du roi mais tout s'ajustait trop bien. En tant que shérif d'Édimbourg, l'enquête lui incomberait. Toutes les cours d'Europe seraient secouées par cette mort, les retombées pouvaient être lourdes et graves.

— Pourquoi ce moyen spectaculaire d'éliminer Darnley ? demanda-t-il en buvant une longue gorgée de clairet.

Les paupières mi-closes, Morton l'observait comme on regarde un serpent venimeux.

— Parce que Darnley sera le responsable de sa propre mort. Un feu mal éteint à la cuisine, un valet curieux descendu à la cave avec une bougie.

— Restera à prouver que le roi avait miné sa propre maison.

Balfour hocha la tête.

— Des lettres anonymes, des dénonciations... Tout le monde est mortel, y compris les marchands de poudre. Nous nous occuperons de clamer haut et fort la trahison du roi et nous réjouirons de l'intervention de la Providence. Si Lennox contre-attaque, nous nous arrangerons pour le tenir éloigné de Holyrood. Personne en Écosse, à part son père, ne pleurera lord Darnley.

Le silence à nouveau régnait. Bien que le feu ronflât dans la cheminée, l'air était humide et glacé. Il semblait que chacun attendait pour parler que l'autre se décidât le premier.

— Signons un papier qui scellera notre entente, dit soudain Morton. Maitland joindra son nom aux nôtres.

« Ainsi nous nous tiendrons les uns les autres », pensa Bothwell. Bien que décidé à aller au bout de la décision qui venait d'être prise, il était mortellement inquiet.

Gabriel, son valet, tenait prêts les deux chevaux. James serait le premier à reprendre la route d'Édimbourg.

Par la fenêtre du cabinet de Morton, George Douglas regarda s'éloigner le comte.

— Coup double ! jeta-t-il d'un air satisfait.

Campbell et Balfour levèrent leurs gobelets que la lumière du feu faisait scintiller.

— À la santé du comte de Moray !

45

Février 1567

— Demeurez, mon amie, je vous en supplie. Demain, nous regagnerons ensemble Holyrood. Je veux y entrer à vos côtés.

D'un geste doux, Marie caressa les cheveux de son mari. Dans quelques jours, il serait mis hors d'état de nuire et une certaine pitié levait en elle un reste de tendresse. Lorsque tout serait apaisé, l'annulation de leur mariage prononcé, elle obtiendrait son extradition en Angleterre où il rejoindrait sa mère, lady Lennox, qui l'adorait. Proche parent de la reine Élisabeth, père du futur roi d'Écosse, sans doute recouvrerait-il un jour son honneur perdu.

— Voilà longtemps que j'ai promis à Sébastien d'assister à son bal masqué, mon cœur.

— Vous me préférez un valet ?

Seul le regard de la reine manifesta son dépit. Immanquablement Darnley prononçait les mots qui irritaient.

— Il me sert depuis six ans et épouse ma plus fidèle femme de chambre.

— Faites-lui l'honneur d'apparaître dix minutes et revenez ici. Je vous attendrai.

Marie soupira. Elle ignorait quand précisément le plan de Craigmillar serait mis à exécution mais se doutait qu'il ne lui restait guère de temps à partager avec le roi. Pour le convaincre de revenir à Édimbourg, elle avait promis de le laisser à nouveau partager son lit. Cette éventualité n'était pas envisageable. À présent elle appartenait au comte de Bothwell.

— Je ferai de mon mieux, murmura-t-elle.

— Vous reviendrez, donnez-moi le gage que vous dormirez près de moi.

Marie ôta de son doigt un anneau en or émaillé et le tendit à son mari. Dans la chambre du roi, James et George Gordon achevaient une partie de dés, le comte d'Atholl bavardait avec Sempill et Argyll, tandis que les courtisans de moindre importance se pressaient dans la grande salle du rez-de-chaussée. Dehors, les palefreniers préparaient les chevaux, des chiens aboyaient, les valets des lords allumaient des torches. Bonkil, le cuisinier, et ses aides avaient éteint le feu, soufflé les chandelles et regagné leurs logis.

— Je vous laisse mes gardes, dit la reine en posant un léger baiser sur le front de Darnley.

Chaque mot qu'elle prononçait, chaque geste qu'elle faisait lui procurait un sentiment de culpabilité. Sans l'amour fou qu'elle portait à James, jamais elle n'aurait été capable de cette duplicité.

— Je n'en ai pas besoin.

— Comment pourrais-je vous laisser dans ce coin isolé avec pour toute compagnie votre valet et quatre serviteurs ?

— Qui craindrais-je, Madame ?

Marie se mordit les lèvres. L'éclat des torches jetait sur les vitres des reflets rougeâtres.

— Un roi ne reste pas seul chez lui comme un vilain.

Dans son trouble, elle avait parlé en français.

— Que redoutez-vous ? pressa Darnley d'un ton sucré.

Marie accepta la cape fourrée que lui tendait Marie Livingstone, lady Sempill.

— Comme vous voudrez, admit-elle.

Son cœur battait à grands coups. Quelle perfidie se préparait-elle ? Darnley avait-il eu vent de ce qui se tramait contre lui, se tenait-il prêt à une riposte que la présence d'une garde armée pourrait contrarier ? Et pourquoi son demi-frère Moray avait-il quitté Édimbourg le matin même ? À cause de la santé de sa femme ? Elle n'y croyait guère.

Un peu de neige tombait qui s'accumulait sur le sol gelé. Valets et courtisans se bousculaient autour des chevaux dans la lueur des torches.

— Va, ordonna James à French Paris.

Le Français avait pu facilement faire exécuter un double de la clef de la chambre de la reine et avait ramené de Holyrood les deux poires à poudre. Il lui suffisait d'un instant pour s'enfermer dans la pièce du rez-de-chaussée, ouvrir les sacs de cuir et répandre leur contenu sous le lit.

James avait du mal à maîtriser sa nervosité. Balfour saurait-il produire des preuves suffisantes de la culpabilité du roi ? S'il trahissait une fois de plus, quel genre d'enquête aurait-il à mener ? Mais il n'avait pas le choix. Une telle occasion de se débarrasser de Darnley ne se présenterait certainement plus. Que le roi ait prévu d'assassiner Marie portait en soi une sentence de mort.

Emmitouflée dans sa vaste cape doublée de vair, la reine était déjà à cheval. Dès que French Paris apparut, James enfourcha son étalon.

— Mon Dieu, s'exclama gaiement la reine en dévisageant le jeune homme, as-tu vu ta figure, mon garçon ? D'où sors-tu pour être noir comme un charbonnier ?

Alors que Marie quittait la salle de bal, James et lord Traquair, le chef de sa garde, vinrent à sa rencontre. Dans ses vêtements de velours noir brodé d'argent, le comte de Bothwell avait une séduction qui la frappait en plein cœur.

— Nous devons entretenir Votre Majesté d'un sujet de grande importance, dit lord Traquair.

Sans broncher, Marie écouta son officier lui rapporter qu'un complot se tramait à Kirk O'Field et qu'à aucun prix elle ne devait s'y rendre. Il était incapable pour le moment de lui donner plus de précisions mais sa source d'information semblait sûre.

— Mylord Bothwell voudra bien peut-être confirmer ces soupçons à Votre Majesté, insista Traquair.

— Je vous remercie, parvint à prononcer la reine. Vous pouvez aller maintenant.

La jeune femme était terrifiée.

— Venez dans mon antichambre, demanda-t-elle à James, nous y serons plus tranquilles.

En termes aussi modérés que possible, Bothwell apprit à Marie que Darnley avait espéré pouvoir se débarrasser d'elle la nuit même avant de s'emparer du petit prince et de rejoindre son père. Le roi avait écrit quelque temps plus tôt à Lennox qui l'attendait à Linlithgow.

Marie dut s'asseoir. Dans quel univers monstrueux vivait-elle ? Ainsi, tout en la cajolant, son mari avait décidé sa mort !

Deux servantes et une dame d'honneur les observaient. Devant l'homme qu'elle adorait, elle devait garder une contenance de reine.

— De quelle façon le roi voulait-il me supprimer ? interrogea-t-elle d'une voix blanche.

— Une explosion, Madame. La cave de Kirk O'Field est minée.

La jeune femme porta la main sur sa poitrine, elle avait l'impression d'étouffer.

— Alors, vous seriez mort aussi ?

— Sans doute. Ainsi que les comtes de Huntly et d'Atholl, vos plus proches amis.

— Et qui vous a renseigné ?

— Sir Balfour. Un homme de la plus basse espèce mais à qui nous devons beaucoup.

Il était près d'une heure du matin. James savait que le temps était compté.

— Allez vous reposer, mon cœur, chuchota-t-il.

Aussitôt que possible, il devait envoyer comme convenu cinq de ses hommes à Kirk O'Field pour s'assurer que Darnley n'allait pas leur filer entre les doigts. Le roi, lui avait confirmé un indicateur, avait ordonné que ses trois meilleurs chevaux soient prêts dès cinq heures du matin. Sur place, ses hommes retrouveraient ceux des Douglas, d'Argyll, de Balfour et peut-être de Maitland. Mais il se méfiait du secrétaire d'État qui répugnait à prendre tout engagement irrévocable. Pour satisfaire leur honneur, on avait accordé aux Douglas d'allumer la mèche.

À pas lents, James regagna son appartement où Joan l'attendait. Il se glisserait dans son lit mais ne fermerait pas l'œil. À quelle heure l'explosion se produirait-elle ?

La force de la déflagration donna l'impression aux habitants d'Édimbourg que vingt canons tonnaient en même temps. En un instant, le palais de Holyrood fut en ébullition. Il ne fallut pas plus de dix minutes pour que deux gardes tambourinent à la porte de Bothwell.

— La vieille maison du prévôt a été pulvérisée, annonça l'un d'eux. Tout porte à croire que Sa Majesté le roi est mort dans l'explosion.

En hâte, James se vêtit. Ses mains tremblaient et il ne parvenait pas à boutonner le pourpoint qu'au hasard il avait tiré de sa garde-robe.

À peine avait-il lacé ses chausses que des coups violents retentissaient à nouveau sur sa porte.

Un de ses gardes se tenait sur le seuil.

— On fouille les décombres, milord, et trois

393

corps en ont été tirés. Il y a un survivant mais pas trace du roi, ni de Taylor, son valet, annonça-t-il à James abasourdi.

Des sanglots convulsifs secouaient Marie. Les cheveux en désordre, elle s'était enroulée dans une robe de chambre et marchait de long en large dans sa chambre. Avec consternation, James pensait qu'un an plus tôt, on avait tiré à cet endroit le corps sanglant de Riccio.

— Ceux qui ont accompli ce geste barbare croyaient que je me trouvais avec le roi, n'est-ce pas ? On voulait nous tuer, lui, moi, vous...

James serra les dents. Comment Darnley avait-il pu s'enfuir, où se trouvait-il ?

— Il est possible que Sa Majesté soit en vie, Madame. Calmez-vous.

Marie Seton s'était rapprochée de la reine et avait pris son bras. Une servante revenait avec de l'eau de rose, du vinaigre, quelques linges fins. Marie s'essuya les joues, des cernes profonds creusaient ses yeux.

— Toute cette violence m'anéantit, murmura-t-elle en regardant James. Je ne puis plus la supporter.

Venant de la cour d'honneur, des bruits de bottes résonnaient dans l'escalier. On entendait des cris, des appels, des hennissements.

— Vous passez par de dures épreuves, Madame, mais vous les surmonterez.

La reine pleurait. James eut l'impression qu'en cet instant précis elle avait perdu tout espoir d'être heureuse. Lui-même était à bout de nerfs. Cette damnée nuit resterait le plus mauvais souvenir de sa vie. Que faisaient les Douglas, Maitland ?

French Paris attendait son ancien maître dans le salon de réception de la reine. Le visage d'habitude jovial du jeune Français était décomposé par la peur. Vivement, le comte l'entraîna dans un coin de la pièce où s'étaient rassemblées des dames d'honneur. Une neige fine continuait à tomber que la lueur des torches au-dehors semblait faire danser dans la nuit.

— Que s'est-il passé ? pressa Bothwell.

French Paris extirpa un mouchoir d'une poche de ses chausses et s'épongea le front. En dépit du froid, il transpirait abondamment.

— Nous étions une quinzaine à monter la garde quand George Douglas en personne a surgi entouré de cinq gentilshommes de sa famille. Ils nous ont ordonné de nous éloigner. La mèche venait d'être allumée par leurs propres hommes et nous les avons avertis de l'imminence de l'explosion : dans cinq à six minutes, tout sauterait. Lord Douglas a escaladé le mur d'enceinte et s'est glissé dans l'antichambre du roi. Il a frappé à un carreau et je pense que Taylor est venu. Puis très vite, nous avons vu le roi en chemise de nuit, les pieds nus, se ruer hors de sa chambre, sauter le mur puis s'enfuir dans le jardin. Je ne sais rien de plus car alors nous avons tous décampé.

— George Douglas..., murmura James.

Une mort anonyme ne lui suffisait point, il

avait voulu s'impliquer personnellement. La défection du roi après la mise à mort de Riccio ne pouvait être vengée que face à face, d'homme à homme.

James s'appuya au mur. Comment allait-il se tirer de cette situation ? Le roi n'était plus l'assassin pris à son propre piège mais la victime, et il lui faudrait enquêter pour découvrir qui l'avait tué. Des hommes à lui se trouvaient autour de la maison, avaient-ils pu être identifiés par des voisins ? « Il n'y a de preuve contre moi que ma signature en bas d'un papier, pensa-t-il, et elle se trouve à côté de celles de Morton, de George Douglas, d'Argyll, de Maitland et de Balfour. L'investigation n'aboutira pas. »

Au lever du soleil, James fut à Kirk O'Field où il trouva un paysage de désolation. De la vieille maison du prévôt appartenant à James Balfour, il ne restait rien. Trois corps déchiquetés, ceux des domestiques de Darnley, étaient alignés sur le sol. Un quatrième, miraculeusement sauvé, l'attendait enroulé dans une couverture.

— Par ici, milord, pria aussitôt le commandant du guet.

James suivit l'homme dans le jardin, passa une petite porte qui trouait le mur d'enceinte et arriva dans un verger. Sur le sol, la chemise retroussée jusqu'à la poitrine, gisaient le roi et, un peu plus loin, le corps recroquevillé de son valet Taylor. Le roi était pieds nus, Taylor n'avait qu'une pantoufle et son bonnet de nuit.

Longtemps James regarda l'homme étendu à ses pieds. Son corps ne portait aucune marque de blessure. Les Douglas l'avaient-ils étranglé, étouffé ? À moitié nu sur le sol gelé, le mort semblait jeune, vulnérable. « Est-on homme à vingt ans ? » pensa Bothwell.

— Emportez la dépouille de Sa Majesté, ordonna-t-il, et déposez-la dignement dans une maison voisine.

Tout autour du comte, la foule commençait à se presser.

— Y a-t-il des témoins ? interrogea Bothwell.

— Nelson, le domestique rescapé, et quelques voisines, répondit le commandant du guet.

À la neige avait succédé la pluie. Des chiens rôdaient que les archers chassaient à coups de pierres. Un grand feu avait été allumé autour duquel se regroupaient ceux qui étaient admis dans le périmètre des ruines.

Tout d'abord, Bothwell interrogea Nelson. Le domestique n'avait rien vu, rien entendu. Il dormait et s'était réveillé à cheval sur le mur d'enceinte, sa chemise déchirée de haut en bas. Comme il espérait revoir la reine, lord Darnley ne s'était couché que vers une heure du matin et avait demandé qu'on le réveille à quatre heures et demie. Taylor l'avait déshabillé et mis au lit. Ensemble ils avaient chanté un psaume. Il ne savait rien de plus.

Après lui, quelques voisines surexcitées avaient déposé. Oui, elles avaient entendu du bruit, aperçu de nombreuses silhouettes drapées dans des capes. Soudain, un appel déchirant les avait épouvantées, un homme implorait : « Oh, mes parents, ayez pitié de moi pour l'amour de Celui qui a eu compassion de nous tous... » Puis le silence était retombé. La plus bavarde, Barbara Martin, précisa que juste avant l'explosion, elle avait vu de ses yeux quelques hommes détaler comme des lapins. Tous les sens de James étaient en alerte. Les Douglas avaient donc perverti le jeu. Qui pourrait accuser le roi d'avoir miné sa cave avec de la poudre pour détruire sa femme avant de sauter lui-même s'il était mort étouffé ou étranglé à quelque distance en fuyant cette explosion ? Les deux événements étaient désormais étroitement liés. Le premier ayant été provoqué afin que le second fût perpétré. Un Douglas avait donc pu avertir Darnley qu'une mèche était allumée qui menait à la cave, le poussant à une fuite éperdue. « Et je dois ajouter quelque chose qui peut intéresser Votre Seigneurie, intervint une des femmes alors qu'il s'apprêtait à les renvoyer. Une chandelle était allumée derrière une des fenêtres de la résidence de milord Hamilton. Quelqu'un l'a soufflée quelques instants avant l'explosion. » Pour avertir les Douglas, pensa Bothwell. Qui aurait pu impliquer les Hamilton dans le complot, sinon Maitland ou Moray lui-même ?

James avait la gorge sèche. En dépit de ses appréhensions, il devait se comporter avec calme. À pas lents, il repassa les fortifications, pénétra dans le jardin où étaient dispersés les blocs de moellons qui avaient constitué quelques heures plus tôt la maison de Balfour. Déjà derrière l'église, on enterrait les restes des trois serviteurs de Darnley.

— Suivez-moi, milord, chuchota en français French Paris. J'ai quelque chose d'intéressant à vous montrer.

James releva le col de son manteau. Il était transi de froid.

Posé près de ce qui avait été l'entrée de la cuisine et des caves, le comte découvrit un tonnelet miraculeusement intact.

— Il y a une marque, spécifia French Paris.

Les torches avaient été éteintes et le petit jour était opaque. James se pencha. Avec stupéfaction, il découvrit l'estampille de Dunbar dont il était le gouverneur.

— Mordieu ! jura-t-il.

Celui qui avait placé cet indice l'impliquant dans le crime le sous-estimait. Toute peur l'avait quitté. Il avait des adversaires résolus ? C'était tant mieux. Déjà il forgeait des plans pour se défendre, contre-attaquer, tenir la reine aussi à l'écart que possible. Dût-il attendre un an ou plus pour l'épouser, nul ne l'empêcherait de prendre en main les rênes d'un pays livré aux loups.

46

Comme chaque matin, James se rendit à la citadelle d'Édimbourg où la reine s'était réfugiée avec son fils. Avec les quatre Marie et deux servantes, lui seul avait reçu l'autorisation de franchir le seuil de la chambre royale. Prostrée sur son lit ou sanglotant assise au coin du feu, Marie ne s'animait que lorsqu'il la tenait entre ses bras, s'efforçant de la rassurer, de lui insuffler du courage.

Darnley venait d'être enterré dans l'abbaye de Holyrood à côté des rois d'Écosse. L'enquête officielle se poursuivait mais, scandalisé par le brutal assassinat d'un si jeune prince, le peuple commençait à changer de disposition à son égard. Par attendrissement, sentimentalité, révolte face à une mort aussi prématurée, Darnley, jour après jour, apparaissait un peu plus en victime, en mari délaissé. Lui qui s'apprêtait à tendre une main amicale au Saint-Siège renaissait en jeune héros protestant sacrifié par une épouse dominée par le pape et les Français. À plusieurs reprises, la force armée avait dû disperser des groupes rassemblés au pied de la citadelle pour invectiver la reine. « Sa Majesté avait-elle ramené le roi son époux de Glasgow afin de le traîner à l'abattoir ? » James n'ignorait rien des rumeurs, des accusations. L'ordre devait être maintenu à tout prix dans la ville. Les ragots s'estomperaient dans la brume du temps.

Les yeux noyés de larmes, Marie chercha ses lèvres et James lui rendit son baiser.

— Tout est de ma faute, sanglota la jeune femme.

Cent fois elle s'était accusée d'avoir été l'instrument de la mort de Darnley, cent fois James l'avait raisonnée. Pouvait-elle oublier qu'elle avait été une condamnée à mort sauvée par la Providence ? La vérité un jour se saurait.

Marie se laissait bercer par les mots de son amant mais, au-delà de la douleur, James devinait une peur panique que Marie ne pouvait exprimer.

— Un envoyé de la reine Élisabeth, lord Killingrow, vient d'arriver, annonça James.

— Je ne le recevrai pas.

— Vous n'avez pas à le faire maintenant. Je soupçonne son beau-frère William Cecil de l'avoir dépêché ici pour faire le compte de ses amis.

L'état mental de Marie lui interdisait de préciser que l'Angleterre pouvait fort bien manœuvrer pour impliquer la reine catholique d'Écosse dans l'assassinat de Darnley. En servant Marie de Guise, il avait appris beaucoup sur l'hostilité des Anglais envers toute forme de pouvoir papiste. La reine Élisabeth souhaitait une île protestante et unie. Jamais Marie ne serait choisie par elle comme successeur. L'avenir de la reine était en Écosse. Elle devait s'attacher à ce pays, le défendre, s'y vouer corps et âme, et il était là pour l'aider.

— Je partirai demain chez lord Seton, annonça soudain la reine. Ici, je me meurs.

— Je vous accompagnerai.

— Vous demeurerez à Édimbourg pour garder mon fils. Là-bas, je veux me reprendre, pouvoir faire face aux événements avec un courage semblable au vôtre. Il faut réunir au plus tôt une cour de justice. Je vous en charge car le comte de Lennox m'a expédié lettre sur lettre pour exiger le châtiment des coupables. Je dois aussi écrire à mes ambassadeurs, à mon beau-frère le roi Charles IX, à ma chère grand-mère de Guise, à mon demi-frère le comte de Moray.

— Méfiez-vous des faux amis, conseilla-t-il.

Moray était d'une habileté diabolique. Sans avoir rien signé, il s'était éclipsé d'Édimbourg le matin du drame afin de ne pouvoir être soupçonné de complicité. À présent, il devait élaborer une stratégie qui lui permettrait d'écarter les gêneurs de son chemin.

— Cherchez les placards et détruisez-les! tonna Bothwell.

Encore en robe de chambre, il venait d'apprendre que durant la nuit on avait cloué sur les murs de certains monuments publics et églises des affiches citant plusieurs noms comme étant ceux des meurtriers du roi. Le sien figurait sur la plupart d'entre elles. Bien qu'il eût espéré une paix durable, l'alliance conclue avec ses ennemis était déjà rompue.

— Nous le faisons, milord.

Un cousin de James tendit un carré de mauvais papier. On pouvait y lire cinq noms : le comte de Bothwell, James Balfour, l'avocat David Chalmers, un certain John Spens dont James n'avait nul souvenir, et Sébastien Pagez.

— Quelle absurdité ! jeta James. Sébastien se mariait le soir du meurtre, tout le monde l'a vu à Holyrood où j'étais également. La présence de son nom discrédite le délateur.

Qui était à la tête de cette campagne de délation ? Moray, sans doute, le seul à espérer sortir vainqueur de la situation désastreuse dans laquelle beaucoup de nobles se trouvaient. Qui pourrait dénoncer qui ? Hormis le Bâtard, ils étaient tous liés par un contrat portant leurs signatures.

— Faites le tour des imprimeries, demanda-t-il d'un ton sec, questionnez les commis. Il faut neutraliser au plus vite le triste sire qui est à la tête de cette infamie.

Chaque jour, la reine et lui s'écrivaient. La compagnie du calme et compréhensif lord Seton était bienfaisante, assurait Marie sans pouvoir cependant supprimer l'angoisse qui la tenaillait. Tous les matins, elle se réveillait dans l'attente d'un événement qui ne se produisait pas. Elle devait pleurer en écrivant car à maints endroits l'encre était délayée.

James résistait à l'envie d'aller la rejoindre. À Édimbourg, il vivait dans un état d'insupportable tension.

Une nouvelle lettre de Marie arriva en même temps qu'un alarmant rapport de French Paris. La nuit précédente, un homme avait parcouru la Cowgate, Blackfriars Wynd et la High Street jusqu'à Netherbow, proclamant le nom de l'assassin du roi : James Hepburn, comte de Bothwell.

Il fallait doubler le nombre des hommes du guet, faire circuler des espions, les payer généreusement pour qu'on mette la main au plus vite sur des mouchards, leur faire dégorger le nom de celui pour lequel le crieur nocturne travaillait. Peu à peu, le soupçon qu'à travers lui on cherchait à abattre la reine prenait forme dans l'esprit de James. Si tel était le cas, les noms des bailleurs de fonds s'imposaient : Moray et Lennox, l'un pour ramasser le pouvoir, l'autre par vengeance envers sa bru et surtout pour tenter d'obtenir la régence jusqu'à la majorité de son petit-fils en doublant Moray. Les hyènes étaient lâchées. Et pour ajouter à son anxiété, terrassée par une forte fièvre, Joan gardait le lit. Se tourmentait-elle du scandale qui salissait leur nom ? Elle n'en disait mot mais une immense tristesse semblait s'être emparée de la jeune femme.

Venez me visiter chez lord Seton, écrivit finalement la reine, je ne peux attendre davantage le

bonheur de vous voir. Sans vous, mes ennemis
auraient vite raison de moi.

Marie et James avaient pu passer une heure
ensemble, seuls dans la chambre royale. Il
retrouvait le corps svelte, presque garçonnier, la
douceur de la peau, la senteur du lilas, le goût
de sa bouche. Dans leur envie l'un de l'autre, à
peine s'étaient-ils parlé.

Une lumière gaie, printanière pénétrait par les
fenêtres. La pièce sentait bon le bois brûlé,
l'odeur des écorces d'oranges séchées et des
bâtons de cannelle déposés dans des coupelles.

— Enfermons-nous ici et ne revenons jamais
dans le monde, murmura Marie, ou alors partons, passons la mer, nous trouverons bien un
lieu où nous serons heureux, toi et moi.

James du doigt effaça les larmes de Marie.

— Nous le serons ici même en Écosse. Il faut
simplement faire face à la tempête avec fermeté.
N'as-tu pas confiance en ton grand amiral ?

La jeune femme parvint à sourire.

— Tu ne me quitteras jamais, Jamie ?

Le salon de lord Seton était à son image, paisible, hospitalier. Bâtie sur un vallon, la demeure
offrait une perspective riante sur des herbages,
un petit village regroupé autour de son église, la
lisière d'une forêt.

Deux lettres rejoignirent Marie, l'une de son
ambassadeur à Londres, l'autre de son beau-
père, le comte de Lennox.

— Je n'ai pas de secret pour vous, dit la jeune femme en décachetant celle de Londres.

Majesté,
Je viens d'obtenir une entrevue avec le comte Moretta lors de son passage à Londres. Il fut votre hôte juste avant la mort de Sa Majesté le roi et a pu faire un rapport à sir William Cecil. Le voici :
« J'ai le sentiment que les comtes de Moray et de Lennox se sont alliés pour venger la mort du roi. Le comte de Moray va manœuvrer l'opinion publique pour éliminer le comte de Bothwell, homme très valeureux et en qui la reine a toute confiance, avec l'idée de pouvoir ensuite plus facilement attenter à la vie de Sa Majesté. À cause de l'incapacité du comte de Lennox à gérer les affaires du pays, il espère certainement obtenir la charge de gouverner le prince et par conséquent tout le royaume. »
Je crois de mon devoir, Madame, de vous rapporter les paroles du comte Moretta, même si celles-ci semblent déplaisantes à entendre. J'ajoute que sir William Cecil n'accorde pas vraiment foi en l'accusation qui désigne le comte de Bothwell comme le meurtrier de Sa Majesté le roi. On attend à Londres le résultat de l'enquête ordonnée par Votre Grâce et espère qu'un ou plusieurs coupables comparaîtront très prochainement devant des juges...

James et lord Seton avaient écouté la reine sans broncher mais la stupéfaction se lisait sur leurs visages.

— Voilà où nous en sommes arrivés, dit Marie, des calomnies qui se succèdent, des amis qui me trahissent, mon demi-frère le comte de Moray sali.

— Madame, s'exclama Bothwell, je vous conjure de ne protéger personne, pas même moi ! Si on exige que je sois jugé, je suis prêt. Ne vous couvrez pas le regard de votre main. Lord Moray vous a déjà trahie, l'auriez-vous oublié ?

— Il n'aimait point alors lord Darnley et était le seul à me déconseiller de l'épouser.

Les mains de la jeune femme tremblaient. Lord Seton eut peur d'une nouvelle crise de nerfs. À plusieurs reprises durant son séjour, Marie avait été terrassée par des émotions soudaines et violentes qui l'avaient laissée anéantie.

En dépit de la présence de Seton, James prit la main de Marie et la porta à ses lèvres.

— Je sais combien vous êtes courageuse, Madame, assura-t-il. Battez-vous, je serai toujours à vos côtés.

Dans la lettre adressée à Marie, le comte de Lennox exigeait la mise en jugement immédiate de celui que la voix publique désignait comme étant l'assassin de son fils. Curieusement, il ne citait ni les Douglas, ni les Balfour, mais un seul nom, celui du comte de Bothwell.

— Oubliez tout ce venin, conseilla Seton, et allons chasser au vol.

Au-delà des pâturages s'étendait une lande parsemée d'ajoncs séchés, de bruyère noircie, de touffes d'herbe rousse. Des mouettes chassées par le vent tournoyaient. En robe d'amazone de velours noir, recouverte d'un manteau fourré de renard, Marie menait la marche entre Seton et Bothwell. Les amants compensaient le besoin qu'ils avaient de se toucher en laissant leurs chevaux avancer flanc contre flanc. Marie, qui s'était considérée comme une femme chaste pendant des années, était à présent investie par le désir. Pour garder James, elle était prête à tout sacrifier.

Quelques amis de lord Seton et les fauconniers fermaient la marche.

— Si vous me permettez un avis respectueux, Madame, intervint Seton, répondez au comte de Lennox que vous l'attendez à Édimbourg afin qu'il puisse paraître comme accusateur devant un tribunal. Cette sordide campagne de dénigrement doit être arrêtée au plus vite par un procès en bonne et due forme avant que la boue ne vous atteigne.

James se redressa sur sa selle. Dans la nervosité où il se trouvait, tout mot à double sens le mettait hors de lui.

— Voudriez-vous suggérer, milord, que mon nom salit celui de la reine ?

— C'est ce à quoi veulent aboutir les délateurs. En éclaboussant ses proches, on cherche en effet à compromettre Sa Majesté.

— Avant de m'éloigner d'Édimbourg, je vais donc exiger d'être jugé.

Marie tendit une main que James serra brièvement dans la sienne.

— Votre reine vous ordonne de rester auprès d'elle. Chassons, poursuivit la jeune femme d'une voix qu'elle voulait gaie. Ne sommes-nous pas ici pour nous divertir ? Demain, nous jouerons au golf.

À peine Bothwell eut-il regagné Édimbourg qu'on lui mit sous les yeux une nouvelle affiche qui faisait jaser toute la ville. Une sirène torse nu désignée par les initiales M. R.[1] tenait dans sa main une fleur à longue tige. Sous cette effigie d'une séductrice, on voyait un lièvre entre les initiales J.H. qui courait dans un cercle entouré de dagues pointe en l'air. En bas du placard était écrit : « La destruction attend les dépravés de quelque côté qu'ils se trouvent. »

— Par Dieu, s'écria Bothwell, trouvez-moi l'auteur de cette abomination pour que je me lave les mains dans son sang !

Bien qu'aucun de ses parents ou amis n'eût osé invoquer les dégradants symboles du lièvre, animal toujours prêt à s'accoupler, et de la sirène, une créature offerte à toutes les luxures, James savait que la ville entière s'en gaussait.

Le lendemain, de bon matin, il conduirait le jeune prince dans l'impénétrable forteresse de Stirling où il demeurerait désormais sous l'autorité du comte et de la comtesse de Mar. À Niddrie, le château des Seton, James avait conféré

---

1. Marie Stuart signait ses lettres M. R. (Maria Regina).

avec Marie sur le bien-fondé d'une telle décision. Mais l'enfant, aux yeux de la reine, devait être mis à l'abri des tourmentes à venir comme elle-même l'avait été dans son jeune âge. Et sa confiance envers le comte de Mar jusqu'alors gouverneur de la forteresse d'Édimbourg était absolue.

Avec les Guise, la reine entretenait une correspondance suivie. James lui-même avait écrit au Balafré et au cardinal de Lorraine pour les supplier d'ignorer les calomnies qui couraient sur leur nièce et sur lui-même. La reine faisait face au malheur qui la frappait avec dignité.

Les préparatifs du voyage vers Stirling étaient avancés et James n'arrivait pas à se départir du doute qui l'habitait : si Mar passait à l'ennemi, Marie serait en grand danger. Celui qui détenait l'héritier du trône avait en sa possession un atout majeur. Angus l'avait bien compris autrefois en gardant le petit James V en otage. Mais les arguments de la reine étaient acceptables. La vie devait se poursuivre aussi normalement que possible. À neuf mois, le jeune prince devait avoir sa maison, son gouverneur. Et à Stirling, nul ne pourrait se saisir de lui. Elle-même avait gardé quelques souvenirs de sa petite enfance passée dans la forteresse. Elle se remémorait les rochers abrupts, les canons qui la protégeaient, le haut mur d'enceinte que jour et nuit des gardes parcouraient, la formidable herse condamnant l'entrée. Jamais elle n'avait eu peur là-haut.

— J'ai reçu de multiples informations que je dois absolument vous communiquer, murmura Marie.

Leurs chevaux marchaient au même pas. Toujours aussi pâle, portant une robe de serge noire à haut collet bordé d'une frange d'argent formant des entrelacs, et un bonnet prolongé d'un voile, Marie avait poussé sa monture afin de distancer le reste du cortège en route pour Holyrood.

– J'ai découvert l'ignoble placard. Pourquoi ne m'en avez-vous pas parlé ?

— Il était inutile de vous alarmer avec cette fange.

— Ces poignards ne signifient-ils pas que sous ma protection vous seriez intouchable ?

— Mes hommes sont sur le point d'arrêter le coupable, tranquillisez-vous.

— Mon demi-frère m'annonce qu'il va bientôt quitter Édimbourg pour Paris, poursuivit Marie. Sur son chemin, il s'arrêtera à Londres.

« Où il prendra les ordres de William Cecil », pensa Bothwell. Une fois de plus, Moray s'éclipsait pour fuir une situation inextricable. Il réapparaîtrait à son heure, blanc comme l'agneau.

Le long de la High Street, les passants regardaient leur reine sans témoigner la moindre liesse. Certains se détournaient même ouvertement.

— Mon frère serait-il jaloux de vous ? interrogea Marie d'une petite voix.

La réponse de son amant lui fit monter les larmes aux yeux.

— Il est jaloux de vous, Madame.

La reine réinstallée à Holyrood, James alla aussitôt retrouver ses informateurs. La rage qu'avait soulevée en lui l'annonce du départ de Moray lui donnait l'envie d'étrangler de ses mains le fauteur de troubles s'il s'était trouvé en face de lui. Le silence que sa complicité dans le meurtre de Darnley l'obligeait à garder le minait. Comment dénoncer les Douglas quand son propre nom figurait en bas du pacte ? Tous étaient contraints de rester muets et la pourriture qui naissait de cette situation atteignait maintenant la reine. Avec impatience désormais, James attendait d'être jugé, puis de quitter Édimbourg. Qui pourrait le condamner ? Œil pour œil, celui qui le mettrait au pilori ne tarderait guère à l'y rejoindre.

— Nous avons le nom du coupable, déclara sans ambages William Hepburn. Les quelques lignes qu'il a ajoutées à son placard l'ont perdu. Souvenez-vous : « La destruction attend les dépravés de quelque côté qu'ils se trouvent. » Cette citation vient d'un livre offert à lord Darnley par son oncle le sieur d'Aubigny. Celui qui a eu accès à cet ouvrage ne peut être qu'un proche des Lennox. Cette certitude m'a aidé à ne retenir que quelques noms, puis un seul, celui d'un bon dessinateur, d'un homme lettré : James Murray de Tullibardine.

— Par le sang du Christ ! tonna Bothwell. Amenez-le-moi !

— Quand nous avons sonné à sa porte, l'oiseau s'était envolé.

Bothwell était livide. Murray de Tullibardine était le frère de la comtesse de Mar à qui la reine venait de remettre le petit prince. Le nœud coulant se resserrait de quelques pouces autour de son cou.

47

Les notes et billets s'amoncelaient sur la table de travail de Bothwell. Maintenant que la date de sa mise en jugement était fixée, il se sentait quelque peu soulagé. Mais l'état de la reine ne permettait plus à celle-ci de quitter son lit. Lady Reres lui avait confié qu'elle s'alimentait à peine et vomissait le peu qu'elle prenait. Par ordre des médecins, sa porte était fermée à tous, James y compris.

Joan allait mieux et souhaitait achever sa convalescence à Crichton. Pas une fois, elle n'avait adressé à James un mot de réconfort, ni demandé d'explication sur l'infâme placard. Quand par hasard ils se croisaient, elle se contentait de lui adresser des paroles anodines.

James en souffrait. Joan n'avait pas été heureuse avec lui, et il ne l'avait pas été avec elle, cependant cette jeune femme intelligente et fière l'avait attiré.

Il faisait déjà sombre lorsque le comte regagna Édimbourg après avoir escorté sa femme à Crichton. Un vent froid couchait les flammes des rares lanternes qui éclairaient la Canongate. Pris au dernier moment du soudain désir de rester à la campagne, il avait finalement fait seller ses chevaux pour tourner le dos à la massive tour carrée flanquée du bâtiment rectangulaire crénelé que perçait de part en part la voûte d'entrée. Les chevaux avaient dévalé la colline au milieu des mélèzes et des genévriers. À l'infini se déroulaient des collines aux lignes douces où pâturaient des moutons. Les cavaliers avaient franchi à gué la Tyne dont l'eau grossie par les averses écumait sur les rocs.

À Édimbourg s'étaient rassemblés ses parents proches ou éloignés, ses féaux, tous prêts à venir l'entourer le jour de son jugement. Face à ces hommes fidèles et déterminés, nul n'oserait l'intimider.

Au pas, James, suivi des siens, remonta la Canongate. Déjà, il pouvait voir la silhouette du château de Holyrood se découper devant les collines rocheuses qu'escaladaient des pans de mousse. Les torches qui éclairaient la façade donnaient aux pierres un éclat blond.

Le comte se dirigea vers son appartement. Quelques serviteurs allaient et venaient dans les couloirs, des dames d'honneur bavardaient au coin du feu dans le cabinet sud. En l'apercevant, lady Reres se leva aussitôt.

— La reine vous attend.

La chambre était plongée dans une demi-obscurité. Seules les bougies d'un chandelier se consumaient sur un cabinet flamand en écaille de tortue rouge et argent disposé près du lit.

— Nous nous battrons, Jamie.

La voix de Marie était déterminée. James avait l'impression de retrouver la femme d'autrefois, celle qui, enceinte de six mois, s'était échappée de Holyrood après le meurtre de Riccio, l'amazone qui n'avait pas hésité à parcourir en une journée soixante miles par mauvais temps pour le visiter à l'Hermitage lorsqu'il se trouvait entre la vie et la mort.

Il s'approcha. Calée sur des oreillers, Marie le regardait avec tendresse.

— Asseyez-vous à côté de moi, demanda-t-elle.

Elle tendit une main que le comte prit dans la sienne.

— J'ai retrouvé la maîtrise de moi-même, poursuivit Marie. J'avais oublié qui j'étais !

Son air grave et résolu dérouta Bothwell. Pourquoi un tel entretien à cette heure tardive ?

Il se redressa. Le moment était venu d'annoncer à la reine les plans qu'il lui semblait urgent de suivre.

— Après l'arrêt de justice qui, Dieu veillant, me verra acquitté, car je n'ai point sur la conscience le meurtre du roi, je vais m'écarter d'Édimbourg pour un temps. Cette résolution a été difficile à prendre mais elle est la plus sage. Souvenez-vous que la reine Élisabeth a accepté le départ de Robert Dudley lorsque sa femme a été trouvée morte dans des circonstances étranges. Avec le temps, les rumeurs se sont apaisées et Dudley a pu regagner la Cour la tête haute.

— Tu ne quitteras pas Édimbourg.

Il n'y avait aucune animosité ni puérilité dans la voix de Marie, seulement un grand calme, une détermination royale.

— Il le faut cependant, insista Bothwell.

Marie se pencha vers son amant, baisa légèrement ses lèvres.

— Je suis enceinte, Jamie.

À l'aube, James regagna ses appartements. Le désarroi avait fait place à une froide résolution. Dans les plus brefs délais et au risque de perdre leur honneur, Marie et lui devaient se marier. Mais auparavant il lui fallait prendre une série de mesures urgentes.

Longtemps, le comte resta sur son lit les yeux ouverts. Cette nouvelle qui aurait dû être la plus heureuse de sa vie pouvait dans les circonstances où il se trouvait le conduire à sa perte. Mais comme la reine, il allait se battre, forcer sa chance une fois de plus.

La foule s'entassait dans la High Street et la Canongate jusqu'au Tollbooth où le comte de Bothwell allait être jugé le matin même. Devant le château de Holyrood, déjà en selle, attendait un groupe important du clan Hepburn prêt à assister leur chef. James n'était pas encore apparu. Depuis la veille circulait la rumeur que l'accusateur, le comte de Lennox, ne se montrerait pas. À plusieurs reprises, il avait demandé que le procès fût ajourné afin de pouvoir compléter son dossier, mais comme le même Lennox n'avait cessé de la harceler pour que justice soit faite, la reine n'y avait pas consenti.

Le temps était en ombre et en lumière. De gros nuages couraient au-dessus des collines ; les pavés et les toits brillaient encore de la pluie tombée dans la nuit.

Quand le comte émergea du château, suivi de Maitland et de son parent James Ormiston, une rumeur parcourut la foule. Vêtu sobrement, la tête haute, James semblait indifférent à la curiosité qu'il soulevait. Sans regarder autour de lui, il enfourcha un superbe étalon fauve, passa des gants, redressa son béret tabac orné d'un onyx. Dans le soleil qui jaillissait entre les nuages, ses yeux marron foncé presque noirs, ses cheveux d'un brun roux, son élégante moustache, la splendeur du fourreau de son épée, celle du manche de sa dague évoquaient le souvenir de vieilles légendes écossaises où le héros partait dans les montagnes vaincre les forces du Mal.

Alors que le cortège allait se mettre en marche, James se retourna. La reine se tenait derrière la fenêtre de sa chambre et lui adressait un signe affectueux. D'un doigt il toucha son béret et d'un coup de talon lança son cheval au petit trot. Aucun doute ne subsistait désormais en lui, il savait où il allait et comment il s'y rendrait. Les embuscades qu'on lui tendrait, les combats qu'il devrait livrer ne lui faisaient pas peur. Devenu prince consort, il serait maître du champ de bataille.

Devant le Tollbooth, des soldats durent écarter la foule pour laisser passer les cavaliers. Des valets se précipitèrent pour s'emparer des brides des chevaux, tandis que Bothwell, ses parents et amis mettaient pied à terre. Le regard, le port de tête orgueilleux arrêtaient les quolibets. Les femmes écarquillaient les yeux pour mieux observer cet homme qui, disait-on, avait ensorcelé la reine avant d'assassiner son mari pour en être le maître absolu.

La salle d'audience était comble et on avait dû fermer les portes pour empêcher les curieux d'entrer. Sur des bancs s'entassaient les quinze jurés, une grande partie de la noblesse et de la riche bourgeoisie, le groupe important des parents de James et une poignée d'amis du comte de Lennox.

Un rayon de soleil éclairait les vieux murs de pierre qu'aucun ornement ne décorait. Perchées sur la charpente, quelques tourterelles affolées battaient des ailes.

— Je demande l'ajournement de ce procès, tonna soudain lord Cunningham, le représentant de Mathew Lennox. Le plaignant n'a pu rassembler tous les témoignages qu'il veut soumettre à la cour.

Le comte d'Argyll qui présidait le tribunal eut un sourire ironique.

— Et cependant, milord, le comte de Lennox n'a cessé de réclamer la réunion immédiate de cette cour, jugeant outrageux le laps de temps écoulé entre le meurtre de Sa Majesté et la mise en accusation de son présumé meurtrier.

— Le comte de Lennox n'est pas libre de ses mouvements, riposta sèchement Cunningham. La salle est encombrée des parents de l'accusé, alors que lui, l'offensé, n'a droit qu'à dix personnes pour l'escorter.

— Telle est la loi, milord. Prétendez-vous la changer ?

La veille, Argyll s'était entretenu avec Maitland, lui-même en rapport avec le comte de Moray. Les griefs du comte de Lennox n'étaient pas pour le moment de première importance.

Cunningham s'assit en maugréant. Un court moment, la salle fut plongée dans le silence.

— Avancez, je vous prie, milord Bothwell.

James parvint à refouler son émotion. Son procès n'était qu'une première étape, d'autres l'attendaient, aussi difficiles à franchir.

Les uns après les autres, les témoins à charge et à décharge défilaient, les seconds en grand nombre. Nul n'avait vu le comte la nuit de l'explosion aux alentours de Kirk O'Field. Le veilleur de service, ce soir-là à la porte de Netherbow, avait laissé passer cinq ou six hommes se déclarant « les amis de lord Bothwell ». Des assassins auraient-ils clamé leur identité ?

James se raidit. La bévue de ceux qu'il avait expédiés pour surveiller les environs de la demeure de Balfour finalement jouait en sa faveur.

La journée avançait. Pendant des heures, les jurés avaient écouté les témoins. On lisait maintenant des documents, lettres et dépositions de personnes n'ayant pu se déplacer. Le verdict était proche. L'un après l'autre, le comte d'Argyll observa les jurés.

— Messieurs, prenez votre décision.

Assis entre son cousin William et son avocat David Chalmers qui avait fait merveille, James en dépit de sa fatigue et de son énervement gardait un maintien calme. Il avait décidé pour un temps de ne plus penser à Darnley, à sa mort atroce. Toutes ses forces devaient se concentrer sur les deux mois à venir.

— Non coupable à l'unanimité, annonça lord Lindsay.

Dans la salle, on entendit des applaudissements, les hurlements de joie des Hepburn, une centaine, qui debout levaient le poing en signe de victoire. Dès l'annonce du verdict, Cunningham et ses assistants s'étaient éclipsés.

Selon la coutume, James fit face à la salle.

— Et maintenant je défie les armes à la main

celui qui oserait me prétendre coupable de la mort du roi.

Avec la nuit les tourterelles s'étaient endormies et la sévérité des murs de pierre était adoucie par l'éclat des torches qui jetaient leurs ombres mouvantes sur les assistants silencieux.

D'un geste significatif, James tira quelques pouces de son épée et la remit dans le fourreau avec un claquement sec. Surexcité, il devait faire effort pour garder sa froide contenance. Dans un moment, il serait à Holyrood dont il franchirait en vainqueur le portail.

Alors que Marie suivait des yeux le cortège à la tête duquel son amant chevauchait, on lui avait remis une lettre de sa cousine d'Angleterre. Aussitôt elle avait brisé le sceau royal et parcouru la missive. Élisabeth l'adjurait de faire justice, de n'épargner personne, même celui qui lui était le plus cher, pour préserver son honneur. Elle la suppliait d'ajourner le procès pour quelques jours afin de laisser le comte de Lennox achever d'instruire son dossier. Puis venaient de douces paroles d'amitié, toujours les mêmes. Que coûtait à la reine d'Angleterre de les écrire alors qu'elle refusait obstinément de la rencontrer ?

Marie avait replié la lettre, avant de la jeter dans un coffret. Nul n'était besoin de lui faire de sermon sur l'honneur. Qu'étaient les Boleyn comparés aux Guise ?

Toute la journée, la reine demeura dans ses appartements. De temps à autre, un messager venait lui faire le rapport de ce qui se passait à la prévôté. Le comte de Bothwell dominait la situation, affirmait-il. Digne, calme, il réfutait un argument après l'autre, interrogeait ses témoins. Ne l'avait-on pas trouvé couché auprès de sa femme lorsqu'on avait surgi dans sa chambre dans les minutes ayant suivi l'explosion ? En écoutant ces mots, Marie avait pâli. Il lui était impossible de maîtriser la jalousie qu'elle éprouvait envers Joan.

L'annonce de l'acquittement fit éclater la jeune femme en sanglots. James avait raison. Leur détermination viendrait à bout de leurs ennemis. Ensemble, ils étaient invulnérables.

48

— Je ne suis guère surpris par ta requête, admit George Gordon, mais il m'est impossible de ne pas t'avouer qu'elle me déplaît. Ma sœur n'a pas commis de faute à ton égard et ne mérite pas cette répudiation.

— Qui parle de répudiation ! se défendit James. Tout autant que moi, Joan désire ce divorce. Notre union n'a jamais été heureuse.

Huntly faisait les cent pas dans le cabinet de travail de la résidence cossue attribuée à James en tant que gouverneur de Leith. Le comte avait choisi ce terrain neutre pour obtenir le consentement de son ami et chef du clan Gordon. Joan ne serait nullement étonnée de sa démarche. La comtesse de Bothwell n'ignorait rien de la liaison de son mari avec la reine, comme elle avait eu connaissance de son adultère avec Bessie Crawford. Le divorce serait obtenu en faveur de la jeune femme pour raison d'infidélité sans que le nom de la reine ait à être mentionné.

Une odeur de varech venait de la plage. Des nuages bas couraient dans le ciel. Au loin, la campagne était presque violette.

— Le divorce doit être prononcé aussi vite que possible, insista James.

George tapotait sur la table de chêne sombre aux pieds sculptés d'acanthes.

— Et quel intérêt auraient les Gordon à se plier à une telle exigence ?

— Considérable, assura James. Tu me sais homme de parole et je garantis que ni toi, ni aucun membre de ta famille ne regretterez cette décision. Crois-tu que je garderai Maitland comme secrétaire d'État ?

— Qu'adviendra-t-il de ma sœur ?

— Joan gardera jusqu'à sa mort celui de mes châteaux qu'elle préfère. Je la crois attachée à Crichton. Elle jouira intégralement des revenus de cette terre.

James se laissait pousser un léger collier de barbe qui accentuait la virilité de ses traits. Huntly ne pouvait s'empêcher de l'admirer. Au milieu d'une situation que beaucoup jugeraient intenable, il gardait autorité et assurance.

— Je suis pressé par le temps et souhaite une décision dans les jours qui suivent. Parle à Joan, elle est intelligente, volontaire, peu sentimentale et verra aussitôt où se trouve son intérêt.

— Tu veux tout dominer, n'est-ce pas ?

La voix de Huntly était sans colère. Il connaissait James depuis trop longtemps pour lui adresser des reproches.

— Les événements ont décidé pour moi. Je tente d'en limiter les nuisances ou d'en tirer parti le premier, comme tu voudras. Tu sais combien Édimbourg est un nœud de vipères.

George acquiesça d'un signe de tête. James jouait gros et il fallait son audace pour ne pas envisager de faire un seul pas en arrière.

— Ma mère est restée très attachée à l'Église catholique, dit-il en observant par la fenêtre le sentier qui descendait jusqu'à l'embouchure de la Forth. Elle exigera une dissolution de votre mariage par un tribunal ecclésiastique. Or il n'y en a plus en Écosse.

— Un consistoire catholique sera créé dans les jours qui viennent. Joan aura toutes les annulations qu'elle désire et pourra se remarier devant un cardinal.

James éclata de rire. Tout était comédie, cruauté, hypocrisie.

— Le Parlement va ratifier mon acquittement et demander à la reine que la religion protestante soit déclarée religion officielle de l'Écosse. Voilà du pain jeté au peuple qui se réjouira !

— Sa Majesté cédera ?

— Elle est réaliste. Personne n'a rien sans rien.

Huntly se tut. Il fallait avoir l'estomac de Bothwell pour ne pas être incommodé par cette soupe peu ragoûtante. Mais lui-même n'était pas prêt à faire la fine bouche. Au loin, il voyait les mâts des navires qui entraient et sortaient du port, les voiles qui se déployaient ou s'affaissaient au milieu du vol des mouettes. La marée s'inversait et l'eau commençait à prendre une couleur grise.

— Après la clôture des sessions parlementaires, je réunirai tous mes amis et ennemis à la taverne d'Ainslie, annonça soudain James. Je ne peux prétendre épouser la reine sans l'accord de principe des familles nobles de ce pays. En ce moment, je suis en position de force et dois en tirer parti.

George Gordon garda le silence. Hepburn gardait des amis et, s'il persuadait la reine d'accorder à Morton le magnifique château de Tantallon qu'il convoitait depuis longtemps, celui-ci pourrait se montrer un allié à peu près fiable. Dans la position d'équilibriste où se trouvait James, un appui, même passager, était bon à prendre.

— Tu n'envisages pas que Joan puisse refuser le divorce ?

— Pas un instant ! répliqua Bothwell.

Sa détermination était son meilleur atout. Si

nul ne doutait qu'il allait bientôt devenir le maître de l'Écosse, on se rallierait à lui.

— Nous avons traversé ensemble, toi et moi, des moments difficiles, dit-il en se tournant vers James, et même si le titre de beau-frère doit m'être bientôt ôté, je resterai ton ami. Mais prends garde, si l'intérêt de ma famille exige que je t'abandonne, je n'hésiterai pas.

— Tu me combattrais ?

— Non, admit Huntly, mais je ne te secourrais pas non plus. Je me retirerais dans le Shrathbogie, rassemblerais les miens et me contenterais de prier Dieu pour la reine et pour toi.

Tandis que Marie faisait route vers le château de Niddrie où l'attendaient les Seton, James réunissait les nobles afin qu'ils approuvent son mariage. À la taverne d'Ainslie, une des meilleures tables d'Édimbourg, il avait convié prélats et lords, tous encore en ville après la clôture le jour même du Parlement. La veille, James Balfour avait rédigé sous sa directive la requête qu'il allait leur lire à la fin du repas. La plupart des vingt-huit convives, il en était sûr, signeraient le document.

Froidement, James observa ses invités qui, rassemblés autour de la longue table, vidaient leurs premiers pots de vin de Loire. Tous les membres du Conseil privé étaient présents, ainsi que Morton, George Douglas et quelques membres du clan Hepburn chargés de le soutenir bruyamment lorsqu'il lirait sa requête à la fin du souper.

Dans la salle mise à sa disposition par l'aubergiste, l'atmosphère était intime. Une agréable chaleur avait déjà incité certains convives à ouvrir leurs pourpoints. L'air embaumait la viande grillée, les épices, les sauces que préparaient dans la cuisine une dizaine de marmitons. « Ils signeront, se persuada James. La moitié d'entre eux sont plus ou moins compromis dans le meurtre du roi, les autres saisiront l'occasion d'avoir un prince protestant et écossais. Donnant, donnant : ils approuvent mon mariage, je ne les oublierai pas. »

La reine était partie à Niddrie, inquiète mais confiante. James admirait l'aplomb dont elle faisait preuve, sa combativité. La situation dangereuse dans laquelle ils se trouvaient l'un et l'autre avait balayé pour un temps ses défaillances physiques. De passionné, leur amour était devenu violent, ardent, comme si la fusion de leurs corps exprimait une volonté de vaincre ennemis et prétendus amis, tous ceux qui guettaient le moindre faux pas pour se jeter sur eux et les mettre en pièces. Mais les moments de paix, de douceur ne manquaient pas. Il aimait laisser courir de petits baisers sur le ventre de sa maîtresse, parler à son minuscule enfant, lui jurer qu'il l'aimerait et le protégerait.

Avec le premier plat, des potages aux herbes, à l'orge et au mouton parsemés de cumin, de safran et de cardamome, les convives commencèrent à lever leurs gobelets à la santé de la reine, à la décision heureuse qu'elle venait de prendre de décréter le calvinisme religion officielle de l'État, et à ceux qui la lui avaient inspirée. Les regards se tournèrent vers Bothwell.

— À la santé de Sa Majesté ! prononça-t-il d'une voix enjouée.

Les boiseries qui arrivaient à mi-hauteur des cloisons prenaient sous les flammes de la grande cheminée une teinte sensuelle. Des gravures y étaient accrochées représentant des scènes champêtres. Dans un angle, un buste de satyre en pierre jouait de la flûte.

Penchés sur leurs assiettes, les lords et évêques savouraient maintenant de grands saumons baignant dans le verjus, des truites au miel, des gigots de mouton posés sur un lit de fèves et de poires au vinaigre, des quartiers de bœuf marinés dans du vin doux et des oignons, des volailles au gingembre.

La nuit tombait. On alluma des flambeaux et les bougies plantées dans les candélabres de cuivre posés au milieu de la table. Le vin versé en abondance avait échauffé les convives qui parlaient lestement de leurs bonnes fortunes amoureuses. Les servantes étaient apostrophées. Au hasard de leurs passages, des mains caressaient leurs croupes, s'arrêtaient un instant sur les seins que soulignaient les corselets étroitement lacés. Les filles riaient aux éclats, répliquaient vertement aux hommes. « Ce bougre de French Paris m'a choisi des putains, pensa Bothwell. Et pourquoi pas ? » Après le vin de Loire, il avait demandé que l'on serve du vin de Bourgogne, plus capiteux. Avec les desserts viendraient les vins doux de Madère et de Grèce, les eaux-de-vie de grain et de raisin. De cette importante dépense, James comptait être dédommagé au centuple.

Le ton montait. Çà et là, un convive se mettait difficilement sur ses pieds pour entonner une chanson. « Maintenant, pensa Bothwell, plus tard ils seront trop ivres pour signer. » Il se leva, tira de son pourpoint un document, le déroula.

— Milords, clama-t-il, je vous demande un moment d'attention.

James se racla la gorge et but une gorgée de vin.

— J'ai à vous entretenir d'un sujet de la plus grande importance pour l'avenir de l'Écosse...

Assis côte à côte au bout de la table, il sembla à James que Maitland et le comte d'Argyll affichaient un petit sourire fourbe. Il détourna son regard.

— Sa Majesté est dépourvue à présent de mari et si seule que l'État ne peut tolérer de la voir demeurer ainsi. Il faut à notre reine un soutien, un appui, un défenseur. Tout porte à croire que cette nécessité va avec son propre désir. Si tel est le cas, nul époux ne peut mieux l'aimer, l'honorer et la servir que le comte de Bothwell qui à maintes reprises lui a prouvé son absolu dévouement. Sa Majesté acceptant de s'abaisser à prendre un époux né dans ce pays plutôt que de choisir un prince étranger à nos mœurs et à nos lois, je sollicite de vos seigneuries une approbation à cette union et l'offre de leurs services, conseils et épées pour sa prompte conclusion.

James observa ses hôtes. Certains visages montraient de l'indifférence, d'autres du contentement, aucun du courroux.

De main en main, le document circula avec un encrier et une plume et James fut surpris par la résolution avec laquelle la plupart des lords et des évêques signaient. Maitland et Argyll eux-mêmes n'avaient pas hésité un instant. « S'ils pensent pouvoir me trahir, pensa-t-il, ils feraient mieux d'y réfléchir à deux fois. » Marie et lui allaient agir promptement.

Le papier à nouveau entre les mains, James le roula et le remit dans son pourpoint. Dès le lendemain, il se rendrait à Niddrie pour le montrer à la reine et ferait alors une demande en mariage publique qu'en accord avec leur plan elle repousserait fermement. Les dés étaient jetés.

À peine rentrée à Édimbourg, Marie avisa son entourage qu'elle partirait dès le lendemain pour Stirling visiter son enfant. Un voyage de courte durée car elle voulait être de retour à Holyrood quelques jours plus tard. Avec détermination, elle avait refusé l'escorte de cent cavaliers armés proposée par Maitland qui l'accompagnerait ainsi que Huntly et sir Melville. Trente hommes suffisaient largement, avait-elle affirmé.

En voyant s'éloigner le petit groupe, James éprouva de l'anxiété. La partie qu'il allait jouer trois jours plus tard ne flattait guère son amour-propre mais il n'avait pas le choix : l'honneur d'un gentilhomme devait passer après celui de sa souveraine. Avec brio, Marie avait joué à la femme offusquée lorsqu'il lui avait proposé le mariage et chacun avait pu constater qu'elle ne songeait nullement à lui comme possible époux. Mais James ne s'abusait pas. Si Marie et lui pouvaient maîtriser la forme, le fond leur échappait, chacun se jouait la comédie. Au plus talentueux ou au plus décidé appartiendrait la dernière réplique.

Resté seul, James s'enferma dans son appartement. Déjà, il avait reçu un placet de James Balfour sollicitant la lieutenance de la citadelle d'Édimbourg qu'il avait confiée récemment à son parent le seigneur d'Ormiston. Balfour ne perdait guère de temps à réclamer son dû. Après lui viendraient les autres. Déjà Marie avait fait des largesses à Morton, Moray, Huntly. Seul Maitland refusait toute faveur.

Sans doute devrait-il céder, offrir la citadelle à Balfour. Qui la tenait contrôlait Édimbourg. Le risque était grand, mais il serait contraint de le prendre. James passa ses mains sur son visage. Il était las et n'était pas au bout de ses peines. En hâte, il devait réunir les papiers nécessaires à son divorce protestant et à une annulation catholique, faire collecter les dépositions avant de remettre le dossier à David Chalmers, son avocat et ami. Le tribunal religieux était prêt à se prononcer sous quarante-huit heures. Joan avait signé tous les documents. C'était elle qui demandait la dissolution de leur mariage pour cause d'adultère avec Bessie Crawford. En remerciement, elle aurait Crichton et un autre domaine offert par Marie, dont les revenus lui permettraient de vivre confortablement. Et comme elle n'était point femme à traîner derrière elle des regrets inutiles, James ne doutait pas qu'elle trouverait bientôt un nouvel époux.

La plume du comte courait sur le papier. Le lendemain, il partirait à l'aube pour les Borders où il rassemblerait une troupe assez importante pour rendre crédible la peur qu'elle devait inspirer. Ensuite, ce serait l'aventure...

— Dieu vomit les fornicateurs, les aventuriers, les hypocrites ! tonna John Knox derrière son pupitre. Il se détourne des sépulcres blanchis dont l'odeur nauséabonde insupporte Ses narines... Nous vivons, mes frères, une ère d'abomination où les lâches et les timides n'ont point de place car Dieu aime les guerriers, ceux qui défendent Son Honneur en dénonçant sans trêve les pécheurs. Ne laissez pas les loups dévorer les agneaux, les dépravés pervertir les justes. Il n'y a point aux yeux du Seigneur de péchés rendus acceptables par le rang de ceux qui les commettent. Les maîtres, bien au contraire, doivent sans cesse donner l'exemple à leurs serviteurs par la

432

pureté de leurs mœurs, la droiture de leur caractère...

La voix du prêcheur emplissait le temple, grondait comme celle du jugement dernier.

— Un père crie vengeance, poursuivit Knox, une mère pleure son fils assassiné : votre roi et le mien, mes frères, dont on souille aujourd'hui la mémoire. Priez pour que Dieu vous donne la force d'exiger le châtiment des meurtriers et de leurs complices, de témoigner bien haut votre requête de justice, l'importance que vous attachez à l'honneur de votre pays.

Les yeux de Knox semblaient brûler son visage aigu à la peau couleur d'ivoire, à la longue barbe blanche, et ses mains diaphanes se levaient de temps à autre comme s'il voulait hisser ses paroles jusqu'au ciel.

Pétrifiée, l'assistance ne bronchait pas.

— Amen, prononcèrent enfin quelques voix d'hommes.

La rumeur du prochain mariage de la reine avec le comte de Bothwell se propageait. Ainsi ceux qui affirmaient que l'un avait tué le roi avec la complicité de l'autre pour assouvir ouvertement leur lubricité disaient vrai et Knox venait ce jour-là de se mettre à leurs côtés.

Satisfait, le pasteur rassembla ses notes et quitta le pupitre. Quoique peu intime avec le comte de Moray, il avait entièrement épousé sa cause et le tenait soigneusement informé de l'état d'esprit des habitants d'Édimbourg. Seul le demi-frère de la reine pouvait assumer le pouvoir en Écosse, jugeait-il. Par ses faiblesses et son incapacité politique, ses passions, la papiste s'était disqualifiée et, dans sa chute, elle allait entraîner un homme qui par son orgueil, ses ambitions, son imprudente témérité avait pour toujours coupé le lien qui l'unissait à ses frères protestants. Il s'en lavait les mains.

Regrettant d'avoir signé le document, un blanc-seing offert à James Hepburn pour épouser la reine, certains lords étaient venus le trouver. Il les avait rassurés. Les voies de Dieu étaient insondables et ce qu'ils pensaient avoir été une faute se révélerait bientôt un grand bienfait. Ceux qui jouaient avec le feu de l'enfer tôt ou tard s'y consumaient.

49

Kirk O'Field ! Depuis dix ans, ces trois mots martèlent le cerveau de James, le torturent, le détruisent. Il a signé un pacte avec les loups et ceux-ci l'ont dévoré. Aussitôt connues les intentions de Darnley, il a été pris comme bouc émissaire. Parmi toutes les signatures qui figuraient au bas de l'acte de conjuration, la sienne était tracée avec son sang.

Assis sur le rebord du lit, la tête entre les

mains, James voit des images disparates : une clef copiée, un baril de poudre, des poches de cuir, Huntly assis en face de lui un cornet de dés à la main, le sourire tendu de Marie, la haute silhouette de Darnley qui pour la première fois ne porte plus son masque de taffetas. Les boutons ont séché, il a la peau très pâle, grêlée, il ressemble à un revenant. Tout le monde sait qu'il n'a pas eu la variole mais est atteint de syphilis.

C'est jour de carnaval, les courtisans sont en habits de fête, on entend des rires venant de la rue, le son des cornemuses et le roulement des tambours. Les uns boivent et dansent, les autres vont mourir.

Une farandole passe devant les yeux clos du prisonnier, des mains s'ouvrent, il est happé dans le tourbillon. Ceux qu'il avait pris pour de joyeux ripailleurs sont des spectres qui l'entraînent dans leur danse macabre.

James se lève, écrase ses poings sur les murs. Il sait maintenant qui est le maître du jeu, qui le domine depuis toujours avec les Anglais. Il appelle Moray, le défie, une épée imaginaire à la main. Son fantôme doit bien rôder parfois alentour. Qu'il se montre et il l'anéantira.

Le prisonnier a un rire sarcastique. Il a survécu à ses ennemis, Moray, Lennox, Maitland, Knox, Kirkaldy de Grange, Argyll. Seul demeure Morton, un traître de la même eau que les autres, un être répugnant qu'une mort ignominieuse rattrapera tôt ou tard.

James rit toujours, s'accroche aux barreaux.

Dans la cour, on lève la tête pour regarder le fou emprisonné depuis près de cinq ans dans la tour. Les hommes haussent les sourcils, les femmes ont un sourire triste.

Kirk O'Field, l'église dans le champ, un champ de ruines jonché par les pierres de la maison du prévôt qui se sont éparpillées autour du sanctuaire délabré. Qui voulait sauver Darnley ? Personne, pas même Marie. Elle avait seulement exigé que rien ne soit commis qui aille contre son honneur. Elle voulait voir Darnley disparaître de sa vie, et pour le reste gardait les yeux clos.

Toujours cramponné aux barreaux, James hurle « Marie ! ». Sa voix parviendra-t-elle jusqu'en Angleterre ? Il pleure, des sanglots secs le secouent, le déchirent. Il respire avec peine, chaque goulée d'air lui brûle les poumons, la dysenterie l'affaiblit au point que le trajet du lit à la fenêtre est une marche harassante.

Quand Moray a-t-il appris que la reine était enceinte ? Fin mars, sans doute, avant le procès. Une indiscrétion de chambrière, une confidence faite par Marie à la comtesse de Mar qu'elle considérait comme une proche amie. La tenaille se refermait tout doucement sur eux.

La lumière de fin d'hiver déchiquette des ombres dans la chambre. James les examine. Sont-elles amies ou ennemies ? Il ne croit plus guère en la tendresse humaine. Marie elle-même l'a peut-être oublié.

Une porte, celle de sa chambre, le sépare du monde. La grille de la cour est toujours ouverte.

Il pourrait peut-être se traîner jusqu'à la mer, se glisser dans une barque de pêcheur ; le vent aidant, il atteindrait l'Écosse où l'attendent ses Borderers. Moray en a massacré des centaines, Reivers et simples voleurs de poules : pendus, noyés, décapités. Qui tient l'Hermitage aujourd'hui ? Qui occupe le cœur de son cœur ? Il marche sur le chemin qui mène à la forteresse à travers la lande, reconnaît chaque courbe du terrain, le long déroulement des collines, les méandres de la rivière, la terre sonne sous les pas de son cheval. Il se dirige vers une ombre, un noir brouillard. Lui-même.

L'Hermitage est vide, abandonné, il voit un pan de mur, le vestige des formidables tours carrées que les nuages bas plongent dans l'obscurité. Pas un être, pas une bête en vue. Il est seul face à lui-même, comme il l'était à Dunbar après Carberry Hill. Combien de temps lui reste-t-il à vivre, une semaine, un mois ? Le vent vrombit dans la cheminée. Pourquoi Darnley n'a-t-il pas été déchiqueté par l'explosion ? Qui l'a terrorisé au point de le faire sauter par la fenêtre pieds nus, en chemise de nuit ? Qui l'attendait dans le verger ? George Douglas et des membres de son clan ?

James fouille désespérément sa mémoire, Morton et Moray complices, Balfour double traître : il a conseillé Darnley avant de le vendre. Le baiser de Judas. Lui n'avait pas compris que la fourberie pouvait atteindre cette abjection.

Darnley le regarde mais James ne veut pas le voir, ni entendre son long cri de terreur : « Pitié pour ma vie, mes parents ! » On lui enfourne la manche de sa chemise dans la bouche, il se débat, met longtemps à mourir. Il a vingt ans depuis deux mois. Lui est l'amant de la reine, l'amant de la femme de Darnley.

Dès les obsèques du roi, il s'est douté qu'en Angleterre Moray tirait toutes les ficelles, que l'accord signé à Craigmillar était un marché de dupes, mais il ne savait pas reculer, ni passer à l'ennemi. Jamais il ne s'est abaissé à supplier comme Darnley, jamais non plus il ne s'est résigné. La haine reste vivante en lui comme une flamme qui le dévore. Il a toujours ri en apprenant la mort de ses ennemis et vidé un flacon d'eau-de-vie à leur damnation éternelle.

James marche avec peine vers son lit. Les morts le hantent. Il est le complice de fantômes.

50

En compagnie d'une centaine de cavaliers, Bothwell patientait près du pont qui enjambait l'Almond depuis presque deux heures. La veille, après avoir quitté Stirling, la reine avait souffert d'un violent point de côté et avait dû se reposer dans une modeste ferme au bord du chemin. Dès son adolescence, l'angoisse avait suscité de graves malaises chez Marie et James était préoccupé. Que la reine mette en doute un instant le succès de leurs desseins, et ils seraient perdus. Personne ne croirait que Darnley puisse être le père de l'enfant à naître. Chacun savait que le couple royal n'avait pas fait lit commun depuis le printemps précédent. Même à Kirk O'Field, Marie n'avait jamais été seule avec son mari.

Un bruit de sabots dans le lointain le fit se redresser sur sa selle. D'un geste, il ordonna à ses hommes de se tenir prêts. Marie était sûre qu'il n'y aurait point de résistance, mais Maitland devait être surveillé attentivement. L'herbe autour de la rivière reverdissait, des arbustes étaient en fleurs. De très jeunes agneaux gambadaient autour de leurs mères dans les prés qui épousaient les pentes douces des collines. Le son du claquement des sabots sur le sol se rapprochait.

— Avançons ! commanda-t-il.

Sa troupe le suivit. James n'avait pas d'états d'âme, il devait accomplir scrupuleusement ce qui avait été convenu, veiller à ce qu'aucun imprévu vînt ralentir ou contrecarrer ses plans.

À sa mère, la veille, il avait demandé de ne pas croire aux calomnies qui allaient salir son nom. Elle comprendrait bientôt ses raisons, aucune n'était déshonorante. Lady Agnes l'avait écouté sans broncher. Pour son fils unique, elle éprouvait une tendresse que les turbulences n'entamaient pas. Comme son père, James aimait les femmes, mais là où le beau comte Patrick s'était embourbé : flagornerie, vanité, trahison, jamais son fils ne s'était aventuré. La dame de Morham n'ignorait pas que son Jamie était aimé de la reine. Bien que ne la connaissant guère, elle admirait cette femme qui avait été assez crâne pour prendre à dix-huit ans la tête d'un pays dont les troubles perpétuels avaient tué sa mère. Avec l'aide de Dieu, elle pensait que son fils serait digne de la confiance que lui accordait Marie Stuart, de l'amour qu'elle lui portait. Ensemble, ils feraient de l'Écosse un grand royaume.

Marie chevauchait en tête. James discernait clairement sa haute silhouette, la ligne de la cape noire, du voile drapé autour du bonnet. Plus il se rapprochait d'elle, plus il avait la certitude qu'en cet instant il jouait leur destin.

— Halte ! commanda-t-il en s'emparant des brides du hongre moucheté que montait la reine.

Comme Melville faisait mine de mettre sa main à l'épée, Marie l'arrêta.

— Qu'avez-vous à me communiquer de si urgent, milord Bothwell ?

James qui s'était découvert s'inclina.

— Édimbourg est agité, Madame, des groupes rebelles se forment. J'y ai envoyé des troupes mais je préfère que Votre Majesté me suive à Dunbar où elle sera en toute sécurité.

La jeune femme se retourna pour consulter ceux qui l'escortaient. Maitland haussa les épaules comme pour signifier que cette farce ne méritait nul commentaire, Huntly secoua la tête en signe d'approbation, Melville resta de glace.

— Je vous fais confiance, milord, dit Marie d'un ton calme, mais désire envoyer un des miens à Édimbourg pour qu'il me rende compte de la situation qui y règne.

James inclina la tête.

— Allons ! ordonna la reine.

Elle était pâle mais sa voix restait ferme.

— Nous serons avant la nuit à Dunbar, assura James.

Sans bruit, Maitland avait fait avancer sa monture qui se trouvait maintenant à la hauteur de celle de la reine.

— Votre Majesté m'autoriserait-elle à regagner Édimbourg ?

L'expression d'un réel étonnement se lut sur le visage de Marie.

— M'abandonneriez-vous quand je me trouve en danger, Maitland ?

À Dunbar, le vent soufflait en rafales, les vagues battaient le rivage rocheux sur lequel se dressait la forteresse militaire. La nuit tombait.

Serrés dans leurs manteaux de voyage, les cavaliers passèrent le pont de bois enjambant un premier fossé avant de traverser la herse bloquant l'enceinte. Des mèches de cheveux arrachées à sa coiffe balayaient le visage de la reine. D'elle, James ne voyait que le fin profil au nez un peu long, la main gantée qui tentait de discipliner sa chevelure. Sa maîtresse, il en était sûr maintenant, ne faiblirait pas. La lutte réveillait en elle l'instinct combatif des Guise, l'entêtement des Stuart. Pour donner un nom à leur enfant, en faire un prince d'Écosse, elle était prête à braver son peuple, à se débarrasser de ses adversaires.

La reine disposait ici de trois pièces sobrement mais confortablement meublées, d'une garde-robe et d'un cabinet d'aisance. À travers les fenêtres, on voyait la pleine mer grise, souvent écumeuse, les voiles des navires se dirigeant vers l'embouchure de la Forth.

— Nous voici de retour, dit la reine à mi-voix, alors qu'elle se dirigeait vers la salle de réception où brûlait un grand feu. Souvenez-vous que nous ne sommes pas revenus ensemble ici depuis ma fuite de Holyrood, voici un peu plus d'un an.

Le ton de Marie baissa encore pour n'être plus que chuchotement :

— C'est ici que j'ai réalisé combien je tenais à vous.

La forteresse était sous le contrôle des hommes de James, et Maitland comme Melville semblaient se plier sans difficulté à leur condition de prisonniers. Le coup d'audace de Bothwell ne les surprenait pas. Qui d'autre que lui aurait pu enlever leur souveraine sans que celle-ci protestât ? En dépit des insinuations du comte de Moray, Maitland avait gardé des doutes quant au prétendu projet de la reine d'épouser son amant. À présent, il savait à quoi s'en tenir. La loi était précise : tout homme qui enlevait une femme non mariée et la déshonorait devait l'épouser sous peine d'un châtiment allant de dix années de prison à la mort. Sur l'autel de ses ambitions, Bothwell sacrifiait son honneur. Et les protestations de Marie, la froideur qu'elle avait témoignée à celui qui l'avait ravie comme un simple butin n'étaient que simagrées.

— Le sort en est jeté, dit Bothwell.

Marie était blottie contre lui. Ils avaient fait passionnément l'amour dans le fracas des vagues et le sifflement du vent. Le jour allait bientôt se lever. De noir, le ciel se transformait en gris de plomb.

— Je n'ai jamais regardé en arrière, dit Marie d'une voix douce. Tu es mon avenir et ma lumière.

James continua à caresser en silence les cheveux de sa maîtresse. À Dunbar, il s'était attribué une chambre conjointe aux appartements de la reine qu'il pouvait rejoindre en secret. Durant les quatre ou cinq jours passés dans la citadelle, ils jouiraient d'une intimité qui ne leur serait plus accordée à l'avenir. Mariés, l'étiquette, leurs devoirs et occupations, l'attention constante des courtisans comme des gardes les figeraient dans leurs rôles réciproques.

— Avant toi, je ne savais rien de l'amour.

James chercha la bouche de Marie. Il l'aimait reine obéie et respectée mais aussi en amante éperdue, fragile et tendre.

— Je te rendrai heureuse, promit-il.

Les obstacles étaient pour la plupart franchis. Seul restait à concrétiser son divorce d'avec Joan et la publication des bans de mariage. Le plan établi avec Marie s'était déroulé sans accroc : son acquittement, la signature des lords en bas de l'acte stipulant une union entre la reine et lui, le refus obstiné et public de Marie de sa proposition de mariage, l'enlèvement, la supposée brutalité physique.

— Sais-tu bien que je suis en train de te violer ? souffla-t-il.

Le corps de Marie était doux, chaud, vibrant, vivant. Il lui appartenait. Son esprit, son être trouvaient un aboutissement dans cet amour.

— Je suis ton ombre, dit-il.

— Tu es mon soleil.

Enlacés, ils roulèrent sur le lit. Marie avait l'impression d'être ivre.

Le matin suivant, Huntly se querella si violemment avec Maitland qu'il le menaça de mort. Melville, quant à lui, implora la reine de le laisser regagner Édimbourg. Marie y consentit. Plus rien ne lui importait en ce moment que les quelques jours de liberté qu'elle vivait avec James. L'expérience était pour elle si nouvelle que les moindres objets, les gestes usuels lui semblaient étranges. La mer, la lumière, les rocs étaient-ils aussi magnifiques auparavant ? James lui-même avait perdu son côté rude, un peu cassant. Au petit matin, elle l'avait vu escalader les rochers pour observer les bateaux qui louvoyaient vers North Berwick et l'embouchure de la Forth. La main au-dessus des yeux, vêtu d'une simple veste de drap gris, de chausses de soldat, il ressemblait à un très jeune homme en escapade. Le mince filet de barbe qu'il portait maintenant couvrait le menton rond qu'un pli profond séparait de la bouche charnue. Son amant n'avait rien de la fragilité de François son premier époux ni de la joliesse blonde de Darnley. Il pouvait être brusque, jurer et blasphémer comme un soudard, mais le courage qu'il montrait dans la tragédie qu'ils vivaient, sa détermination à lui sacrifier son honneur le mettaient à ses yeux au-dessus de tous les autres hommes, princes ou courtisans.

Une vie presque normale s'installait à Dunbar. James avait demandé à sa sœur Janet ainsi qu'à lady Reres de venir assister la reine dans les nécessités de la vie quotidienne. Marie appréciait leur compagnie et tous deux pouvaient compter sur leur absolue discrétion. Une partie de la garde avait été renvoyée et la vieille citadelle dans le soleil printanier prenait un visage presque gai.

— Passons la journée à Hailes, si vous le voulez bien, proposa James. Ce château est le berceau des Hepburn, l'endroit où j'ai passé ma petite enfance.

Suivis de dix hommes armés, les chevaux avançaient au pas dans le sentier bordé de buissons encore dépouillés de feuilles, de rocs aigus, de pâturages qui reverdissaient. Des paysans passaient qui à peine regardaient ces promeneurs, sans doute des hôtes de Dunbar ou du proche château de Tantallon, fief des Douglas. La fièvre d'Édimbourg n'atteignait pas les hameaux du Lothian qui se préparaient aux semailles du printemps, à l'agnelage, au repiquage des pois et des haricots dans les potagers, aux fêtes traditionnelles de mai avec leurs joueurs de fifre et de viole. De petits chevaux montés à cru par les villageois croisaient ceux des promeneurs, des chiens suivaient un moment le groupe avant de faire demi-tour, des poules et des canards traversaient le sentier avec de grands battements d'ailes.

— Regardez, dit Marie, des cornouillers en fleur !

Abrités du vent par une étable se dressaient des arbustes portant des fleurs d'un blanc-vert mousseux dont les pétales se répandaient dans un abreuvoir de pierre. James sourit. Débarrassée de la pompe royale, Marie n'était plus qu'une jeune femme spontanée, délicieuse. Elle qui avait été le joyau de la cour des Valois, qui s'était mariée à Notre-Dame de Paris dans le déploiement d'un luxe inouï s'émerveillait d'un simple arbuste, lui montrait du doigt une couvée de poussins suivant leur mère le long d'un chemin étroit menant à une chaumière.

— J'ai expédié un courrier à Hailes, dit James. Un repas nous y attendra.

Depuis des mois, il n'avait revu le vieux château, une grosse bâtisse sans défenses militaires bâtie le long de la Tyne qui serpentait et se faufilait sous les branches basses des arbres peuplés d'oiseaux pêcheurs. Tout autour se déroulait une campagne riante avec ses champs bordés de murs de pierre sèche ou de branchages entremêlés, ses mares où venaient patauger les vaches en été. Marie n'ignorait pas que son père, le roi James V, avait aimé parcourir l'Écosse, parler aux paysans, et pris grand plaisir à leur musique et aux danses locales. Bien qu'ayant voyagé à l'intérieur de son pays, elle n'avait pas osé se mêler à son peuple, s'était contentée de lui adresser des sourires, des signes de main, de faire distribuer des piécettes aux enfants. Elle n'avait rien fait bâtir, rien changer aux coutumes et lois.

— Lorsque j'aurai cessé de lutter pour survivre, je serai une bonne reine, dit-elle comme pour elle-même.

— Me ferez-vous roi ? interrogea James d'un ton qu'il voulait garder ironique.

— Non, cela vous porterait malheur. François et Darnley ont eu de terribles destins, je vous veux à mes côtés jusqu'à la fin de ma vie.

James détourna la tête. Que lui importait le titre ? La reine serait sa femme et elle lui confierait avec soulagement les rênes du gouvernement. Elle mettrait leurs enfants au monde, une grande famille qui lui offrirait les joies, l'affection qu'il n'avait jamais eues.

— Nous approchons de Hailes, se contenta-t-il de répondre.

Chaque pli de terrain, chaque bosquet, chaque muret lui était familier. Ici et là, il reconnaissait les fermes où les servantes de sa mère allaient chercher du lait, des œufs, du beurre, des fromages, la cahute du rebouteur, l'atelier du maréchal-ferrant, la pauvre habitation des Dodds qui avaient cinq fils avec lesquels il dénichait les oiseaux, pêchait les grenouilles et se bagarrait à coups de poing.

Le sentier longeait la Tyne et un instant les cavaliers laissèrent s'abreuver leurs montures. L'eau tourbillonnait dans les coudes de la rivière, clapotait le long des rives couvertes d'herbes folles. Autour des chevaux, des mouches dansaient dans la lumière.

Après le repas, James et Marie revinrent vers la Tyne. Ensemble ils avaient parcouru le vieux château meublé sommairement depuis que nul, hormis Janet de temps à autre, n'y logeait plus. La cuisine utilisée par les cinq domestiques qui entretenaient Hailes était le seul endroit où régnait encore un peu de vie. Mais le charme de la grande demeure demeurait intact avec ses pièces aux plafonds voûtés, ses étroites fenêtres, ses immenses cheminées, une odeur de temps fané qui évoquait l'enfance heureuse, les étés passés au milieu des herbages et des bois.

Marie glissa sa main dans celle de James. Heureux de leur présence réciproque, ils se taisaient en suivant l'étroite bande de terre qu'empruntaient les bestiaux et les bêtes sauvages. Déjà le soleil déclinait et dans ses rayons on apercevait des fils de la Vierge scintiller entre les hautes herbes.

— Nous devons signer une promesse de mariage, dit soudain James. Si je venais à disparaître, elle nous lierait et notre enfant ne serait pas un bâtard.

Une légère rougeur monta aux joues de la jeune femme. « Elle rougit en reine, pensa James. Il y a des mots qu'elle ne veut pas entendre. »

— Il le faut, insista-t-il.

— Nous le ferons ce soir.

Son émotion l'empêchait de regarder James. Il attrapa à nouveau sa main, la fit asseoir sur une roche plate, là où autrefois il pêchait les grenouilles avec les Dodds.

— Nous nous marierons dans les semaines qui viennent, au plus tard le 15 mai. David Chalmers s'occupe du divorce et de l'annulation par le tribunal catholique.

— Sous quel prétexte ?

— Consanguinité. Nous sommes cousins au quatrième degré, Joan et moi.

— Il y a eu dispense...

— Nous ne la mentionnerons pas. Joan veut se remarier, elle aussi. Elle sait où est son intérêt.

— Je ne l'ignore pas, répliqua Marie.

Elle était encore jalouse de celle qu'elle avait

449

considérée comme une rivale et qui portait toujours le titre de comtesse de Bothwell.

— Joan s'éloignera d'Édimbourg, tu ne la verras plus.

Assis près de Marie, James passa son bras
autour des épaules de la jeune femme et la serra
contre lui. Il lui cacherait son inquiétude concernant Morton, Argyll et Mar qui devaient attendre
avec impatience le retour de Maitland pour tenter de tirer profit de la situation défavorable où
il se trouvait, celle d'un homme sans honneur
qui allait contraindre sa reine à l'épouser après
l'avoir violentée. Leurs signatures au bas de
l'acte qui avait circulé à la taverne d'Ainslie le
protégeraient un moment, mais pour combien
de temps ?

Par ses informateurs, il savait que Morton et
Argyll étaient à Stirling. Cette nouvelle ne lui
disait rien qui vaille. Aussitôt marié, il devrait
créer une petite armée de métier pour les protéger, Marie et lui, imposer par la force les ordres
qu'ils donneraient. L'argent se trouverait. Il
ferait fondre le bassin d'or offert par la reine Élisabeth pour le baptême de son filleul.

— Ni elle, ni aucune femme autour de toi.

James serra Marie un peu plus fort encore.

— Comme nous nous ressemblons, chuchota-
t-il. Autoritaires, jaloux, nous prenons par la
force ce que nous désirons. Nous sommes aussi
entêtés et orgueilleux l'un que l'autre.

James pensa aux ultimes épreuves à franchir :
le divorce protestant, l'annulation catholique, la

signature du contrat de mariage. Ses amis seraient-ils plus nombreux, plus déterminés que ses ennemis ? Auraient-ils le cran de le suivre jusqu'au bout ?

La fraîcheur qui accompagnait le déclin du soleil les contraignit à revenir vers Dunbar. Marie s'efforçait d'être joyeuse, parlait d'une partie de golf qu'ils disputeraient le lendemain. Lady Reres avait fait venir d'Édimbourg une cassette de balles en cuir bourrées de plumes et des cannes. Peu de dames pratiquaient ce sport auquel la jeune femme excellait. James n'était qu'un joueur moyen et elle se piquait de le défier. Mais sur un cheval, remarquable cavalier, il était toujours vainqueur.

— La dernière fois que j'ai séjourné à Hailes, vous veniez de me chasser comme un chien, dit James d'une voix songeuse. J'étais humilié et désespéré.

— Sans doute étais-je plus bouleversée que vous. Mais songez que je n'ai pas été élevée comme les autres femmes. On a dressé autour de moi des barrières que je pensais impossibles à franchir. Sans cesse je devais être sur le qui-vive, ne jamais oublier qui j'étais.

— Riccio..., murmura James.

— Il était un ami, me faisait rire, m'enchantait par sa musique. En le sacrifiant, c'était moi que l'on voulait blesser à mort, moi la reine, la catholique, femme et papiste. Une ennemie, un traître potentiel. Vous m'attendiez cependant pour me prouver que je n'étais pas seule. Peut-être est-ce

451

lors de notre premier séjour à Dunbar, après ma fuite de Holyrood, que j'ai accepté l'attirance que vous exerciez sur moi. C'est pour cette raison que je vous ai marié aussitôt que possible. Je vous voulais proche et inaccessible, j'étais folle.

— Vous étiez sensée. C'est aujourd'hui que nous sommes fous.

51

À pied, la tête découverte, tenant le cheval de la reine par la bride, James avait remonté la High Street suivi de sa troupe de Borderers. De chaque côté de la rue, les passants les observaient en silence.

La semaine passée par la reine à Dunbar sous l'autorité du comte de Bothwell avait engendré les rumeurs les plus contradictoires. Certains la disaient séquestrée, d'autres se scandalisaient d'une comédie jouée pour abuser le peuple et justifier un honteux mariage. Le comte de Bothwell avait frappé un grand coup : le mari de la reine occis, il était en train de faire dissoudre sa propre union et menait rondement son affaire. Ne disait-on pas que les bans du mariage allaient être publiés trois jours plus tard sur les portes de l'église Saint Gilles et à la chapelle de Holyrood ?

La route montait à pic vers la citadelle où Marie allait s'installer pour quelques jours. Avant de regagner Holyrood, elle devait s'assurer que la ville était sous son contrôle.

Peu de nobles étaient présents pour l'accueillir. La reine n'en fut guère alarmée. Elle connaissait bien maintenant le caractère rebelle des Écossais et attendrait avec résignation qu'ils lui reviennent. Mais James fut dépité et inquiet. Plus il approchait du but, plus il soupçonnait le grand nombre de chausse-trapes qu'on allait placer sur son chemin pour le neutraliser ou rendre sa victoire factice. Déjà le bras droit de John Knox, John Craig, s'était fait tirer l'oreille pour la publication des bans et il avait fallu que Marie affirme dans un billet écrit de sa main vouloir librement épouser le comte de Bothwell pour le décider à obtempérer. La résistance de la jeune femme commençait à flancher. À nouveau l'angoisse lui serrait la gorge, accélérait les battements de son cœur. Pourtant le divorce de James avait été prononcé. Il était un homme libre.

Mal à son aise dans le château d'Édimbourg, la reine décida soudain de s'installer à Holyrood. À nouveau le long cortège s'étendit le long de la High Street et de la Canongate. Le temps était doux, le soleil voilé. Une brume légère enveloppait la masse du siège d'Arthur[1]. Marie pensait à son arrivée à Édimbourg, six années plus tôt. La foule avait accueilli alors avec enthousiasme sa

---

1. Monticule rocheux qui se dresse derrière le château de Holyrood.

jeune reine tout juste débarquée à Leith. À chaque coin de rue, des fillettes lui présentaient des fleurs, des groupes chantaient ou lui offraient l'aubade. Affligée d'avoir quitté la France mais heureuse d'être fêtée en reine, elle imaginait son avenir avec sérénité, sûre que chacun allait l'aimer, que tôt ou tard sa cousine Élisabeth la choisirait pour lui succéder sur le trône d'Angleterre.

Ses illusions perdues, elle avait trouvé en James une raison de vivre, une force sur laquelle s'appuyer, la certitude qu'à vingt-quatre ans elle pouvait encore aimer et être aimée. Mais ses sujets se détournaient d'elle, la jugeaient sévèrement. Devait-elle les braver, accepter de se faire haïr d'eux ? Comme elle, James était né en Écosse, il était un des leurs, les gouvernerait avec mesure et fermeté. L'avenir de son pays le préoccupait et il envisageait une série de lois destinées à favoriser le commerce, assurer une stabilité de la monnaie, renforcer l'autorité locale pour une meilleure protection des paysans en éliminant les bandes de malandrins, renvoyer dans leurs pays respectifs les mendiants étrangers.

À Holyrood, la jeune femme ne trouva toujours pas la paix qu'elle espérait. Chacun semblait y jouer un rôle. Pourquoi les siens parlaient-ils différemment, la regardaient-ils avec d'autres yeux ? Il sembla à Marie qu'on la traquait, qu'on complotait ou la tournait en dérision. De ses quatre Marie, elle n'avait plus que

Marie Seton, les autres étaient auprès de leurs époux.

— James Balfour prendra le commandement de la citadelle.

Sous le ton détaché, Marie devina l'exaspération et l'inquiétude de James. N'avait-il pas promis à un de ses proches parents cette position clé dont dépendait la sûreté de la capitale ?

— Pourquoi lui ? demanda-t-elle. Il n'a cessé de tirer profit de toutes les situations et d'abandonner ses amis.

— Il est un intermédiaire utile entre nos ennemis et nous, coupa James, et ne trahira pas ceux dont il tire honneur et profit.

Les exigences de plus en plus pressantes de Balfour le tracassaient. Pour le moment, il ne pouvait deviner si, par l'octroi de ce poste considérable, il le gagnait à sa cause ou si, à la moindre occasion, il serait prêt à pointer sur lui ses canons. Mais l'homme était aussi venimeux qu'un serpent. S'il s'en faisait un ennemi, nul doute qu'il se plairait à remuer la boue.

— Je vous fais confiance, assura-t-elle. Ce que vous décidez est l'expression de ma propre volonté. Êtes-vous prêt pour la cérémonie de ce soir ?

Après une sonnerie de trompettes, les porteurs de bannières et d'étendards pénétrèrent dans le grand hall de réception dont les murs avaient été tendus de tapisseries, de pièces de velours ou de soies brodées d'or et d'argent entre lesquelles on avait accroché des guirlandes de branchages et de fleurs. Au fond de la longue pièce qui joignait la tour de James V à l'abbaye, le trône de Marie, surmonté du dais royal, était entouré de deux candélabres de vermeil portant chacun neuf bougies de cire parfumée.

Pour la première fois depuis son retour à Édimbourg, la reine était heureuse. Point par point, elle avait supervisé la cérémonie qui ferait duc l'homme qu'elle aimait, lui dédiant chaque détail, chaque accord de musique, chaque mets du banquet qui suivrait. Prélevée du Trésor royal, la couronne ducale était posée à côté d'elle sur un coussin de velours. Sur la tête de James, elle allait poser un emblème de puissance et de dignité ceint auparavant par les princes Stuart et la pensée de ce simple geste la comblait.

Derrière les porte-étendards marchaient Bothwell et les quatre proches qu'il avait choisis pour être adoubés chevaliers, les pages de la maison de la reine vêtus de rouge et de jaune et portant sur la tête des bérets où étaient fichées des plumes blanches. Puis venaient les dames d'honneur, toutes vêtues de robes d'apparat, les gentilshommes, les autorités de la ville, enfin la garde personnelle de Marie Stuart avec leurs courtes pèlerines aux armes de l'Écosse.

Devant sa souveraine, James tête nue s'agenouilla. Il savait que l'assistance ne le quittait pas des yeux, certains le regardaient avec une expression d'amère jalousie, d'autres comme sa mère et sa sœur avec fierté et tendresse. À nouveau les trompettes retentirent et il sembla à Bothwell que ses ancêtres, son père lui-même, l'entouraient pour partager l'honneur fait à leur maison. Comme le premier comte de Bothwell, il devait sa couronne à une loyauté sans faille, à son courage, à son désir ardent de surpasser les autres.

— Moi, Marie reine d'Écosse, déclama la jeune femme sans quitter James du regard, je vous donne le duché des îles Orcades qui est vôtre avant que vous le remettiez à votre fils afin que vous y fassiez preuve comme ici de votre zèle pour la justice, de votre équité dans vos jugements. Tenez-vous droit et ferme dans les devoirs auxquels cette couronne vous contraint. Que le Christ, médiateur entre Dieu et les hommes, trouve en vous un serviteur fidèle pour le plus grand bien de Son peuple.

Lentement, elle posa le cercle d'or incrusté de six saphirs sur la tête de son amant.

— James Hepburn, comte de Bothwell, seigneur de Hailes, de Crichton et de Liddesdale, je vous fais duc des Orcades et seigneur des Shetland.

Après le son des trompettes, le chœur entama un psaume :

« Sois fort et ferme, ne frémis pas, ne tremble pas,
Oui Dieu, mon Dieu est avec toi,
Il ne te fera pas faiblir et ne t'abandonnera pas. »

James garda la tête baissée. Son émotion était si forte qu'il n'avait plus conscience de ceux qui l'entouraient, n'entendait rien. Les terribles moments par lesquels il était passé trouvaient à cet instant leur justification. Son fils aîné serait prince d'Écosse, duc des Orcades, comte de Bothwell, un égal des membres des familles royales d'Europe.

Debout, il écouta le discours adressé par la reine à l'assemblée. Avec soin, Marie avait évité de faire une apologie trop ardente du nouveau duc, se contentant de vanter la dignité, le courage de ceux qui formaient la noblesse écossaise. Elle s'apprêtait à adouber quatre chevaliers désignés selon la coutume par le duc. À ceux-ci incomberaient honneurs et devoirs. Elle tenait à souligner ces derniers. Les mots sonnaient sous la haute voûte à l'admirable charpente. Les murs, les imposantes dalles recouvrant le sol dégageaient une fraîcheur humide. La reine se tut. Lord Seton lui tendit l'épée avec laquelle elle allait frapper l'épaule des hommes agenouillés devant elle. Bothwell avait conscience du silence qui emplissait le hall, il voyait les regards fixes, les lèvres pincées des invités faisant un contraste saisissant avec le visage heureux de Marie, la douceur et l'autorité de sa voix. Depuis Dunbar, il ne l'avait pas tenue dans ses bras et attendait avec fièvre le jour de leur mariage, sa propre installation dans l'appartement qu'avait occupé Darnley à Holyrood. Il coucherait dans le lit du petit-neveu d'Henry VIII cousin de la reine Élisabeth, ses propres vêtements occuperaient la garde-robe du défunt roi et il posséderait à sa guise celle qui avait été la femme du roi de France. Marie l'aimait parce qu'il lui offrait une équanimité, une présence à toute épreuve.

La procession des serviteurs présenta d'abord les plats de venaison, puis les volailles, oies, chapons, canards, pigeons farcis d'amandes au miel, enfin les poissons grillés ou recouverts de sauces vertes ou brunes. Assis à côté de la reine, Bothwell savait qu'ils n'avaient guère besoin de se parler pour goûter intensément ce moment de triomphe. Le surlendemain, ils signeraient leur contrat de mariage et, deux jours plus tard, le 15 mai à l'aube, seraient mari et femme. Le temps n'était pas à l'inquiétude, même s'il avait dû céder aux intimidations de James Balfour et lui confier la lieutenance du château d'Édimbourg.

Pour flatter le patriotisme de son mari, la reine avait fait venir les meilleurs joueurs de cornemuse des Hautes-Terres, un célèbre joueur de viole d'Inverness, des chanteurs des Borders qui conservaient intactes dans leurs mémoires les anciennes et longues ballades célébrant pêle-mêle les amoureux, les voleurs de bétail, les héros et les assassins. Le vin aidant, des convives entamèrent en chœur quelques couplets. Le sévère Maitland lui-même semblait joyeux ; Morton courtisait sa voisine, la fille aînée de lord Oliphant ; Maxwell, qui connaissait toutes les ballades des Borders, s'était levé, son gobelet à la main. Une sorte de complicité heureuse les unissait tous, qu'ils soient du Nord ou du Sud, de l'Est ou de l'Ouest, dans la célébration de leur pays avec ses landes, ses lacs, ses pics, ses fjords et ses capricieuses rivières, ses brumes, ses collines parsemées de rocs et de bruyères, ses châteaux forts dressés comme des sentinelles face au temps et à la folie des hommes. Plus ou moins cousins par leurs mariages, souvent alliés aux Stuart par les nombreux bâtards que ceux-ci avaient engendrés, ils ne cessaient de se déchirer, de se trahir, incapables d'échapper aux démons qui les excitaient les uns contre les autres, indociles, orgueilleux, avides d'assurer l'indépendance et le prestige de leur clan, mais tous attachés à l'Écosse comme à la chair de leur chair.

James ne se leurrait guère. Apparemment unis ce jour-là autour de leur souveraine, ils seraient prêts le lendemain à la contester avec brutalité, à tenter de la mettre le dos au mur pour la punir du crime impardonnable qu'il s'apprêtait à commettre avec sa bénédiction : prétendre les gouverner. Que pesait Kirk O'Field contre cette intolérable suffisance ? Se serait-il contenté de régir ses terres, de pacifier les Borders et de chasser avec la reine que le meurtre du malheureux Darnley aurait été une affaire de peu d'importance. Beaucoup n'avaient signé le document d'Ainslie que pour mieux le perdre.

Seul dans sa chambre, James ne parvint pas à trouver le sommeil. Derrière ses fenêtres, la lune éclairait les collines, les jardins, l'élégante silhouette de l'abbaye, jetait sur les mousses et les rocs des tons moirés, le souffle du vent poussait des effluves salins. Marie reposait-elle ? Il ne devait pas, ne pouvait pas la rejoindre avant le jour de leur mariage. En quelques mois, conduit par la nécessité et l'honneur, il avait accompli un prodigieux parcours. Devant sa détermination, tout semblait avoir plié. L'enfant que portait Marie, son enfant, aurait un père et une mère légitimes.

Bothwell avait obtenu de Marie que la cérémonie de mariage eût lieu selon le rite protestant. Il saisissait bien l'ampleur de son sacrifice, le seul qu'il eût requis d'elle depuis le drame de Kirk O'Field et l'annonce de sa grossesse. Contrairement au petit James, leur enfant serait protestant et il caressait l'espoir que, par réalisme à défaut de conviction, Marie se convertisse un jour afin de ne plus faire qu'un avec son peuple.

De légers nuages voilaient par intermittence la lune. En ce moment même sur les Borders, au-delà des collines de Lammermoor, des Reivers devaient seller leurs chevaux, passer leurs gilets de cuir, coiffer leurs casques pour se lancer dans quelque raid contre une famille ennemie, voler son bétail, incendier les huttes. Jack O'The Park, qui avait failli le tuer, était rétabli. Ne disait-on pas « coriace comme un Borderer » ?

James se dirigea vers son lit, il allait tenter de se reposer, d'oublier pour un moment l'anxiété que lui inspiraient l'avenir et la certitude que

Moray correspondait secrètement avec Argyll, Morton et Mar. Confier le prince à ce dernier avait été une erreur. Le comte et la comtesse de Mar, que Marie chérissait tant, n'hésiteraient pas à rejoindre le camp de ses ennemis.

Avec lassitude, le nouveau duc des Orcades se laissa déshabiller par French Paris qui par affection pour son ancien maître le servait volontiers alors que les autres domestiques étaient endormis. Mais le jeune Français avait perdu son entrain. Circulant sans cesse entre les valets et les maîtres, il devait entendre bien des propos alarmants tenus sur la reine et son futur mari.

— Quoi de neuf ? interrogea Bothwell.

— Toujours les mêmes ragots, milord : Votre Seigneurie tiendrait la reine prisonnière et la terroriserait pour obtenir le mariage.

James ne put s'empêcher de sourire.

— Sa Majesté n'a cessé d'affirmer haut et fort qu'elle était libre et prenait volontairement la décision de s'engager dans une nouvelle union.

— Si Votre Seigneurie me permet de dire ce que je pense, les ennemis de la reine et les vôtres se moquent de la vérité comme d'une guigne. Ils crèvent de jalousie.

En silence, French Paris tendit la chemise, disposa près du lit un carafon de vin et un gobelet, moucha les bougies. Le Français ne pouvait s'empêcher de penser à la dernière nuit de lord Darnley à Kirk O'Field, à son lit placé au-dessus de la poudre qu'il avait lui-même déposée. Mais chacun affirmait que la cave contenait une quantité suffisante d'explosif pour détruire la maison. Pourquoi avoir voulu impliquer le comte de Bothwell dans un attentat si bien organisé ? Plus il réfléchissait, plus French Paris s'affolait. Si on voulait la peau de son maître, il était certain qu'on aurait la sienne en même temps. Et lui n'avait nulle souveraine pour le défendre.

52

15 mai 1567

L'aube se levait sur Édimbourg. Dans l'air frais, des coqs se répondaient d'une maison à l'autre. Une à une les étoiles disparaissaient.

Pour son troisième mariage, la reine s'était simplement vêtue. Loin était le faste de son union avec le dauphin à Notre-Dame de Paris, ou même de son mariage avec Darnley. L'argent se faisait rare et elle était consciente que son douaire pouvait être mieux utilisé dans les temps présents qu'en renouvelant sa garde-robe ou en achetant les fanfreluches et colifichets parisiens dont elle raffolait dans sa jeunesse.

À son lever, ses femmes lui présentèrent une jupe de taffetas jaune qu'une robe noire gansée d'une tresse de soie recouvrit. Sur la tête, Marie avait décidé de porter une coiffe descendant en pointe sur le front, au dos de laquelle un long voile noir était attaché.

Avant l'aube, James avait quitté son lit et s'était fait habiller. Ce jour qui voyait l'apogée de sa grandeur ne lui offrait pas l'exultation qu'il était en droit d'attendre. Une poignée seulement de nobles seraient présents et l'ambassadeur de France Philibert du Croc lui avait fait savoir la veille au soir que, sans l'ordre de son roi, il ne pouvait cautionner le mariage de la reine par sa présence.

Sans proférer un mot, James se laissa raser. Maintenant, il devait agir en homme de guerre, placer les troupes qui lui restaient fidèles, les manœuvrer habilement, déjouer les plans de l'ennemi. Le temps n'était plus aux négociations.

— Qui est présent ? demanda-t-il à Huntly venu le chercher.

— Parlons plutôt de ceux qui sont absents, mon ami. Ni Maitland, ni Morton, ni Argyll, ni Mar, ni Atholl ne se sont montrés.

Bothwell serra les poings. Bientôt il serait en mesure de leur faire ravaler leur dédain.

— Les lords de ce royaume ne peuvent se réjouir de voir le pouvoir entre tes mains. Leurs terres, leurs richesses, leurs honneurs vont bientôt dépendre de toi.

— De Sa Majesté la reine, corrigea James.

Mis à part son cousin William Hepburn de Gilmerton, son ancien beau-frère était l'homme qui le connaissait le mieux.

464

En bas, dans le hall, patientait Adam Both-well [1], évêque des Orcades. L'ambiance était plus mélancolique que joyeuse. Bien que chacun fût vêtu avec recherche et s'efforçât de faire bonne figure, la tension était palpable et Huntly l'avait ressentie avec angoisse. Pour la reine, cette assistance restreinte, la présence d'un seul évêque protestant allaient être consternantes. Marie était orgueilleuse. Comment réagirait-elle ?

Dans l'antichambre, James retrouva un grand nombre de ses parents qui le saluèrent avec enthousiasme. Leurs visages jubilants le détendirent. « Allons, pensa-t-il, et ne croassons pas avec les corbeaux. »

Quand Marie fit son entrée dans le hall, James se tenait déjà devant l'évêque. Le soleil qui venait de se lever était encore trop bas pour éclairer la salle dont les flambeaux restaient allumés. Le silence régnait tandis que les dames plongeaient en une grande révérence et que les hommes s'inclinaient. En progressant vers son futur mari, la reine dénombra les absents et son visage prit une expression sévère.

Main dans la main, le couple prononça les paroles qui les liaient l'un à l'autre. En épousant l'homme qu'elle adorait, Marie savait qu'elle faisait une folie. Les reines n'étaient point des femmes ordinaires et, en unissant son sort à James, elle agissait en sujette, non en souveraine. Mais elle n'avait ni le courage de vivre

---

1. Aucune parenté avec James Hepburn.

seule, ni celui de se marier pour des raisons politiques à un prince inconnu. James était le meilleur d'elle-même, sa force, sa joie. Avec orgueil, elle portait son enfant. Que lui importait l'opinion des autres ? Une Stuart, une Guise, n'avait de comptes à rendre à quiconque.

À son annulaire, Bothwell glissa un anneau de mariage en or tressé incrusté de petits diamants. Marie avait envie de fuir cette salle, de planter là l'évêque protestant et de partir avec Jamie au bout du monde.

Le prélat faisait son prêche, exhortant les époux à se repentir de leurs péchés pour vivre selon les lois du Seigneur. Son ton moralisateur et patriarcal exaspéra James. Il expédierait le repas qui suivrait, les inévitables discours et compliments pour s'enfermer avec sa femme, la prendre dans ses bras, la rassurer, la conjurer de s'appuyer sur lui, de trouver dans les jouissances de l'amour une compensation aux mortifications qu'elle subissait.

Le peuple d'Édimbourg avait été convié à venir regarder le banquet de noces et défilait devant la table présidée par les deux époux. À peine Marie remarquait-elle ces visages anonymes bienveillants, narquois ou hostiles. Elle n'en pouvait plus. À la joie d'être unie à James se mêlaient la terreur de l'avenir, un sentiment de culpabilité et de solitude. Comment ses sujets se permettaient-ils de la braver ? Quelles familles poursuivaient une campagne de dénigrement méthodique destinée à saper son autorité et son bonheur ? Avec chagrin elle pensait au respect dont elle jouissait en France, à l'adoration qu'elle suscitait alors. Partout où elle passait, la foule l'ovationnait, les poètes la chantaient, les hommes la courtisaient. Elle entendait les cloches de Notre-Dame sonnant à toute volée le jour de son mariage, revoyait la foule colorée massée autour de l'estrade dressée devant le parvis de la cathédrale jusqu'aux rives de la Seine où flottaient les étendards royaux de France et d'Écosse. « Largesse, largesse ! » criaient les pages en jetant des piécettes à la foule. On avait lâché des colombes et des tourterelles ; caparaçonnés d'étoffes précieuses, les chevaux piétinaient, montés par des princes, des gentilshommes, des dames, des demoiselles issues des plus nobles familles françaises. Le soir, lors du banquet servi au Louvre, on avait présenté aux convives des mets exquis à la lumière des torches et au son des fanfares. Tous avaient dansé jusque tard dans la nuit. Puis avaient succédé six jours de liesses ponctuées de tournois, fêtes guerrières, parades, concerts. François, son jeune mari, les avait inaugurées, vêtu de velours et de satin broché, coiffé d'une toque empanachée de plumes. Elle revoyait son pâle visage, son joli sourire.

Au bout de la table, James s'entretenait avec ses voisins, les lords Oliphant et Huntly. Marie entendait les échos de sa voix, de son rire. Il était son mari et elle espérait vivre avec lui jusqu'à la fin de ses jours.

Lorsqu'il pénétra dans le petit salon de la reine, James y trouva l'ambassadeur de France, qui se leva aussitôt et sortit après l'avoir froidement salué.

— Monsieur du Croc est venu me reprocher de n'avoir pas attendu l'assentiment du roi Charles IX pour me marier, dévoila Marie, le visage défait.

D'un poing rageur, Bothwell frappa la table où Marie posait les cartons de ses broderies.

— Et pourquoi pas celui du roi de Pologne ou du chef des sauvages d'Amérique ! N'acceptez pas de prêter l'oreille à des propos aussi humiliants pour votre souveraineté.

James savait qu'il n'aurait pas dû s'emporter, mais la tension qui avait pesé toute la journée sur ses épaules devenait soudain impossible à maîtriser.

— Il semble que nous n'ayons plus guère d'amis, balbutia Marie.

James prit un gobelet de vermeil et y versa du vin de Loire. Il était à bout de forces.

— Qu'avons-nous à faire de l'amitié de vos sujets ? Certes, nous aurions dû, pour nous marier, laisser passer la tempête, mais nous ne le pouvions pas. J'ai fait tout ce qui était en mon pouvoir pour préserver votre honneur.

— Je voudrais être morte, murmura la jeune femme. Comment vivre avec cette haine autour de moi, cette boue, ces soupçons ? Ce matin encore, un nouveau placard est apparu dans la Canongate. Les gens peuvent y lire une phrase d'Ovide : « Les garces se marient au mois de mai. »

Le rire tonitruant de son mari stupéfia la jeune femme.

— Laisse les pourceaux se rouler dans leurs déjections et montre comment sait se comporter une Stuart.

Il alla vers Marie, se pencha sur elle, l'obligea à relever la tête.

— Ni toi, ni moi n'allons mourir, mon cœur. Nous avons mieux à faire. Dès demain, nous écrirons au roi de France, à la reine mère, à la reine Élisabeth, au pape et au roi d'Espagne pour leur annoncer officiellement notre mariage, les assurer que la politique écossaise à leur égard ne changera pas. Tout le monde doit être convaincu que tu tiens fermement les rênes de ton pays et que je suis derrière toi pour te soutenir, te défendre, gouverner en conciliateur. Ne tourne plus la tête vers le passé, oublie la France, ne regarde plus vers l'Angleterre, mais enracine-toi ici.

Avec tendresse, James caressa le visage de sa femme. Il devait lui communiquer sa force, non ses anxiétés. Pour la seconde fois, elle menait une grossesse dans une situation éprouvante et il n'ignorait pas que d'autres épreuves les attendaient.

— Viens, murmura-t-il, couchons-nous. N'est-ce pas notre nuit de noces ?

— Écris aussi à William Cecil, insista Huntly. Le secrétaire d'État de Sa Majesté la reine Élisabeth d'Angleterre craint que tu deviennes un despote et coupes l'Écosse de toute influence anglaise. Si ce bruit court à Londres, je suis sûr qu'il circule aussi à Édimbourg et à Paris.

— Comment se porte Joan ? coupa le duc.

Il éprouvait envers son ancienne femme un vague sentiment de culpabilité et gardait pour elle un reste de tendresse. Joan n'avait pas mérité d'être répudiée en quelques jours.

— Elle domine la situation, assura George. Elle a même invité Janet et le petit Francis à Crichton. Ton neveu semble s'y plaire beaucoup. Je crois aussi qu'elle te plaint de t'être fourré dans un tel guêpier.

L'évocation des plaisirs tranquilles qu'offrait Crichton blessa James. Lui qui avait conseillé à la reine de ne pas regarder en arrière ne pouvait s'empêcher de regretter une certaine forme de bonheur perdu. Il devait oublier l'Hermitage, les longues randonnées sous la pluie à travers la lande, le printemps à Hailes.

— Demain se tiendra un Conseil privé, dit-il d'une voix neutre, je sais que je peux compter sur toi. Je vais y annoncer les remaniements que j'envisage dans son fonctionnement.

Trois conseils s'étaient tenus en quelques jours. James n'avait rencontré aucune agitation particulière. À l'unanimité, sa proposition de contrôler l'argent en provenance des Flandres pollué par les faussaires, de punir ceux-ci avec la plus grande sévérité, sa volonté de confirmer l'édit signé par la reine quelques semaines plus tôt instaurant le protestantisme comme religion d'État tout en tolérant la pratique privée du catholicisme, avaient été approuvées. Pour distraire Marie et prouver aux citoyens d'Édimbourg qu'une vie normale reprenait, il avait organisé une fête nautique à Leith qui avait attiré une grande foule. Quelques applaudissements avaient salué l'arrivée de la reine qu'il escortait tête nue selon son habitude. En riant, elle s'était emparée du couvre-chef qu'il tenait à la main et le lui avait placé sur la tête. La jeune femme semblait avoir à nouveau dompté ses crises d'angoisse. Sa taille s'épaississait, son ventre s'arrondissait et ces premiers signes tangibles de la vie de leur enfant les émouvaient. Si elle avait un fils, Marie voulait le nommer Robert, comme son deuxième frère mort tout enfant en même temps que James, son aîné. Marie de Guise et James V avaient été ravagés par la perte de leurs deux garçons. Le roi ne s'en était jamais remis.

Souvent les époux évoquaient Marie de Guise, James ne cessait de citer des exemples de son courage, de son indomptable volonté de préserver l'Écosse des appétits du roi Henry VIII, de sa maîtrise face aux traîtrises de ceux qui auraient dû l'appuyer. James se souvenait d'elle à Holyrood, si lasse mais droite et ferme, écrivant, lisant des rapports, envoyant des émissaires, convoquant ses lieutenants pour préparer une future bataille. L'Écosse était devenue sa terre au point qu'elle n'avait pas appris le français à son enfant. Marie écoutait avec passion. James la reliait à une mère chérie dont elle avait été trop tôt séparée, faisait revivre cette femme qui avait mis sa vie au service d'une couronne appartenant à sa fille, il évoquait de petits détails, ses goûts, son comportement, ses lectures. De ces conversations, Marie tirait une grande force. Elle se montrerait digne de cette femme admirable, tiendrait tête elle aussi.

Le printemps était doux. Autour de Holyrood éclataient les bourgeons, s'épanouissaient les premières fleurs. Dans la clarté tiède du soleil, la jeune femme avait l'impression de renaître. Pourquoi s'alarmer ? James était fort, nul n'aurait jamais raison de lui.

— J'ai de mauvaises nouvelles, milord.

Un vieil ami de James, lord Borthwick, celui-là même qui l'avait accueilli quand il était poursuivi pour avoir subtilisé l'or anglais au temps de la régence, venait d'arriver à Holyrood. À la poussière qui maculait son manteau, on voyait combien il s'était hâté.

— Atholl, Argyll, Home, Morton et les Douglas, Kirkaldy de Grange, d'autres lords encore s'apprêtent à marcher sur Édimbourg à la tête de leurs hommes.

Le duc, qui était à table, repoussa son assiette et se leva. D'un geste, il renvoya tous les serviteurs.

— Ils sont fous ! s'écria-t-il. Je vais sur-le-champ conduire la reine dans la citadelle, d'où nous contrôlerons la ville.

— N'en faites rien, milord, son gouverneur, James Balfour, vous trahit. Il va signer un accord avec les rebelles qui ôteront son nom de la liste des assassins présumés du roi.

James marchait de long en large. Il croyait Borthwick et n'avait que peu de temps pour établir ses plans.

— Mettons-nous alors en sécurité à Dunbar. S'il faut livrer bataille, je n'hésiterai pas. Avant que de guérir, une plaie doit être sondée et nettoyée. J'ai le cœur levé par cette sanie qui putréfie l'Écosse. Sur notre route vers Dunbar, nous ferons halte dans votre château. De là, j'irai à Melrose rassembler mes Borderers en vous confiant la sécurité de la reine.

Avec fougue, Marie avait accepté les dispositions prises par James. Elle était prête, l'heure n'était plus à la tolérance et elle montrait pour écraser les rebelles la même détermination que son mari. En hâte, elle fit rassembler quelques effets et objets, les cartons contenant de la correspondance chiffrée. Le visage maussade, Maitland classait des dossiers importants. Marie se réjouissait de la fidélité de son secrétaire d'État, époux de sa chère Marie Fleming. Elle n'ignorait pas que James se proposait de le remplacer par le comte de Huntly mais était résolue à le défendre. Maitland était un homme habile, rompu à la diplomatie, proche de William Cecil qui respectait ses jugements. Ils n'avaient pas toujours, elle et lui, été en bons termes, mais elle avait maintenant assez de maturité pour faire abstraction des différends qui les avaient opposés.

Quand James pénétra dans la pièce, Marie lui adressa un sourire confiant. La nuit précédente, ils avaient longuement fait le point sur la situation. Cette rébellion n'était pas la première qu'ils affrontaient : ils avaient aisément triomphé des conjurés après le meurtre de Riccio, et Marie auparavant avait sans peine rallié ses sujets lors de la révolte de son demi-frère.

De Dunbar, à la tête d'une solide armée, ils marcheraient sur Édimbourg. James ne désespérait pas de contrôler Balfour. La promesse d'un confortable revenu et d'un titre honorifique le ferait à nouveau changer de camp. Il lui avait envoyé David Chalmers, un bon négociateur. Au cas où les promesses ne produiraient pas l'effet escompté restaient les menaces. S'il lui était impossible de produire le contrat signé avant l'explosion, car leurs deux noms y figuraient, il pouvait dénoncer sa collusion avec Darnley. Le marchand qui lui avait vendu de la poudre témoignerait de gré ou de force. Morton, Home, Argyll matés, ils séviraient avec la plus extrême fermeté.

Le ton calme de son mari avait impressionné Marie. Tout se passerait ainsi qu'il le prévoyait. Avant juillet, ils seraient réinstallés à Holyrood où elle pourrait sereinement préparer la naissance de leur enfant.

— Madame, dit James d'un ton glacial, je n'aime pas vous savoir seule en présence d'un homme.

— Douteriez-vous de la rectitude de notre secrétaire d'État, milord ?

L'air mauvais, Maitland faisait face à James. Avec effroi, Marie voyait venir une altercation.

— Je classe des lettres, milord, jeta-t-il d'un ton hargneux, et n'ai aucune mauvaise pensée sur la conscience. Les jaloux ne feraient-ils pas mieux de s'examiner eux-mêmes ? On dit que Votre Seigneurie entretient une correspondance régulière avec lady Joan.

James tressaillit. Comment cet homme savait-il qu'il écrivait de temps à autre à son ancienne femme des lettres amicales auxquelles elle répondait en termes gracieux ? Divorcés, vivant loin l'un de l'autre, ils avaient plaisir à communiquer.

— Je vous interdis !

Maitland ne baissait pas les yeux. Une fois pour toutes, le secrétaire d'État voulait dire son fait à cet homme arrogant qui se prenait pour le roi de France.

— Je sais aussi, milord, que vous désirez me voir démissionner du poste confié par Sa Majesté la reine. Sans un ordre d'elle, je ne bougerai pas d'un pouce.

— Je vous adjure de vous reprendre, demanda

475

Marie. Maitland, veuillez vous retirer, nous nous parlerons plus tard.

James fut surpris par la sécheresse du ton.

— Votre colère est absurde, reprocha-t-elle. Nous allons perdre un précieux allié.

— Madame, le secrétaire d'État est associé avec votre demi-frère qui, depuis votre retour de France, ne pense qu'à vous ôter le pouvoir ! Vous refusez de l'admettre ? Dans peu de temps, vous me donnerez raison.

53

Depuis les Borders, James avait poussé un cheval après l'autre, relayant à trois reprises. Les collines du Lammermoor étaient balayées par la pluie, le chemin fangeux, les pentes dangereusement glissantes.

Le nombre restreint des Borderers qui avaient répondu à son appel le contrariait. Son message était-il mal passé ? Le rassemblement avait-il pris du retard ? Laissant quelques hommes à Melrose pour qu'ils aillent de ferme en ferme décider les hésitants, il regagnait en hâte le château de Borthwick où l'attendait la reine. Massive, bien défendue, la bâtisse fortifiée s'adossait à la forêt et dominait la plaine. De là, quelques années plus tôt, Bothwell alors en fuite avait assisté de loin au saccage de Crichton.

À peine eut-il franchi la porte du château que des gardes signalèrent un mouvement de troupes dans la plaine. Du chemin de ronde, le couple royal discerna en effet un nombre considérable de cavaliers qui arrivaient de l'ouest. Comme changée en pierre, la main au-dessus des yeux, Marie les observait.

— Voici vos amis, Madame, annonça James d'une voix sourde.

Il contenait difficilement sa rage. Les informations qui lui étaient parvenues aux Borders se confirmaient : Home, Morton, Kerr de Cessford marchaient en tête d'une armée de rebelles ayant l'intention de le tuer et de faire la reine prisonnière. Alors, Moray apparaîtrait en sauveur et raflerait ce qu'il ambitionnait depuis toujours : la régence.

— Je vais envoyer un messager à Huntly pour qu'il réunisse des hommes à lui afin de nous prêter main-forte.

La reine ne disait rien. Le vent faisait battre le bas de sa jupe, soulevait le court voile attaché à sa coiffe, dérangeait les boucles soigneusement disposées sur les tempes. Elle revivait les moments d'angoisse, de peur mais aussi de fièvre qui avaient suivi l'assassinat de Riccio.

— Que dois-je faire ? interrogea-t-elle enfin.

— Restez ici, Madame. Je vais quant à moi tenter de discuter, si toutefois ces gens-là peuvent entendre raison.

Les cavaliers approchaient. Sous le ciel bas et gris, on discernait des silhouettes, entendait le bruit sourd du trot de centaines de chevaux. Fascinée, Marie devinait au premier rang ceux qui avaient mangé, bu, dansé avec elle, des fidèles de son Conseil privé, des hommes dont les ancêtres étaient alliés aux siens depuis toujours, alliances d'intérêt et de sang car beaucoup d'entre eux, par bâtardise, étaient ses parents.

Derrière le château, les feuilles vert tendre des grands arbres ruisselaient de pluie. Du groupe, un cavalier se détacha au grand galop et Marie reconnut le porte-étendard de Morton.

— Milord Morton veut parlementer avec Sa Seigneurie le duc des Orcades, clama-t-il.

Comme un lion, James allait et venait en haut des remparts.

— Dites à lord Morton que nous n'avons rien à lui dire dans ces conditions, rétorqua la reine. Qu'il dépose ses armes, fasse sa soumission, et nous le recevrons.

Elle vit le sourire ironique du messager qui tira sur les brides de son cheval et fit demi-tour.

— Regagnez vos appartements, Madame, pria James. Je ne veux pas vous voir exposée à la puanteur de ces rats.

Marie secoua la tête. Là où elle était, elle resterait.

Après un temps qui sembla fort long, le premier rang de l'armée avança jusqu'aux douves et, par ironie, mépris ou tentative d'intimidation, les soldats déchargèrent leurs mousquets sur les murs du château.

Enfin, Home apparut au bas des remparts, mit ses mains en porte-voix.

— Nous voulons seulement le traître, le meurtrier et le boucher qui se terre ici !

D'un geste instinctif, James tira son épée du fourreau.

— Venez me chercher, hurla-t-il, et dites à vos amis que je leur crache dessus !

— Nous viendrons lorsque vous ne vous cacherez plus dans les jupes de la reine, milord Bothwell !

James devint blafard.

— Descendez, intima Home, et l'un de nous vous défiera en combat singulier, d'homme à homme.

Il fallut six personnes pour maîtriser James et l'empêcher de dévaler les escaliers.

— On veut vous assassiner, dit Marie d'une voix ferme. Je vous ordonne de rester ici !

Les coins de la bouche de James tremblaient, sa main droite était crispée sur le pommeau de son épée.

— Retirez-vous, commanda-t-elle d'un ton sans réplique en s'approchant du mur crénelé, c'est votre reine qui vous l'ordonne !

Home toucha son large béret de daim.

— Nous sommes à votre service, Madame, et ne voulons que vous protéger d'un traître qui vous abuse.

— Je n'ai nul besoin de vous dans le choix de

mes proches. Désarmez vos hommes et je vous recevrai.

— Pas tant que lord Bothwell vous tiendra prisonnière.

— Je suis libre ! hurla Marie. Prenez garde à vous, milords, car vous vous mordrez bientôt les doigts de vos traîtrises.

Home à nouveau toucha son couvre-chef et fit reculer son cheval.

— Ils vont nous assiéger, dit James.

Lentement il se calmait. S'il voulait dominer la situation, il devait rester maître de lui. Mais il savait qu'aussi longtemps qu'il vivrait, il chercherait à venger cet affront infligé publiquement.

— Borthwick est difficilement prenable, rassura leur hôte. Ils ne tiendront pas un siège longtemps.

— Les renforts envoyés par Huntly vont arriver en même temps que ceux des Borderers, souffla Marie. Rentrons, il ne sert à rien de nous exposer à la vermine et à la pluie.

L'après-midi était avancé et les assaillants semblaient vouloir camper sur leurs positions. Refusant de céder à la peur, Marie crânement avait déjeuné avant de poursuivre un travail de broderie avec Marie Seton et Margaret Carwood qui l'avaient suivie à Borthwick. Sébastien Pagez, son fidèle valet auvergnat, avait touché du luth et la reine, sans interrompre son ouvrage, avait entonné des chansons françaises.

Avant la tombée de la nuit, elle demanda à James de la suivre dans leur chambre.

— Que comptes-tu faire ? interrogea-t-elle, une fois la porte refermée sur eux.

— Quitter Borthwick durant la nuit et gagner Dunbar. C'est à moi que les rebelles en veulent. Ils te respecteront. Et j'aime agir seul, tu le sais.

— Nous sommes deux, dit la reine d'une voix ferme.

Elle enlaça James, voulut l'embrasser, mais il ne déposa qu'un léger baiser sur la bouche qui s'offrait.

— Mon devoir est d'assurer ta sécurité et la paix intérieure de ton royaume. Je reviendrai te chercher aussitôt que possible.

— Je ne te quitterai pas.

James serra sa femme contre lui. Jamais il n'avait senti leur fragile union aussi forte. En voyant leurs deux sorts inextricablement liés, Marie n'avait pas tort car, lui éliminé, les rebelles se dresseraient ensuite contre leur reine.

— Alors, laisse-moi partir le premier. Quand tu seras prête à me rejoindre, envoie-moi un courrier et je viendrai t'attendre à l'endroit que tu m'indiqueras. Ensemble, nous nous replierons sur Dunbar.

— Comment t'échapperas-tu d'ici ?

— Une poterne donne sur la forêt dont je connais tous les sentiers. Crichton est tout prêt, j'y rassemblerai quelques hommes et attendrai ton message.

— Mar et Maitland m'ont trahie, murmura Marie.

— Mar détient ton fils et me hait parce que je n'ai jamais été impressionné par ses fausses preuves d'amitié. Gouverneur du prince, il est sûr d'occuper un poste clé en Écosse si on parvient à t'écarter du trône. Moray le prendra dans le Conseil de régence.

— Il devra auparavant me tuer, affirma Marie. Jamais je n'abdiquerai.

La violence du ton signala à James qu'il devait cesser d'alarmer Marie. Mais lui-même avait le plus grand mal à retrouver une quelconque sérénité.

Deux fenêtres étroites perçaient la muraille épaisse de dix pieds. Derrière les ouvertures qui se rétrécissaient vers l'extérieur, on apercevait de longs nuages que le déclin du soleil teintait de rose. En dessous, tout semblait calme. La pluie avait cessé de tomber, le corps de la grosse tour se découpait dans la lumière du crépuscule. Martinets et hirondelles passaient comme des éclairs.

James entraîna Marie vers le lit. Il avait besoin d'elle, de la savoir à lui corps et âme.

Avant minuit, le duc fut prêt à partir. Les troupes de Morton, Kerr et Home campaient à quelque distance dans les herbages. Les soldats avaient allumé des feux qui jetaient des étincelles dans l'obscurité. Au loin, à peine éclairés par un croissant de lune, se dessinaient les contours vaporeux des collines.

Longuement, James et Marie restèrent enlacés.

— Il est temps, dit-il d'une voix douce. Ne crains rien pour moi. La vie m'a appris plus d'un tour. Le fils de lord Crookeston m'attend à une lieue d'ici avec un bon cheval. Je serai à Crichton avant l'aube.

Sur un ton enjoué, il ajouta :

— Ne t'inquiète pas, Joan est à Strathbogie avec sa mère.

Marie parvint à sourire.

— Que Dieu te vienne en aide.

Au matin, la reine fut éveillée par sa compagne Marie Seton.

— La troupe n'a pas bougé, Madame. Lord Home a fait porter un message à lord Borthwick pour réaffirmer que seule la reddition de Sa Seigneurie était exigée. Aussitôt qu'elle sera entre leurs mains pour la juger, ils se retireront.

En hâte, Marie se fit vêtir, coiffer, puis se dirigea vers une table où étaient posés du papier, une plume et de l'encre.

— Vous leur ferez remettre ce pli.

Milords,
Vos insolentes prétentions sont sans objet car le duc des Orcades, mon époux, n'est plus à Borth-wick. Je vous adjure, je vous commande de déposer les armes, de dissoudre la troupe de rebelles

*qui vous accompagne et de regagner vos terres en
attendant mes ordres.*

D'un mouvement vif, la reine plia la feuille, fit
fondre un peu de cire et la cacheta.

— Qu'on la remette au plus vite à un messager. Je vais maintenant écrire à Huntly. Il faut
qu'il se hâte.

La matinée traînait en longueur. Les lords
n'avaient pas répondu à sa missive et leurs
troupes semblaient enracinées dans le paysage.
« Au moins James doit être en sûreté à Crichton », pensa Marie.

Alors que le soleil était à son zénith, la jeune
femme voulut remonter sur le chemin de ronde
en compagnie de lord Borthwick et de quelques
gentilshommes. Par un domestique du château
qui avait réussi à se faufiler parmi les troupes
rebelles, la reine apprit que Bothwell était en
sécurité mais que le fils de lord Crookeston, son
compagnon d'évasion, avait été capturé non loin.
En outre, Home et Morton demandaient des renforts au comte de Mar qui avait promis cinq
cents hommes.

Apercevant la reine sur le chemin de ronde qui
cernait la massive tour carrée, Morton et Home
furent tentés de l'apostropher une dernière fois
avant de lever le camp.

— Ainsi, vociféra Marie en les voyant approcher, vous refusez d'obéir à mes ordres !

— Il n'y a d'ordres acceptables que ceux qui

484

ont un sens, Madame. Nous sommes venus vous délivrer.

— Occupez-vous plutôt de vous-mêmes, milords, car vos situations sont fort précaires. Allez donc jouir de vos domaines, ils risquent de ne plus vous appartenir longtemps !

La colère mettait du rouge aux joues de la reine. Aurait-elle disposé d'un canon, elle les en aurait menacés.

Droits sur leur selle, Morton et Home ne bougeaient pas. Dans la lumière vive, Marie voyait flamboyer la barbe et les cheveux du chef des Douglas.

— Depuis quand, Madame, les souverains écossais sont-ils des tyrans ?

La voix de Home, atténuée par le vent, cingla la reine comme un coup de fouet.

— Ce sont des juges qui vous condamneront au billot, milords !

— Venez, chuchota à son oreille lord Borthwick, rien ne sert d'accorder votre attention à des rebelles. Morton vendrait sa mère pour le pouvoir et Alexander Home fait partie de ces hommes qui confondent lâcheté et opportunisme. Il y a beaucoup de laideur dans son orgueil.

Le soleil un peu oblique maintenant jetait des ombres sur le pré où la troupe bivouaquait. À la lisière de la forêt, le vent faisait tourbillonner des feuilles mortes.

Marie était résolue à quitter la nuit même Borthwick pour rejoindre James. Prévenu par le frère d'une de ses servantes qui avait pu passer les lignes des insurgés, James allait l'attendre dans la forêt avec un cheval portant une selle d'homme. À lord Borthwick qui était presque de sa taille, elle emprunterait des bas, des chausses, une veste de cavalier, des bottes et des éperons. Rien ne devait l'embarrasser pour galoper, sauter murets ou haies jusqu'au lieu où James la conduirait.

À dix heures du soir, la reine fut prête, bottée, éperonnée. La veste cachait la légère rondeur du ventre, les chausses épousaient ses cuisses. Elle avait coiffé un bonnet serré autour du front dont la calotte cachait la masse des cheveux rassemblés sur le sommet de sa tête.

Les rebelles avaient décampé, seuls des tas de cendres et des morceaux de bois calcinés signalaient les anciens bivouacs. Sans hésiter, Marie franchit la poterne donnant sur la forêt. Marie Seton lui tendit ses gants, une bourse contenant quelques pièces d'or et un mouchoir.

— Tout ira bien, la rassura Marie. Je t'enverrai bientôt de mes nouvelles.

Son amie d'enfance pleurait et la reine déposa sur sa joue un baiser.

— Dieu protège les justes causes.

Le sentier que la jeune femme devait suivre traversait en serpentant la forêt. À moins d'une lieue, deux autres layons aboutissaient à un carrefour où autrefois se dressait un calvaire. Là devait l'attendre James avec des chevaux.

Des buissons longeaient le sentier, de tout

jeunes arbres tentant de s'élever vers la lumière. Aux odeurs de plantes sauvages se mêlaient celles de l'humus, des troncs en décomposition. Marie marchait depuis un court moment quand une main saisit la sienne.

Les chevaux étaient attachés dans la clairière, deux superbes bêtes appartenant aux écuries de Crichton.

— Nous filons droit sur Dunbar, expliqua le duc. Là-bas, nous prendrons notre décision : attendre qu'une armée importante se rassemble ou nous contenter des troupes présentes et marcher sur Édimbourg.

L'aube se levait quand Marie sentit l'odeur de la mer. Tout lui rappelait sa fuite après la mort de Riccio, la folle chevauchée dans la nuit, la présence rassurante de James.

— Je suis prête à faire une omelette, plaisanta-t-elle.

Dans cette impénétrable forteresse, aux côtés d'un mari qu'elle aimait, la situation qu'ils vivaient reprendrait sa juste place, celle d'un épisode difficile de sa vie. C'est à Holyrood qu'elle donnerait naissance à son enfant avant la fin de l'année. Toujours elle le garderait auprès d'elle. Penser que son petit James offrait ses premiers pas, son premier mot à lady Mar la consternait. Jamais elle n'aurait dû se séparer de lui.

La citadelle s'éveillait. Des servantes portaient

de l'eau, des serviteurs des brassées de bois pour les cuisines. La mer était grise comme le ciel.

Rien n'était prêt pour accueillir le couple royal. Les chambres d'apparat n'avaient pas été aérées et suintaient d'humidité, le cuisinier n'avait que du poisson, du bœuf séché, de la farine d'avoine et des pois, l'ordinaire des soldats. Aucune des femmes de main ne pouvait apporter la moindre assistance à la reine.

Marie se déshabilla seule, s'allongea sur le lit dépourvu de draps. Cette vie rude la stimulait, les Guise étaient tous de bons soldats qui ne rechignaient devant aucun inconfort, aucune privation. Cependant, à Joinville, sa famille vivait aussi fastueusement que le roi de France. La jeune femme songea à son beau-frère Charles IX. Avait-il reçu les lettres que James et elle lui avaient adressées ? Elle espérait son soutien tacite. Lui-même n'avait-il pas avec Marie Touchet un amour secret ? Sous son masque de roi, on le disait tendre, avide d'être aimé. Catherine de Médicis lui avait toujours préféré son cadet Henri.

James s'étendit à côté de sa femme et plaça deux pistolets sous son oreiller.

— Dormons quelques heures, dit-il, ensuite nous agirons.

54

Que Votre Majesté ne prête pas l'oreille aux méchantes rumeurs qui circulent sur moi. À Édimbourg, en ce moment, les bruits les plus contradictoires se croisent et je vous supplie, Madame, de garder la tête froide.

En dépit des multiples exhortations qui la poussent à prendre les armes, la population reste calme. Milords Morton et Home ne sont plus sûrs de pouvoir soutenir longtemps leurs accusations. Une entrée à Édimbourg de Votre Grâce à la tête de ses troupes emporterait toute résistance. Nos amis, lord Huntly et quelques membres des Hamilton, se sont réfugiés à la citadelle. Ils sont à mes côtés.

Je suis de Votre Grâce
l'humble et l'obéissant serviteur,
James Balfour.

Interdite, Marie parcourut à nouveau la lettre. Que signifiait cette main tendue ? À peine réveillée d'un léger sommeil de quelques heures, on lui avait remis le pli.

— Lisez, demanda-t-elle à James.

Le duc, qui s'apprêtait à passer les troupes en revue, s'empara du papier.

— Huntly et des Hamilton sont à la citadelle ! s'exclama-t-il. Balfour aurait-il une fois encore retourné sa veste ? Si tel est le cas, nous devons foncer sur Édimbourg au plus tôt.

Une fille de cuisine avait prêté à Marie une jupe de toile rouge et un corsage lacé dont les manches étaient resserrées sous le coude par des rubans. Trop courte, la jupe descendait à mi-jambes, le vaste corsage tombait en plis disgracieux. Ainsi vêtue, la jeune femme semblait déguisée en paysanne de comédie.

La lettre à la main, James faisait les cent pas. Balfour avait-il feint d'être du côté des rebelles ? Si le peuple ne se soulevait pas, la révolte des lords était vouée à l'échec et, flairant celui-ci, Balfour se faisait loyaliste.

— Je ne veux pas d'une guerre civile, s'inquiéta Marie.

— S'il le faut, nous nous battrons. Il ne s'agit pas de guerre civile mais d'écraser des factions qui veulent notre perte. Lord Morton pourra m'envoyer tous les messagers de paix qu'il désire, je ne crois plus en sa parole. A-t-il oublié que je vous ai incitée moi-même à lui pardonner ?

— En permettant aux meurtriers de Riccio de revenir en Écosse, nous avons libéré les forces du Mal, prononça Marie d'une voix sourde. Darnley d'abord, puis vous et moi.

Jusqu'à la mi-journée, James et la reine débattirent du pour et du contre d'une marche immédiate sur Édimbourg. L'alternative était d'attendre à Dunbar l'arrivée de troupes supplémentaires, de laisser les lords s'enliser dans leurs contradictions. Certains, comme Maitland et Atholl, lui reviendraient, Marie en était sûre. Les Borderers se rallieraient à leur prince, les Highlanders se regrouperaient autour de Huntly et d'Argyll.

La chaleur soulevait des odeurs de poisson et d'algues. Derrière les remparts, la mer scintillait. De petits nuages s'étiraient à l'horizon.

— Marchons sur Édimbourg, décida enfin Bothwell.

Incapable de prendre position, Marie inclina la tête. À Dunbar par ailleurs, elle n'avait aucune compagnie, point d'effets personnels, nulle servante compétente, et cette situation lamentable ne pouvait se prolonger.

— Nous prendrons avec nous quatre canons légers, poursuivit Bothwell. Les insurgés ne disposent pas d'artillerie.

Le lendemain à l'aube, la chaleur pesait déjà sur la mer, les prés ondulés qui s'étendaient en face de Dunbar, les talus d'où jaillissaient des épineux, des arbrisseaux rabougris. À l'horizon, la lumière semblait trembler.

Côte à côte, James et Marie émergèrent de la forteresse, James sur un lourd coursier noir, Marie sur le hongre tisonné qu'elle avait monté entre Borthwick et Dunbar. Derrière le duc chevauchaient ses deux valets d'armes portant sa cuirasse et une lourde épée à deux tranchants. Puis venaient les quatre canons tirés par de forts chevaux de labour, les munitions amoncelées

dans des charrettes, les fantassins, les arquebusiers. James avait pu réunir près de mille
hommes, la plupart venant des Borders, et espérait opérer rapidement la jonction avec les
troupes que Huntly faisait venir en toute hâte de
Strathbogie. La veille, Marie avait appris qu'à
Édimbourg l'ambassadeur de France, Philibert
du Croc, tentait de calmer les esprits, d'amorcer
une négociation entre les rebelles et le couple
royal. N'avaient-ils pas tous approuvé le mariage
de leur reine ?

À midi, la troupe fit halte pour se restaurer.
Hailes n'était qu'à deux miles et James ressentit
soudain la nostalgie des moments insouciants
passés dans le vieux château familial. Depuis la
mort de son père, il n'avait cessé de se battre, de
fuir, de mettre son épée au service des Stuart.

— Que font les troupes du comte de Huntly et
de mes cousins Hamilton ? s'inquiéta Marie.

La vue de son accoutrement champêtre parvint à faire sourire James. Lorsque la reine était
assise, la jupe rouge découvrait les genoux
ronds, laissait apercevoir en haut des bottes un
peu de la peau laiteuse des jambes.

— Ils nous rejoindront sans doute à
Haddington.

Sans broncher, Marie avala le pain d'avoine et
le poulet froid qu'on lui servit.

— Nous coucherons chez lord Seton, poursuivit James. Une nuit de repos te sera bien
nécessaire.

Furtivement, Marie serra dans la sienne la

main de son mari. Depuis qu'ils avaient quitté Holyrood, James n'avait cessé de s'inquiéter d'elle, de faire tout ce qui était en son pouvoir pour lui rendre moins pénibles les moments tragiques qu'ils traversaient ensemble.

— Je t'aime, chuchota-t-elle, ne me quitte jamais.

James pointa son index vers le ventre de la jeune femme.

— Je suis là, répondit-il.

En fin d'après-midi, la troupe royale atteignit le château de Seton. La chaleur avait éprouvé les hommes comme les bêtes et chacun ne pensait qu'à boire, se rafraîchir dans l'eau glacée du petit cours d'eau qui serpentait à travers les herbages.

Nulle trace de l'ennemi n'avait été détectée.

Lord Seton avait fait préparer un copieux dîner, ouvrir ses meilleures bouteilles de vin, mais n'ayant à ce moment-là ni épouse, ni fille à la maison, il ne pouvait proposer à la reine de vêtements mieux adaptés à sa condition. Marie semblait s'en moquer. L'esprit clair, vindicatif, elle avait exposé les mesures qu'elle prendrait aussitôt de retour à Holyrood : aucun pardon, l'exil, la confiscation des biens. James quant à lui parlait à peine. Seton devinait que ce mutisme trahissait ses soucis. En homme de guerre, il devait penser à la bataille possible, à l'organisation de son armée.

Dès le coucher du soleil, le couple royal se retira. On sonnerait le départ à l'aube.

La jeune femme aussitôt se réfugia dans les

bras de son mari. Ce soir-là, ils n'avaient envie que de sentir leur présence réciproque, de goûter intensément le bonheur d'être l'un contre l'autre.

La nuit était tiède, pas un souffle de vent ne passait à travers les fenêtres grandes ouvertes. Dehors crissaient les insectes, des grenouilles s'appelaient avec des cris rauques et brefs, des chiens énervés par la présence de bêtes nocturnes aboyaient longuement. Dans un ciel piqué d'étoiles, une demi-lune s'était levée.

Toute la nuit, James tint serrée sa jeune femme enfin endormie contre lui. Dans la clarté diffuse, il devinait le visage un peu long, les lourdes paupières, la masse des cheveux frisés. De toutes les femmes qu'il avait aimées, elle était celle qui lui témoignait la plus absolue confiance, la foi inébranlable d'une petite fille qui n'avait pas eu de père et avait vu mourir brutalement ceux qui l'avaient remplacé. Depuis l'accident tragique de Henri II et l'assassinat de son oncle François de Guise, elle avait inconsciemment recherché cette figure paternelle, tenté de s'attacher à des hommes comme Moray ou Maitland qui n'avaient cessé de la décevoir. Jusqu'à son dernier souffle, lui la protégerait.

Sans une plainte, Marie passa la jupe froissée, le corsage maculé de poussière. L'aube n'était pas encore apparue, mais autour du château on entendait les hennissements des chevaux que les soldats harnachaient, des vociférations, le vacarme de plusieurs centaines d'hommes se préparant à lever le camp.

Du bout des lèvres, James et Marie avalèrent une soupe, mangèrent un morceau de pain blanc au sésame, une graine précieuse que lord Seton gardait soigneusement avec les autres épices dans une réserve fermée à clé. Lui-même était prêt, équipé pour la bataille, résolu à défendre sa souveraine au prix de sa vie. Hormis sa sœur Marie restée à Holyrood, sa famille était à l'abri en France.

Le soleil se levait quand les colonnes s'ébranlèrent. Préalablement, la reine avait hâtivement rédigé une proclamation qu'elle ferait lire aux soldats :

Un certain nombre d'insurgés, sous le prétexte de secourir le prince qui est cependant sous leur propre garde, ont montré clairement leur volonté de faire le mal, leur but n'étant autre que de détrôner leur souveraine légitime afin de s'emparer du pouvoir pour gouverner selon leur bon plaisir. La nécessité seule m'a poussée à prendre les armes et mes espoirs reposent sur mes fidèles sujets qui seront récompensés par les terres et possessions des rebelles, chacun selon son mérite.

De petites mouches harcelaient les chevaux. Nulle brise ne venait rafraîchir les hommes et le soleil en montant pesait sur les casques, les gilets de cuir épais, les cottes de maille. Les simples mamelons ou talus étaient rudes à escalader et les pas des chevaux levaient une âcre poussière qui prenait à la gorge. Des éclaireurs étaient revenus porteurs d'informations : une armée ennemie progressait rapidement à leur rencontre, déjà elle avait passé Musselburgh. Ils avaient une cavalerie importante mais nul canon.

— Nous nous rencontrerons donc à Carberry Hill, estima James. Si nous arrivons les premiers, nous aurons le choix du meilleur emplacement. Il faut hâter le pas.

Parti en reconnaissance à midi, James donna sa préférence à un terrain qui présentait un intérêt stratégique incontestable : la colline de Carberry dominait une plaine où coulait une petite rivière susceptible de ralentir l'avance des cavaliers ennemis. En outre, positionnés sur cette éminence, les quatre canons contrôleraient l'armée des lords.

Du haut de la colline, le duc pouvait voir à un mile environ l'avant-garde ennemie, des chevaux en grand nombre, des fantassins armés de longues piques. La perspective du combat faisait monter en lui la fièvre d'en finir une fois pour toutes avec ceux qui les avaient trahis, la reine et lui.

En bon ordre, ses troupes prirent position. Les porte-étendards déployèrent les drapeaux au lion rouge d'Écosse, les bannières portant la croix de Saint-André. L'air était moite, le ciel bleu pâle. De la rivière montait une odeur fade d'eau douce mêlée à celle des herbes en décomposition.

Les cavaliers mirent pied à terre, tandis que les soldats exténués par la longue marche au soleil s'effondraient sur le sol et extirpaient de leurs poches les quelques provisions amenées de Dunbar. En route, quelques renforts constitués principalement d'hommes du Lothian, province où les Hepburn étaient influents, étaient venus grossir la petite armée qui comptait désormais un bon millier de soldats.

La reine ôta son bonnet de velours, laissant cascader sur ses épaules sa chevelure collée par la sueur. À peine avait-elle dormi trois heures mais, effaçant la fatigue, l'énervement tendait son esprit jusqu'au vertige. Avidement elle vida une gourde d'eau, passa quelques gouttes sur ses mains et son visage. À peu de distance, elle voyait James aller et venir, affairé à tout contrôler. À ses cousins Hepburn, accourus pour le soutenir, il indiquait du doigt les mouvements des troupes qu'il prévoyait de lancer à l'assaut : première ligne, seconde ligne, ailes droite et gauche. Les cavaliers resteraient à l'arrière pour achever la tâche des fantassins.

Soudain, James s'immobilisa. Quelques rebelles passaient la rivière à cheval et avançaient vers eux au petit trot. En tête chevauchait un petit homme mince et élégant que James reconnut aussitôt.

Avec respect, Philibert du Croc, l'ambassadeur de France, baisa la main de la reine, salua son mari. Ébahis, des Borderers reluquaient les harnais du cheval fauve dont le frontal et la muserolle étaient incrustés d'or, les anneaux de la sous-barbe en argent massif. Jamais de leur vie, ils n'avaient vu pareille merveille.

— Je viens, Madame, tenter de négocier une paix, non pas comme un agent des lords qui vous attaquent, précisa-t-il aussitôt, mais en mon propre nom.

Philibert du Croc inspira profondément. Sa tâche était malaisée.

— Les lords ici présents, poursuivit-il, ne cherchent point à vous maltraiter, ils sont prêts tout au contraire à vous faire à genoux leur soumission. Tous se disent vos fidèles sujets.

— Ils le montrent fort mal, interrompit la jeune femme, et l'extravagance de leur comportement me scandalise. N'ont-ils pas acquitté le comte de Bothwell ? N'ont-ils pas signé un acte approuvant mon mariage ? Ont-ils tenté d'empêcher celui-ci ? Dites-leur, monsieur du Croc, que s'ils se soumettent maintenant, je suis encore prête à pardonner.

— Il y a une condition à leur sujétion, Madame, prononça l'ambassadeur d'une voix blanche, votre séparation d'avec le duc des Orcades.

— Jamais !

Marie s'était redressée, le regard étincelant. Dans cette misérable tenue de paysanne, le Français reconnaissait une reine.

— Alors, je crains qu'il n'y ait point d'entente possible. Tous sont des ennemis mortels du duc.

Sans bruit, James s'était approché.

— Savez-vous, monsieur du Croc, pourquoi ils me haïssent ? interrogea-t-il en français. Parce qu'ils crèvent tous de jalousie ! Jamais je n'ai spolié ou humilié un seul d'entre eux. Tout au contraire, je n'ai cessé de me montrer conciliant et ouvert à leurs propositions. Mais la fortune s'offre à celui qui sait la saisir et il n'y en a pas un seul parmi eux qui ne souhaiterait être à ma place !

L'ambassadeur garda le silence. Même s'il n'aimait guère Bothwell, il respectait son courage et sa lucidité.

— Mon rôle n'est pas de juger, monsieur le duc, mais de tenter d'éviter une guerre civile qui une fois de plus ruinerait ce pays.

La reine pleurait. Les larmes de celle qui avait montré jusqu'au bout tant de courage, lui avait témoigné une foi aveugle, bouleversaient James.

— La détresse de la reine me dérange grandement, dit-il d'un ton résolu. Nous pouvons en effet éviter que des Écossais s'entre-tuent. Je suis prêt à me battre en combat singulier contre un adversaire qui se portera volontaire, pourvu qu'il soit d'une naissance égale à la mienne. Dieu jugera en ma faveur car je n'ai rien à me reprocher.

— Je refuse que vous vous exposiez, coupa Marie d'une voix tremblante. Vous voir risquer votre vie m'anéantirait. Votre cause est la mienne, battons-nous.

— Assez parlementé, approuva James. Allez dire à ces messieurs que nous sommes prêts au combat. Pas plus qu'entre Hannibal et Scipion, il n'y a de place ici pour une médiation. Restez, monsieur du Croc, vous allez voir une belle bataille.

— La guerre civile n'a pas de joli côté, monsieur le duc.

L'ambassadeur se hissa en selle et salua à nouveau la reine.

Le Français parti, James mit en marche sa première ligne qui vint prendre place en bas de la colline. L'ennemi ne bougeait pas.

Écrasée de chaleur, constatant que rien ne se passait, une partie de l'arrière-garde s'égailla dans la campagne à la recherche d'eau et de nourriture. Avec consternation, James vit que le moral de ses troupes s'effondrait. Le jour baissait, dans un moment l'avantage qu'il avait voulu obtenir en ayant le soleil dans le dos serait perdu. Coûte que coûte, il fallait en terminer avec cette situation d'attente.

— Laissez-moi me battre, demanda-t-il à Marie. Ainsi nous ferons triompher notre bon droit et éviterons un combat dont l'issue tournerait à notre défaveur. Mes hommes sont assoiffés, épuisés, désœuvrés, et commencent à se débander.

La jeune femme cacha son visage entre ses mains. Elle était arrivée à l'extrême limite de ses forces.

— Je vais envoyer un héraut à nos ennemis afin qu'ils choisissent l'un d'entre eux pour m'affronter.

Une brise faisait frissonner les étendards royaux. Du côté des rangs ennemis, la bannière qu'ils avaient déployée montrait le petit prince à genoux à côté du cadavre de son père et demandant vengeance à Dieu.

Dans un nuage de poussière, l'émissaire envoyé par James dévala la colline.

— Sir James Murray de Purdovis est prêt à vous affronter, milord.

Aussitôt, James demanda son armure, il voulait se battre sans attendre.

— Pas Purdovis, intervint Marie, c'est un traître destitué de toute noblesse ! L'époux de la reine d'Écosse n'a pas même à le saluer.

— Morton alors ! dit James. S'il y a en lui autant de courage que de fausseté, il acceptera mon défi.

Le héraut repartit au galop. James vit l'eau qui jaillissait sous les sabots du cheval au passage de la rivière. Sans se hâter, il acheva de passer son armure. Il ne pensait à rien, hormis au duel qu'il allait livrer et qu'à tout prix il devait gagner. Morton à terre, Home flancherait et accepterait une négociation. Par ailleurs, abandonné par la moitié de son armée, James n'était plus en état de livrer bataille.

Assise sur un talus, Marie l'observait avec désolation. À quoi pensait-elle ? Au prestige qu'elle avait eu autrefois auprès des foules qui l'adulaient ? À l'erreur qu'elle avait commise en jugeant mal son demi-frère ? À son bonheur menacé ? Les larmes avaient délayé la poussière qui maculait son visage, son pauvre corsage noué par des rubans était devenu gris.

Au loin, Morton palabrait avec le cavalier, qui enfin prit le galop. James n'en pouvait plus. Quel prétexte allait-on encore lui donner pour prolonger une attente qui lui minait les nerfs ?

— Milord Morton laisse lord Lindsay se battre à sa place, annonça le messager. Lord Lindsay vous fait dire qu'il est prêt à un duel d'homme à homme ou à six contre six, dix contre dix, comme vous le déciderez. Se battre à pied ou à cheval, avec ou sans armure, sera de même au choix de Votre Seigneurie.

— Seul à seul, à pied et sans armure, trancha James d'une voix qui cachait mal son irritation.

Le temps passait. Lindsay n'apparaissait pas. Sur le terrain choisi pour le duel, James en sueur et tremblant d'énervement faisait les cent pas. Pour la première fois depuis son départ d'Édimbourg aux côtés de la reine, il craignait que les événements ne prennent mauvaise tournure. Ses ennemis se moquaient de lui. Pourquoi n'avait-il pas lancé ses troupes dès le matin sur eux ? En voulant bien faire, du Croc avait joué un rôle néfaste.

Le soleil éclaboussait d'une lumière douce le long ondulement des prés. Sur la colline, les chevaux secouaient leurs brides, frappaient du pied la terre sèche. Des essaims de mouches bourdonnaient autour d'eux. « Personne ne se montrera », pensa James. La lâcheté de ses ennemis lui brisait le cœur. Maintenant que son armée ne comptait plus que quelques centaines d'hommes, les vautours guettant les sursauts de la bête blessée allaient s'abattre.

Aussi vite qu'il le put, le duc regagna les rangs de ses soldats éclaircis par les désertions.

— Nous ne pouvons plus livrer bataille, reconnut-il. Ce serait aller au massacre.

— Que pouvons-nous faire ? interrogea Marie d'une voix blanche.

— À nouveau parlementer. Faites savoir que vous êtes prête à recevoir en personne un émissaire.

Enfin, Kirkaldy de Grange se présenta. Parmi les lords, il était celui en qui la reine avait le plus confiance. Homme droit, vaillant chef de guerre, elle pouvait s'expliquer avec lui, entendre ses arguments, énoncer les siens. Un peu d'espoir revint à la jeune femme. Un accord serait peut-être possible.

Durant un temps qui lui sembla infini, James assista de loin à l'entretien. Il voyait le regard brillant de Marie, la façon dont elle se mordait sans cesse les lèvres et joignait les mains sur la jupe rouge comme pour une prière. Avec déférence, Kirkaldy de Grange l'écoutait.

Aussitôt son ennemi éloigné, James vint rejoindre sa femme. La fatigue s'abattit soudain sur lui comme une chape de plomb. Depuis deux jours, il n'avait pas dormi.

— Kirkaldy m'a juré que je serais traitée avec respect si j'acceptais de rejoindre les rangs des lords. Il m'a en outre assuré que vous pourriez vous retirer où bon vous semble sans être inquiété.

La voix vibrait d'une espérance pathétique.

— Mensonges ! tonna le duc. Les rebelles vont vous priver de votre liberté comme ils ont tenté de le faire après le meurtre de Riccio et, quand ils vous auront à leur merci, ils se tourneront vers moi, sachant que je n'aurai de cesse de vous secourir.

— Kirkaldy est un homme d'honneur qui ne peut vouloir me tromper.

— Un homme d'honneur, Madame, qui se rebelle contre sa légitime souveraine ? Ne vous abusez point à nouveau, je vous en supplie !

— Nous n'avons plus le choix, murmura Marie.

— Regagnons ensemble Dunbar où nous attendrons les troupes de Huntly et de Hamilton. Les esprits de vos sujets reprendront leur bon sens et vous soutiendront. Le peuple est versatile, Madame. Aujourd'hui excité par des hommes sans honneur qui jettent leur venin, il gronde, demain il se couchera à vos pieds. Les lords n'ont cessé de vous dénigrer, de vous insulter, comment voulez-vous qu'il n'ait pas l'esprit empoisonné par ces calomnies ?

— Nous perdrons alors une chance de paix. Une fois à Édimbourg aux rênes du gouvernement, je négocierai votre retour. Un certain nombre de lords parmi les rebelles me feront leur soumission.

— Vous ne les connaissez guère, Madame. Je

suis quant à moi certain que vous ne serez qu'un otage entre leurs mains.

— Il faut essayer, James.

Bothwell ferma les yeux. Quand ce cauchemar se terminerait-il ?

Une brume de chaleur brouillait la clarté du soir. Au loin, le village de Carberry semblait recouvert d'une cendre légère.

— Dites à lord Kirkaldy de Grange que je me confierai à lui sous la foi de sa parole d'honneur et à la condition que mon mari soit libre et que nul ne recherche à le molester dans l'avenir.

Le cavalier parti, Marie enfin regarda James. De rares larmes coulaient sur son visage, comme si la source de ses pleurs était tarie. Bothwell n'émit pas de critiques. La reine n'était pas en état de les recevoir.

Un petit groupe monté passa la rivière. Fascinée, la jeune femme ne pouvait le quitter des yeux.

— Voici Kirkaldy de Grange, murmura-t-elle. Qu'on aille chercher mon cheval.

Soudain, elle se jeta dans les bras de James qui l'enlaça. Leurs bouches se retrouvèrent.

— Il faut nous dire adieu, murmura Marie.

— Au revoir, mon cœur. Je retourne à Dunbar où je lèverai une nouvelle armée. À Holyrood, restez conciliante, il faut à tout prix gagner du temps.

Kirkaldy avait démonté et se tenait respectueusement à quelques pas, son chapeau à la main.

Marie s'écarta de James, revint vers lui, l'embrassa encore une fois.

— Reste-moi fidèle, chuchota-t-il à son oreille.

Les sanglots empêchèrent Marie de répondre, mais elle ferma les paupières en signe de promesse et, faisant un immense effort sur elle-même, parvint à se reprendre pour avancer vers Kirkaldy la tête haute. Mal à l'aise, les soldats regardaient Bothwell, raide, ému, et leur reine bouleversée mais fière allant vers un avenir incertain.

Avec intensité, James observa Marie qui montait en selle puis, enfourchant lui-même son cheval, il tourna les brides et partit au galop vers Dunbar, suivi d'une douzaine de cavaliers.

La jeune femme se retourna et n'aperçut que des ombres que le soleil couchant étirait.

55

À Dunbar, James fut si affairé à achever la préparation de sa contre-attaque que les premiers jours passèrent sans que la colère ou le chagrin l'engloutissent. L'absence de la reine était encore une idée abstraite. Le soir, il s'affalait sur son lit, rompu de fatigue. Durant le jour, il ne cessait d'expédier des messages, de débattre avec ses fidèles des différentes stratégies possibles, de contrôler le bon état des armes, l'abondance des provisions emmagasinées en cas de siège, et de trouver des palliatifs à son cruel manque d'argent. Alors qu'il vaquait à ses occupations, une pensée unique occupait son esprit : se venger, écraser les lords, leur faire payer cher leur ignominie.

Parfois aussi, James s'abîmait dans la contemplation des vaguelettes crêtées d'écume, comme attiré par cette étendue silencieuse qui submergeait le chagrin des hommes, effaçait tout. Puis son énergie revenait intacte. Rien, sauf la mort, n'était irréparable. Il avait surmonté bien des épreuves dans sa vie et viendrait à bout de celle-ci.

Un matin, alors qu'il se faisait raser, French Paris lui remit une lettre « portée par un inconnu arrivant d'Édimbourg ». Le papier était grossier et le pli non cacheté.

Mon doux cœur,

On a subtilisé mon premier message et je tente à nouveau d'écrire quelques mots. Ma misère et mon désespoir sont extrêmes. Après m'avoir jetée en pâture à une foule qu'ils avaient excitée et qui me vouait au feu comme adultère et sorcière, les lords m'ont enfermée à la prévôté sans nourriture ni moyen de me laver, sans aucune compagnie féminine. J'ai cru devenir folle. Nul, pas même Maitland que j'ai vu passer sous mes fenêtres, n'est venu me réconforter.

Ce matin, on m'a conduite à Holyrood et je

commençais à reprendre quelque espoir. Mais on vient à nouveau me chercher. Je dois suivre Lindsay et Ruthven à Lochleven chez la comtesse Douglas où je serai prisonnière. Mes femmes préparent quelques effets, je ne sais si on m'autorisera à les prendre. Seule la foi que j'ai en Dieu et en vous, mon ami, me soutient. Vous aviez raison, les paroles bienveillantes de Kirkaldy n'étaient que mensonges.

Gardez-vous de tous, mon cœur. Je ne sais quand ni comment je pourrai vous écrire mais le ferai, soyez-en sûr. Je vous indiquerai alors par quel moyen me faire passer vos lettres. Il y aura bien, espérons-le, sur cet îlot un cœur compatissant.

Votre épouse fidèle à jamais, Marie R.

James repoussa le plat à barbe, jeta à terre la serviette et sauta sur ses pieds. La stupeur, la colère précipitaient le flux de ses pensées. Ainsi il avait vu juste, la reine avait été faite prisonnière ! Rester à Dunbar en position d'attente ne se justifiait plus. Il devait aller au-devant de ses potentiels alliés, les convaincre de marcher sur Lochleven pour la délivrer. Il lui fallait aussi récupérer de toute urgence des papiers dissimulés dans son appartement du château d'Édimbourg, des bijoux, des vêtements et surtout le coffret d'argent offert par Marie où il avait conservé certaines de ses lettres et des poèmes. Le jour même, il confierait à Geordie Dalgeish, son tailleur, la mission de les rapporter à Dunbar.

Quelques jours plus tard, James avait repris confiance. Argyll et Boyd, des hommes sur lesquels il ne comptait guère, avaient volontairement donné leur adhésion à ses plans.

Le duc fit réquisitionner une grosse barque de pêcheur. Dès la tombée de la nuit, il remonterait l'embouchure de la Forth jusqu'à Blackness, et de là gagnerait Linlithgow où résidait Claude Hamilton, le deuxième fils du duc de Chatelherault, puis foncerait s'entretenir avec lord Fleming dont le soutien lui avait fait cruellement défaut à Carberry Hill. De la fidélité de Huntly et de Seton, il ne doutait pas un instant, ils répondraient présents le moment venu.

Poussée par la marée descendante, la barque glissait sur la Forth. Depuis Dunbar, James avait choisi de se déplacer sur un bras de mer afin d'éviter la région d'Édimbourg probablement acquise aux rebelles. À la hauteur de Queensferry, le duc aperçut les côtes que le soleil levant bleuissait. Quelques bourgs, des tours carrées se dressaient ici et là, enveloppés d'une légère brume. Sur le pont, enroulé dans une couverture, apaisé par le clapotement de l'eau sur la coque et le léger sifflement de la brise dans les cordages, James avait pris un peu de repos.

— Si le vent reste porteur, nous arriverons ce soir, assura le capitaine.

Des oiseaux de mer tournoyaient au-dessus de

leurs nids bâtis sur les rocs longeant les rives. Sous des bouquets d'alisiers, d'aulnes et de pins, quelques moutons s'étaient regroupés pour la nuit, surveillés par de gros chiens gris. Avec mélancolie, James pensa à ses terriers de Skye, ses chiens courants ou de compagnie laissés à la garde de Joan à Crichton. Parmi eux se trouvait la chienne offerte par Anna, à laquelle par dérision il avait donné le nom français de Bagatelle. Généreuse, aimante, sa maîtresse avait eu le grand défaut de ne pas avoir su s'éclipser à temps. À présent sans doute régnait-elle sur une opulente ferme du Jutland, un enfant dans les bras.

Au sien, il essayait de songer le moins possible. L'idée de ne point être aux côtés de Marie le jour de sa naissance lui procurait une insupportable frustration. Son fils ou sa fille devait venir au monde à la fin du mois de novembre. Où se trouverait-il alors ?

James but une longue gorgée de vin à l'outre que lui tendait French Paris, et ses pensées se firent claires à nouveau. Il ne devait pas douter de son avenir : dans quelques semaines au plus, Marie et lui rentreraient à Édimbourg. Certains de ses alliés viendraient de Stirling, d'autres le rejoindraient à Dunbar, d'où ils convergeraient vers Lochleven.

— Lord Seton vous attend, annonça sir Whitelaw, un proche du duc.

Cette visite surprise à Dunbar étonna James.

510

Il avait échangé quelques courriers avec Seton sans que celui-ci la lui laissât soupçonner.

Vite, il grimpa les marches menant au mur d'enceinte, se hâta vers la partie du château où se trouvaient ses appartements. Seton l'attendait en feuilletant un livre sur l'art des sièges.

D'une voix fiévreuse, le chef de la maison de la reine apprit à James que les représailles contre eux avaient commencé. À Édimbourg, William Blackadder, un féal des Hepburn, avait été torturé avant d'être pendu. Son frère Jack et d'autres amis étaient en prison, ainsi que William Powrie, Sébastien Pagez et de précieux informateurs.

— Mais la nouvelle qui vous déplaira le plus, poursuivit Seton, les yeux dans ceux du duc, est sans nul doute l'arrestation de votre tailleur Geordie Dalgeish chargé de papiers et de biens vous appartenant.

James devint livide. Les lettres de la reine étaient donc entre les mains de Morton !

— Votre homme sera probablement torturé, continua Seton. Tout ce qu'il avait récupéré dans la forteresse se trouve maintenant chez les Douglas.

— Il faudra donc nous hâter davantage encore, dit Bothwell d'une voix sans timbre. Retournez auprès de nos amis, milord, et dites-leur de se tenir prêts. Je serai aujourd'hui même dans les Borders pour y rassembler des hommes et les ramener à Dunbar. La plupart des seigneurs locaux me suivront.

L'apathie avec laquelle s'exprimait le duc inquiéta Seton. Frère d'une des compagnes d'enfance de Marie, il n'éprouvait pas une amitié extrême pour le duc qu'il jugeait autoritaire, cassant, ambitieux, mais il admirait son courage, sa totale intégrité et surtout respectait l'amour que la reine lui portait.

— John Knox, crut devoir ajouter Seton, lâche dans ses sermons tous les démons de l'enfer sur vous et Sa Majesté la reine. Nos ennemis ont compris qu'ils devaient garder une emprise absolue sur les esprits. La force d'une parole accusatrice vaut celle d'une armée.

— Pourrions-nous éliminer...

— John Knox ? N'y songez pas, milord. Sa mort déclencherait le début du carnage de tout ce qui est sympathique à Sa Majesté. Les plus viles dénonciations pleuvraient.

James garda le silence. Que Morton lise les lettres de Marie le remplissait de fureur. Ses ennemis pouvaient y trouver matière à inculper la reine de complicité dans le meurtre de Darnley, même si ses confidences faisaient allusion à des projets jamais matérialisés. Mais le moment n'était pas aux états d'âme.

Seton hésita à porter au duc le coup le plus cruel et préféra se taire. Il lui écrirait et la lettre le rejoindrait à l'Hermitage.

Les Borders n'apportèrent pas à James la paix qu'il espérait y trouver. Les mêmes landes cependant s'étendaient à perte de vue, autour des marécages poussaient toujours des touffes d'herbes dures et coupantes, la lumière ciselait les collines dépourvues de végétation, mais l'impression d'une liberté sans limites qu'il avait toujours goûtée autour de l'Hermitage était absente. À défaut de son corps, ses ennemis s'étaient bien emparés de son esprit.

James avait pu s'assurer le soutien de cinq petits gentilshommes locaux qui chacun s'était engagé à recruter une centaine de combattants. Ce détachement ajouté aux quatre cents hommes qui s'étaient regroupés à Dunbar après Carberry Hill et aux troupes que ses alliés lui enverraient formerait une armée d'environ cinq mille hommes. Morton ne pouvait guère faire mieux. Ils s'affronteraient à armes égales.

Depuis son mariage, James savait qu'il ne pouvait compter ni sur l'Angleterre qui n'éprouvait nulle sympathie à son égard, ni sur la France empêtrée dans ses guerres de religion et outrée d'avoir été mise a posteriori au courant de son union avec Marie Stuart, encore moins sur l'Espagne et le pape consternés par la décision qu'avait prise Marie de déclarer le protestantisme religion officielle de l'Écosse. Comme défenseurs, la reine n'avait que lui et une poignée de fidèles.

La lettre de lord Seton le rejoignit alors qu'il partageait un repas avec ses soldats dans la cour intérieure de la forteresse. Pour maintenir haut leur moral, la bière était servie en abondance avec des quartiers de mouton, une épaisse purée de pois et des galettes à la farine d'avoine. Ces moments où s'échangeaient fanfaronnades et grosses plaisanteries étaient les seuls durant lesquels il se détendait. À la fin du repas, quelques hommes se mettaient toujours à chanter des ballades dont tous reprenaient le refrain en tapant sur leurs gamelles ou leurs gobelets d'étain.

James, qui était assis sur un banc, un morceau de viande entre les doigts, se leva pour recevoir le pli. Aussitôt qu'il fit sauter le cachet, une sourde angoisse succéda au plaisir du repas. Seton avait écrit en français :

Monsieur le duc et mon ami,
Une terrible décision vient d'être prise à Édimbourg que je dois vous transmettre avec désolation. Vous allez être appelé à comparaître d'ici deux semaines devant des juges, à défaut de quoi vous seriez déclaré hors la loi, déchu de vos biens et titres. Il va sans dire que le tribunal réuni par Morton, Maitland, et de loin par Moray, sera constitué d'hommes qui veulent votre perte. Venir à Édimbourg serait signer votre arrêt de mort.

Mais mis hors la loi, vous ne pourrez plus compter sur l'assistance des lords qui ont épousé jusqu'alors votre cause car, complices d'un proscrit, tous risqueraient la perte de leurs biens, leurs terres et honneurs.

Je suis moi-même désespéré d'abandonner pour un temps la reine. Il faut attendre. Mettez-vous à l'abri de vos ennemis qui sous peu vont se lancer à votre poursuite.

James leva les yeux. Par l'arrondi du portail clouté trouant le mur d'enceinte, il voyait la lande aride, sans arbres, sans chemins, sans hameaux, se déroulant vers un inatteignable horizon. Il pensa à son avenir. Un sentiment aigu d'impuissance lui serra la gorge.

Du port de Peterhead sur la côte est, James, accompagné de French Paris et d'une cinquantaine de fidèles, chevauchait vers le Strathbogie et le château des Gordon. Son ami et ancien beau-frère Huntly restait son ultime chance de mener une révolte armée. Peu après la lettre de Seton lui était parvenu l'ordre de comparaître à la prévôté d'Édimbourg pour répondre de « ses crimes » : l'assassinat du roi, l'enlèvement de la reine, un mariage qu'il avait obtenu par menaces et violence. Les lords n'ayant pas reçu de réponse de sa part dans les délais requis, il avait été mis hors la loi et une récompense de mille couronnes était offerte à qui le ramènerait mort ou vivant.

Rester à Dunbar où il risquait d'être assiégé était impossible et Bothwell avait aussitôt pris la mer pour monter vers le nord.

Le vieux château des Gordon élevait son imposante masse carrée flanquée de quatre tours et coiffée d'ardoises au pied de collines aux lignes douces. Pillée à la chute du vieux comte de Huntly au début du règne de Marie Stuart, la bâtisse avait retrouvé sa splendeur d'antan. De chaque côté du chemin menant à la lourde porte d'entrée principale, George Gordon avait fait planter des bois de pins qui en croissant dominaient les anciens buissons de houx. Derrière, au fond d'une vaste prairie où paissaient des moutons, on apercevait la masse d'une forêt où se mêlaient toutes les nuances du vert.

D'emblée, James perçut une certaine froideur dans les témoignages d'amitié manifestés par son ancien beau-frère. Dans l'homme civil qui l'accueillait en hôte, il ne retrouvait pas le vieux complice qui avait traversé avec lui dangers comme moments heureux. George avait peur.

Après le repas du soir, longuement James exposa ses projets. Rien n'était perdu et plus d'un noble destitué de ses biens et honneurs les avait retrouvés par la suite. Les Gordon étaient bien placés pour le savoir. Avec deux mille soldats, il pourrait fondre sur Lochleven, tenir à distance d'éventuels ennemis et libérer la reine. Une fois en sécurité à Dunbar, ils pourraient retourner la situation. Et si le destin se montrait toujours hostile, ils s'embarqueraient pour la France et persuaderaient le roi Charles IX de leur venir en aide.

Sans l'interrompre, Huntly écoutait mais, à son expression, James comprit qu'il ne l'avait pas convaincu.

— Tes plans sont chimériques, dit-il enfin d'une voix lasse. La réalité est cruelle mais il faut avoir le courage de la regarder en face : Morton, Argyll, Maitland détiennent le pouvoir à Édimbourg et Moray est en route pour l'Écosse afin de récolter son dû. L'esprit de la population est constamment intoxiqué par de faux bruits, des rumeurs, placards, confidences d'espions dans les lieux publics. Ma fidélité pour ma souveraine, crois-moi, est intacte, mais le moment n'est pas propice à l'action. Pars seul en France, mets-toi à l'abri et attends une faute de Moray, un découragement des Écossais face à un nouveau gouvernement qui ne peut s'imposer que par la force.

— Tu m'abandonnes ! accusa James avec colère.

George haussa les épaules. Il était las des intrigues, des plans avortés, d'une violence qui ne menait à rien. Sans soulèvement populaire, un coup de force échouerait aussitôt.

— Réalises-tu les conséquences de ta lâcheté ? gronda James. Isolée, la reine va être persuadée de donner la couronne à son fils. Une longue régence va alors commencer sous un régime de fer.

— Une abdication sous la contrainte est sans valeur.

James posa son visage entre ses mains. Il n'en pouvait plus.

— Allons prendre du repos, suggéra George. Nous reparlerons de tout cela demain.

La nuit était douce, sans lune. James réveilla French Paris qui occupait un cabinet attenant à sa chambre, lui demanda de seller sur-le-champ leurs deux chevaux et de prévenir les hommes qui dormaient dans une grange. Ils quittaient le

517

Strathbogie. George ne l'aiderait pas et il ne voulait pas l'embarrasser davantage par sa présence. Au matin, lorsque son vieil ami se réveillerait, il serait en route pour Spynie où l'accueillerait sans nul doute le vieil oncle qui l'avait élevé et qu'il n'avait pas revu depuis quinze années.

La route traversait des forêts, longeait des rivières au lit encombré de galets polis par le courant. Sur les terres de Moray, James rumina sa haine envers un homme qui n'avait eu de cesse d'abattre sa demi-sœur depuis le moment même où elle avait débarqué en Écosse. Pourquoi n'avait-il pas vu plus clair dans son jeu alors ? Si William Cecil, le rusé et patient ministre de la reine Élisabeth, soutenait le Bâtard, ce n'était point par amour du protestantisme mais afin de débarrasser l'Angleterre d'une voisine catholique qui, légitime prétendante à la couronne d'Angleterre, représentait un permanent danger.

L'aube surprit le groupe des fugitifs alors qu'ils s'engageaient dans une forêt. Devant eux, la vallée se teintait d'or, un vent léger faisait frissonner l'herbe des pâturages parsemée de fleurs sauvages et de hauts chardons sur lesquels se penchaient les chevaux. Caressées par la vapeur du matin, les collines étaient couleur de jacinthe. La lumière, les senteurs de l'air et de la terre revigorèrent les hommes. James inspira profondément. Se pût-il qu'il fût vraiment proscrit, rayé de la carte des vivants dans son propre pays ?

Son grand-oncle l'aiderait à y voir plus clair. À

Spynie, dans le vaste évêché dont il connaissait chaque recoin, il reprendrait son souffle, trouverait une issue et s'y engouffrerait. « Il fallait du temps », avait soupiré Huntly. Il n'avait pas la patience de le laisser s'écouler.

56

— Je ne pensais pas te revoir avant de mourir, Jamie.

L'évêque de Spynie serra le fugitif dans ses bras. L'apparition de son petit-neveu faisait resurgir des souvenirs vieux de quinze ans lorsque celui-ci l'avait quitté pour aller achever ses études à Paris. La forte personnalité, l'entêtement du jeune homme lui avaient manqué, ainsi que ses rires fracassants, ses exploits de cavalier, son goût pour les libations et les jolies filles qu'ils partageaient tous deux. Après son départ, la présence de ses bâtards ne l'avait pas remplacé. Avec joie, il installa James dans la chambre qu'il avait occupée autrefois, lui fit porter une bouteille de bon vin de Chinon, un pâté de faisan et du fromage de Chester.

— Même si la nuit semble longue, l'aurore se lève toujours, dit-il d'un ton joyeux. Prends tes aises, nous causerons après souper.

Tout proche de la mer, le château épiscopal de Spynie n'en était séparé que par des collines d'où semblaient jaillir les nuages. James ouvrit les fenêtres de sa chambre et retrouva intactes les odeurs d'autrefois : celles de la saumure, des pins, du varech, des plantes sauvages desséchées par le vent et le soleil.

Dans cet endroit où il avait vécu des années heureuses, les récents événements semblaient irréels. Comment imaginer la reine prisonnière, les rebelles au pouvoir et lui déclaré hors la loi alors qu'un mois plus tôt il donnait ses ordres en maître absolu ? Sans cesse, il pensait à Marie enfermée à Lochleven qui devait espérer ses secours. Depuis la lettre expédiée de Holyrood durant les quelques heures qu'elle y avait passées après l'horrible nuit à la prévôté, aucune nouvelle d'elle ne lui était parvenue. Il était son mari, l'aimait, et de ne pouvoir la défendre le torturait et l'humiliait.

Souvent, le souvenir de sa mère investissait son esprit. Enfant à Spynie, il avait pleuré son absence et à présent il n'était pas sûr de la revoir. Les calomnies répandues sur son fils, sa situation précaire devaient la désespérer.

Autour de la table du souper, James retrouva la ribambelle de ses cousins bâtards qui, d'adolescents efflanqués et sournois, étaient devenus des hommes au regard buté. Sa réussite n'avait fait qu'exaspérer leur jalousie et James comprenait que sa chute les vengeait. Avec entrain, son grand-oncle tentait d'animer la conversation mais l'atmosphère restait pesante.

— Au diable ces bougons, déclara le prélat en avalant une gorgée de whisky. Au lieu de lire mes prières, mieux aurait valu que j'apprenne à ne pas faire d'enfants ! Je tente de les établir plus ou moins bien, mais toute leur vie ils m'en voudront de les avoir fait naître illégitimes.

— Sa Majesté la reine est enceinte, annonça James après le départ de ses cousins, notre enfant doit naître à la fin du mois de novembre.

— Et vous vous êtes mariés en mai ? Quand nous ne faisons pas des bâtards, nous, les Hepburn, avons des prématurés. Qu'y pouvons-nous ? Dieu nous a faits ainsi.

— Amen, répondit James avec un demi-sourire.

À côté de son grand-oncle, il regardait le soleil se coucher sur le bras de mer. De loin, il apercevait un clocher carré, des bestiaux en train de pâturer. Autour du château, les oiseaux pépiaient en se rassemblant pour la nuit dans les branches des charmes.

— Tu peux rester ici aussi longtemps que tu le voudras, mon enfant, dit l'évêque en se servant un nouveau gobelet de whisky. Je me moque des rétorsions de ces messieurs d'Édimbourg. Ils peuvent publier leurs édits interdisant à mes ouailles de me remettre viande, céréales et légumes comme leur devoir de chrétiens le leur commande, ils ne m'empêcheront pas de survivre. Mes greniers sont bourrés, ma cave bien remplie et j'ai des provisions en grande quantité dans mes celliers.

— Je n'abuserai pas longtemps de votre hospitalité, mon oncle. Avant l'hiver, je passerai en France demander de l'aide, à moins que je ne choisisse de demeurer en Écosse pour harceler Moray et ses hommes. Dans un premier temps, je vais me replier sur les Orcades. Le château de Kirkwall m'appartient.

L'évêque réfléchissait. Son visage rond, ses lèvres charnues lui donnaient, même sérieux, un air de jovialité.

— Il y a dans le Nord pas mal d'hommes qui aiment le risque, mercenaires, pirates et autres aventuriers, dit-il enfin. Si tu peux les payer et fréter une petite flotte, tu disposerais d'une force itinérante qui serait en mesure, par des coups toujours imprévus, d'intimider les lords. Et te capturer serait quasiment impossible. Les gens de sac et de corde, eux, ont de l'honneur.

Nerveusement, James marchait de long en large. Son grand-oncle venait de jeter une idée intéressante qu'aussitôt il tentait d'approfondir. Transformer les îles Orcades et de Shetland en places de non-droit lui permettrait de tenir une longue résistance. Les habitants, de rudes marins qui se moquaient des ordres d'Édimbourg, resteraient fidèles à celui qui était leur duc, un chef plus incontestable que le comte de Moray. De là, en outre, il pourrait négocier avec le roi de Suède qu'il avait toujours soutenu dans ses différends avec Frederick II du Danemark et tenterait d'obtenir soldats et navires supplémentaires pour débarquer à Leith et fondre sur Édimbourg.

— L'idée me séduit, admit-il.

À perte de vue, l'île principale de l'archipel des Orcades offrait ses pâturages, ses landes, de minuscules villages aux maisons de granit, des côtes rocheuses où venaient se briser les vagues. Aussitôt, James perçut une harmonie entre la rudesse de cette nature et la détresse de sa propre situation. Là, il puiserait la force d'être un paria, l'âpreté nécessaire à sa vengeance. Des rafales de vent balayaient les plages caillouteuses, penchaient les hautes herbes blondes dispersées en touffes dans les prairies.

Accompagné d'une dizaine des siens, James fit le tour du pays, inspecta les ports, parla aux habitants qui, à l'énoncé de son nom, se découvraient et s'inclinaient. Là, il aurait un soutien loyal, pourrait en toute confiance laisser des vaisseaux à l'abri de ports bien défendus ou de criques si isolées que nul navire ennemi n'oserait s'y aventurer.

Le fait de reprendre l'offensive redonna à James tout son mordant. Bientôt il se ferait connaître de Gilbert Balfour, le jeune frère de James, qui, par malchance, commandait le château fortifié de Kirkwall, et exigerait qu'on mette la citadelle à sa disposition. Qu'un membre de cette famille de vautours se trouve de nouveau sur sa route l'enrageait, mais Gilbert Balfour devait être trop isolé pour résister.

Après une semaine de prospection, James regagna Spynie raffermi dans sa résolution. Déjà il avait en vue l'achat de trois navires et à son prochain voyage entrerait en contact avec les marchands hanséatiques qui possédaient des vaisseaux de plus fort tonnage susceptibles d'être équipés de canons. Ceux-ci étant disponibles à Dunbar, il expédierait sans tarder un bateau vers la forteresse toujours tenue par les Hepburn, qui les ramènerait avec de la poudre, des mousquets et des pistolets. Dans sa fièvre, le duc remarquait à peine les paroles coupantes, les regards hostiles de ses cousins et haussait les épaules quand son grand-oncle le mettait en garde contre ses propres enfants. N'étaient-ils pas parents ? Nul en Écosse ne trahissait un des siens se trouvant dans l'infortune.

Un deuxième voyage dans l'archipel des Orcades permit à James de réunir les premiers bâtiments de sa flottille et d'engager une centaine d'hommes prêts à se lancer dans l'aventure à ses côtés. Avec impatience, il attendait le retour du navire envoyé à Dunbar et espérait vaguement qu'une lettre de Marie ait pu parvenir à la forteresse où elle le croyait toujours barricadé.

Avec une immense satisfaction, James passa une dernière fois en revue les deux grosses barques de pêche, une flûte et un navire de commerce ventru où une cinquantaine de ses hommes pourraient s'installer. Déjà, il avait remarqué dans le port de Sainte Margaret's Hope le *Pélican*, un solide deux-mâts équipé de pièces d'artillerie qui appartenait à un marchand hanséatique. Les premières négociations étaient juste amorcées et James avait bon espoir d'aboutir à un accord.

À nouveau de retour à Spynie, l'esprit occupé par ses préparatifs, James tourna comme un lion en cage. La bonhomie de son oncle elle-même ne parvenait plus à le détendre.

La nouvelle de l'arrestation de son équipage en route pour Dunbar souleva en lui une telle amertume que, pour une raison futile, il faillit en venir aux mains avec Will, l'aîné des bâtards de son grand-oncle. Le navire était en vue de la forteresse lorsqu'il avait été arraisonné par deux bâtiments armés de canons. Si les marins avaient eu la chance d'avoir la vie sauve, son capitaine, John Hepburn de Bolton, suivrait sur l'échafaud leurs parents déjà exécutés.

Un soir après le souper, le vieil évêque retint James. Debout devant la cheminée, le duc ressassait sa déception. Même dans cette demeure amie, les tentures sombres, les sièges recouverts de cuir brun, les meubles de bois noirci l'étouffaient. Le crépuscule baignait d'une lumière douce les pâturages, les mares cernées de joncs. Les cailloux du chemin serpentant vers la mer se teintaient de cuivre comme les amas de rochers qui émergeaient çà et là dans les prés.

— J'aurais aimé te garder longtemps auprès de moi, commença le vieil homme, mais je crains un mauvais coup venant de mes enfants. Les mille couronnes mises en prime sur ta tête sont une somme importante. N'oublie pas que Judas a vendu le Christ pour trente pièces d'argent.

— J'allais vous faire mes adieux, mon oncle, avoua James. Il me tarde de passer à l'action.

Patrick Hepburn soupira. Enfant, James n'acceptait jamais de compromis, dans les bagarres il ne lâchait prise que contraint et forcé et on devait l'arracher de son adversaire, même si celui-ci était plus grand et plus fort, avant de lui faire entendre raison. Aurait-il eu un seul fils comme son petit-neveu, il se serait estimé chanceux.

— Tu es chez toi ici, dit-il. Reviens quand tu veux.

— Je sais, murmura James.

Encore une fois il allait devoir tourner une page, enterrer une période heureuse de son passé.

— Tout ira bien, poursuivit-il. Je serai demain soir aux Orcades et exigerai de Balfour qu'il me remette la citadelle de Kirkwall.

— Te voilà devenu pirate, soupira le vieil évêque. Prince, duc, comte et pirate.

— Combattant libre, rectifia James, soldat lancé à la reconquête de l'Écosse !

Il éclata d'un rire amer qui serra le cœur de son grand-oncle.

À l'aube, James fut réveillé par un bruit de piétinements. Déjà French Paris était debout et se vêtait hâtivement.

— Ce vacarme ne me dit rien qui vaille, s'inquiéta le Français. Il m'est avis que quelqu'un nous cherche noise.

— File par la porte de la garde-robe et préviens nos hommes qui couchent dans les écuries. Qu'ils s'arment et me rejoignent.

Depuis la veille, il pressentait un coup bas venant de ses cousins. Avertis sans doute de son départ, ceux-ci cherchaient à le faire prisonnier pour empocher les mille couronnes.

— Un argent pas facile à gagner, mes amis, dit-il à mi-voix.

Comment ces pâles individus pensaient-ils pouvoir le surprendre et avoir raison de lui ? Maintes fois il les avait rossés au cours de leur enfance et il allait à l'instant mettre un point final à leur déconfiture.

Résolument, James tira le verrou, ouvrit la porte. Il avait son épée dans la main droite, un pistolet chargé dans la gauche.

Quelques hommes montaient l'escalier. Le duc estima leur nombre à une demi-douzaine. Il n'aurait aucune peine à les tenir en respect en attendant du renfort.

L'affrontement fut bref et violent. Tandis que James maintenait à distance ses assaillants, les dix hommes ameutés par French Paris s'étaient rués dans l'escalier pour attaquer le petit groupe à revers. Avec surprise, le duc avait reconnu parmi ses agresseurs un espion anglais gardé sur parole à Elgin, une ville proche de Spynie. Sa présence rendait probable un ordre de l'éliminer venu d'Angleterre.

La vue d'un corps transpercé d'une épée arrêta les combattants. Dans une flaque de sang gisait Will, l'aîné des cousins de James.

Lorsqu'il alla faire ses adieux à son grand-oncle, le duc le trouva en prière dans la chapelle. Des larmes coulaient sur ses joues.

— Dieu n'a pas prévu le bonheur pour Ses créatures, dit-il. Je perds en même temps un fils auquel je m'étais habitué et un neveu que j'aime. Je ne me consolerai pas de ces chagrins.

James tendit une main que le vieil homme prit dans les siennes.

— Je voudrais cependant vivre jusqu'au jour où tu seras de retour à Holyrood avec Sa Majesté la reine.

— Si telle est la volonté de Dieu, mon oncle.

— La volonté de Dieu..., murmura l'évêque. N'est-elle pas plutôt le désir des hommes ?

— Alors je serai bientôt à Édimbourg.

Patrick Hepburn serra longuement James entre ses bras. Frère de son grand-père, il avait vu celui-ci mourir à Floddenfield, avant d'enterrer son fils unique Patrick, le père de James. Il ne voulait pas vivre assez vieux pour voir aussi disparaître le petit-fils.

James allait sortir quand son oncle le rappela.

— J'allais oublier de te remettre ceci.

De sa soutane, il tira un carré de papier noué d'un cordon.

— Ce pli pourrait bien être de la reine, précisa-t-il avec un fin sourire.

Celle qui se charge de cette lettre, avait écrit Marie, *est une sage-femme venue me soigner après une fausse couche. J'ai perdu nos enfants, deux garçons nés trop tôt pour survivre. Faute de temps, je ne peux vous exprimer la douleur que je ressens, mon désespoir d'être séparée de vous, ma fureur d'avoir été contrainte à abdiquer en faveur de mon fils par un frère qui m'apparaît enfin sous son vrai jour, celui que vous vous efforciez de me dépeindre. Ne m'oubliez pas, je ne survis que pour vous revoir et me venger.*

James dut s'adosser au mur de la chapelle. Des sanglots secs lui coupaient le souffle. Pourquoi ces insupportables épreuves lui étaient-elles infligées ? De qui payait-il les fautes ? Ce qu'il touchait, ce qu'il aimait tombait en cendres. À trente-deux ans, l'âge des ambitions, il ne possédait plus rien.

— Monsieur le duc, dit French Paris à côté de lui, nous sommes prêts à appareiller, la marée est haute et le vent propice. Il faut nous hâter.

57

Gilbert Balfour avait refusé de lui ouvrir les portes de la forteresse de Kirkwall et, impuissant à le faire céder, James, démoralisé par la perte de ses fils, s'était résigné. Par ailleurs, il disposait maintenant de six bâtiments, dont le deux-mâts le *Pélican*.

De plus en plus souvent, le fugitif songeait à quitter l'Écosse. Aussi longtemps que Marie serait prisonnière, il ne pouvait entreprendre d'audacieux coups de main sans mettre sa vie en danger. Pour conserver le pouvoir, Moray n'aurait aucun scrupule. Pourquoi ne pas se rendre en Suède, puis en France, solliciter du roi une flotte, des soldats ? Le régent n'avait pas d'armée de métier. Avec trois mille hommes aguerris, la victoire était sûre.

À la mi-août, satisfait de son escadre et de la centaine d'hommes qu'il avait engagés, James appareilla pour les îles Shetland, fief des Sinclair, la famille de sa mère, où il était certain de recevoir un chaleureux accueil.

Déjà la température baissait, le vent d'ouest forcissait. En septembre commençait la saison des tempêtes. Il allait devoir hiverner aux Shetland pour prendre la mer au début du printemps. Mais entretenir, nourrir ses hommes dans des îles qui n'avaient comme ressources que la pêche et l'élevage des moutons serait coûteux. Certes, il possédait encore quelques bijoux, des vêtements taillés dans des tissus précieux, mais ces articles de luxe trouveraient-ils preneurs chez les marchands suédois ou danois venus acheter du poisson ou de la laine ?

À peine descendu à Lenwick, James fut conduit chez un cousin de sa mère, Oliver Sinclair, le seigneur de ces îles isolées, un grand gaillard au visage tanné par la mer et les vents.

— Bienvenue aux Shetland à mon lord et cousin ! dit-il en s'inclinant.

James l'étreignit. Chaque visage ami avait pour lui une importance extrême.

— Des nouvelles d'Édimbourg ?

Oliver Sinclair soupira. Quelques jours plus tôt avait débarqué un émissaire de Moray chargé de publier l'édit qui mettait James Hepburn hors la loi. Mais la population n'avait rien à faire des ordres du soi-disant régent et dans les quelques débits de boisson où se rassemblaient les pêcheurs, on se moquait ouvertement des prétentions du Bâtard. James était le bienvenu.

Avec soulagement, le duc s'installa chez son cousin. La grosse demeure de pierre, mi-forteresse, mi-donjon, était une bâtisse rectangulaire blanchie à la chaux et couronnée d'ardoises. La chambre où on l'avait installé donnait sur la mer dont la masse grise se confondait avec le ciel. Un chemin sinueux gagnait une plage de galets où des barques de pêcheurs avaient été halées.

James dormit douze heures et fut réveillé par les bêlements d'un vaste troupeau de moutons éparpillé autour de la demeure. Deux chiens noirs aboyaient furieusement. Quelques oies sauvages pataugeaient dans la vase avant l'arrivée de la marée haute, tandis que des bécasses de mer picoraient de petits coquillages. Un court moment, Bothwell dut faire un effort pour retrouver le fil de son voyage, son arrivée à la nuit tombante aux Shetland. Bien qu'il se sentît reposé, en sécurité, une vague appréhension demeurait en lui. Hors la loi, il devait rester constamment sur ses gardes.

En quelques phrases, Oliver Sinclair résuma à James la situation. Hiverner aux Shetland était une possibilité, mais il devait cacher son escadre au fond du bras de mer de Stuis, sur la côte ouest où les bateaux de fort tirage ne pouvaient s'aventurer. Quant à ses hommes, mieux valait qu'ils apprennent le norrois, un vieil idiome norvégien, s'ils voulaient se faire comprendre des habitants.

D'Édimbourg, Sinclair n'avait pas reçu de nouvelles récentes. Mais il savait le comte de Moray prêt à agir avec brutalité contre ses derniers adversaires. Il était évident que les lords fidèles à la reine allaient courber l'échine.

— Soyez patient, vous aussi, conseilla Sinclair, les cours européennes ne peuvent que réagir face au crime que constitue l'incarcération d'une souveraine légitime. Sa Majesté a en France une famille puissante qui a ses intérêts à cœur.

James, qui connaissait Catherine de Médicis, n'était pas sûr que celle-ci veuille lever le petit doigt en faveur de sa belle-fille, mais le roi Charles IX avait toujours eu de la tendresse pour Marie et ne pouvait rester indifférent à ses malheurs.

Le calme de son cousin et son bon sens redonnèrent à James de l'assurance. Il allait faire caréner ceux de ses navires qui ne nécessitaient pas de radoub, installer ses hommes le mieux possible, s'occuper de leur ravitaillement. Puis il irait inspecter les mouillages discrets sur la côte ouest et y enverrait sa flotte.

Un vent tiède soufflait du sud, donnant à ce sévère paysage une apparence riante soulignée par le bleu du ciel et le calme de la mer. Sinclair avait fait dresser quelques tables sur la prairie qui longeait la grève.

Pour fêter le duc des Orcades, seigneur des Shetland, le gentilhomme avait invité tous les gros propriétaires terriens de l'île, des hommes rubiconds que l'alcool de grain n'effrayait pas. Arrivés sur de robustes chevaux et accompagnés de grands chiens, ils observaient avec intérêt le séducteur de la reine, un rude gaillard qui, avec son nez cassé, ses cheveux coupés court et ses larges épaules, était digne des Sinclair. On disait que son père avait été joli comme une fille. Mais le fils était bien de sa mère. En abondance, on avait servi des huîtres, des crabes frits, des poissons de toutes sortes baignant dans des sauces parfumées, des quartiers de mouton rôtis accompagnés d'airelles et de pois. La bière, l'eau-de-vie coulaient en abondance et les teints déjà vermeils des convives s'enflammaient. Les enfants, les chiens couraient entre la plage et les tables autour desquelles s'affairaient des servantes solidement charpentées.

— Par Dieu ! jura soudain Sinclair.

Du doigt, il montra quatre navires toutes voiles déployées qui surgissaient à l'horizon.

— Des bâtiments royaux, ajouta-t-il.

L'importante voilure de l'un d'entre eux signalait un bâtiment de guerre, probablement l'*Unicorn* avec ses vingt canons. Kirkaldy de Grange commandait-il cette flotte ?

— Où sont vos hommes ? interrogea Sinclair.

— À terre, mais les marins sont tous à bord de mes bateaux.

Pour mieux voir l'approche des quatre vaisseaux, les convives se pressaient sur la plage. Cette ingérence d'Édimbourg dans leurs affaires les indignait. James était pétrifié. Ainsi, les limiers étaient sur sa trace. Moray n'avait pas perdu de temps.

On apercevait maintenant la silhouette des coques. Outre l'*Unicorn*, James identifia sans hésitation le *Primerose*, le *James* et le *Robert*. Contre ces navires, que pesait son escadre ? Même en poussant son cheval au galop, il ne pourrait la rejoindre à temps.

Consternés, les convives ne savaient que dire et restaient immobiles sur la plage, les chiens couchés à leurs pieds.

Lorsque James parvint au détroit de Bressay, il apprit que sa flotte avait pris le large après avoir coupé les cordages des ancres pour gagner du temps. Des pêcheurs expliquèrent qu'elle avait filé vers le nord, poursuivie par quatre gros vaisseaux qui risquaient fort de s'empaler sur les hauts-fonds du chenal.

— Vos hommes ont avec eux des pilotes, expliqua un tonnelier qui traduisait en écossais le norrois. Ils passeront sans mal.

— Où pensez-vous qu'ils mettront le cap ? interrogea James.

— Sur Yell ou sur Unst, milord. Attendez jusqu'à la nuit car deux barques ont pris la mer dans le sillage de vos ennemis. Elles seront de retour avec la marée haute.

Au crépuscule, James vit en effet approcher du port deux embarcations qui remontaient difficilement au vent. En toute hâte, il avait expédié French Paris avec pour mission de rassembler ses hommes au nord de l'île. Aussitôt que possible, ils embarqueraient pour Yell et, si besoin était, pour Unst.

Le Français avait perdu sa belle humeur. Cette fuite éperdue vers des régions isolées le consternait. Il aurait volontiers donné le petit pécule amassé au service du comte de Bothwell puis de la reine pour se retrouver sur les bords de la Seine.

— L'*Unicorn* a heurté les hauts-fonds et a sombré, annonça, jovial, un des pêcheurs. Les autres navires ont interrompu leur poursuite pour recueillir les survivants et transférer les canons à leur bord. Quelques hommes ont mis pied à terre, un lord et une dizaine de soldats.

— Décrivez-moi le chef, pressa Bothwell.

— Un homme grand et mince, au teint très pâle.

Le duc se souvenait de l'expression respectueuse de Kirkaldy de Grange à Carberry Hill. Un fourbe de la pire espèce qui, après avoir gagné la confiance de la reine, avait accepté qu'on la jetât en prison.

— Il y avait un ecclésiastique à bord du *Pélican*, précisa un autre pêcheur. Plusieurs hommes ont été nécessaires pour le hisser sur le *Primerose*. Il couinait et gigotait comme un porc.

« L'évêque des Orcades qui m'a marié, pensa aussitôt James. Les chiens se regroupent pour chasser. »

Si Kirkaldy avait voulu débarquer, ce ne pouvait être que pour tenter de le capturer. Il devait sans tarder filer vers le nord retrouver ses mercenaires. De là, il enverrait un de ses bateaux vers Scalloway, à l'ouest de l'île principale, qui collecterait les hommes restés chez son cousin.

En hâte, il écrivit un mot à Sinclair, lui exposant la situation, son obligation de se hâter vers le nord, son espoir de voir la flotte ennemie renoncer à le poursuivre après la perte de l'*Unicorn*. Il l'avertissait de la présence aux Shetland de Kirkaldy de Grange accompagné d'un petit groupe armé.

L'embarcation de fortune sur laquelle James était monté filait plein nord. Déjà elle avait dépassé l'extrême pointe de la grande île et on apercevait au loin la côte de Yell dans la lumière du crépuscule. Debout à la poupe du frêle esquif, le fugitif ne sentait ni les embruns, ni le froid. Kirkaldy de Grange réussirait-il à s'emparer de certains des siens ? Alors les attendraient la torture et la mort à Édimbourg, une fin ignominieuse en récompense de la fidélité qu'ils lui avaient témoignée.

Le vent se levait, creusant la mer. De soudaines rafales couchaient la barque, mais le marin qui tenait la barre restait maître de la situation et semblait même prendre plaisir à jouer avec le vent. Suivaient les quelques esquifs où s'était entassée la petite troupe de James qui avait réussi à embarquer près d'Hannavoe.

Arrivé à Yell, James décida de camper pour la nuit sur la côte. Ils traverseraient l'île du sud au nord à pied le lendemain. Les marins avaient affirmé qu'ils n'auraient point de difficulté à trouver des passeurs pour l'île d'Unst. À marée basse et par beau temps, on pouvait même se dispenser d'embarcations, pourvu qu'on ne craigne pas de se mouiller un peu.

Les fugitifs allumèrent un feu et s'enroulèrent dans leurs manteaux. Des filles aux yeux verts vinrent leur porter des harengs saurs, des biscuits à la farine d'avoine, un alcool de baie que tous burent avidement. Longtemps James veilla, les mains tendues aux flammes.

Le vent était chargé d'iode, de relents de poisson et d'algues. Deux mois plus tôt, il était à Holyrood, vêtu de velours et de soie, les plus beaux chevaux d'Écosse dans ses écuries. Il mangeait dans de la vaisselle d'argent, portait des baudriers, des ceintures incrustées d'or et de pierres précieuses, et à présent, chaussé de bottes de cuir épais, vêtu de lainage grossier, il était heureux de souper d'un hareng saur arrosé d'un alcool rêche qui brûlait l'estomac.

À l'aube, la troupe se mit en marche. Le vent était stable, les rafales régulières. Des touffes d'herbes molles cédaient sous leurs pieds, la mousse était détrempée, le chemin à peine tracé. Les charrettes et les cavaliers devaient être rares car les seules traces qu'ils pouvaient repérer étaient celles laissées par des moutons qui, effrayés par la troupe, se débandaient en bêlant.

L'ombre jetée par les nuages qui couraient haut dans le ciel balayait comme une ondée la terre aride. Une fine vapeur se dégageait des pâtures côtières. L'horizon était grisâtre.

Vers midi, ils atteignirent à marée basse le nord de Yell. Le chenal qui séparait l'île de celle d'Unst était en effet étroit. Des enfants y étaient éparpillés à la recherche de coquillages.

Dans un pauvre village abrité des vents dominants par de modestes dunes, James acheta de la farine d'avoine, des pommes séchées, des tonnelets de pale ale. Sur la grève, des marins ravaudaient des filets ou carénaient leurs barques.

Quand les hommes eurent achevé leur repas, la mer montait et James décida de louer quelques embarcations pour les passer à Unst. Déjà le soleil déclinait.

— Cinq navires étrangers sont ancrés à Norwick, apprit soudain à James un petit homme vêtu de noir surgi d'une chaumière. Vous appartiendraient-ils ?

Sans attendre de réponse, il tendit une main calleuse.

— Je suis le vicaire de Yell, pêcheur d'âmes et de poissons, car je pars en mer à mes heures. On m'a dit qu'un fugitif de haute qualité cherche à s'échapper par la mer, serait-ce vous, milord ?

James se contenta de regarder le vicaire droit dans les yeux. Le croyait-il assez naïf pour livrer son identité à un inconnu ?

— Je cherche en effet mes navires, marmonna-t-il. Le vent les a forcés à lever l'ancre de Lerwick en toute hâte.

— Où un bâtiment vient de sombrer, colporte-t-on. Vous avez raison de mettre vos biens à l'abri, la tempête menace.

Le vicaire leva le nez vers le ciel.

— Le vent va bientôt tourner à l'ouest. Pas de crainte à avoir pour le mouillage.

James toucha son chapeau et s'éloigna, quand le petit homme força la voix :

— Votre Seigneurie n'a rien à craindre ici. Les habitants ne sont pas bavards et n'aiment pas les fouilleurs de secrets. Ces messieurs d'Édimbourg se heurteront à bouches et portes closes.

Avec enthousiasme, les marins contèrent à James leur fuite, le naufrage de l'*Unicorn*, leur arrivée à Norwick où les quelques pêcheurs qui y vivaient leur avaient fait bon accueil. Ils attendaient d'un jour à l'autre le *Margaret* qui, selon les ordres du duc, avait fait voile vers l'ouest pour récupérer les malles et effets rassemblés par Sinclair.

— J'ai cru pouvoir identifier les deux autres commandants, souffla le capitaine du *Pélican* à l'oreille de James, et serais bien étonné s'il ne s'agissait de Murray de Tullibardine et de l'évêque des Orcades.

— Tullibardine, répéta le duc.

Une fois encore, ce suppôt du diable se trouvait sur son chemin. Quelle rage poussait le frère de la comtesse de Mar à l'anéantir ? Quant à l'évêque, il le méprisait trop pour lui accorder la moindre pensée.

— Quels sont les ordres ? interrogea l'homme.

— La troupe va se reposer un jour ou deux, ensuite j'aviserai.

En réalité, le choix était mince. Si ses poursuivants avaient lâché prise, il pouvait songer à hiverner à Unst, sinon il devrait livrer bataille.

La soirée se passa sans incident. Tous à bord, les hommes s'étaient endormis après s'être contentés de lait aigre et de biscuits à la farine d'avoine. Le ciel était d'un noir d'encre.

540

Enroulé dans une couverture, James se laissa gagner par le sommeil. Il n'avait plus la force de faire des plans, pas même de penser au jour où il délivrerait Marie et la ramènerait à Holyrood.

À l'aube, les trois vaisseaux ennemis étaient si visibles qu'on apercevait les hommes qui s'activaient dans les haubans. Réveillé, James fut sur pied en un instant.

— Préparez-vous au combat ! hurla-t-il.

Ils allaient prendre la mer, se former en escadre, les deux navires possédant des canons couvriraient les autres. Lui-même prendrait le commandement du *Pélican* où il embarquerait French Paris et la plupart de ses hommes.

Les bourrasques atteignaient trente nœuds et étaient suivies d'un vent d'ouest régulier de dix-huit nœuds. La mer hachée, crêtée d'écume, prenait des reflets verdâtres sous un soleil intermittent.

Bientôt la flottille fut au large, balancée par une houle régulière. À deux milles au plus, leurs ennemis se dirigeaient droit sur eux.

Les nerfs tendus, James avait gagné la proue du *Pélican*. La première salve de la *Primerose* le surprit. Il n'avait pas assez de poudre pour riposter. Il fallait attendre, ne rien entreprendre par bravade. Si on en venait à l'abordage et au corps à corps, il se ferait un plaisir de se battre contre Tullibardine. Plus maniables, ses navires parvenaient à esquiver le gros des projectiles, mais certains de ses bateaux avaient été endommagés et l'un d'eux avait dû faire demi-tour.

Soudain, James entendit les hurlements des marins. Sectionné par un boulet, un des mâts du *Pélican* s'abattit sur le pont avec fracas.

— Coupez le gréement, hurla le capitaine, il faut désengager le bateau du mât !

Une nouvelle salve les manqua de peu. James comprit que la défaite était proche.

— Faites signe aux autres équipages de mettre leurs bateaux en fuite, ordonna-t-il au capitaine.

Le vent d'ouest ne cessait de forcir, poussant le *Pélican* à une vitesse de plus de dix nœuds. Plongeant dans la houle, au grand largue, le navire parvenait à garder son allure, distançant peu à peu ses poursuivants. Des hommes affalés sur le pont baignaient dans leurs vomissures, French Paris ressemblait à un spectre.

La tempête ne faiblissait pas. Seul désormais au milieu des lames, le *Pélican* avait jeté une aussière avec un traînard. Des paquets de mer balayaient le pont et, dans l'opacité de la nuit, les hommes s'accrochaient aux cordages pour ne point être emportés.

— Quelle route suivons-nous ? demanda James au capitaine cramponné à la barre.

Trempé jusqu'aux os, il grelottait et son estomac se contractait intolérablement.

— Nous filons plein est, cria le timonier. Le vent va céder. Dans une heure à peu près, Dieu aidant, nous verrons l'accalmie et devrions apercevoir les côtes de Norvège.

À l'aube, une houle régulière portait le *Pélican*. Les chocs brutaux, les déferlements avaient cessé. Les uns après les autres, les hommes se mirent sur pied, tordirent leurs vêtements imbibés d'eau, tentèrent de plaisanter pour oublier la nuit de cauchemar.

Soudain, la couche de nuages fut trouée par un pâle soleil. La marée changeait, l'eau avait une couleur plombée aux reflets verdâtres.

— Voyez, dit le capitaine en montrant du doigt l'horizon.

James mit ses mains au-dessus de ses yeux. Il discernait une ligne plus grise que la mer.

— Terre ? interrogea le duc.

— Bergen, précisa-t-il.

58

Au début de la matinée, le *Pélican* vit s'approcher un vaisseau marchand battant pavillon de Hambourg. Avec un de ses mâts abattu, ses voiles déchirées, le navire écossais avait triste mine.

— Avez-vous besoin d'aide ? hurla en allemand le capitaine qui avait mis son navire bord à bord.

— Nous voulons un pilote, répondit James.

— Suivez-moi, nous allons à Bergen.

Avec curiosité, les hommes regardaient la côte approcher, virent se profiler des collines bleutées dans la lumière du matin, des rochers aux formes chaotiques. Autour du port, de petites maisons se pressaient les unes contre les autres et, de temps à autre, de la masse des toits émergeait la pointe d'un clocher. À l'horizon se dévoilait une chaîne montagneuse.

James reprit courage. À Bergen, il ferait réparer les voiles, poser un nouveau mât, calfater la coque. Alors il déciderait du cap à prendre, la Suède ou la France. Derrière eux, encore une simple tache à l'horizon, suivait un léger navire, probablement le second de sa flottille qui avait pu s'échapper. Deux bateaux et une centaine d'hommes lui suffiraient pour commencer sa reconquête.

En passant le môle du port, le duc remarqua aussitôt le *Bear*, un vaisseau de guerre déployant le pavillon danois. Sous l'autorité du Danemark, la Norvège laissait patrouiller sur ses côtes des bateaux armés destinés à refouler les nombreux pirates cherchant à débarquer leur cargaison clandestine ou à se saisir d'embarcations isolées.

— Saluez le *Bear* ! ordonna-t-il au capitaine.

Aussitôt les marins amenèrent la voile supérieure et tirèrent une salve à blanc. À ce signal, le *Bear* répondit incontinent en abattant et rehaussant son hunier d'artimon, tandis que deux hommes mettaient une chaloupe à la mer.

— Qui êtes-vous ? interrogea un homme qui mettait ses deux mains en porte-voix.

Un des marins du *Pélican* qui parlait un peu de danois expliqua qu'ils venaient d'Écosse et avaient été surpris par la tempête.

— Quelle est votre destination ?

James hésita. Évoquer la Suède, pays ennemi du Danemark, serait maladroit.

— Dis que nous sommes des gentilshommes prêts à servir leur roi, souffla-t-il au marin.

Le moment n'était pas venu pour lui de s'identifier. Qui croirait un homme hirsute, dépenaillé, qui prétendait être le mari de la reine d'Écosse, le duc des Orcades, comte de Bothwell ?

— L'amiral Aalborg demande à voir le capitaine du *Pélican*, cria le marin. Il veut lire vos papiers.

— Allez-y, dit James à son commandant. Expliquez à l'amiral que, la reine étant prisonnière, les formalités sont désorganisées en Écosse et que nous n'avons pu faire viser nos documents de navigation.

Un moment plus tard, le capitaine revint l'air consterné. L'amiral danois n'acceptait pas ses explications et voulait parler à l'armateur du navire. Il l'invitait à venir à bord du *Bear* avec une vingtaine d'hommes.

James hésita. Diviser sa troupe le mettrait en position de faiblesse. Les Danois n'étaient pas plus de deux douzaines à bord. S'il le voulait, il pourrait aisément ne tenir aucun compte des ordres qu'on lui donnait et mettre les voiles pour la Suède. Bien que blessé, son *Pélican* avait encore assez de mobilité pour manœuvrer. Mais, pour la deuxième fois, il se mettrait en position de proscrit. Mieux valait parlementer, obtenir légalement la permission de radouber.

— Je vais parler à l'amiral, décida-t-il. Une quinzaine d'hommes m'accompagneront. Je solliciterai pour eux l'autorisation d'aller s'approvisionner au port.

Le Danois parlait un anglais correct. Sans témoigner le moindre sentiment, il écouta James, réfléchit et annonça soudain qu'il garderait à bord les hommes qui l'accompagnaient. Les pirates étaient si nombreux sur la côte qu'il ne pouvait prendre aucun risque, son interlocuteur devait le comprendre. Aussitôt reçus les ordres de Copenhague, il agirait en conséquence. À l'exception de deux hommes qui pourraient se rendre à terre en chaloupe pour l'approvisionnement, le reste de l'équipage du *Pélican* était consigné.

James comprit qu'afin de ne pas se laisser prendre au piège, il devait prendre sur-le-champ une décision.

— J'ai à vous parler en privé, monsieur l'amiral, demanda-t-il.

Avec stupéfaction, Aalborg entendit cet homme à la barbe hirsute, manifestement épuisé, lui dire qu'il était l'époux de Marie Stuart, le maître de l'Écosse, et qu'il exigeait sa liberté.

— Vous comprendrez, milord, articula enfin

l'amiral, que je ne suis guère convaincu. Le gouverneur de Bergen, le comte Erik Rosencrantz, va vous recevoir et vous lui direz votre histoire.

Le chemin menant au château fort montait à pic depuis le port et James avançait pesamment. Comme le *Pélican*, il lui semblait que son propre corps était battu, brisé par le vent et les vagues. À droite et à gauche s'élevaient des maisonnettes peintes de couleurs vives précédées de jardinets où s'épanouissaient des fleurs d'automne et où poussaient quelques légumes. La vie paisible que suggéraient ces demeures, le beau soleil procuraient à James un sentiment de bien-être auquel il savait ne pouvoir céder. L'heure qui venait allait influencer son destin. Si le gouverneur lui accordait sa liberté, il reprendrait une certaine confiance en l'avenir, sinon il devrait écrire lui-même au roi Frederick II, qu'il avait bien connu sur son chemin vers la France quand Marie de Guise l'avait envoyé comme émissaire, douze années plus tôt.

À mi-parcours, James s'arrêta pour souffler. En contrebas, il voyait le port, la ville avec son quartier allemand dûment barricadé. Là, les commerçants marchandaient dur l'achat du poisson, de l'huile et des fanons de baleine en échange de toile, de grain et surtout de schnaps dont les marins de Bergen faisaient grande consommation. Les piquets acérés protégeant la partie allemande de la petite cité indiquaient clairement que ses habitants n'étaient guère aimés du reste de la population.

James fut surpris d'être reçu par l'évêque de Bergen, le juge du tribunal maritime et quelques-uns de ses collègues. À ce stade de l'enquête, Rosencrantz n'avait pas jugé bon de se montrer.

Avec calme, le duc expliqua à nouveau son itinéraire, affirma son identité. Il ne s'arrêterait que quelques jours en Norvège puis mettrait le cap sur le Danemark pour saluer son roi avant de gagner la France, but de son voyage où l'attendaient les Guise.

— Nous vous croyons, milord, répondit l'évêque en un anglais parfait, car des marchands vous ont en effet reconnu. Mais vous n'avez en votre nom aucun papier, nul laissez-passer, pas la moindre preuve que les deux vaisseaux dont vous vous déclarez le maître vous appartiennent.

— Et qui peut me signer des papiers, milord ? s'écria James. De qui puis-je solliciter des permissions alors que je suis à la tête du gouvernement de mon pays ?

La voix vibrait, le ton était si fier que l'évêque leva les mains en un geste d'apaisement.

— En effet, milord, en effet, convint-il.

La vaste pièce où le duc se tenait était meublée de chaises recouvertes de velours mauve et d'une grande table de noyer. Les flambeaux, les lustres n'étaient pas d'argent ni même de cuivre, mais de simple fer forgé. Aux fenêtres ne pendait nul

rideau, aucune tapisserie n'adoucissait l'austé-
rité des murs de pierre.

— Je sollicite de vos seigneuries, reprit Bothwell, la permission de louer une chambre dans
une auberge de la ville. Si vous voulez me faire
comparaître devant une cour, je suis prêt à
répondre de mes actes ainsi que de ceux de mes
hommes.

Des mouches bourdonnaient devant les
fenêtres donnant sur la mer. James avait hâte de
regagner le *Pélican* pour dormir et surtout se restaurer. Depuis son dernier repas chez son cousin
Sinclair, il n'avait quasiment rien mangé.

— Vous avez cette permission, milord,
accorda le juge.

Et comme James s'inclinait, prêt à partir, il
ajouta :

— Auriez-vous par hasard des bijoux, de l'argenterie ou des papiers personnels à bord du
Pélican ? ajouta le juge d'une voix feutrée.

— Je ne possède plus rien.

En réalité, Bothwell avait à bord, soigneusement dissimulés, les papiers signés par la reine
le faisant duc des Orcades et seigneur des Shetland, une copie de l'avis de recherche lancé par
Moray avec la confirmation de la récompense de
mille couronnes à qui le prendrait mort ou vif,
mais le moment n'était pas venu de laisser ces
pièces entre les mains d'hommes dont il n'était
pas sûr.

— Et le *Pélican*, milord ? poursuivit le juge.
Des marchands allemands prétendent recon-

naître votre bateau qui appartiendrait à l'un d'eux.

— Il a été dûment affrété, lança James. Faites enquêter sur ce sujet.

Il n'en pouvait plus mais son cauchemar semblait devoir prendre fin. Installé dans une auberge, il veillerait à la rapidité du radoubage et hisserait les voiles aussitôt que possible vers le sud.

Nuit et jour une grande animation régnait dans l'hôtellerie dont les murs à colombages étaient coiffés d'un toit de joncs. Le propriétaire, un grand diable d'homme, houspillait les servantes, surveillait les cuisines et s'attablait volontiers en compagnie de ses clients dans la salle à manger réchauffée par un feu de tourbe dont la fumée piquait les yeux. James avait loué la meilleure chambre de laquelle dépendaient une garde-robe et un réduit où couchait French Paris. Les deux fenêtres à croisillons donnaient sur le port et les collines qui le cernaient au-delà de l'enceinte. L'enquête sur le *Pélican* durerait deux semaines au plus et son résultat ne procurait à James nulle inquiétude. La location avait été conclue en bonne et due forme, la somme convenue payée. Sans protester, il prendrait à sa charge les frais de réparation et était prêt à affréter le deux-mâts pour quelques mois encore.

Casés ici et là, ses hommes prenaient du bon temps dans la ville et ne se plaignaient guère de leur inactivité. French Paris avait retrouvé son ancienne verve pour se moquer des uns et des autres, imiter le parler des habitants, les attitudes des filles, et James pour la première fois depuis longtemps se prit à rire de bon cœur. Bien nourri, dormant tout son saoul, confiant en l'avenir, il avait l'impression de vivre un moment de pause où ne comptait que l'accessoire, un flacon d'eau-de-vie bue au soleil, une flânerie dans la rue principale, une conversation avec un marchand, le sourire d'une fille qui lui rappelait celui de Marie. Il se sentait étrangement vide de toute colère ou ressentiment, comme insensible. Les deux lettres écrites par la reine depuis leur séparation étaient constamment dans son pourpoint. Au hasard d'un moment de solitude, il les relisait. Le soir, il s'attablait avec l'aubergiste ou quelque notabilité curieuse de connaître « le roi d'Écosse ».

Enfin arriva à James l'ordre de comparaître devant la cour de Bergen. Très vite, le juge admit la régularité de l'affrètement du *Pélican*. Le marchand hanséatique avait produit les papiers signés conformément aux lois. Mais la légalité de l'achat du second navire du duc des Orcades n'était pas aussi évidente. Le propriétaire, un Allemand à l'honnêteté suspecte, le tenait lui-même d'un individu qu'on soupçonnait de piraterie. L'accusation avait pu réunir trois marchands qui, pour avoir été dépouillés par ledit pirate d'une partie de leur cargaison, étaient prêts à comparaître.

Avec vigueur, l'avocat retenu par Bothwell prit

la défense de son client. Comment Sa Seigneurie pouvait-elle savoir que l'ancien propriétaire était un forban et qu'il n'avait pas le droit de vendre son bateau ? Le duc ne connaissait pas même son nom. Incapable de comprendre la délibération des juges ni la déposition des témoins, James gardait cependant confiance. Ces bons marchands auxquels sa cause était soumise avaient sans doute grande envie de retourner à leurs affaires et hâteraient la sentence d'acquittement. Le temps restait ensoleillé en dépit des brumes nocturnes qui ensevelissaient le port. Le phare devenait alors un simple point lumineux entouré d'un halo fantomatique.

Les délibérations touchaient à leur fin et dans un français correct son avocat lui affirma son optimisme. Déjà il classait ses papiers dans un gros portefeuille de cuir épais. Venant de la rue, on entendait le grincement des roues d'un tombereau, le furieux aboiement d'un chien. Sous la voûte, les plaideurs suivants attendaient en bavardant bruyamment.

Le juge se cala sur le fauteuil à haut dossier capitonné d'un velours vert usé jusqu'à la trame. Les doigts croisés, il écarta d'un air patelin le traducteur qui exposait en danois le témoignage à décharge de deux des hommes de Bothwell.

Soudain, la porte de la salle du tribunal s'ouvrit avec fracas et un petit homme sec avança vers le juge d'un pas pressé, un paquet de documents liés par une sangle sous son bras.

— Je sollicite de Votre Honneur la mise en

accusation de Sa Seigneurie le duc des Orcades ici présent par ma cliente, dame Anna Throndsen, sujette du roi du Danemark, qui se plaint d'avoir été dépouillée de sommes importantes par ledit duc voici quelques années.

James eut l'impression que le sang se retirait de ses veines. Était-il possible qu'Anna resurgisse de son passé à ce moment précis ? Quelle fatalité pesait sur lui qui jetait dans ses pas une ancienne maîtresse vindicative alors qu'il se débattait pour survivre ?

Le regard du juge qui lui avait semblé jusqu'alors favorable se posa sur lui avec sévérité.

— Votre Seigneurie est priée de ne point quitter cette ville avant l'instruction du nouveau procès, dit-il d'une voix froide.

Le maillet s'abattit sur la table de bois blond. James sursauta. Il avait l'impression que c'était lui qu'on écrasait comme un insecte.

59

Le procès intenté par Anna durait depuis plusieurs jours. Froidement, l'avocat de son ancienne maîtresse avait exposé les montants successifs des sommes avancées par la dame Throndsen, auxquelles s'ajoutait la valeur des bijoux qu'elle avait dû vendre pour satisfaire les besoins personnels d'un homme qui lui avait promis le mariage. Pernicieusement, le petit homme avait mentionné aux juges que la dame Throndsen n'était pas la seule à avoir été abusée par le duc. Son libertinage était de notoriété publique en Écosse.

Mortifié, à bout de nerfs, James écoutait son avocat traduire les accusations. Comment accepter que des marchands de poisson se permettent de juger les amours de celui qui était l'époux de la reine d'Écosse, comment tolérer ces ragots de bas étage étalés avec complaisance par l'avocat d'Anna ?

Les exigences de son ancienne maîtresse étaient précises. Aucune négociation n'avait été proposée.

Soudain, James céda. Il ne voulait plus entendre parler ni de Bergen, ni de juges ou d'Anna Throndsen, il voulait partir, penser à son avenir, à Marie.

— Faites savoir à l'homme de loi de Mme Throndsen, dit-il en français à son avocat, que je lui cède mon petit navire avec tous les gréements. Lorsque j'aurai regagné l'Écosse, elle recevra une rente annuelle jusqu'à l'extinction totale de ma dette.

Les palabres n'en finissaient plus. Le soir tombait. Un commis alluma de méchantes lampes dont l'odeur d'huile de baleine prenait à la gorge. James avait envie de vomir.

— Nous acceptons votre proposition, chuchota

l'avocat. Estimez-vous heureux car Mme Thrond-sen est une cousine du comte Rosencrantz qui a le pouvoir de vous garder ou de vous relâcher.

— Votre Seigneurie comprend certainement ma position, dit d'une voix claire le vice-roi. Non point que je mette en doute la légalité des papiers concernant votre navire mais, puisque vous avez consenti à le laisser à ma chère cousine Anna, je veux faire scrupuleusement vérifier leur authenticité. Vous venez, me dit-on, de solliciter un passeport danois ? Je dois consulter mon souverain avant de vous l'accorder. N'avez-vous pas des hommes armés dans votre suite ?

— Je serais heureux en effet d'obtenir une audience du roi, jeta Bothwell d'un ton cassant. Il sera prêt, j'en suis certain, à m'assister pour délivrer la reine d'Écosse, mon épouse, qui est sa cousine.

— Alors, Monsieur le duc, allons à Copenhague. Je vous offre volontiers l'hospitalité et la protection d'un des navires de guerre de Sa Majesté.

Dès le lendemain, Aalborg revint de sa visite à bord du *Pélican* avec une cassette dont trois commissaires examinèrent le contenu : un parchemin qui mentionnait les titres et privilèges octroyés au comte de Bothwell par Marie Stuart peu avant leur mariage, divers documents dont sa mise à prix par le Conseil de régence d'Édimbourg et l'ordre de le traquer par tout le territoire écossais sur terre ou sur mer, enfin la copie d'une lettre adressée au Conseil de régence par la reine dans laquelle elle s'indignait de son incarcération et des accusations portées contre elle et son époux.

— Votre Seigneurie, commença l'amiral Aalborg, semble avoir quitté son pays pour sauver sa tête. Notre vice-roi va être satisfait d'avoir pris la décision de l'amener à Copenhague. Le *Bear* mettra les voiles après-demain à l'aube. Sa Grâce souhaite que vous ne preniez avec vous que quatre ou cinq de vos hommes. Les autres pourront se rendre où bon leur semble. Par ailleurs, le comte de Rosencrantz donne ce soir un banquet en l'honneur de Votre Seigneurie et sollicite le privilège de sa présence.

Ces mots pleins de déférence, les premiers qu'on lui adressât depuis longtemps, procurèrent à James une satisfaction personnelle qui le vengeait de ses récentes humiliations. Il emploierait son après-midi à dénicher un pourpoint, une toque et des chaussures convenables pour lui et French Paris qui l'escorterait.

L'appartement qu'Erik Rosencrantz occupait dans l'austère château de Bergen était confortable et même douillet. Les meubles venaient de France, les tapisseries des Flandres, les tapis de Turquie, et l'argenterie anglaise rutilait. Portant fraise et vêtements de velours, une lourde chaîne d'or autour du cou, le comte accueillit James avec chaleur, insista pour lui verser lui-même un gobelet d'eau-de-vie.

Peu à peu le duc des Orcades se détendit. Le raffinement des objets qui l'entouraient, l'efficacité discrète des serviteurs, l'odeur épicée que dégageaient des copeaux de cèdre jetés dans l'âtre le ramenaient au temps où il jouissait chaque jour de telles délicatesses. Il se retrouvait lui-même, reprenait ses manières élégantes, la façon apprise en France de soutenir une conversation. Marie avait ce don. Elle savait lancer des sujets, les faire rebondir, trouver des paradoxes, changer de cap, nier avec esprit ce qu'elle avait peu avant soutenu avec passion, taquiner, mentir, jouer la coquette ou la savante avec autant de talent. Les quatre murs de Lochleven devaient lui paraître un tombeau.

Les convives prêtèrent une oreille attentive au récit de James : sa fuite, sa lutte contre la tempête. Les femmes l'écoutaient avec passion, les hommes avec intérêt. Chacun manifesta son indignation devant l'insolence des nobles écossais qui osaient emprisonner leur souveraine. Les puissances européennes interviendraient, le duc pouvait en être sûr, et leur souverain Frederick II le premier.

Tout autant que les vins servis en abondance, les mots grisaient James. Ce qu'il avait espéré depuis sa fuite se trouvait confirmé. On l'aiderait, on lui accorderait des troupes et de l'argent pour reconquérir le pouvoir, rendre à Marie son trône. Il n'était pas aussi seul qu'il l'avait craint. Du corsage de sa voisine se dégageait un fort parfum de rose. À Crichton, elles embaumaient à la fin du printemps. Joan avait-elle changé l'ordonnance des pièces, fait exécuter des travaux d'embellissement ? Il était heureux que sa demeure ne fût pas à l'abandon. Son neveu, le petit Francis, s'y plaisait, lui avait affirmé Janet. Il n'avait pas revu le garçonnet depuis une année. À peine se souvenait-il d'un visage mince, d'une paire d'yeux sombres, de cheveux raides que sa mère tentait de discipliner. Ses fils lui auraient-ils ressemblé ?

D'un trait James vida son verre. S'il voulait aller de l'avant, mieux valait refouler certains souvenirs.

Le vin avait étourdi les convives et les conversations languissaient. On but encore à la santé du roi, puis chacun réclama son manteau et son cheval. James prenait congé de son hôte quand celui-ci le retint.

— Comprenez bien, milord, que votre situation est délicate, dit Rosencrantz d'un ton aimable en s'emparant du bras de son hôte. Vous êtes certes l'époux d'une souveraine liée par le sang à toutes les familles royales d'Europe, mais votre tête est mise à prix et vos ennemis sont tenaces. Soyez patient, ne prenez point à mal des délais qui pourront vous sembler insupportables. Lorsque Sa Majesté la reine, votre femme, aura recouvré son trône, vous aurez alors le moyen de vous faire entendre, de négocier ou de punir.

— Milord, répondit sèchement James, je dois non pas soupirer et patienter mais agir. J'ose

suggérer que vous n'êtes pas au fait de la politique écossaise. Mes ennemis, sachant que je me
dépenserai jusqu'au bout de mes forces pour que
justice soit faite, ne m'épargneront pas. Voulez-
vous que je leur présente ma gorge ? La résignation, milord, n'est point une de mes qualités.

Rosencrantz hocha la tête. Les yeux mi-clos, il
examinait son hôte et le plaignait.

— La vie ne nous laisse pas toujours le choix,
mon ami. La sagesse est compagne de l'homme
avisé.

— La sagesse mène au tombeau. J'ai trente-
deux ans, milord, et ne suis pas prêt à me
laisser immoler comme un mouton par des
hommes qui tous ont du sang sur les mains.
L'élimination de la reine d'Écosse est un crime
qu'aucun souverain d'Europe ne devrait tolérer
de voir impuni.

French Paris tendit à James sa cape et sa
toque.

— Quand me souhaitez-vous à bord du *Bear* ?

— Après-demain au lever du jour. Bien que
ma cousine Anna Throndsen ait eu à souffrir
d'une certaine déloyauté de votre part, je ne suis
pas votre ennemi, croyez-le bien, et si je vous
envoie à Copenhague, c'est pour votre plus grand
bien.

James se mordit les lèvres. Peu lui importait
que Rosencrantz le considère ou non en ami, à
Copenhague il ne compterait que sur lui-même
pour convaincre le roi.

— Sa Majesté est en ce moment dans le nord du Jutland, annonça respectueusement Peter Oxe, chef de la maison de Frederick II, mais vos appartements sont prêts, milord, et j'ai reçu des instructions pour que vous ne manquiez de rien.

Après dix jours de navigation, James retrouvait la ville où il avait séjourné des années plus tôt. De la voiture qui l'amenait au palais royal, il avait aperçu des canaux, une multitude d'églises, des échoppes grouillant d'activité, de jolies filles vêtues pour la plupart de rouge, de beaux chevaux, des maisons cossues.

Tout au long de l'interminable voyage, il était passé de l'espoir aux doutes les plus sombres. Séparé de ses navires, de ses hommes, il était désormais impuissant à imposer par la force une quelconque volonté et ne pouvait compter que sur son pouvoir de persuasion. Le bâtiment chargé de ses effets, de son argenterie et de ses bijoux ne l'avait pas rejoint et il avait dû embarquer pour Copenhague démuni de tout, comme un vagabond. Et quel sort attendait ses hommes ? Il n'avait pas réussi à les persuader de ne pas remettre les pieds en Écosse. Sur le sol natal, c'était la mort qu'ils trouveraient.

— Je vous remercie, monsieur.

Oxe parlait un excellent français et James était satisfait de pouvoir communiquer avec celui qui serait son interlocuteur aussi longtemps que le roi resterait absent de sa capitale.

Avec plaisir, James découvrit une vaste chambre éclairée par deux fenêtres, une garde-robe et un réduit où pourrait s'installer French Paris. Le mobilier était cossu, des tableaux et tapisseries décoraient les murs, deux cheminées procuraient une chaleur appréciable.

— J'ai reçu l'ordre, précisa Peter Oxe, embarrassé, de conseiller à Votre Seigneurie de ne pas quitter ses appartements.

— Ainsi je suis prisonnier.

À tout prix, James voulait éviter d'élever la voix. Avant de voir le roi, il devait s'honorer d'une conduite parfaite.

— Pas exactement, milord, balbutia Oxe, protégé plutôt. Sa Majesté ne peut envisager qu'il vous arrive un accident.

James ne répondit pas. À travers les fenêtres, il voyait des barques descendre les canaux, les voiles de grands vaisseaux arrivant au port.

— Avez-vous le moindre désir à exprimer ? demanda Oxe d'un ton amène.

— Je voudrais parler au plus vite à l'ambassadeur de France.

Monsieur de Dancey, un vénérable gentilhomme, avait passé de si nombreuses années au Danemark qu'il s'exprimait dans sa langue maternelle avec un soupçon d'accent. N'ayant pas encore reçu d'instructions de Charles IX, il savait devoir garder la plus grande prudence, sans pour autant montrer de froideur, envers un personnage aussi important que le duc des Orcades. Nul ne savait encore de quel côté allait tourner le vent. Marie Stuart pouvait être délivrée par ses partisans ou s'évader et revenir en triomphatrice à Édimbourg. Alors son époux reprendrait sa place et se souviendrait de ceux qui lui avaient témoigné de la sympathie durant son exil.

Dancey trouva James en train de lire près du feu, confortablement vêtu d'une robe d'intérieur doublée de fourrure. Le roi du Danemark traitait manifestement son hôte avec libéralité et, rasé de près, les pointes de sa moustache effilées, Bothwell avait grande allure.

— Vous lisiez, Monsieur le duc ?

— Du Ronsard, monsieur l'ambassadeur. Je suis curieux de découvrir un poète qui compose de si jolis vers pour célébrer la reine, mon épouse.

James posa l'ouvrage relié de cuir pourpre marqué aux armes du roi du Danemark. Frederick II lui avait laissé libre accès à sa bibliothèque et la lecture l'aidait à supporter la monotonie des journées.

En dépit du ton chaleureux, Dancey perçut la tension dans laquelle vivait le duc.

— Laissez-moi me souvenir, dit-il pour laisser la conversation quelques instants encore sur un terrain plaisant :

« Encore que la mer de bien loin nous sépare
Si est-ce que l'éclair de votre beau soleil
De votre œil qui n'a point au monde de pareil
Jamais loin de mon cœur par le temps ne
[s'égare. »

James resta songeur et Dancey craignit qu'il n'ait, en voulant bien faire, ravivé ses blessures.

— J'avais grand-hâte de vous rencontrer, monsieur l'ambassadeur.

Le ton du duc était tout autre. En face de lui, le vieux diplomate avait un homme sombre et combatif.

— Ma situation au Danemark n'est acceptable à aucun point de vue. Je suis écossais et n'ai de comptes à rendre qu'à ma souveraine. Vous n'ignorez pas, je pense, que j'ai toujours recherché et obtenu l'amitié des Français auxquels me lient mon éducation et les engagements pris dès ma plus grande jeunesse auprès de celle qui fut notre régente, la reine douairière Marie de Guise. Point donc n'est besoin de circonvolutions pour vous dire que j'attends avec impatience le secours de Sa Majesté le roi de France.

Dancey se racla la gorge. Plus qu'un diplomate, son interlocuteur était un guerrier et il n'était pas prêt lui-même à monter au combat.

— Sa Majesté mon roi est certes au fait des malheurs qui vous frappent et a exprimé un grand étonnement à l'annonce que des féaux aient pu s'emparer de personnes royales. Mais la mort atroce du précédent roi a également fort contrarié Sa Majesté ainsi que sa mère, ses frères et les autres princes d'Europe.

— Si vous insinuez que je puisse être coupable de la mort de mon roi, je vous rappellerai que j'ai été jugé et acquitté par un tribunal dont le verdict fut ratifié par le Parlement écossais.

Le ton était agressif, presque menaçant.

— J'entends bien, Monsieur le duc, protesta Dancey, mais le comte de Moray qui a passé quelques mois à Paris a eu l'occasion d'exprimer sa version des événements. Sa Majesté est donc en train de réfléchir et a besoin d'un peu de temps.

Le poing de Bothwell s'abattit sur la petite table où il avait posé le livre de Ronsard.

— Du temps, monsieur l'ambassadeur, je n'en ai guère quand la reine mon épouse est emprisonnée, menacée. Savez-vous qu'on l'a contrainte à abdiquer le jour même où elle a perdu mes enfants ?

— Je sais, je sais, Monsieur le duc, dit Dancey d'un ton soumis. Cela est abominable et réclame sanction.

— Qu'attend alors votre roi pour agir ? Je suis prêt à venir en France pour lui dire la vérité et implorer son secours. Ma femme fut sa belle-sœur et il ne peut l'abandonner aux mains de traîtres qui la bafouent.

— Certes, répéta l'ambassadeur, et il sévira. Mais la France connaît en ce moment de grands troubles occasionnés par l'expansion de la foi protestante. Les esprits sont tendus, les tolérances s'émoussent et nous craignons tous des affrontements sanglants.

— Il n'y en a pas eu en Écosse. La reine a réussi à imposer la liberté religieuse.

— Au détriment du catholicisme, Monsieur le duc, ne l'oubliez pas. Le protestantisme a été reconnu comme religion d'État dans votre pays. Sa Sainteté le pape ainsi que le roi d'Espagne ont fortement désavoué cette décision dont ils vous rendent, à tort sans doute, responsable.

— Ainsi, murmura James, la politique passe avant les liens du cœur ou du sang.

— Provisoirement, Monsieur le duc. Mais écrivez vous-même à Sa Majesté le roi et je vous donne ma parole d'honneur que votre lettre partira dès ce soir pour Paris. Les liens personnels valent tous les discours de messager ou les rapports d'ambassadeur.

James était parvenu à se calmer. Mais l'absence de Frederick II, l'interdiction qui lui était faite de sortir du château, le manque de nouvelles de Marie l'éprouvaient rudement.

— Vous aurez cette lettre avant la tombée de la nuit, monsieur l'ambassadeur. Une copie sera faite à l'intention de Sa Majesté le roi Frederick II.

— Si je puis risquer un conseil, intervint Dancey, envoyez au roi du Danemark un de vos serviteurs. Sa Majesté pourra ainsi exprimer ses décisions ou intentions.

Le regard résolu de Bothwell frappa le vieux gentilhomme.

— Si ses intentions sont de me retenir de force, monsieur, je m'estimerai quant à moi libre des miennes.

La lettre était partie pour Paris alors qu'un des cinq hommes restant attachés à Bothwell faisait route vers Elseneur où résidait le roi. Peter Oxe avait ajouté un message à celui écrit par le prisonnier. Il avait longuement conversé avec James et ne pouvait prendre parti quant à son innocence ou sa culpabilité. Mais en tout état de cause, les messages venus d'Édimbourg qui l'accusaient de toutes les vilenies et trahisons pouvaient être mis en doute. À la fin de sa propre lettre, Oxe ajoutait que le caractère du duc des Orcades s'accordait mal d'une résidence forcée et, étant donné le courage et l'intelligence de l'homme, il craignait qu'il ne réussisse tôt ou tard à reprendre sa liberté. Un transfert à la forteresse de Malmö serait peut-être une décision avisée. Là, tout en étant bien traité, il pourrait être surveillé de près.

Les deux réponses de Frederick II parvinrent en même temps. À Bothwell, dans une lettre dictée à un secrétaire, il disait sa sympathie et son désir de le savoir résider pour un temps au Danemark afin qu'il puisse le protéger et l'aider. À Oxe, dans un billet écrit de sa main, il donnait l'autorisation de faire transporter le duc par bateau jusqu'au château de Malmö. En bas de la lettre, le secrétaire du roi avait ajouté en postscriptum :

Les appartements du duc seront au premier étage au-dessous de ceux de Sa Majesté. Veillez à ce que notre hôte jouisse de toutes les commodités mais assurez-vous également que les barreaux des fenêtres soient en bon état et indestructibles afin que nulle évasion ne soit possible.

60

Avant de quitter Copenhague pour la forteresse de Malmö, Bothwell avait rédigé en français un long mémoire qui exposait avec clarté au roi du Danemark son itinéraire personnel ainsi que ses relations avec ceux qui se déclaraient à présent ses mortels ennemis. Il avait relaté la mort de Darnley, son mariage avec la reine, la trahison d'hommes qu'elle avait comblés pourtant d'honneurs et auxquels elle avait témoigné la plus grande clémence. Épais de près de cinquante pages, le récit avait été dicté à un secrétaire et corrigé de sa propre main. Du roi de France, il n'avait obtenu nulle réponse.

Orienté au sud, le nouvel appartement de James comportait une vaste pièce voûtée, une autre plus petite qui la jouxtait, une garde-robe et l'amorce d'un couloir qui avait été muré. Séparé de ses cinq derniers fidèles, il n'avait plus désormais à ses côtés que French Paris et un Écossais, William Murray, pour lui rappeler son passé.

Autorisé à circuler à l'extérieur, le Français

avait rapporté par le détail à son maître l'importance de la garnison et la présence d'une salle de
gardes contiguë à leur logement. Tout semblait
réuni pour rendre une évasion difficile sinon
impossible.

« Eh bien, je m'emploierai à gagner ma liberté
par d'autres voies, avait commenté James. Le roi
du Danemark ne risque guère de m'oublier car je
vais lui écrire aujourd'hui même pour protester
encore contre ma détention. Il faudra me faire
couper la main pour que je me taise. Et puisque
tout marché doit offrir une égale satisfaction, je
proposerai à Sa Majesté la restitution au Danemark des îles Orcades et Shetland.

— Moray s'y opposera, milord, avait remarqué
French Paris.

— La reine signera. »

Juste avant de quitter Copenhague, il avait
reçu par un intermédiaire anonyme une lettre de
Marie qui reprenait confiance. Grâce à l'amitié
que le plus jeune des fils de sa geôlière, lady Douglas, lui portait, elle parvenait à recevoir des
nouvelles de l'extérieur et espérait pouvoir
échanger avec son cher mari une correspondance régulière. Par tous les moyens, elle l'adjurait de tenter d'obtenir sa propre liberté et
l'assurait qu'elle approuverait les décisions politiques qu'il pourrait prendre dans ce but. Son
abdication obtenue sous la menace n'ayant
aucune valeur, sa signature de reine avait toujours force de loi.

Bien que sept mois seulement se soient

écoulés depuis leur séparation à Carberry Hill, James avait l'impression d'être éloigné de Marie depuis une éternité. Souvent, alors qu'il s'efforçait de se souvenir de la femme élégante au regard spirituel, au sourire charmeur, l'image de la reine déchue, vêtue d'un méchant jupon rouge et d'un corsage de paysanne, le visage barbouillé de larmes et de poussière, s'imposait à sa mémoire. Était-il responsable de cette déchéance, de sa captivité ? James ne voulait pas le croire. La perte de Marie avait été décidée dès son retour en Écosse par Moray et William Cecil, l'un par ambition, l'autre pour éloigner de l'Angleterre la menace d'une révolte catholique et museler une héritière présomptive par trop arrogante. Il était arrivé trop tard dans la vie de Marie Stuart. Se fussent-ils mariés peu de temps après son installation sur le trône d'Écosse, leurs destins eussent été différents.

Avec amertume, James constatait qu'il se plaisait de plus en plus souvent à refaire le passé. S'estimait-il au bout de son chemin ? La colère laissait place à l'angoisse. Certes, il était bien traité à Malmö, on lui fournissait en abondance du bois, du vin, de bons repas, on l'habillait de velours et de fine toile, il avait son barbier, son tailleur, son apothicaire et la compagnie de French Paris devenu plutôt un ami qu'un serviteur, mais les épais barreaux qui scellaient ses fenêtres, le couloir muré lui rappelaient sans cesse sa condition de prisonnier.

De Malmö, French Paris revenait avec les

dernières nouvelles qui circulaient dans la ville. Parfois il tombait sur un marchand ou un mercenaire écossais qui lui parlaient de leur pays. Le régent resserrait son emprise, les Borders étaient impitoyablement nettoyés, le Parlement soumis, les partisans de la reine silencieux. James posait son visage entre ses mains, fermait les yeux jusqu'à l'éblouissement : soleil sur les landes, bras de mer, lacs, taches mouvantes des rêves, obscurité de la nuit, de l'oubli, de la mort. Lorsqu'il les rouvrait, il voyait la lumière grise de la cour, le ciel bas, un paysage immobile sans horizon ni avenir.

Fin janvier, Dancey vint lui rendre à nouveau visite. La courte traversée depuis Copenhague avait été agitée et le vieil homme était mal en point. Après s'être réchauffé auprès de l'âtre et avoir absorbé un verre de schnaps, l'ambassadeur de France tendit à Bothwell une lettre portant le sceau royal danois. Frederick II était intéressé par l'offre que lui avait faite le duc de lui rendre les îles Orcades et les Shetland. Le souverain s'arrangerait pour faire passer les documents à Lochleven afin que la reine puisse les étudier et les signer. Avec courtoisie, le roi s'enquérait de la bonne santé de son « hôte » et espérait que, selon ses ordres, ses besoins étaient satisfaits. Aucune mention n'était faite d'une future rencontre.

James replia la lettre, un peu d'espoir lui revenait. Mis au pied du mur par Frederick II, Moray devrait céder et remettre les archipels aux Danois sous peine de risquer un fâcheux conflit armé. Sa récompense à lui serait la liberté.

Dancey s'attarda, heureux de converser avec cet homme cultivé au français irréprochable. Malheureusement, dut-il avouer, il n'avait pas encore reçu de réponse de son roi à la lettre que le duc lui avait adressée dix semaines plus tôt. Mais il gardait bon espoir. La célébration des fêtes de Noël avait occasionné du retard dans la correspondance royale. Il avait par contre l'assurance que Charles IX ne consentirait jamais à son extradition vers l'Écosse. Le roi d'Espagne avait adopté une position identique. La reine Élisabeth, quant à elle, insistait pour qu'on lui livre le mari de sa cousine. Elle le ferait juger équitablement, affirmait-elle. En prononçant cette phrase, Dancey n'avait pu s'empêcher de sourire.

— Si vous voulez mon avis, conclut le vieux gentilhomme, vous êtes mieux ici qu'à Londres.

Avec entrain, l'ambassadeur narra à James les petits événements parisiens relatés dans le courrier qu'il recevait de France. Les douceurs de la vie à la Cour étaient altérées par la persistance des violences religieuses. Anne de Montmorency avait été tuée lors de la bataille de la plaine Saint-Denis par un Écossais nommé Stuart. Faisant presque partie de la famille royale, une messe avait été célébrée en grande pompe à Notre-Dame de Paris, le corps du Connétable inhumé à Montmorency, son cœur déposé à côté de celui du roi Henri II dans l'église des Céles-

571

tins. La lieutenance générale du royaume avait été confiée au duc d'Anjou[1] qui allait sans nul doute se heurter prochainement au prince de Condé.

James écoutait avec passion le récit de l'ambassadeur. Les protestants et les catholiques en venaient aux mains, excités par leurs prêtres, leurs pasteurs ou les grands seigneurs désireux de liquider de vieilles querelles, de faire aboutir d'anciennes et tenaces ambitions. Lui-même avait toujours montré une grande tolérance et ne se prêterait jamais au jeu des agitateurs.

À la tombée de la nuit, Dancey prit congé. En se retrouvant seul, James éprouva de la mélancolie. Le vent soufflait en rafales, chassant la pluie qui venait battre ses carreaux, rabattant la fumée de la cheminée dans sa chambre. On allait lui servir son souper puis, pour ne plus penser, il viderait un carafon d'eau-de-vie de cerise.

Jusqu'au printemps, la vie du comte fut occupée par les nouvelles qu'il recevait d'Écosse. Moray insistait pour le faire extrader ou suggérait une exécution sans jugement à Malmö. Frederick II refusait catégoriquement, son honneur lui interdisait de faire assassiner un gentilhomme qu'il avait sous sa protection. Pour la première fois, la France manifesta officiellement son souhait qu'on ne renvoyât point le duc des Orcades en Écosse.

James perdait et reprenait espoir. Peu à peu il

---

1. Le futur Henri III.

572

s'engourdissait, restait plus longtemps dans son lit le matin, ne se faisait raser et vêtir qu'avant le premier repas servi à onze heures. Des visiteurs passaient parfois sa porte, Français ou Écossais de passage à Malmö désireux de rencontrer le célèbre époux de Marie Stuart, marchands venus proposer des dentelles, boutons, ornements de pourpoint, des pasteurs qu'il renvoyait sans les laisser prononcer leurs homélies, des libraires aussi qu'il recevait avec intérêt.

En mai, James vit avec plaisir fleurir le seul arbre qu'il apercevait de sa fenêtre. Le ciel était d'un bleu très pâle. Dans la cour du château, les servantes chantaient en accomplissant leurs besognes, les enfants jouaient à la balle, les soldats lézardaient au soleil.

L'arrivée d'un cavalier attira l'attention du duc. Le cheval était de bonne race avec une poitrine large, une robe lustrée, des attaches fines. Il aurait donné tout ce qui lui restait de biens pour enfourcher cette bête et partir au galop droit devant lui, sans but, seulement pour sentir le frémissement de la bête entre ses jambes, le vent sur son visage.

Le cavalier sauta à terre, parlementa avec le capitaine des gardes, un grand diable aux cheveux filasse qui exerçait sur ses hommes une autorité absolue. Enfin, le soldat désigna la porte voûtée par laquelle on parvenait dans les appartements du roi et les siens. Se pût-il que Frederick II vînt à Malmö ?

— J'arrive d'Écosse, Monseigneur, avec une lettre pour vous.

L'accent était du Lothian. James ressentit une étrange émotion. Du regard, le duc interrogea le messager, mais l'homme sourit en hochant la tête.

— Que Votre Seigneurie lise elle-même.

James déplia le carré de papier et reconnut l'écriture de Marie.

J'ai pu m'enfuir de Lochleven, mon cher amour. Je suis libre ! De partout des amis me rejoignent et j'ai bon espoir de faire mon entrée à Édimbourg d'ici peu. Aussitôt je vous ferai revenir auprès de moi. Le temps me presse et je ne peux vous dire tout ce que j'ai sur le cœur. Sachez que je ne pense qu'à la victoire et à vous dont je suis l'épouse aimante et fidèle pour la vie.

L'émotion obligea James à s'asseoir, la tête lui tournait. Une joie colossale l'envahissait. Il allait bientôt sortir la tête haute de cette forteresse, embarquer, revoir Marie, l'Écosse, sa mère, sa sœur, l'Hermitage et Hailes, les siens, tout ce qu'il aimait et dont l'absence le tuait, même si pour se préserver il s'interdisait de trop y penser. À ce moment, les verrous tirés sur son passé sautaient les uns après les autres.

— Quand avez-vous quitté l'Écosse ? demanda-t-il au messager.

— Cela fait dix jours, milord. La reine se dirigeait vers le château des Hamilton qui se sont tous portés à sa rencontre, ainsi que le comte d'Argyll, les Seton, Livingstone, Huntly, votre cousin Alexander Hepburn de Riccarton qui a reçu pour mission de reprendre Dunbar au nom de Sa Majesté. En ce moment, Sa Majesté occupe peut-être Holyrood.

Son teint d'ivoire inhabituellement coloré, Dancey pénétra dans la chambre de James. Le petit homme était si agité qu'il lâcha sa canne et en voulant la ramasser se heurta au dossier d'une chaise.

— Monseigneur, balbutia-t-il, j'accours de Copenhague où j'ai reçu de bien contrariantes nouvelles.

Chaque jour, James attendait l'annonce de sa libération et était prêt au départ. French Paris et William Murray avaient rassemblé ses effets, lui-même avait classé sa correspondance avant de l'enfermer dans une serviette de cuir. Le temps gris lui semblait radieux, la triste vue de la cour de la forteresse presque plaisante. L'arbre était couvert de jeunes feuilles et des oiseaux venaient y nicher.

Aussitôt, l'esprit de James fut en alerte, il avait eu à affronter tant d'épreuves dans sa vie qu'il sentait venir les méchants coups du sort. Qu'allait lui annoncer le vieux gentilhomme ? Que Marie avait été reprise ?

— Dites, monsieur, ordonna-t-il d'un ton sec, je suis prêt à vous entendre.

Dancey se laissa tomber sur une chaise, ôta son chapeau qu'il garda entre ses mains.

— Tout est perdu, Monsieur le duc, lança-t-il d'un trait. L'armée de Sa Majesté la reine d'Écosse a été battue à Langside par celle du comte de Moray commandée par Kirkaldy de Grange.

James sentit le sang se retirer de ses veines, aucune pensée cohérente ne venait à son esprit. À peine pouvait-il respirer.

— Battue, répéta-t-il machinalement.

— Écrasée, Monseigneur, en dépit de la supériorité en nombre de ses soldats. Mais les hommes de la reine n'avaient point de général à leur tête et tout a basculé dans le chaos. Le comte d'Argyll a été terrassé par un malaise au milieu du combat et, privées de leur chef, ses troupes se sont débandées. Lord Seton a été capturé ainsi que l'évêque de Leslie, le sieur David Chalmers, votre ami, a pu s'échapper.

— Et la reine ? interrompit Bothwell.

Sa Majesté a pris la fuite vers Dumfries avec les lords Herries, Maxwell, Fleming, Livingstone et une douzaine d'autres fidèles. Elle veut passer en Angleterre.

— C'est impossible, monsieur l'ambassadeur ! s'écria Bothwell.

— Ses partisans l'ont suppliée d'embarquer pour la France, mais les nouvelles les plus récentes que j'ai reçues de monsieur du Croc sont que la reine a en effet traversé le Solway et qu'elle se trouverait à Carlisle.

— À la merci de ses ennemis ! Dieu du ciel, la reine a-t-elle perdu la tête ?

Comme un fauve, James allait et venait dans sa chambre. Ce qu'il venait d'entendre faisait-il partie d'un atroce cauchemar ? Peu à peu ses pensées redevenaient claires et les paroles de Dancey prenaient forme dans son esprit. Argyll, une fois de plus, avait agi en homme qui ne voulait rien oser pour ne rien perdre. Mais les autres, Claude Hamilton, les lords Fleming, Livingstone et Seton, Herries, comment avaient-ils pu se laisser contrôler sans se battre ? N'y avait-il pas un seul d'entre eux qui ait du sang dans les veines ?

— Je suis navré, dit Dancey.

James ne l'écoutait pas. Il ne pensait qu'à Marie, à sa décision catastrophique de se jeter dans les bras de ses ennemis, alors qu'en France elle jouissait d'un revenu, possédait de riches domaines. N'avait-elle pas spéculé une seconde que sa présence en Angleterre allait courroucer Cecil, embarrasser la reine Élisabeth ? Cent fois il l'avait assurée que son demi-frère marchait main dans la main avec les Anglais. Ne l'avait-elle jamais cru ? Avait-elle oublié que, reine de France, elle avait ajouté à son blason les armes d'Angleterre, une décision agressive qui avait profondément heurté la fille d'Anne Boleyn à la légitimité contestée ? Comment pouvait-elle concevoir qu'une souveraine protestante imposerait une reine catholique à une nation acquise à la Réforme ?

577

Au désespoir s'ajoutait en Bothwell une envie violente de briser le verrou fermant ses appartements, de terrasser ceux qui s'opposeraient à lui et de s'embarquer pour l'Angleterre. S'il surgissait à Carlisle, rien n'était encore perdu. Ils pourraient tous les deux gagner Dumbarton, s'y enfermer, réorganiser l'armée de leurs partisans.

— Par le sang du Christ, tonna-t-il, qu'on me donne une épée, un cheval, un navire, et je redonnerai son trône à ma femme !

— Hélas ! balbutia Dancey.

Le vieux gentilhomme était consterné. La décision qu'avait trop hâtivement prise Marie Stuart était en effet irréfléchie. Par voie diplomatique, il savait que si la reine avait décidé de revenir en France, Catherine de Médicis, la première surprise passée, n'aurait point tourné le dos à celle qui avait été sa bru, et que les Guise au complet auraient été prêts à la secourir.

— Sa Majesté a cédé à la panique, crut-il devoir ajouter pour donner une explication qu'on ne lui demandait pas. Une bataille perdue ne signifie pas la fin d'une lutte. Celle de la reine ne fait que commencer.

— La reine, prononça James d'un ton amer, s'est battue sans cesse depuis son arrivée en Écosse. Nul souverain n'a eu de situation plus difficile à affronter. Moray eût-il été exécuté après sa première révolte que les événements n'auraient pas pris le même cours.

— On ne supprime pas un proche parent aussi aisément, milord.

— Une reine doit prendre parfois des décisions contraires à ses sentiments. M'aurait-elle écouté que Maitland, lui aussi, aurait été définitivement écarté.

— Le secrétaire d'État est en excellents termes avec William Cecil.

D'un geste violent, James balaya les coupes et un carafon de vin de Chypre posé sur un guéridon.

— Ces misérables n'ont cessé d'attiser la discorde entre les deux reines. Je les tiens pour les principaux responsables du drame que nous vivons.

Devant une des fenêtres, James tentait d'en secouer les barreaux. Dancey avait pitié de cet homme jeune, ardent, intelligent, condamné à la réclusion et très vite à l'oubli. Si la reine d'Angleterre, au lieu d'aider sa cousine à regagner son trône, la retenait en Angleterre, qui se souviendrait du duc des Orcades ? Il croyait le roi Frederick II assez humain pour ne pas le livrer à la hache écossaise, mais, ayant perdu tout intérêt politique, le prisonnier serait peu à peu négligé et les murs de sa prison deviendraient un tombeau.

— Autorisez-moi à prendre congé, Monsieur le duc, soupira-t-il, car je dois dès aujourd'hui regagner Copenhague. Mais je reviendrai vous visiter aussitôt que possible.

Toujours devant la fenêtre, James ne bougeait pas. Sans doute n'avait-il rien entendu.

— À vous revoir, Monsieur le duc, dit le vieux gentilhomme en sortant.

Le prisonnier ne se retourna pas.

61

Avec acharnement, James refusait de se laisser sombrer. Chaque jour, avant de recevoir le barbier, il convoquait son secrétaire pour une correspondance qui la plupart du temps ne quittait pas Malmö. Puis il lisait, prenait son repas servi par French Paris ou William Murray avant de se préparer à recevoir d'éventuels visiteurs, le gouverneur du château, le commandant de la garnison ou toute autre notabilité locale. Enfin, il étudiait des cartes, se penchait sur les stratégies de batailles célèbres, tentait de faire travailler son intelligence en élaborant différentes tactiques. Souvent il refaisait Carberry, plaçait ses soldats, imaginait un début d'assaut, des tirs d'artillerie suivis d'une charge de l'aile droite soutenue par sa cavalerie légère. Kirkaldy n'aurait eu aucune chance de l'emporter avec son bataillon de volontaires mal entraînés, de miliciens hâtivement recrutés à Édimbourg. Puis il repliait ses cartes, attendait le souper, buvait jusqu'à tomber abruti sur son lit.

Avec le retour du printemps, James eut envie de nouveaux livres, de cartes qu'il ne possédait pas, de romans aussi, même si leur mièvre sentimentalité le faisait sourire. Et French Paris lui avait parlé d'une imminente livraison à Malmö de whisky, de biscuits à la farine d'avoine et au miel venant d'Écosse.

La journée s'annonçait superbe. Dans le ciel bleu vif, James vit tournoyer de grands oiseaux de mer. L'air sentait la fleur de pommier, le thym frais, le varech tout juste déposé sur la grève par la marée. Deux années plus tôt, il avait épousé Marie dans le grand hall du château de Holyrood. Projets, désirs fourmillaient dans sa tête. Il aimait la reine qui lui portait une passion exclusive, absolue. Elle attendait de lui un enfant qui serait placé juste après le petit James dans l'ordre de succession au trône d'Écosse. Ses amis se pressaient autour de lui, ses ennemis gardaient encore le silence. Un an plus tard, avec l'évasion de Marie, ses espoirs renaissaient et dans son esprit il avait déjà claqué derrière lui la porte de Malmö. À présent, la seule espérance qui lui restât était celle d'un procès mené au Danemark devant un jury impartial, des témoins crédibles. Mais, les premières négociations sur les îles Orcades et Shetland ayant tourné court, le roi ne parvenait pas à prendre de décision. Un jour Peter Oxe lui affirmait qu'il y pensait sérieusement, l'autre qu'il n'avait pas le droit de juger un sujet de la reine d'Écosse pour un crime qui n'avait pas été commis dans son royaume. À l'extradition, il ne songeait pas en dépit des incessantes démarches de Moray. Ses proches parents, des princes allemands qu'il avait consultés, lui conseillaient tous la patience et il était enclin à les écouter. Aux lettres pressantes du régent d'Écosse, il ne répondait plus.

— À vous revoir, Monsieur le duc, clama French Paris en vissant un béret de satin rouge sur sa tête, je serai de retour avant la nuit avec une bonbonne de bon whisky, une caisse de biscuits et les livres que vous avez commandés au sieur Petersen.

— Va, dit James, et si tu traînes chez les filles, ne dépense pas mon argent.

Il allait consacrer son début d'après-midi à écrire à Marie. Désormais sous la garde du comte de Shrewbury et de sa trois fois veuve et redoutable épouse Bess de Hardwick, la reine attendait au château de Sheffield qu'un jugement soit enfin prononcé dans le procès qui lui était intenté par les lords écossais.

James n'ignorait pas que le duc de Norfolk avait fait des avances épistolaires à Marie qui ne les avait pas repoussées. Son aide lui était si précieuse, avait-elle expliqué, qu'elle ne pouvait négliger cet atout. Dans sa correspondance avec lui, le charme qu'elle déployait était un leurre destiné à la servir, assurait-elle. Une fois libre, elle ne lui offrirait que son amitié.

Au fil des mois, les mots passionnés qu'avait utilisés Marie dans ses lettres se faisaient plus rares. Elle jurait aimer son mari jusqu'à la mort, mais le souvenir de leurs étreintes devait s'atténuer car elle les évoquait moins souvent et en mots pudiques. Peu à peu, James sentait qu'il devenait pour elle un souvenir précieux, une image qui l'aidait à supporter son emprisonnement, mais qu'il perdait sa réalité charnelle, le pouvoir de la faire rêver. Elle-même lui semblait parfois si lointaine qu'il devait faire un effort pour retrouver les petites particularités qu'il aimait sur son visage ou sur son corps : un grain de beauté, une rougeur, un fin duvet blond. Mais la lumière de son regard, le charme de son sourire étaient inoubliables.

Comme à l'habituée, French Paris claqua bruyamment la porte derrière lui. William Murray l'attendait déjà dans la cour et James entendit le pas précipité du Français dévalant l'escalier. Il était reconnaissant à ces deux serviteurs de lui rester fidèles. La vie n'était guère attrayante à Malmö mais l'un comme l'autre lui avaient juré de ne point le quitter aussi longtemps qu'il serait prisonnier. James s'installa devant sa table de travail. N'allait-il pas rester au Danemark tant que vivrait Moray ?

Les mots couraient sur le papier. Il redisait à Marie son espoir d'être bientôt jugé. La sentence ne faisait aucun doute à ses yeux. Libre, il se rendrait en France, irait trouver les Guise. Cent fois formulées, ses convictions perdaient de leur force. Les avait-il toujours ou jouait-il avec les mots ? Mais sans espérance, comment pourrait-il ne pas devenir fou ? Physiquement il changeait, perdait sa musculature, de tannée par le grand air, sa peau était devenue pâle, quelques cheveux blancs étaient apparus sur ses tempes et son léger collier de barbe. La plume restait suspendue au-dessus du papier quand il cherchait à exprimer sa tendresse. Comment dire à une femme qu'elle vous manquait, avouer qu'il n'avait pas su assez profiter du bonheur de l'aimer quand il vivait auprès d'elle ?

La lettre achevée, James la cacheta soigneusement. Ils avaient pour communiquer une voie sûre par l'intermédiaire du jeune George Douglas qui, de Lochleven, avait suivi Marie en Angleterre. Mais pour combien de temps leurs lettres échapperaient-elles à la vigilance de leurs geôliers, aux espions de Moray et à la reine Elisabeth ?

L'après-midi avançait et ses serviteurs n'étaient point de retour. Sans doute baguenaudaient-ils dans le port et il ne pouvait leur en vouloir. S'ils tardaient, il n'aurait qu'à frapper à sa porte et des domestiques danois accourraient prendre ses ordres.

James prit soin de dissimuler la lettre dans une cache qu'il avait aménagée au pied du mur. French Paris ou William irait la déposer le lendemain chez un marchand écossais qui deux fois par mois joignait la correspondance de Malmö à sa cargaison en route pour Ipswick.

Bien qu'il ait essayé par tous les moyens de ne pas y penser, la réalité d'une correspondance entre sa femme et le duc de Norfolk faisait resurgir en lui une sensation exacerbée d'impuissance. Sa jalousie persistait. Une femme qui lui appartenait ne devait ni badiner avec un autre homme ni même le regarder avec trop d'insistance. Les êtres passionnés étaient faibles dans leur besoin de plaire. Peut-être était-ce parce qu'elle était indépendante et calculatrice qu'il s'était attaché à Joan.

À la tombée de la nuit, James commença à s'inquiéter de l'absence de ses serviteurs. L'heure du repas du soir était proche et pas une fois French Paris n'avait manqué de lui servir personnellement son souper.

Le valet danois qu'il convoqua ne savait rien. Les deux Écossais, comme il les nommait, n'étaient pas réapparus à la forteresse.

— Appelez le gouverneur, ordonna sèchement le prisonnier.

Il fallut deux jours d'enquête pour découvrir que French Paris avait été enlevé par des inconnus dans un quartier tranquille de la ville. William Murray avait pu s'enfuir et devait se terrer quelque part.

Le sort de celui qui l'avait servi depuis tant d'années dans l'opulence comme dans l'adversité consterna James. On allait ramener le malheureux Français en Écosse, le torturer sauvagement pour qu'il avoue tout, n'importe quoi, le vrai et le faux, le vraisemblable et l'absurde.

Plusieurs jours durant, incapable d'accepter son impuissance, James passa de la colère à l'apathie. Jusqu'alors il avait gardé foi en lui-même, en ses capacités de résistance, en sa combativité. Enfant, il avait vu s'éloigner sa mère, puis avait connu l'exil, s'était séparé d'amis, de maîtresses, on lui avait arraché sa femme et à présent la perte d'un simple domestique faisait s'écrouler l'édifice qu'il croyait indestructible. Avec French Paris, il voyait disparaître son passé, il devenait un homme sans liens, sans héritage, un mort vivant.

Le temps s'écoulait. James renonça à compter les jours. Il se faisait servir par des valets danois, lisait, passait de longs moments devant ses fenêtres à observer les allées et venues des serviteurs, soldats et visiteurs dans la cour du château. Seules les nouvelles venues de l'extérieur et convoyées par un mercenaire écossais au service du roi du Danemark réussissaient à le tirer de son indifférence. Encore une fois, Moray s'était attaqué aux Borders. Avec sa brutalité coutumière, il avait fait pendre, noyer, enfermer à vie dans d'immondes cachots ceux qu'il connaissait pour leur indiscipline, leur goût de la rapine mais aussi pour leur courage, leur inextinguible soif de liberté.

À la fin du mois d'août, il apprit l'exécution de French Paris sans jugement. On avait traîné le malheureux de la salle des tortures à l'échafaud où il avait été pendu, afin sans doute qu'il ne puisse revenir sur des déclarations arrachées sous les plus horribles souffrances. James pleura. Son courage fléchissait, l'insupportable perspective de demeurer prisonnier toute sa vie le hantait.

Un jour où il neigeait dru, où le ciel semblait emmailloter le château, le mercenaire écossais gratta à sa porte. Sa mine réjouie étonna James.

— Le régent a été assassiné, milord ! On dit que les Hamilton ont armé le meurtrier.

James poussa un cri sauvage. Moray était enfin puni ! Aussitôt il s'habilla, demanda du papier, de l'encre. Il allait écrire à ses cousins, à la reine, refaire des plans, croire à nouveau en l'avenir. Désormais, le mercenaire se chargeait de son courrier, Dieu l'aidait, la lumière n'était pas tout à faite éteinte.

Par le gouverneur, il eut plus de détails : Moray avait été poignardé par un cousin des Hamilton auquel, pour lui prouver sa reconnaissance, Marie Stuart avait consenti une pension à vie. Les comtes de Northumberland et de Westmorland qui s'étaient révoltés en faveur de la reine avaient été écrasés, le premier s'était enfui, le second avait été capturé, mais sa femme, réfugiée en Écosse, avait été recueillie par les Kerr.

— Je crains, milord, conclut froidement le gouverneur, que ce soit l'Angleterre qui contrôle la situation en Écosse où l'on parle d'élire le comte de Lennox comme régent.

Les mois passaient. James restait souvent en robe d'intérieur toute la journée. La nouvelle de l'assassinat de Lennox le fit à peine réagir, pas plus que la mort paisible de John Knox qui avait monté tant d'esprits contre lui au nom de Dieu et de la justice.

De Marie, il ne recevait plus de lettres. La surveillait-on de près, l'avait-elle oublié, ou pire encore regrettait-elle de l'avoir aimé, épousé ?

Le printemps était de retour. Quel printemps ? James s'en moquait mais il ouvrait ses fenêtres protégées par d'épais barreaux, laissait le soleil se poser sur lui comme une caresse.

Lorsque le gouverneur surgit dans sa chambre, il comprit qu'il allait lui communiquer une mauvaise nouvelle.

— Dites, monsieur le gouverneur, demanda-t-il aussitôt. Peu de choses peuvent m'atteindre désormais.

Le Danois semblait embarrassé.

— Votre mère, lady Sinclair, est morte, Monsieur le duc.

James resta immobile un long moment puis, comme mû par une force qu'il ne pouvait contrôler, une rage qui l'envahissait corps et esprit, il se rua sur le mobilier, renversa la table, les chaises, brisa les pots de faïence, lança contre les murs les assiettes d'étain, dévasta sa bibliothèque. Lorsque le gouverneur voulut le calmer, James se jeta sur lui pour l'étrangler. Il fallut cinq hommes pour le maîtriser.

L'annonce, la semaine suivante, de la reddition de Kirkaldy de Grange et de Maitland, qui tenaient depuis des mois la citadelle d'Édimbourg au nom de Marie Stuart, le laissa indifférent. Kirkaldy avait été décapité, Maitland s'était empoisonné. « Les rats se dévorent entre eux », se contenta-t-il de dire au mercenaire écossais. L'homme observa le duc avec pitié. La violence dont il avait fait preuve la semaine précédente le faisait considérer comme dangereux. On allait le transférer à Dragsholm, une citadelle perdue au nord du Jutland, un château qu'on disait être au bout du monde. Là-bas, il serait rayé de l'univers des vivants.

62

Début avril 1578

James brûle de fièvre. Il décline, appelle sa mère, Janet, Marie. Sous la fenêtre pénètre un air humide et froid. James, qui a jeté les draps à terre, s'enroule dans une couverture. Il claque des dents. Quelqu'un essaie de lui faire avaler quelques gouttes d'un bouillon gras qui ruisselle sur sa barbe que nul ne se préoccupe plus de tailler. Un homme tente de le retourner, il se débat, hurle. On le laisse livré à lui-même.

Alors il esquisse un sourire. S'il veut rester seul, c'est parce qu'on va venir le chercher, le tirer de ce lieu infect où il croupit depuis cinq années, l'éloigner pour toujours du trou, des chaînes, de la paille souillée, de l'eau fétide, de la nourriture avariée. Lui rendre la lumière, l'espace, les odeurs, les sons, la pluie, le vent, les fleurs au bord de la Tyne, l'amener là où l'attendent sa mère, son oncle Patrick Hepburn de Spynie, ses cousins, ses amis, French Paris aussi avec sa gouaille et ses coups de tête, Ormiston qui toujours avait pour lui un flacon de whisky quand il le visitait dans ses terres des Borders entre l'Hermitage et Langhorn.

James parvient à se redresser, il fixe la porte. Bientôt, il le sait, elle va s'ouvrir. Il se lèvera, la passera. Il n'y aura ni gardes ni mouchards, il pourra avancer tranquillement vers la cour, franchir la grille d'entrée toujours ouverte durant la journée. Puis il cheminera en direction de la mer où un bateau l'attend sous le soleil toutes voiles déployées, prêt à lever l'ancre vers l'Écosse, son pays, la terre de ses ancêtres qu'il a toujours défendue et chérie. Alors enfin il sera libre.

Postface

À ce jour, les multiples requêtes du chef de la maison de Hepburn et de différentes associations pour obtenir le retour en Écosse du corps de James Hepburn, comte de Bothwell, sont restées sans réponse de la part des autorités danoises. Le corps du prisonnier repose toujours dans la petite église de Faarevejle près du château de Dragsholm.

La proposition faite par sir Alastair Buchan-Hepburn de procéder à un test d'ADN afin d'identifier formellement les restes de son ancêtre a, elle aussi, été ignorée.

L'ardent patriote que fut James Bothwell ne peut donc encore reposer dans son pays qu'il ne cessa de défendre et d'aimer.

Achevé d'imprimer
en septembre 2006
par Printer Industria Gráfica
pour le compte de France Loisirs, Paris

Numéro d'éditeur : 46625
Dépôt légal : septembre 2006
Imprimé en Espagne